张红太——著

"当代板桥" 梁文敏

辽宁人民出版社

© 张红太　2021

图书在版编目（CIP）数据

"当代板桥"梁文敏 / 张红太著. — 沈阳：辽宁
人民出版社，2021.7
ISBN 978-7-205-10208-1

Ⅰ.①当… Ⅱ.①张… Ⅲ.①传记文学－中国－当代
Ⅳ.①I25

中国版本图书馆CIP数据核字(2021)第111907号

出版发行：辽宁人民出版社
　　　　　地址：沈阳市和平区十一纬路25号　邮编：110003
　　　　　电话：024-23284321（邮　购）　024-23284324（发行部）
　　　　　传真：024-23284191（发行部）　024-23284304（办公室）
　　　　　http://www.lnpph.com.cn
印　　刷：辽宁新华印务有限公司
幅面尺寸：170mm×240mm
印　　张：26.5
插　　页：16
字　　数：400千字
出版时间：2021年7月第1版
印刷时间：2021年7月第1次印刷
责任编辑：娄　瓴　贾　勇
装帧设计：白　咏
责任校对：郑　佳
书　　号：ISBN 978-7-205-10208-1
定　　价：98.00元

　　2021年"七一"前夕，梁文敏同志收到了党中央为党龄达到50周年的优秀党员颁发的"光荣在党50年"纪念章。戴上纪念章，梁文敏同志感到无上荣光："党颁给我这枚纪念章，是对我最大的认可。"

梁文敏参观山东省潍坊市郑板桥纪念馆。

辽宁画院原院长、中国美协理事、辽宁美协主席宋雨桂先生题词。

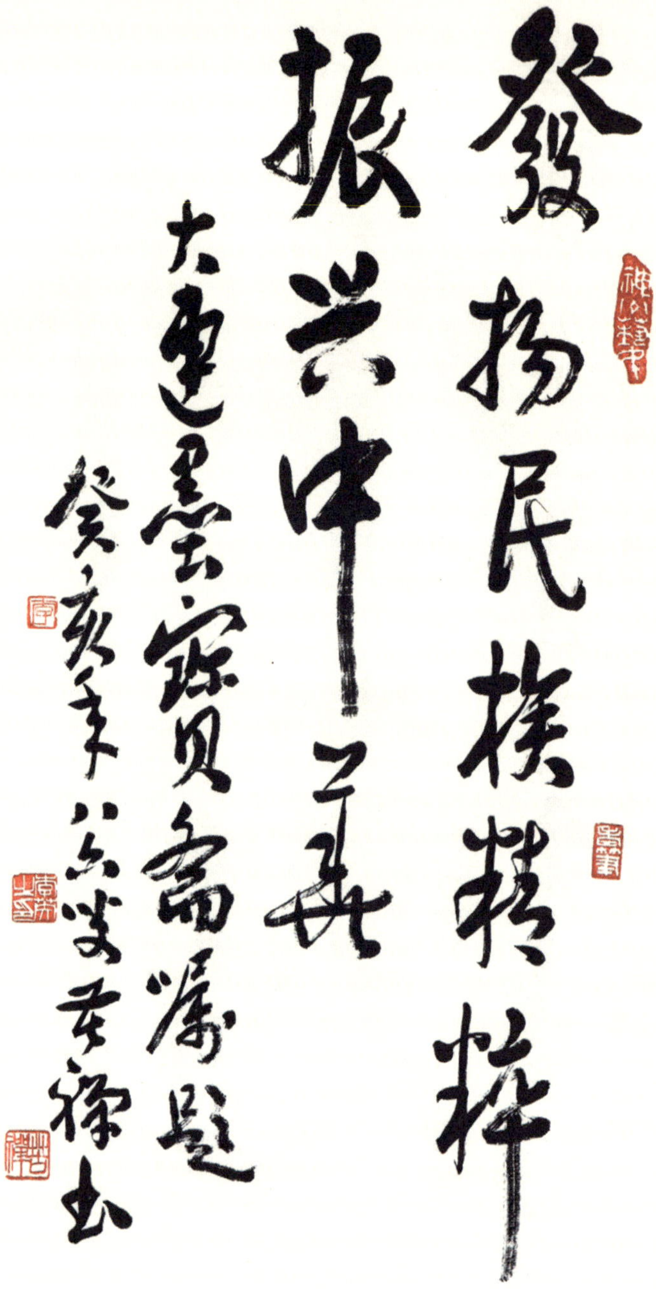

發揚民族精粹
振興中之華

大乘遷墨寳賓高屬題

癸亥年八十六歲苦禪書

現代画坛大写意巨匠，中央美术学院教授、中国美术家协会理事、中国画研究院院务委员李苦禅先生题词："发扬民族精粹，振兴中华。"

　　范曾先生为梁文敏墨竹画题款："若使循循墙下立，拂云擎日待何时。"

梁文敏与中国美术家协会理事、美术教育家、"漓江画派"开拓者阳太阳先生。

梁文敏应邀为人民大会堂作画。图为人民大会堂领导观看梁文敏现场作画。

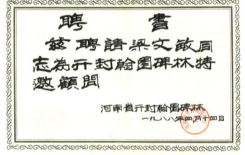

梁文敏与中国书法家协会顾问，"当代文化愚公"李公涛先生。

梁文敏被聘为开封翰园碑林特邀顾问。

中国书法家协会副主席、书法大师聂成文题词。

文化部社文局焦勇夫局长题词。

文化部常务副部长、中国文联党组书记高占祥题词。

著名书画家董寿平先生夸梁文敏竹画："有板桥风骨，文人之风"，竹子是"写"出来的，非常传神。

梁文敏与（李苦禅夫人）李慧文女士。

1986年9月，在济南万竹园李苦禅纪念馆，梁文敏与恩师刘金涛合影。

梁文敏与艺术大师娄师白先生。

梁文敏与花鸟画大师陈大羽合照。

梁文敏与中央美术学院教授、著名美术家、美术教育家、中国美协会员孙滋溪先生（中）合影。

梁文敏与书法家沈鹏。

梁文敏与书法家欧阳中石先生。

梁文敏与书法家沈延毅先生。

梁文敏与著名国画家王森然。

梁文敏与著名画家齐良迟先生（齐白石四子）。

梁文敏拜访著名作家老舍夫人胡絜青先生。

中国文联副主席、书画艺术家尹瘦石为梁文敏题词。

梁文敏与著名画家宋雨桂先生。　　　　梁文敏与台湾著名画家刘国松先生。

　　著名画家孙其峰先生为梁文敏画作补鸟并题字。　　现代画家方增先为梁文敏竹画题字。　　著名山水画画家刘宝纯为梁文敏竹画题字。

西泠印社原副社长王个簃为墨宝斋题字。

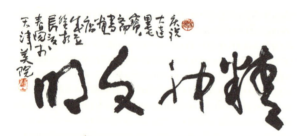

天津著名国画家霍春阳为墨宝斋书画店题字。

中国美术家协会理事、北京美术家协会副主席兼秘书长官布先生题词。

中国画研究院原副院长、中国美术家协会常务理事、国画大师黄胄先生为墨宝斋题词。

在纪念改革开放40周年之际，梁文敏向大连日报社赠送锦旗、画作。

GUANG MING RI BAO

1984年10月29日 星期一
农历甲子年十月初六 第12754号

本报讯 记者徐华西、赵兼报道：两年前因为辞去公职自谋职业而被党内除名的梁文敏，最近终于恢复了党籍。他激动地对记者说，"是党的英明政策使我重新回到了母亲的怀抱。"

四十岁的梁文敏一九六〇年毕业于大连师范学校，一九六八年在部队入党，辞职前在大连市工艺美术公司教育科教员，自身擅长绘画，多年执业余创作。他的作品多次参加省、市和部队各级美展，几次获奖。他一九八〇年被调到市工艺美术公司后，由于工作条件限制、行政事务缠身等原因，无法充分挥特长。他提出脱职停薪或退职、带几个青年自办一个书画装裱店的申请，都没有得到批准，于是他决定不要一分钱退职款，自谋职业，并获批于一九八一年一月递交了辞职书。

梁文敏的举动，引起了某些人的非难。公司领导虽准了他辞职，并取消了他的工资

和待遇，但是却给他办正式手续。一拖就是两年，这期间他无法由调个体开业。一家四口人没有任何收入。辞职后，临居公司宿舍关系新断道，公司党委领导不闻不问，反而对他说，一个共产党员连工作都不要了，去成成立党，搞什么个体，是不行的，还不革命了。梁文敏在外出写生期间给公司党组织写了汇报材料，并寄去了党费，但公司党委还是以他"不参加党的组织生活，不执行党的决议，不履行党员义务"等理由，将梁文敏从党内除名了。

梁文敏被开除名后，忧愤万分，几次申诉。今年六月，他又给各级党组织写信近三十封，申诉自己用尽"铁饭碗"，是党的政策允许的，既可以减轻国家负担，又可以自谋成才。他的申诉引起了中共大连市委的重视，市委书记及有关常委分别做了门诊，指出应冲破"左"的禁锢，按党的政策和党章处理这一问题。在市委组织部门的帮助下，公司党委于七月十四日恢复了梁文敏的党籍。

梁文敏辞职三年来，有了发挥特长的门道，真乃自得其乐。三年间他先后打点行装，访问江苏、浙江等八个省市的二十九处竹林，登门拜访于王森念、陈大羽等十几位老画家，写生作画上万幅，其中近千幅被国内外的文物店、博物馆、医院、学校和宾馆收藏或销售。他被聘为一些单位的美术教师做顾问，到部队、工厂、学校讲课上百次，还几次参加了免费"为您服务"、为少年儿童福利基金会"拥民表演"活动。他办的墨宝斋书画店去年一月开业后，著名国画大师李苦禅、黄胃分别题赠"发扬民族精粹报效中华""墨宝高聚宝藏珍"，对他的行动表示了支持。

1984年10月29日，《光明日报》刊发《梁文敏辞职自谋职业竟被党内除名 大连市委按政策办事为其恢复党籍》的报道。

1984年8月号的《共产党员》杂志刊登梁文敏来信"该不该把我从党内除名"，并就这一话题展开讨论，向读者征集意见。

2018年7月17日，《大连日报》头版报道《我市第一个"党员个体户"成为改革开放标志性人物》，文章引起社会强烈反响。

2009年，梁文敏荣获辽宁省"十大改革先锋"称号。

2018年7月16日，梁文敏带着感恩之心走进大连日报社，向报社赠送锦旗。

梁文敏在大连市民营企业"纪念改革开放40周年·不忘初心"报告会现场。

1984年，梁文敏成为全国第一个"党员个体户"，开创全国第一个个体经营书画店——大连墨宝斋。

1988年1月号的《共产党员》杂志发表《咬定青山不放松——访个体画家、恢复党籍后的梁文敏》报道。

2005年，梁文敏荣获"先进党员"称号。

2009年，梁文敏荣获"第五届辽宁经济与社会发展十大改革先锋"称号。

92岁的夏长训老先生报名参加墨竹画函授学习。

1987年10月5日，大连墨宝斋业余美术学校全国免费墨竹画函授班大连站开学典礼，在大连军人俱乐部隆重举行。

创办全国第一所个人办学、面向全国招生的"墨竹函授学校"——大连墨宝斋美校。

梁文敏编写的《怎样画墨竹》函授讲义。

1988年1月12日，中国第一个文化大篷车从大连出发。

中国第一个文化大篷车全体人员。

辽宁省党政领导接见文化大篷车全体成员。

"大篷车"开进鲁迅美术学院。

1988年2月6日，《辽宁日报》在"周末谈"栏目刊发文章《"大篷车"精神赞》。

《中国青年报》刊发《梁文敏"文化大篷车"启程 祝君一路顺风》的报道。

中央美术学院教授黄均为文化大篷车题词：美术领域中的乌兰牧骑。

中华人民共和国文化部原常务副部长、全国文联副主席、党组书记高占祥为文化大篷车题词。

1988年2月1日，文化大篷车开进辽宁日报社，受到热烈欢迎。

中华人民共和国文化部命名：中国第一个文化大篷车。

解放军报社领导接见梁文敏和他的文化大篷车。

郑惕将军（后排右三）接见梁文敏，并在文化大篷车前合影。

在文化大篷车前，梁文敏和战斗英雄们合影，留下美好难忘的记忆。

经过10多天的培训，60多名老首长和干部、战士家属取得了好成绩，其中有数十名老干部学员被评为优秀学员。

文化大篷车抵达四川新都宝光寺。

篷车传艺，桃李满天下。

1989年11月9日，遵义市委、市人民政府、市政协举办"欢迎文化大篷车"新闻发布会。

梁文敏现场给重庆松藻煤矿矿工们展示书画艺术。

《谁在改变中国》收录《梁文敏的文化"长征"——从中国第一辆文化大篷车看新中国文艺发展》一文。

梁文敏文化大篷车把艺术送到山村人民群众中。

公安部原副部长于桑现场为文化大篷车题词。

文化先锋，良师益友。

梁文敏和他的文化大篷车。

梁文敏向战友献画。

梁文敏和著名军旅作家高玉宝在一起。

梁文敏和他的"拥军大篷车"。

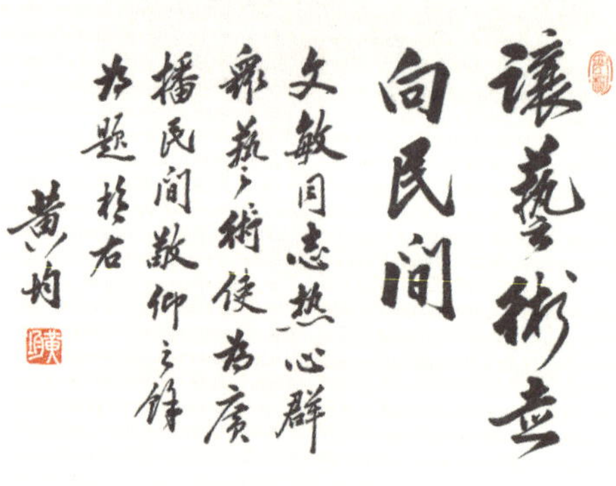

让艺术走向民间

文敏同志热心群众文艺，艺术侠肠广博，播民间散仰之锋，书题祝右

黄均

艺术之花，

年遍祖国大地

文敏同志之属

八十有二岁

胡絜青

中央美院教授黄均题词。

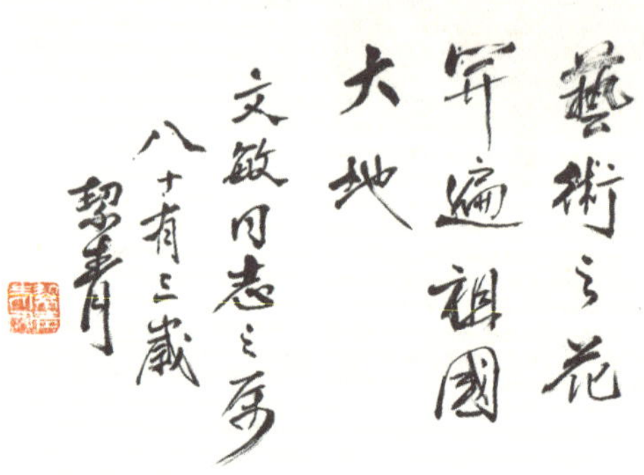

老舍夫人、著名书画家胡絜青题词。

发扬长征精神

原空军副参谋长

老红军战士

李继开

一九八八年三月

�定青山不放松

赠文敏开兄

解放军报社

一九八八年三月日

老红军战士李继开将军题词。

解放军报社题词。

蓬莱精神

荣誉

军魂

郑惕

墨竹大家，蓬莱天涯

开拓创新艺苑生华

为大连墨宝希望

铭美术之根与文敏同志题词画会

茂陵博物馆王志杰

一九八八年六月廿三日

郑惕将军题词。

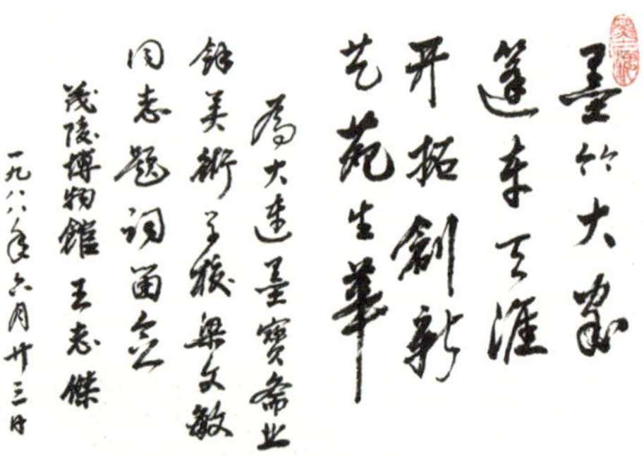

陕西省茂陵博物馆原馆长王志杰题词。

蓬車精神
青竹品節
文敏同志惠藏　龍飛龍書

范曾大师题词。

梁文敏同志
為普及群衆美術甘當
人梯
中國美術家協會遼
寧分會　一九八八年元月

中国美术家协会辽宁分会为梁
文敏题词。

萬里蓬車
萬里情

石家庄市著名书法家方育为文化大篷车题
词。

大連文化大篷車
梁文敏先生
蓬車萬里傳友誼
精神文明用新花
重慶市文化局
一九八九年

重庆市文化局为文化大篷车题词。

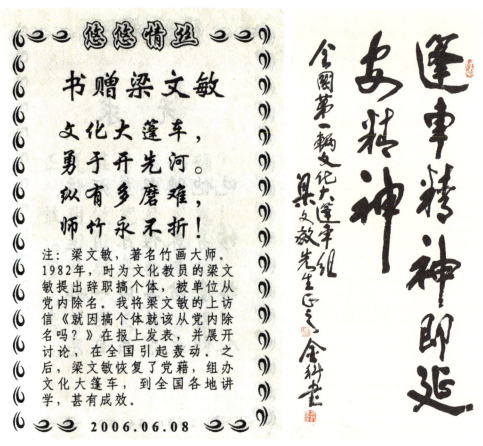

悠悠情丝

书赠梁文敏

文化大篷车,勇于开先河。纵有多磨难,师竹永不折!

注:梁文敏,著名竹画大师。1982年,时为文化教员的梁文敏提出辞职搞个体,被单位从党内除名。我将梁文敏的上访信《就因搞个体就该从党内除名吗?》在报上发表,并展开讨论,在全国引起轰动.之后,梁文敏恢复了党籍,组办文化大篷车,到全国各地讲学,甚有成效。

2006.06.08

大连日报社记者安丰金题赠。

蓬车精神神即延安精神

全国第一辆文化大篷车组

梁文敏先生正之 李金科书

延安地区文联主席李金科题词。

文敏同志:

篷车精神

曾思玉 二〇〇九年元月

曾思玉将军题字。

2000年（首届）大连国际艺术博览会组委会为梁文敏制作的宣传海报。

2018年12月12日，《中国书画报》发表《"当代板桥"梁文敏作品选刊》。

扬州大学师范学院教授、著名作家、板桥故乡人黄俶成先生将他创作的《郑板桥小传》赠送给梁文敏，并答应将来出一本《梁文敏小传》。

2018年11月12日，河南范县郑板桥纪念馆颁发给梁文敏的"范县郑板桥纪念馆名誉馆长"聘书。

江苏兴化郑板桥纪念馆画师郑炎风为梁文敏题词。

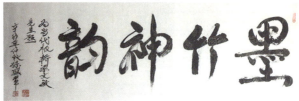

文化部原主任孙盛军为梁文敏题词。

李宗海先生为梁文敏题写"板桥遗风"。

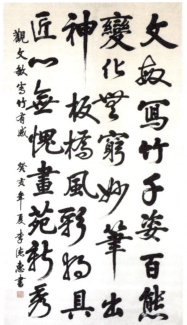

北京著名书法家李德惠先生为梁文敏题词。

"当代板桥"梁文敏。

梁文敏和弟子在河南范县郑板桥纪念馆合影。

曾思玉将军为梁文敏竹画题字。

兴化扬州八怪书画院院长董怀勇（右一），兴化郑板桥纪念馆馆长陈学文（右二）与梁文敏（右三）和纪念馆工作人员在郑板桥雕像下合影。

"当代板桥"梁文敏。

郑板桥故居全体工作人员拿着梁文敏为郑板桥故居所作的"风竹图"与梁文敏在郑板桥故居门前合影留念。

梁文敏在郑板桥故居郑板桥雕像下留影。

江苏省兴化市委、市政府领导接见"当代板桥"梁文敏。

梁文敏向梁秀风、李宸宇等弟子传授剑刀竹派画技。

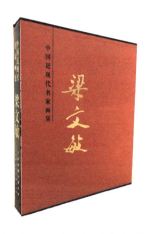

2018年2月，天津人民美术出版社出版《中国近现代名家画集：梁文敏》。

梁文敏专心绘竹。

梁文敏与儿子梁晓东在书房合影。

梁文敏在梁晓东画院向儿子传授剑刀竹派技艺。

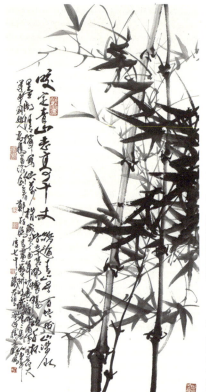

梁文敏墨竹作品。

梁文敏墨竹作品。

董良为尊师梁文敏敬书。

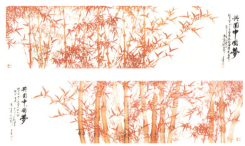

《中国近现代名家画集：梁文敏》封面。

梁文敏墨竹作品。

中华人民共和国成立70周年时，全家在北京合影。

与夫人许秀娟在大篷车前合影。

中华人民共和国成立70周年时，与夫人在北京合影。

墨宝斋"夫妻店"。

中华人民共和国成立70周年时，与夫人在北京天安门前合影。

《人民日报》记者采访梁文敏后留影。

《梁文敏墨竹画展》在桂林引起轰动。

梁文敏与大连海滨美校校长朱海滨合影。

梁文敏与大连东方视野文化传播有限公司董事长刁金翌女士合影。

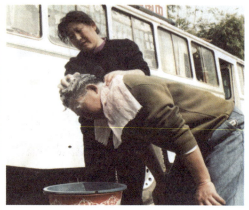

梁文敏夫妻相濡以沫。

跋山涉水。

2006年2月，梁文敏与大连万达集团股份有限公司董事长王健林合影。

梁文敏向"十二运"大连赛区捐赠书画，大连市人民政府为梁文敏颁发铜匾。

2013年8月27日，在大连西岗区文化体育活动中心举办"喜迎全运共圆中国梦——当代板桥梁文敏书画展"。

梁文敏与著名作曲家曹进先生合影。

梁文敏被聘为《大连警察》艺术顾问。

梁文敏为帮助汶川灾区开展义卖活动。

2018年梁文敏与戴旭教授在中国人民解放军国防大学相会。

梁文敏与友人张红太教授（组图）。

军旅情怀　墨竹精神（代序）

张红太

　　蒙军旅艺术家梁文敏先生之托，为本书作序，但是心中有一种诚惶诚恐之感。我深感自己所写的这些文字不足以达到序言的深度和分量，于是，我力求以粗淡的笔墨来探索梁文敏先生的心路历程。

　　文以载道，画以言志，诗以咏物。每个人都有自己的梦想和追求，也都在似水流年的征程中为逐梦而不断前行。本书的出版，融合了梁文敏先生艺术追求和实践中承载的艰辛、执着和力量，记录了他的激情、勇气和担当。书如其人，品书如品人。本书为我们提供了颇具社会价值和艺术价值的珍贵经验，让我们在品读中领略传主的智慧，在思考中体验文化的内涵，在回味中感悟人格的魅力。

　　梁文敏毕业于旅大师范学校（今大连大学），曾任大连墨宝斋总经理、大连墨宝斋业余美术学校校长、辽南墨竹研究会会长、郑板桥研究会会员，现为中国美术家协会会员。任中国第一个文化大篷车"车长"、梁文敏大篷车美术馆馆长、郑板桥艺术收藏馆馆长、沈阳军旅书画研究会艺术顾问、板桥竹风剑刀画派研究院院长、中原书画院特聘教授、河南开封翰园碑林特邀顾问、河南范县郑板桥纪念馆名誉馆长。

梁文敏是一位有着跌宕起伏、曲折感人的传奇经历的典型人物，作为"人民艺术家""军旅画家"，他在人生道路上，不忘初心，用"板桥精神""竹子精神"鼓励自己拼搏奋斗，被中国美术家协会认可为"当代板桥"。

梁文敏，这个旧社会的苦孩子，新中国的幸运儿，从小就对竹子有着特殊的感情。学习美术以后，他选择了墨竹，在师范学校，接受了传统扎实的基本功训练；在风华正茂、热血方刚之际，有幸进入中国人民解放军这所大学校，守卫海防前线期间，他以画笔为武器，进行宣传教育工作，这一切彰显了他"咬定青山不放松"的竹子精神！

人要活得精神，更要活得精彩！这是我阅读本书的深切感受。大千世界里，日月轮回中，伟人也好，平民也罢，在浩瀚的宇宙中都是那么渺小。巨星陨落，太阳依旧升起；流星划过，天空依旧美丽；千磨万击还坚劲，任尔东西南北风；大道至简，沧海横流，大浪淘沙。以君子之心、高风雅量和开阔胸襟待人接物、处世立身，德厚流光。成功来自于逆风飞扬，卧薪尝胆，不惧风雨，内心强大才是真正的强大。我想，这正是梁文敏先生风雨人生的真实写照。

"为什么我的眼里常含泪水，因为我对这片土地爱得深沉！"认真品读梁文敏先生的人生经历，散发着源于心灵深处的生生不息的军旅情怀、孜孜不倦的奋斗精神和淬火融冰的心灵温度。让我们感受到他海纳百川的情怀、厚德载物的品质和笑傲人生的英姿。感受到一种平凡中的伟大、平淡中的神奇、平常中的神韵。掩卷深思，让人能触摸到作者的激情脉动、家国情怀和人格魅力。

心灵的温度折射人性光辉。人生道路上的每一步都是财富，艰辛与奋斗是一种历练，幸福与快乐是一种体验。生活在这个世界上，每个人都是怀着一颗向上、向善、向美的心，努力追求生活的美好，汇聚拼搏的力量，也承载社会的责任。岁月悠悠，时光荏苒。撰写梁文敏先生的传记，让我经历了一次心灵的涤荡。我深深感知着一位共和国老兵澎湃的心音，感悟浓浓的暖意，感怀盎然的激情。世界始终是由正能量所引导和主宰，这是历史的潮流，也体现出文化自信。人们对美好生活的向往始终是不变的主题，社会的进步需要每个人去助推、去创造、去付出！

本书记载了梁文敏的苦难童年，记录了梁文敏在人生路上所经历的挫折与磨难，展示了他苦心学艺，与竹结缘，崇尚艺术的人生追求。他青年时投笔从戎，光荣地成为中国人民解放军战士，在部队这所大熔炉、大学校中，他得到了思想、灵魂、艺术和品质的锤炼与提升，这都为他日后的人生奠定了重要的思想基础。正是有了军旅经历，正是具备一个军人的情怀，才使得他在走向社会时，能够用心办学，服务社会，传播先进文化，传递正能量。

梁文敏的心灵充满激情，始终保持一种温度。心灵的温度是一种人生智慧，是不以物喜，不以己悲的人生境界；是不求喝彩、但求精彩的人生追求。心灵的力量才是无穷的力量，跋涉在路上，有坚持、有执着，就会有希望、有收获。这种力量让人一路前行，催人一路远行！我在想，一位衣食无忧、业就功成的老艺术家，本应安度晚年，尽享天伦之乐。为什么还要在耄耋之年去呕心沥血出版一本传记？他到底为了什么？通过与梁文敏先生的交流，我找到了一些答案。我感到，他就是要为社会、为国家、为时代，也为后代、为年轻人传递和提供一种思考人生、净化心灵、激励奋发的力量。在这本书里，您会读懂梁文敏在奋斗中的艰辛与快乐，在逆境中的坚守与执着，尤其是作为一名革命军人、共产党员、知名艺术家，在不被理解甚至被误解时所表现出的忠诚与品德。

作为一名军旅艺术家，梁文敏在我国改革开放初期，首创了"文化大篷车"，一路远行，跨越千山万水，服务部队官兵和千家百姓，这独有的特色经历为梁文敏的人生描上浓墨重彩的一笔。从他被中国美术家协会认可为"当代板桥",到后来在艺术创作中出版"大红袍"作品集,成为一代名家,一代大师,我国著名书画艺术家范曾、韩美林、宋雨桂等都曾为其题词,这些都让我们感受到了梁文敏在我国艺术界的成就和分量。梁文敏打造了在艺术创作领域中的"剑刀竹派"风格和精神,这些都充分体现了他的艺术风骨和人生追求。

梁文敏先生给我们传递的是一种力量和品质。胸怀,是一种品质,是一种力量,是一种境界。人每天都要行走在路上,这条路既是生活之路,也是人生之路,更是心灵之路。胸怀是一种格局,当你胸怀天下,又何必计较一城一阙。胸怀是一种修炼,看庭前花开花落,望天边云卷云舒。波澜无恙,宠辱不惊。自然界的风雨我们无法抵御,而个人的命运却是可以把握的。保持心灵的"风平浪静",就要力排"风雨"的袭扰,无欲则心静。古人云,宠辱不惊,看庭前花开花谢;去留无意,望天边云卷云舒。这反映的是一种做人、做官、做事的态度和境界。这些,恰恰都在军旅艺术家梁文敏身上得到了充分的彰显!

梁文敏先生是一位笃学勇毅、用心用情之人。他对艺术的不懈追求,他对生活经历的用心感知,他对社会的大爱情怀,是他几十年人生风雨所融合与承载的一种高贵品质,也是激励他不断进取、不论逆境与顺境都能奋发有为的强大动力和精神力量。

路,正道如虹。路可以分为脚下之路和心灵之路。脚下之路曰"里程",心灵之路曰"历程"。路,承载着艰辛,也寄予着希望。以执着、坚守和激情行走在路上,看过客匆匆,悟世间冷暖。以精益求精的精神追求完美,以谦逊的态度对待他人,以宽广的胸怀容事容人,以热情的心态欣赏他人,那么,脚下的路才会越来越通达,心中的路才会越来越精彩!

梁文敏先生的传奇经历,折射出奋斗的人生。用心书写人生,人生才会更精彩！行走在阳光下，沐浴在风雨中。希望，永远在路上；目标，永远在前方！这，才是一位老艺术家的人生状态，才是跋涉的方向。海纳百川不仅仅是写在纸上，更需要写到心灵深处。跋涉，是在路上的一种奋进，是一种冲锋的姿态，人奔走在路上，才会有更多的同行者，才会领略更美的风景！永葆在路上的姿态，永葆在路上的激情！

美丽的风景首先在人的心灵间，只有感受生活的美好，才会感悟世界的魅力！人生，需要我们"正青春"的激情，需要胸怀天下的眼界，去做一点让自己喜欢、令朋友认可、对社会有益的事！胸怀，会让我们共同追求精彩！有位哲人这样说，我们不一定每天都行走在海洋大漠，但心中一定要海阔天空。在度过的每一天里，应力求以一种昂扬的、感恩的、执着的心境把喷薄的朝霞迎来，把美丽的夕阳送走。

梦想成就未来，奋斗绘就精彩！梁文敏先生每一次人生的选择、每一个岗位的调整、每一步坚实的收获，都能够以战略的眼光、科学的思维和拼搏的精神来对待。人在征途、人生在世，需要的不就是这种精神吗？这种精神是一个人闪光人生的展示，是为社会奉献的宝贵财富。我们没有理由不去认真品读、珍惜、传承和光大！每个人都是新时代的奋斗者，奋斗者是最快乐的！正因为世界上没有完美，正因为还存在缺憾，我们才去追求完美，才有憧憬和梦想！正因为还有一段很长的路要走，我们才步履匆匆。正因为已经认准了脚下的路，才会不惧风雨！我们的心在远方，梦在远方……

目 录
CONTENTS

第三章　难忘军旅

第四章　投入办学

第五章　爱党情深

第六章　篷车远行

第七章　桂林记忆

第八章　一代宗师

第九章　入选"大红袍"

第十章　传奇人物

第十一章　开宗立派

附　录

后　记

第一章

童年记忆

幼年随母讨饭

1945年7月22日夜晚，距潍坊市百里之遥的平度县青扬乡棘子杖村。

这个村子只有几十户人家，村西头不足三间用土垒的破草房里传出女人疼痛难忍的呻吟声……

屋内，穿着破土布露肩褂子的房主叫梁世昌，他两眼呆滞地吸着老旱烟，烟云在他头上缭绕弥漫。接生婆50岁左右，心直口快，干净利落。她急三火四地来到外屋，嗔责地对梁世昌说："你可真沉得住气，火上房都不着急！""快把水盆递过来！"接生婆的一声高喊，顿时震醒了梁世昌，他赶紧找到水盆递给接生婆，又回到土草房，照旧吸着老旱烟。

梁世昌是家中唯一的劳力，父亲瘫痪，常年卧床不起。母亲体弱多病，一个女儿刚满3岁。家中只有两亩田地，如今繁重的苛捐杂税，让这一家6口人可怎么活啊！梁世昌想到这些，不停地用拳头捶打着胸脯，泪水湿透了他的衣襟。

里屋传出婴儿的哇哇哭声。

接生婆高兴地叫道："是个男孩！"梁世昌一抹眼泪，急忙进屋看个究竟，果然是个男孩，他马上憨笑得嘴都合不拢了，妻子脸色蜡黄，瘫软在床上，梁世昌疼爱地为妻子擦着额头上的汗水。

梁文敏的父亲梁世昌，照于1956年大连工区第四工地。

梁世昌回想起两年前，妻子生下第一个孩子，因黄河发大水，土地歉收，再加上战乱，孩子生下来没有奶吃差点被饿死。如今，面对这个新生命，他想家里再贫困也要把这个男孩养大成人。于是，他找亲戚帮忙，东借西凑，为妻子准备了面粉和鸡蛋，加强营养，恢复身体，增加育婴的奶水。一日三餐，围前围后，照料月子中的妻子。

孩子一天天长大，总得有个名字啊，梁世昌征求父亲的意见，按照祖上家谱排名顺序，应该排"文"字，祖上几代贫穷，没有一个读书人，为改变贫穷面貌，把一切希望都寄托在这个孙子身上。因此，"文"字后面加了个"敏"字，就叫梁文敏。

那时候，正赶上中国发生内战，国民党军队为了壮大力量，到处抓壮丁，把胶东闹得人心惶惶，鸡犬不宁。

一个漆黑的夜晚，棘杖子村在寒风中颤抖，睡梦中的梁世昌被村子里汪汪的狗叫声惊醒，他一骨碌从坑上爬起来，立马穿好衣服，叫醒熟睡的妻子，"快起来，村子里出事了！"

妻子立刻坐起，听到狗叫声，警惕地说："保安团在村子里抓壮丁吧！"夫妻俩正疑惑之时，村东头的王大爷气喘吁吁地在门外小声说："保安团在村东头抓壮丁呢，学章啊，快跑吧！再不跑就跑不出去了。"

梁世昌一听，吓出一身冷汗，也顾不得向王大爷道谢，急忙返回屋里，为了不惊吓到年迈的母亲，小声对妻子说："照顾好母亲和孩子，我得赶快走！"

妻子颤抖地说："国民党到处抓壮丁，你往哪儿跑啊？"

梁世昌紧锁眉宇说："天无绝人之路。"

街上传来急促的脚步声，狗叫仍然不停。

梁世昌看看襁褓中的儿子文敏，默念着："爹走了，但愿你能活下来。"

妻子催促着："还磨蹭什么，快走哇！"

梁世昌推开北窗户，跳了出去……

梁世昌刚跳出去，保安团的人就闯进来，一脚将房门踹开，拥进屋里，里里外外搜查一遍，见都是老弱妇女儿童，无青年壮丁可抓，骂骂咧咧地走了。

连年的战乱，加上家里的主心骨梁世昌出逃在外，梁家的日子越发艰难，梁世昌逃走半年多，梁文敏刚刚2岁，母亲又给他生下妹妹。家里一点粮食也没有，实在没有办法，只好把小妹妹送人，换来两斗高粱米。

梁文敏长到3岁的时候，家里欠债越来越多，要债的天天上门，梁世昌的妻子没有办法，只好卖掉二亩薄田，全家还清了债务。

农民靠土地为生，卖了土地就等于砸了全家人的饭碗，为了活命，梁文敏的母亲带着他四处讨饭，在兵荒马乱、灾害连年的年月，出外乞讨的人越来越多，有钱人家为富不仁者居多，不愿施舍；穷苦人家很同情乞讨者，但爱莫能助。梁文敏常年随母亲乞讨，遇到的种种遭遇，给他的身体和幼小的心灵留下了沉痛的创伤。

1948年初春的一天，梁文敏和母亲到离家10多里的村子要饭，母子俩来到富户人家的大门口乞讨，求叫了老半天，无人出来施舍，母子俩正要离去，突然一条大黑狗从院子里扑出来，吓得梁文敏毛发竖立，哭喊着抱住母亲的大腿，母亲怕咬伤儿子，紧紧地护着，狗拼命扑向文敏娘俩，母亲一棍

梁文敏的母亲陈桂英。

子打过去，不仅没有打到狗，狗却扑过来撕咬着梁文敏的大腿，母亲转过身来，又是狠狠一棍，这回狗逃走了。

梁文敏大腿流血，母亲撕下身上的破衣襟为他包扎，这时走过来一位30多岁的妇女说："这娃伤得不轻呀，你们娘俩又饥又饿的，快到我家包扎一下吧。"她不怕娃儿身上的泥土和血迹，背起就走。

这位妇女的家境较好，在当时算得上中等人家，妇女烧了热水，放了盐，给梁文敏的伤口擦洗、消毒。给他们母子做饭吃，临走的时候，又送给他们5斤地瓜面，母子俩千恩万谢，无限感激！

与解放军结缘

一个大雪纷飞的日子，梁文敏跟着母亲讨饭，不小心被横在路上的一块大石头绊倒，大头朝下滚下山沟，撞到一块大石头上，万幸的是被一棵大树挡住，才没有滚到沟底。小梁文敏当即晕了过去不省人事。

这下可把母亲吓坏了，连滚带爬地把他背回家，回到家一看，孩子的头被撞破一个大洞，血流不止，因没钱请医生，只好用旧棉花堵住伤口止血，哪知血是不流了，可是伤口感染了。第二天，梁文敏的耳朵直往外流脓水，眼眶鼓起个大包，高烧40多度，心跳气短，口吐白沫，手和腿不断地抽搐，母亲哪里知道这是伤口中毒感染！眼看着梁文敏有生命危险，母亲和奶奶急得团团转。说来也怪，每次梁文敏遇难的时候，总有人帮忙搭救，正当他即将步入鬼门关的时候，母亲突然想起来有一支解放军队伍住在村子里，母亲背起梁文敏，连夜来到驻军营地，解放军见到梁文敏的伤情，立即进行抢救，给他消毒，打针，换药，包扎伤口，医生感慨地说："这孩子如不及时抢救，就没命了！这孩子命大不能死！" 这样过了几天，梁文敏才慢慢苏醒过来，能吃东西喝水了。又过了一个多月，伤口完全愈合了，留下一道伤疤。母亲眼含着热泪向解放军说："共产党、解放军救了我孩子的命，是我们的大恩人，我们永远不会忘记。"

这是他有生以来第一次感到人间真情，永生难忘，但小小年纪无法用言语表达，只能留存在幼小的心灵里，从那时起他和解放军结下了不解之缘。以后的人生岁月里他总是怀着一颗对共产党感恩的心。

梁文敏的头伤是治好了，但也留下了后遗症。梁文敏的右眼视力很低，不到0.1，1米以内的东西只能看到模糊的影像，右耳也常常流脓流血，给今后从事书画艺术创作带来极大困难。

村子里有位年龄近百岁的刘大爷，读过几年私塾，考上了秀才，干过几年官差，为人热情，虽然生活清苦，但活得很乐观。他知道的事情很多，尤其是对郑板桥比较了解，每到晚上，常常给孩子讲故事。梁文敏最爱听郑板桥的故事。在他心里郑板桥为官清廉，不畏强暴，为民做主的高尚情操和他画竹的神奇绝技，在他幼小的心灵里埋下深深的种子，等待适当的土壤、水分、气候便会生根发芽成长。

说到郑板桥，那是我国著名画家。郑板桥（原名郑燮，1693年11月22日—1765年1月22日），字克柔，号理庵，又号板桥，人称板桥先生，江苏兴化人，祖籍苏州，清朝学者、书画家、"扬州八怪"代表人物。

他是乾隆元年（1736）进士，官至山东范县、潍县县令，政绩显著。后客居扬州，以卖画为生，代表作品有《修竹新篁图》《清光留照图》《郑板桥集》等。郑板桥一生只画兰、竹、石，自称"四时不谢之兰，百节长青之竹，万古不败之石，千秋不变之人"。其诗书画，世称"三绝"，是清代比较有代表性的文人画家。

郑板桥的一生，经历坎坷，饱尝酸甜苦辣，看透世态炎凉，他敢于把这一切都融入他的作品中。

郑板桥画竹，"神似坡公，多不乱，少不疏，脱尽时习，秀劲绝伦"。

《清代学者像传》中写道，他一生三分之二的岁月都在为竹传神写影，自己曾有诗写道："四十年来画竹枝，日间挥写夜间思，冗繁削尽留清瘦，画到生时是熟时。"后来他通过观察和艺术创作的实践，提炼出"眼中之竹""胸中之竹""手中之竹"的理论。

概括说就是画家把眼睛看到的客观形象，经过大脑的意象处理，最终经过技术加工物化为典型的艺术形象，是艺术创作的最高境界。

清代著名画家郑板桥。

随父母闯关东

再说梁世昌从家里逃出来，在漆黑的旷野里，踏着坎坷的泥土路，一口气跑了10多公里，恐惧的心才稍微平静下来。乱世年月，国民党正规部队和杂牌的保安团横行霸道，到处拉夫，"抓壮丁"，村村户户遭受其害。梁世昌想，在农村无法躲避，只能远走高飞到大城市躲藏。平度、潍坊太小，容易被敌人抓走，最后他选择了大城市青岛。

旷野宁静，偶尔从远方传来狗叫声。天空落下微微细雨。梁世昌即将要远离家人，无限悲伤。他伫立流泪，眼望家的方向，久久没有挪动脚步。是啊，他要离开家了，路途遥远，何时能还乡与妻子儿女团聚呢？

梁世昌昼伏夜行，一路躲避，一路乞讨，行程几百里，终于到了青岛。当时青岛是山东半岛最大城市。日本帝国主义投降后，蒋介石从海上以军舰运输部队，首先占领了青岛。同时，青岛也是美帝国主义在中国沿海设立的最大海军基地。也就是说，是帮助蒋介石打内战的基地。

青岛市内工商业较为繁荣。八路军挺进胶东后，发动群众减租减息，对有罪恶的地主、富农、土豪劣绅清算。因此，胶东一带的资产阶级和地主富农都躲到青岛，在国民党军队的庇护下，过着花天酒地的生活，给这里的经济带来繁荣，特别是这里的饭店酒楼生意火爆。在青岛，梁世昌举目无亲。想进城市找工作，就要有一技之长。他是个老实憨厚的农民，只会做庄稼活，因此辗转了几天没有活可干。突然有一天，他路过一个饭馆，仔细端详，店门虽然不大，但是在繁华地段，屋里吃饭的人倒是不少。又看到店门旁边写有招工启事，招聘一名勤杂工。他走进饭馆找到老板，要求在这做勤杂工。老板50多岁，细眉鼠眼，酒糟鼻子，又圆又粗的脖子上套个金链子，生人一看，就知道是个不地道的人。老板打量着梁世昌，从外表看他是老实能干活的人，点头说道："留下吧，你在店里干捡碗刷盘子的活儿。"

梁世昌终于找到了一份工作，虽然捡碗刷盘子的活儿又脏又累，工钱很少，但有了吃住的地方，也就心满意足了。饭馆是风雨不误，天天开，梁世昌根本没有节假日，而且城市里越是节假日饭馆的客人越多，捡碗刷盘子终日不停，累得他腰酸腿痛，稍有怠慢，老板就既打又骂。

有一天，梁世昌感冒发烧，周身酸痛无力。在一般情况下应当休息，可是为了保住工作，他硬是坚持上班，无力的腿一软，脚踩着地上的水滑倒，盘子摔得七零八落。老板听到响声，跑到后厨，见此怒目圆睁，"啪"地打了梁世昌一记耳光，骂道："混蛋，你是不想干了！"指着地上的碎盘，"这月的饷钱赔在这些盘子上。"说完气呼呼地走了。

梁世昌的苦衷和谁去说啊，只好自己忍着。他不仅受老板的气，而且还受到兵匪的欺凌。

1948年中秋节这天，饭馆客人非常多，跑堂的伙计忙不过来，临时把梁世昌调到二楼帮忙当招待。天近中午的时候，梁世昌收拾客人吃完的一桌碗碟，突然从楼下传来叫喊声："客官到，楼上请！"接着就听到"咯吱咯吱"的踏板响，传来骂骂咧咧的声音："他妈的，共军打下了济南，还来攻青岛，他也不看看，老美的军舰在这呢，简直是鸡蛋碰石头。"

另一个接着说："二团和咱们换防，他妈的，滚就滚呗，连阵地上的电线都带走，真他妈的损透了。老子忙活了一宿，难怪老子接不通，电线不够长通个屁！"

随着骂声走上来两个国民党军官打扮的人。一个瘦高个，走路摇摇晃晃，两腮塌陷，两眼溜圆，活像个猴子；另一个腿短脖粗的矮胖子，像一个木墩子。看样子官职不高，派头不小。两个人来到楼上，环视四周，其中矮胖子把帽子使劲往墙上一挂，不悦道："什么他妈的雅座，乱七八糟！"

梁世昌笑脸相迎递上菜单，小心翼翼地问："长官，想吃什么？"

"废话，老子吃什么，还需你问吗？"

另一个瘦猴子没好气地说："让楼上吃饭这些人都到下边去，我俩有话在这说！"

梁世昌解释说："老总，他们快吃完了，您稍候。"

瘦猴子脸露青筋，骂道："老子说话，难道是放屁不成！"掏出手枪往桌子上猛地一摔，指着另一桌，"统统给我滚出去，别说老子不客气！"

旁边那桌的客人怕惹出事端，迅速地离开了。

矮胖子瞧着菜单："烧鸡一个，大虾一盘，两个烧猪蹄，捎带一盘花生米……"

瘦猴子阻拦："够了，我说老兄啊，别点了。"

矮胖子说："再来一瓶高粱酒，两盒哈德门。"

不一会儿，菜、烟、酒上齐了。两个家伙狼吞虎咽地吃起来。约半个小时后，桌上已是杯盘狼藉，俩人醉醺醺戴上帽子准备离开了。梁世昌看他俩白吃白喝，紧忙上前阻拦："老总，结账付款，总共2块大洋。"

瘦猴子一瞪眼："老子下馆子从来没给过钱，在你馆子里吃饭，他妈的是瞧得起你，你他妈的主动请我，坐八抬大轿我都不来！"

梁世昌哀求地说："老总，你要是不付钱，这账老板就算在我身上了。"

矮胖子说："爱他妈算谁算谁，算在你头上，是你小子活该倒霉！"说完，两个家伙要走。

梁世昌傻眼了，赶紧阻拦。

瘦猴子说："你他妈吃了豹子胆了！"上去一脚，梁世昌一闪，正好摔在楼梯口，滚下楼梯。

两个家伙气冲冲地来到一楼，指着躺在地上的梁世昌，对老板说："没教养的东西，好好管教！"

老板恭维地说："是，老总！"矮胖子说："国军战事繁忙，今儿个没带钱来，改日到你门上，一定付清。"

老板点头哈腰："是，是，老总，请多多光临小店，今日招待不周，多加原谅。"

两个家伙头也不回地，大皮靴踏着地板"嘎嘎"的，出了饭馆。

梁世昌的头摔了个饭碗大的青包，从昏迷中慢慢爬起。老板不仅不体谅伙计受的委屈和痛苦，反而上去踢梁世昌一脚，厉声喊道："惹事的东西，给我滚！"

梁世昌被赶出饭馆，带着满腹的委屈和悲伤流落街头。

一天清晨，空气特别清爽，梁世昌从空房子里爬出来，到了附近一家小摊喝豆腐脑。突然有一只大手抓住他的肩，他一哆嗦，回头一望，原来是临村的老乡郭永海。他高兴地站起来握着郭永海的手，这真是不期而遇，两人坐下来，边喝豆腐脑边攀谈起来。郭永海自1947年冬躲避"抓壮丁"逃到大连，在大连黑嘴子修船厂做材料采购员，这次来到青岛是购买机器零件的。他了解梁世昌的遭遇后，让梁世昌随他到大连去做工。他告诉梁世昌，大连是共产党领导下的解放区，那里的工人当家做了主人，不再受人欺负，那儿工作很好找，工资也不低。梁世昌喜出望外，当场就同意了。

郭永海带着梁世昌在青岛码头乘货轮，经过一夜航行，第二天清早来到大连。

梁世昌很快就找到工作，在大连第四建筑工程公司当建筑工人。高兴之余，不免想起家乡，想起妻儿，待局势稍稍稳定些，便托郭永海给家里捎封信，让家人尽快搬到大连来住。

说来也巧，这时梁世昌一家人正在老家的破房子里，因为不知道梁世昌的生死而伤心难过，郭永海来到梁家叫门："大嫂，在家吗？我是学章的朋友。"

梁文敏和妈妈、姐姐一听到来人的叫声，不免惊愕。少许，母亲带着疑惑的心情开了房门，将客人请进屋里。

郭永海看到娘仨儿神态疑恐，脸上布满道道泪痕，不禁猜出一二。于是说："大嫂，学章让我捎封信来。"

"他还活着！"母亲简直不敢相信自己的耳朵。郭永海认真地说："学章在大连当工人，生活过得很好。"

"这是真的！"

"你看，这是他写给你的信。"

母亲睁大眼睛，双手接过。

郭永海说："学章让你们尽快搬到大连。"

母亲真是惊喜万分，她不由得手捂着脸放声哭泣。文敏和姐姐"哇"的一声扑到妈妈怀里哭着，真是悲喜交加，郭永海的泪水也不由自主地流下来。

哭罢，母亲抬起头来，擦着眼泪，笑了："大兄弟，咱娘儿几个光顾着哭了，我给你做饭去。"

郭永海忙制止，说："大嫂，我和学章像亲兄弟一样，我还得往家赶路呢。"

母亲过意不去地说："看，连口水都没喝，嫂子招待不好，对不起大兄弟呀。"

郭永海笑了，说："饭以后有时间吃，等你们搬到大连，你不请我，我也去！"

母亲拉着郭永海的手，出了家门。郭永海与他们辞别，踏上了回乡的路。

郭永海走后，全家人兴奋异常，有说不完的高兴，恨不得马上见到梁世昌。梁文敏对父亲没有什么印象，因为他刚生下来不久，父亲为逃避"抓壮丁"就远离家乡了，从此再也没有回来过。姐姐虽然比他大2岁，但对父亲也很陌生，不记得什么模样了，姐弟俩都急盼着与父亲见面。尤其梁世昌的妻子，受尽了人间之苦，现在总算熬出头来了，急切地想与丈夫团聚。一家人开始张罗着准备搬家。

梁世昌的家穷得叮当响，也没有什么值钱的东西。两间半破草房交给了亲戚，破箱子柜送给了邻居，能带走的，只是些随身穿的衣物。

临走的那天，妈妈给梁文敏换上了新衣服。喜庆的红棉袄，这是小姨给的，脚穿虎头鞋，头上留个刘海，似年画上的小玩童。文敏高兴地蹦蹦跳跳，喜笑颜开。姐姐穿着新做的花棉袄、淡绿色棉裤，脚穿绣云卷青布鞋，扎着两个小辫儿，一双水灵灵的大眼睛，显得神采飘逸。妈妈是个农村朴实妇女，把父亲带来的钱都花在儿女的穿戴上了。而她还是那陈年蓝棉袄、棉裤。过去头发盘的髻，现在剪成时兴的短发，显得更加朴实庄重。

临走那天，村子里像过年一样热闹，乡亲们一大早就来了，为全家人送行。就连以前欺负梁文敏的小朋友也来了，离别之情溢于言表。

1950年初冬，胶东的天气已经很冷了，第一场雪来得特别早，细碎的雪花伴着小北风，纷纷扬扬，漫天飘落。

风雪严寒中，梁文敏的舅舅驾着独轮车送他们一家到烟台港，乘船到大连。

风雪过后，冷风刺骨，道路一片冰雪，母子三人跟在吱嘎吱嘎的独轮车后，艰难行走。

他们要走的路很远。从棘子杖到烟台港至少也有250里路程，需要走3天半。徒步行走，连大人都犯愁，对于只有5岁的梁文敏和7岁的姐姐梁秀兰，更是难上加难。

梁文敏实在走不动了，舅舅就把他扶上车，推他一程，然后再下来徒步行走。

一家人随着独轮车，踏着胶东的大地，晓行夜宿，跋山涉水，长途奔波，终于在离开家的第4天，到了烟台。

下午5点钟，舅舅把他们送到码头。在开船前，舅舅再三嘱咐梁文敏，"听妈妈的话，紧跟着妈妈，不要乱跑乱动。"梁文敏点头应承。

舅舅挥泪而别，不住地回首张望，梁文敏和母亲、姐姐以泪相送，直到看不到舅舅的影子了。妈妈带着姐姐，牵着梁文敏的手，登上轮船。巨大的货客两用船，一声长鸣，渐渐离开码头，缓缓向大海中驶去。

冬日的傍晚，天空昏暗，雾气笼罩。船首似一把颇长的利剑，划开水面，破浪前进。

人们站在甲板上，欣赏着海面上奇特的风光。

梁文敏和母亲、姐姐兴致勃勃地望着远处的海面。薄雾中，隐约现出小岛和礁石，虚幻迷离，似仙境一般。一只只海鸥，追逐着轮船飞翔，一会儿飞到船头，一会儿又飞回船尾，它们傲视轮船，与轮船竞赛，似乎让人们夸耀它们的本领，同时也仿佛在欢送远行的客人。海鸥飞了一程，天渐渐黑了下来，它们不辞而别，飞得无影无踪。

轮船的速度越来越快，迎面的海风越来越强烈。梁文敏冻得直打寒战，但他仍然注视着大海，心里发问"大海啊，为什么无边无沿？为什么海水是咸的呢？为什么吃的海鱼是腥的呢？"他陷入了沉思。在母亲的嗔怪下，梁文敏才随母亲离开甲板，走进了船舱。

舅舅给他们买的是五等舱。原来舅舅想给他们买好一点儿的舱位，可是价格要高很多，又没那么多钱，只好买了便宜的舱位。

五等舱是廉价舱，舱内可以容纳许多乘客，称为统舱。

客舱里阴暗、清冷，既没有铺席，也没有铺位，乘客随便选个地方，或席地而坐，或席地而睡。梁文敏和母亲、姐姐铺盖着携带的被褥御寒。母子三人，由于几日来的长途跋涉，疲惫、劳累，早早地进入了梦乡。

轮船经过一夜的航行，第二天清晨靠近大连港。乘客集聚在甲板上，纷纷争抢着下船。码头上，梁世昌仰首张望船上的乘客，努力地搜寻着妻子。

分别3年了，还能认出妻子吗？

梁文敏的母亲紧紧拽着他和姐姐的手，随着拥挤的乘客过了跳板，来到码头上，母亲翘首向接客的人群中张望着，寻找自己的丈夫。突然人群里跑出梁世昌，他边跑边喊着："娃他娘！"

梁文敏的母亲，看到向他们跑过来的人像自己的丈夫梁世昌。

梁世昌跑到妻子不远处停下来，看着一家人发愣。妻子仔细端详着他，丈夫老了，脸黑了，身体发胖了，简直认不出来了，是啊，这正是她日夜思念的丈夫。她激动地扑了过去。可是，当两双手握到一起的时候，却冷不丁地站住了，彼此打量着，端详着，他俩的眼睛里都含着泪花，有千言万语要说，似乎又无从说起。终于，这凝重的沉默被两股决堤的感情洪流冲垮了。她忘情地猛扑进梁世昌怀里，伏在他的肩头上"呜呜"地哭起来。

梁世昌也难以控制自己的感情，无声的泪滴落下来。

以前连想都不敢想啊，天天思念，提心吊胆，3年生死离别，却在滨海大连相逢了。泪水止不住地流，就让它流吧，冲刷掉3年积压在心中的苦恼，荡涤尽3年埋在心中的思念，通往新的生活之路。

"娃他娘，你受苦了。"梁世昌抚摸着妻子的秀发，深情地说。这一说不要紧，妻子哭得更厉害了。

"哭吧，痛痛快快地哭一场，把3年的委屈和辛酸，统统哭出来。"听梁世昌这么一说，妻子反倒不哭了。她急忙把梁文敏和姐姐拉到梁世昌跟前，指着梁世昌说："这是你们的爹爹。"

梁文敏和姐姐毕竟还小，他们谁都不认识爹爹，虽然他俩日夜想，天天盼爹爹回来，但总没有把爹爹盼回来。他俩来大连同爹爹团聚，也是急三火四地要见到爹爹。可是，当爹爹真的站在他俩面前，他俩又不好意思地低下了头。

梁世昌激情满怀地把梁文敏抱起来，连颠带喊地说："这就是我的儿子！"不停地亲着文敏的脸蛋儿。

是啊，他离开家3年了，逃走的时候，梁文敏不满两岁，如今长到五岁了，他怎么能认得出来呢？

放下儿子，又蹲在女儿面前，摸着女儿桃花般的脸颊："妮子，认识爹吗？"女儿睁大眼睛看着他，摇摇头。

梁世昌感慨地说："是啊，我离开家的时候，妮子才3岁多，如今长成大姑娘了。"

一家人久别重逢，有说不完、道不尽的话语。

与竹不解之缘

　　一个人的童年应该是充满乐趣、无忧无虑的，是人生中最宝贵的时光。梁文敏的童年却是不堪回首，每当提及往事，梁文敏都会不由自主地落泪。

　　梁文敏的父亲在建筑公司每月只有30多元收入，要负担全家四口人的生活，风里来雨里去十分辛苦。当同龄小朋友纵情玩乐的时候，梁文敏却在垃圾场、在荒山野岭、在大海岸边艰苦地劳作。如果能捡到有用的破烂儿，挖到能吃的野菜，赶海有些收获，回家交到父母手中，这就是他唯一的"乐趣"。除此之外就是苦与累、疲与乏，童年的喜悦，在他身上一点儿也找不到。

　　除去玩耍，梁文敏的心灵深处有着更重大的任务，就是立志学习郑板桥，学习郑板桥的为人，学习郑板桥的画竹神技。希望有一天能成为人民艺术家，这是梁文敏的童年梦想，也是他童年苦难生活中的精神支柱。

　　在学习郑板桥的漫漫征途中，他不断地拼搏求索，从一点一滴做起。父母是最好的老师，父亲梁世昌因家境贫困仅仅读了几年小学，文化不高。但他的人生也不简单，从在家务农到被迫逃往他乡，在青岛等大城市打工为生，最后定居大连，在中国共产党的帮助和教育下，成为一名建筑工人。他颠沛流离，尝尽人间苦难。他经常告诫儿女："人穷穷一时，志穷穷一世，清贫是一个人奋斗的动力，人越穷越要有志气，这叫穷不失志。"父亲的教育正符合梁文敏心灵中所追求的目标。

　　梁文敏为什么选择了美术行业，说起来与其他书画名家有所不同——他不是遗传，也不是书画世家，他的父亲、母亲以及爷爷奶奶，几辈人中没有一个是书画家。1951年梁文敏还不足6周岁，按照当时规定还不能进入学校，而他是多么迫切希望进入学校，一个大字不识，怎么去学习郑板桥那样伟大的人物呢？50年代初，小学是义务教育，基本上不收费，他羡慕那些稍大些的小朋友都有学校发的教科书，让他更感兴趣的是这些小朋友课余时传看当时非常流行的"小人书"。这些"小人书"文字说明很简单，画面的人物与内容特别吸引眼球，丰富多彩。

那个年代，"小人书"是最受人们喜爱的读物，不仅是小孩子争着看，大人也爱看。为什么叫"小人书"？是因为书本小、携带方便，用通俗的连环画表达出来，识字不太多的人也能看明白，也能通晓其中的大意。这些小人书的内容一般是我国古典文学著作，如《三国演义》《水浒传》《封神榜》《西游记》《红楼梦》。还有一些历史传奇故事，如《杨家将》《岳飞传》《鸡毛信》等。更有一些引人入胜的武侠小说，如《三侠五义》等。原著文字长意义深、人物与事件缺乏形象、直觉与美感。而小人书则把人物性格与故事情节刻画得淋漓尽致，让人看了爱不释手，看了一本又一本，看了上本找下本，使人入迷入神。离家不远的红星电影院，五四公园步行道旁，有好多连环画、小人书地摊，吸引着梁文敏和他的小伙伴们。可是家里穷，连饭都吃不上，哪有钱买小人书呀！为了看小人书，梁文敏常常跟小伙伴说很多好话，虽然不识字，但《武松打虎》《西游记》《郑板桥》等书中人物的表情和山水、竹木草虫等深深吸引着他，令他爱不释手。

"把它画下来！"这个想法油然而生。他带着极大的兴趣，找来纸和笔，照着小人书一页页画了起来。然而，第二天书就要还给小伙伴，梁文敏非常舍不得，还书的时候，他对小伙伴说："哎，好朋友求你能不能把小人书再借给我几天，我想把书画下来。"小伙伴瞪着惊奇的大眼睛问："你还能画小人书？"于是梁文敏拿出画好的一叠画给小伙伴们看，小伙伴们惊讶地张大嘴巴说不出话来。那虽然是线条勾画出来的，大头小怪歪鼻子斜眼，比例不对，但非常形象，而且也很传神。小伙伴对梁文敏说："能不能把你画的画给我们，或者我们拿小人书跟你交换？"小梁文敏求之不得，连说好，好！太好了！就这样，梁文敏画了一本就和小伙伴交换一本，画了十几

梁文敏从小伙伴手中换来的连环画。

本。梁文敏现在回想起来，当时他画的不正是中国漫画艺术吗，也就是现在的卡通艺术。

从那时起，梁文敏就对画画产生了浓厚的兴趣。也就是那个时候，郑板桥走进了梁文敏心中。他渐渐喜欢上郑板桥这个人物以及他的书画，尤其是郑板桥的竹子画。至今梁文敏还收藏有《郑板桥罢官》《郑板桥卖画》等好几本连环画。

学习绘画需要一定的经济基础，买纸、笔、墨、颜料等的支出在今天看来微不足道。但是对家境相对困难的梁文敏来说，这些绝对是奢侈品。为了能买些画纸，他和几个要好的同学常常结伴到"南大河"（即马栏河）靠近发电厂的附近去捡工业垃圾。将捡到的废铁废铜卖给收破烂的小贩，换点钱买最廉价的草纸练画。梁文敏第一次参加美术展的国画作品《墨荷》，所用的宣纸就是用卖破烂的钱买的。

第二章

苦心学艺

喜入学堂受教

1952年，梁文敏7岁了。上半年依旧是捡垃圾，割羊草，赶海，"业余"时间画小人书。小人书描绘得多了，也积累了一些绘画经验。

当年夏天，他进了离家不远的沙河口区如意小学。

绘画作品的要素是为视觉揭示客观世界的影响变化，让各种空间有可视性。绘画的表现技巧是丰富多彩的。只有多画多想，才能进一步学习和理解名家大师的意境。这些绘画的基本理论与要求，对于一个年仅7岁的小孩来说，显得有些深奥，不过梁文敏已有两年的绘画经验，在临摹小人书的过程中，已经不自觉地按照上述理论要求进行了。因此，梁文敏的绘画水平提高得很快。

时光走得真快，不知不觉就到了1953年，这一年，梁文敏8岁了。在苦海里长大的孩子，比一般儿童成熟得早一些。在生活的煎熬和学画的追求中，他已经成为小学二年级的学生，在绘画的求知路上，迈上一个新的起点。

少先队员梁文敏。

梁文敏一天天长大，在学校里获得的知识越来越丰富，当他步入小学三年级的时候，学校增加了美术教学课，对于他来说，这是系统学习美术的开始。美术老师桂树森讲完基本画法以后，让同学们练习画苹果，苹果对于梁文敏来说并不陌生。大连地区出产苹果，他虽然很少吃，但街上到处可见，熟知苹果的形状和颜色。他先用蜡笔勾画出苹果的轮廓，再细细地涂上颜色。桂老师走到他身边，看着他画的苹果层次分明，透视清楚，立体感极强，栩栩如生，真的不一般。桂老师简直不敢相信自己的眼睛，他仔细看看梁文敏，个子矮小，面目消瘦，破衣烂衫。不禁产生疑问，如此普通的穷孩子，咋画得一手好画呢？于是问梁文敏："父亲是做什么的？"梁文敏礼貌地站起来："工人。""入学前在家里干什么呢？""捡破烂。""跟谁学的画？""自学的。""学了几年？""3年。"桂老师拍了拍梁文敏的肩说："了不起，好好学习，努力下去，将来一定会成为画界泰斗。"梁文敏不懂啥叫"泰斗"，"泰斗"是什么东西呢？放学回到家里问父亲。父亲想了想说："斗是用来称粮食的，成为这样的斗不可能啊！"父亲摸了摸儿子的头："我也弄不清楚，老师说的是好话，你就往泰斗上努力吧。"梁文敏虽然理解不了泰斗的含义，但他知道这是老师为他学习绘画指引的方向。他把泰斗二字牢记在心上，作为他奋斗的目标。从此之后，桂老师格外注意培养梁文敏的绘画特长，让他参加学校的美术组，协助自己画黑板报。黑板报的内容大多是根据国家形势需要，宣传党的方针政策、学校教学改革成果展示和涌现出来的好人好事，梁文敏画的黑板报人物生动传神，搭配的风景俊雅幽美，老师同学们都赞不绝口，称他为如意小学的小画家。

喜得《芥子园画谱》

1956年秋，11岁的梁文敏升入小学四年级。随着美术老师的耐心辅导以及个人的不断努力，从理论基础到绘画实践都得到了很大提高。桂老师看他悟性很强，又肯吃苦，把他推荐到沙河口区少年宫美术组学习。

沙河口区少年宫隶属于大连市少年宫，归属于大连市共产主义青年团，它是全区少年儿童文化艺术培养基地，是艺术人才培训中心，这里的师资力量强，都是专业水准极高的老师。

梁文敏进了少年宫，如同进入艺术新天地，增长知识，拓宽视野。他对绘画有了更深入的了解，明白了美术不仅仅是画画，还有很多门类，有国画、油画、版画、农民画、工人画、连环画、漫画，等等。他爱好的郑板桥的墨竹画，属于传统的国画之列。国画还有一些细小的分类，如人物、山水、花卉、动物，等等。国画在美术各门类中难度最大，需要下很大功夫才能学好。要想学好国画，必须有扎实的基本功，老师告诉他，训练基本功必须从临摹《芥子园画谱》入手，只不过现在这本书不太好买。

《芥子园画谱》系统地介绍了中国画的基本画法，浅显易懂，适用于初学者学习。问世300多年来，风行画坛，至今不衰，许多成名的艺术家，当初入门时皆得益于此，称其为启蒙之良师。画坛巨匠齐白石，幼年家贫好学，初以雕花匠为主，30岁时，随师傅外出做活，见到一家雇主有部乾隆年间翻刻的《芥子园画谱》。翻阅之后，发现自己的画，很多没有章法，遂借来，用勾影的画法，临摹了半年之久，勾影了16本之多。从此，他以这些画稿为依据做雕花木活，既能画出新样，画法又合规矩，为其后绘画打下良好基础。直到晚年，白石老人还不忘此事。著名国画家潘天寿，14岁到县城读书

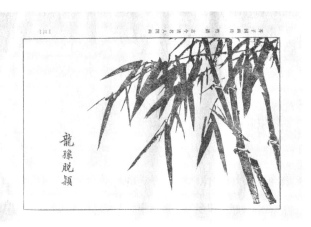

梁文敏少年时期学习绘画艺术的美术资料书籍《芥子园画传》。

时，从文具店买到平装《芥子园画谱》，在无人指导下，他照谱学画，如醉如痴，终成一代大师。

梁文敏走遍了当地所有的书店，也没看见书的影子。到哪儿才能买到这本书呢？一个星期天，梁文敏外出给父亲买药，路过沙河口区民勇市场，见一位高龄老者摆书摊，他走过去惊喜地发现，书摊里竟有《芥子园画谱》宣纸本，共四册，他如获至宝，赶紧拿起来翻阅。老者不悦，制止他说："黄嘴牙子，都没退干净，看得懂吗？放下！""老爷爷别生气，这书要多少钱啊？"梁文敏温和地说。老者看眼前的这个孩子既认真又老实，于是问："是你买，还是给家里买？"梁文敏一本正经地说："当然是我买了。"老者仔细打量着梁文敏，心想这小孩子虽然穿得破，但人不可貌相，海水不可斗量，接着他问："你知道画谱的作用吗？""绘画的教科书，有了它可以自学成才，可以成画家。""这些话，是谁教你的？""我的美术老师。"老者越发佩服眼前这个不起眼儿的小孩儿："就凭你小子聪明好学，卖给你了。"梁文敏身上带着给父亲买药的钱，不足支付，于是，他跑回家把卖破烂积攒下来买学习用品的钱全拿出来。老者见梁文敏手里的钱都是乱七八糟的零碎钱，十分感动，本来卖价20元的画谱，只收他15元钱，说："这部画谱是清代乾隆年间我太祖爷用的，他是个画匠，传到我这儿，也就断了，唉！老伴有病，着急用钱啊！"一席酸痛的话语，似利箭穿透了梁文敏的心，真是同病相怜啊，想到父亲有病躺在床上，缺钱少药，梁文敏不由得泪水涟涟。梁文敏把那5元钱还有给父亲买药的钱，统统递给老爷爷。老爷爷感慨地说："爷爷不要你的钱，留着买书吧。"梁文敏见犟不过老爷爷，扔下钱跑开了。回到家，梁文敏把买画谱的事讲给父亲，父亲不仅没有批评，反而表扬他："给需要帮助的人献上一份爱心，是做人的美德。"父亲的教诲梁文敏深深地记在心底。

正是天道酬勤，在偶然中获得了《芥子园画谱》，梁文敏照着画谱如饥似渴地临摹。画了一年多，勾影了5部之多，画技大大长进，"尽收城廓归檐下，全贮湖山在目中"。《芥子园画谱》是老天爷送给梁文敏的最大鼓励，这本书是他学习国画，学习郑板桥竹画漫漫长征路上的一盏指路明灯。

古旧书店奇遇

梁文敏心里十分清楚，描绘"小人书""画黑板报"都不是他学画的目标。他要学的是郑板桥的画竹神技，但又找不到郑板桥的原作，更不知道这画竹应该从哪里入手。他只知道画小人书是一种"骑马寻马"的过渡办法。他一边描绘小人书，一边到处打听如何学习郑板桥的画竹之路。

沙河口区如意小学的领导和老师看到梁文敏在美术方面的突出成绩，对他更加爱护，介绍他到市少年宫美术组学习。市少年宫坐落在中山区劳动公园内，下设文艺、美术、科技和群众文艺四个教学活动部。如意小学考虑到市少年宫的教学条件适合梁文敏学习，因此把他送到离家稍远一些的劳动公园教学大楼。虽然远点儿，但为了学习也就顾不得这些了。

市少年宫美术班的师资力量比较雄厚。在这里学习，他的视野开阔了，绘画技能的提升"一日千里"，绘画基本功也得到进一步提高。就这样，梁文敏完成学校作业的同时，勤学苦练绘画技能。绘画成为他童年最大的精神支柱。

有一次梁文敏到天津街为父亲买药，看到一家"古旧书店"。他想国画是我国的传统艺术，和"古旧"必定有着关系，于是他大胆地走进了这家古旧书店。

果然不出梁文敏所料，书店里的古代书画成堆，还有不少古代画家的作品影印本。这是他久已向往又从未见到的宝物。

这些画册确实是好书，但定价很高，每本书的价格都在几元到几十元之间。梁文敏自知无力消费，也不去乱翻，只是趁着别的顾客购买翻书的时候，凑过去欣赏一下内容饱饱眼福。但有些顾客看到梁文敏衣着不整是个穷孩子，都不愿意他靠近。

凡是有关郑板桥的竹画书籍，他都爱不释手，看了又看。虽说他5岁的时候也看到过郑板桥的画竹珍品，但当时年龄太小无法欣赏，而且作品本身也有残缺。如今他是11岁的少年了，几年来的自学探索和学校老师的教导培养，使他已经具备一定的鉴赏能力，非常希望看到、临摹到这些珍品，他知道，这些都是不可能的。在无力购买又不想离开的情况下，最现实的办法，就是经常光顾这家古旧书店，和这些古代名画见面。

天长日久，梁文敏成了古旧书店的常客。书店的杨伯伯发现这个小孩是一个热爱画画的"小画迷"，便开始找机会与梁文敏聊天，了解他为什么如此执着和喜爱古代名画。

当杨伯伯知道梁文敏一心真诚学画，又经济困难时，主动从柜台里拿出几本画册交给梁文敏翻阅。这下给他乐坏了，真是久旱逢甘霖。他用事先准备好的小本子把重要的部分抄写下来，能临摹的就按照原本原件描绘下来，杨伯伯还为他学习绘画提供了很多方便条件。从此，梁文敏把古旧书店作为他学习国画的重要场所，只要有空就来古旧书店学画，不管炎夏寒冬，风雨无阻。梁文敏勤学苦练的精神感动了杨伯伯。有一次把他叫到身边，悄悄地说："你学习勤奋，人也老实，将来一定能成为有名的画家。这样吧，从今天开始，我每天借你一本画册，你拿回家好好学、好好画，画完了拿回来还给我，我再借给你一本，这样你就不累了，行不行？"梁文敏一听，心里乐开了花，这可是求之不得最好的学习方法呀！于是他千恩万谢地接过杨伯伯借给他的画册，三步并作两步跑回家，忘记了吃饭、忘记了睡觉，一直画到鸡叫天明。

第二天，学校一放学，梁文敏就跑到古旧书店把借来的画册还给了杨伯伯，杨伯伯惊讶地问他："怎么这么快？"梁文敏笑着说："好借好还，再借不难。"杨伯伯点点头说："真是懂事的好孩子。"就这样，借来借去，他的古代名画鉴赏能力迅速提高。这种学习奇遇，是他做梦也没有想到的。这样的学习内容，是他在学校，在区、市少年宫也学习不到的。

古旧书店的名画很多，有购买能力的人也不少。杨伯伯恐怕名贵的画册被人买走，梁文敏就会失去学习的机会。因此，每次都把最名贵最畅销的书，不计书价高昂，无条件地提前借给梁文敏学习，并一再告知他要保重身体，还书日期可以晚一些。杨伯伯的无限信任与大力支持，使梁文敏学画劲头大增，真正做到了"好好学习，天天向上"。

书店里的于阿姨也借给梁文敏郑板桥的画册，让他回家临摹。他感激涕零，不住地向于阿姨行礼说："我一定会保护好画册，绝不会弄坏。"有一次，梁文敏临摹一本郑板桥的墨竹画册，整整一夜都没合眼，终于把画册勾影完了。第二天中午学校放学的时候，梁文敏顾不得回家吃饭，急忙带着画册跑向古旧书店。不巧，天空乌云密布，闪电过后，一声炸雷，顿时大雨滂沱。雨中奔跑的他，脱掉上衣，紧紧地把画册包好，夹在腋下，当他跑进书店，已似落汤鸡一般，画册却安然无恙，于阿姨望着眼前湿漉漉的梁文敏感慨地说："你诚实守信，好好学习，将来必成大器。"

这样在古旧书店借书还书，大概持续了两年多时间。这是梁文敏一生中最紧张，最集中精力学习国画并打下深厚基础的两年。借来学习的影印本，除了郑板桥的作品外，还有近代名画家吴昌硕、齐白石、任伯年等众多名人的作品。像梁文敏这样穷苦的孩子，能见到这么多名家作品，他内心的喜悦是无法形容的。

梁文敏对郑板桥画竹如神的技艺认真临摹、细心琢磨。他以临摹郑板桥作品为主轴，对其他名人作品也悉心研学。采集百家之长，把个人学习国画的水平提升到新高度。在继承郑板桥画竹神技的基础上，争取在自己手中开拓创新。

梁文敏临摹作品。

勤工俭学拾宝

梁文敏这样如痴如狂日夜临摹古代名人名画，没想到给家庭经济增加了负担。最明显的是每月电费一下子上升到3元多。对当时的穷苦人家来说，这3元多可不是小数目。

为了画画，为了减轻家里的经济负担，梁文敏利用业余时间捡垃圾。不管春夏秋冬，学校一放学，他就到马兰河边，肩背大麻袋，手持大钩子，开始紧张工作。在捡垃圾的过程中，少年宫的许多活动没法参加了，令他非常遗憾。

梁文敏临摹的花鸟画。

捡垃圾也有意外收获。垃圾堆中有许多市民丢弃的旧画册、旧杂志、旧书刊，有古代的，有近代的，更有大量现代的。有不少是他从来没有见过的画品以及美术入门书籍，还有香烟盒上、糖果纸上的画品，非常漂亮。梁文敏拿回家细心分类，装订成册，作为自学的新教材，一有时间就拿出来观赏，慢慢地消化学习，这样可以弥补学校美术课教学时间过少的问题。这些和他前一阶段练习古代名人名画结合起来，融汇古今，使梁文敏的美术知识水平和绘画技能达到了一个新的境界。

梁文敏每每想到这段往事，总感觉很有意义，终生难忘。

喜受市长接见

1957年梁文敏升入小学六年级，各科成绩名列前茅。特别是新增设的政治常识、道德品质、劳动教育课，他得分是全校最高的。他是无产阶级家庭出身的子女，亲身感受到旧社会苦难生活的折磨，知道新中国人民幸福生活的来之不易。他经常忆苦思甜，向同学和老师们表示要是在旧社会，他不可能进学校读书。因此，他的政治思想觉悟之高是全班少有的。再说劳动教育，每次学校劳动他都是一马当先，谁也赶不上他。学校内外的义务劳动，他都主动参加，一再受到表扬和奖励。至于道德品质，梁文敏拾到别人遗失的物品后，立即交给老师，他是一位"拾金不昧"的典型。

父亲梁世昌经常随着建筑工程队到外地干活，整天和水泥、白石灰打交道。每天工作很辛苦，又舍不得给自己增加营养，积劳成疾患上了严重的肺结核和胃病，公司领导见状，向他伸出援助之手，把他调回大连养病。

在大连治疗期间，一家人只能靠借债过日子。为了多赚些钱，母亲到街道做临时工，每天工作到很晚才回家，年仅10岁的梁文敏承担起全部家务活。他每天放学后洗衣服、做饭、刷碗，为父亲买药、换药，忙完所有的家务后，他摊开作业本开始写作业。日子虽然艰苦，但困难并没有压倒他，他一刻也没有停止学习的脚步。

1958年盛夏，梁文敏即将小学毕业。在大连市少年宫美术组老师的推荐下，他参加大连市"首届少年儿童书画作品大赛"并荣获第一名，那是他第一次搞创作。梁文敏的参赛作品是《我是一名少先队员》，大意是描绘一名天真质朴、品质超群的少先队员拾金不昧，把捡到的钱交给警察叔叔的真实事例。整个画面情真意切，展现了社会主义新一代的新风貌和内心世界。作品得到全体评委老师的一致好评，一等奖非他莫属。

在颁奖大会上，大连市市长胡明亲自接见梁文敏并勉励他说："好好学习，天天向上，争取更好的成绩。"这是他有生以来第一次得到市长的接见和夸奖，激动之情久久不能平息。

如意小学全体师生开会为梁文敏庆功，梁文敏全家和邻居们更是欢声一片。他妈妈高兴地流下了热泪，知道儿子的日夜苦练没有白费，姐妹兄弟们

1958年7月，梁文敏小学毕业，第一排左六为梁文敏。

都表示要向他学习并向身在外地的梁世昌发信报喜。在这欢愉气氛中，梁文敏牢记市长胡明的嘱咐，一定要戒骄戒躁，在学习国画的长征路上继续努力，时刻不停地奋勇前进。

通过小学六年的学习，他已养成了良好的自觉学习、自觉劳动的习惯。学校开展各项活动，他都积极参加，思维活跃，眼界开阔，遇到问题有独特的见解，有较强的表现欲。他各科学习成绩优秀，特别是在美术方面表现出超常的水平和能力。

成美术组核心

1958年秋，梁文敏圆满结束了小学六年的课程，以优异的成绩考入设在沙河口西山的大连市第十三中学。

学校的美术老师王跃栋是鲁迅美术学院毕业的高才生，他很快发现梁文敏很有艺术天赋而且勤奋好学，是个很有前途的好苗子，应当全力支持。很快，他把梁文敏招进学校的美术组重点培养。

在"大跃进"年代，学生上生产劳动课，经常去工厂或者农场参加劳动。美术组的王老师带着全组学生配合当时"大跃进"运动，大搞革命宣传画活动。工厂、企业、机关、学校的围墙是画宣传画最好的阵地。王老师负责创作，内容丰富多彩，有工农群众热火朝天大炼钢铁的，有大搞农田深耕翻地的，还有反映农村玉米大豆上垛入库的，白菜萝卜喜获丰收的欢乐景象等。

王老师既要搞设计又要动手作画，一个人实在忙不过来，就找美术组的学生当助手，而梁文敏当然是最好的人选。王老师鼓励他上墙作画，刚开始梁文敏还有些胆怯，王老师一面鼓励一面亲手指导，告诉他绘画重在实践。画好画坏倒是其次，主要是多画，多画才能积累经验。

梁文敏在王老师的鼓励下，大胆上阵了。刚开始是农村景象，从白菜萝卜画起，慢慢发展到山水、人物，最后竟画出一幅完美的宣传画。王老师看到梁文敏的作品，评价说："画得很好。"从此以后画革命宣传画的重担就落在梁文敏的肩上。王老师作为指导者不再亲自动手了，放手交给梁文敏。大连十三中一年级学生梁文敏成了学校美术组的核心人物。

秋季，学校一边搞勤工俭学，一边搞生产劳动。梁文敏根据当时形势发展，除了宣传总路线、"大跃进"、人民公社外，又画了支持亚非拉人民革命斗争、反对美帝国主义侵略古巴、支持古巴人民反美正义斗争等宣传画。梁文敏的画题越来越广泛。从校内到社会，从国内到国外，凡是有助于宣传革命形势的他都画。这样既锻炼绘画技艺，也提高了个人思想政治觉悟。

梁文敏所作人物画作品。

迎来作品获奖

1959年春天，梁文敏代表大连市第十三中学参加沙河口区文化馆举办的全区首届书画竞赛活动。参赛作品是漫画《苹果大丰收》，展现了果农喜悦丰收的情景，荣获优秀奖。

梁文敏的作品获奖了，全校师生异常兴奋，纷纷向梁文敏表示祝贺。美术老师王跃栋更是喜上眉梢，他把自己珍藏多年的郑板桥、齐白石、徐悲鸿、张大千等名人的画册都借给梁文敏学习。梁文敏夜以继日不知疲倦地学习，把名家作品临摹得更深更透，尤其是郑板桥的作品，反反复复不知揣摩了多少遍，最后，连画册都快被他翻烂了。

郑板桥是一位画竹高手，为官七载，留下了无数竹画珍品流散在民间，老百姓视若珍宝。当地百姓经常想念这位为官清廉、为人正直的书画名家郑板桥。

小小年纪的梁文敏立志学习郑板桥。他在乡间广泛收集郑板桥的画像和竹画真品，默默地拿回家描摹。他这样做没有告诉任何人，甚至连他的母亲也不清楚，只是自己暗中努力，全力以赴地进行。

2004年，梁文敏（前左二）与中学时期部分同学留影。

上榜鲁美附中

1960年夏，梁文敏完成九年制义务教育的基础课程。是继续升高中，还是报考其他学校，梁文敏有些为难。这一年，是三年困难时期最严重的一年，也是梁文敏家里生活最困难的时期。读高中，就要升大学，凭父亲微薄的工资难以维持上大学的费用，凭自己的兴趣，走自己的路，是他的向往和追求。梁文敏已是15岁的少年了，他有自己的想法：报考沈阳鲁迅美术学院附中，这样可以在美术上进一步深造。

考试结果公布了，他以优异的成绩被录取。学校的老师和同学们奔走相告，互相传递着梁文敏考上沈阳鲁迅美术学院附中的喜讯。他的班主任老师孔凡夫更是乐得合不拢嘴，为自己能教出这样的学生而感到自豪。

在过去的3年里，梁文敏的求知欲特别强，自学能力、思维能力、实践能力、创新能力、交际能力和社会责任感随着年龄的增长得到不断发展。各个方面的素质都高于其他同学，但是家庭经济条件却大大低于同班同学。梁文敏的家庭人口在当时已算是大户人家，父亲身体虚弱，常年患病需要照顾，家里的经济条件无法负担他去沈阳读书的费用。梁文敏又是家中长子，家庭的重担落在梁文敏身上，万般无奈之下，梁文敏只能放弃就读"美院附中"的梦想。

梁文敏作品。

梁文敏所作风景画。

保送师范学校

班主任孔凡夫老师知道梁文敏最终因学费问题放弃了就读"鲁美附中"的消息后，感到非常遗憾，也非常着急。他从各方面打听消息，想方设法为梁文敏找出路。

功夫不负苦心人，孔老师终于打听到一所学校，不收学费，毕业后还分配工作，可以一边教学一边画画，就问梁文敏愿不愿意去。徘徊在十字路口，一筹莫展的梁文敏听到这个消息，简直不敢相信自己的耳朵，还有这样的好事，当然愿意去！孔老师连忙为他办理了保送入学的必要手续。保送的学校是旅大师范学校（今大连大学前身）。师范学校就是培养师资的学校，原则上免收学费，毕业后从事教育工作。

1958年，很多中学老师被错误地打成"右派"，下放到农村劳动改造，造成中小学校严重缺少老师的现象。为了解决这个问题，旅大师范招收一批中学生开设速成班，学习期限为一年，毕业后学员可分配到各个小学校任教。

9月1日，是旅大师范学校速成班学员开学报到的日子。梁文敏下了火车

旅大师范学校速成班合影。

背着行李汗流浃背地沿着公路步行五六十里路，大约走了6个多小时才到达旅顺铁山鸭户嘴学校。这是他第一次离开家门出外上学，所以特别兴奋，满怀信心和希望地投入到铁山深处的新天地中。

按理说，速成班的教学课程应该是排得满满的，学生的学习也应该是很紧张的，可是，上课不到1个月，学生越来越少，讲课的老师也经常缺课，学校处于半停课状态。

这是什么原因造成的呢？说起来也是够痛心的。

原来国家对学生的粮食定量是很照顾的，按城市标准每人每月32斤，可是校长贪心作祟，竟丧尽天良地把学生的定量贪污了一半，速成班学生的定量一下子变成了农业户口标准每人每月16斤。虽说校长被法办了，可粮食定量一时还改变不了；学生都是十五六岁的少年，吃不饱饭，有的无心上课，溜回家吃饭去了，老师的情况也一样，吃不饱饭，教书也无力，都请病假了，只有少数教师留校支撑局面。

梁文敏也想回家吃顿饱饭，但他头脑清醒，家里姐妹兄弟人口多，也在闹粮荒，处于吃不饱的状态。他回家只能给父母增添麻烦，他是个孝子，不能回去给家里增加负担，于是坚决留在学校。用瓜菜代米的方法过日子，有时候给当地农民画点什么，偶尔也能吃顿饱饭。这也算是苦中有乐吧！

博物馆作画室

饥饿没有摧毁梁文敏绘画的信心和勇气，困难磨炼了他坚强的意志。学校停课，正是他专心致志学习绘画的机会。学画是他的精神支柱，学郑板桥做人和画竹是他一生的追求。暂时的饥饿困难，没能影响他学习绘画，在这个特殊时期，要学习巍巍老铁山威震黄渤海的精神，战胜一切困难。于是，他忍着疲劳和饥饿，毅然徒步到旅顺博物馆学画。

旅顺博物馆经历过日本、苏联和中国三个不同管理阶段，反映了近代中国，特别是东北地区的沧桑巨变，由于建馆比较早，又经过日本人管理，很多文物都是从全国各地汇聚而来的。外国的、古代的都有陈列，展品极其丰富。以"古代青铜器"作为展览的开篇，全年展出"古代漆器""古代珐琅器""古代玉器""东亚三国古代陶瓷""新疆干尸木乃伊""古代书画""古代砚台""中国古代佛教造像""中国古代货币"八个专题，这里有保存完整的新疆木乃伊，有商代的青铜礼器，秦代的度量衡器，北朝的彩绘武士俑，唐代三彩人物俑，宋元时期定窑、龙泉窑的瓷器，明清时期的漆器、螺细、竹木、玉石雕刻工艺品，还有大量宋元明清时代书画珍品，苏轼的《阳羡》，明四家、清六家、金陵八家、扬州八怪的作品。元刘秉谦的《竹石图》为传世孤品，文征明的《老子道德经》卷，清王晃的《观梅图》《携琴访友图》等均为原清宫内所藏的珍品。最难得可贵的是还有郑板桥墨竹画真品，梁文敏喜出望外，细心观摩，以学习郑板桥墨竹画为主，兼学石涛、刘海粟等名画家的技法，取众家所长，创造出个人的独特风格。年仅15

梁文敏在博物馆作画。

岁的梁文敏有如此的抱负志向，在广大青少年中实属罕见。

就这样风里来雨里去到博物馆苦学绘画的情况，被学校的美术老师郝桂芳知道了。郝老师非常赏识梁文敏的绘画天赋。漆黑的夜晚，渔村沉睡，万籁俱寂，只有海涛冲击礁石的声音在夜空中传荡。师范学校的一间教室里，灯光格外明亮。值夜班的郝桂芳老师循亮来到教室，看见梁文敏正伏案写着什么。她走过去仔细一看，不由得震惊，原来梁文敏正在画竹子，水墨的竹子，苍劲挺拔，枝叶疏密有致，笔笔传神。郝老师笑吟吟地说："画得蛮不错的，在哪儿学的？"聚精会神的梁文敏被这突如其来的声音吓得一哆嗦，急忙站起来，把自己学画、作画的过程向郝老师作了介绍。郝老师认为梁文敏是个绘画天才，对他非常赏识，决定把水彩画的技法传授给他。

难忘师生情谊

郝桂芳老师毕业于沈阳鲁迅美术学院，他是大连市有名的水彩画画家。面临三年困难时期，学校处在停课状态，郝老师抓住这个机会，辅导梁文敏学习水彩，讲述水彩画的特点、画法及使用的工具材料等。

水彩画作为一个独立的画种登上画坛已有几百年历史，形式风格发生了许多变化，但是因其对水的性能的充分运用和尽情发挥而形成的鲜明艺术特色，即透明清新、流畅洒脱、滋润空灵，是其他画种难以表现的效果。虽然油画用油作为调色的媒介，但不可能有水彩画那样经多层叠加仍能保持的透明感，更不可能因水在画面上流动而产生丰富的意趣；版画中水印也讲究用水，但水分的干湿变化及水色交融的效果受到极大的局限；国画用水十分讲究干湿变化和对比，但其透明叠加和水色交融的效果，也很难达到水彩画的效果。因此，水彩画用水的独到之处，正是它的特殊表现力和艺术魅力之所在。

在郝桂芳老师亲身传授下，梁文敏基本掌握了水彩画的特点和绘画方法。

1961年春，国家对困难时期采取了相应措施，社会比较稳定，人民的生活有所改善。梁文敏所在的师范学校也恢复了正常上课，他除业余时间学习绘画外，把更主要的精力用在各科学习上，准备迎接毕业前的考试。

梁文敏创作的水彩画。

战洪水救同学

国庆节学校放假，大多数师生都回家过节，只有少数离家较远和经济困难的学生留在学校。

晚上8点左右，天空变得越来越昏暗，电闪雷鸣，顷刻间瓢泼大雨从天而降！不一会儿山洪暴发了……

梁文敏放下画笔，走到窗前向外望去，对面的小河不到10分钟的工夫，河水急速上涨，向公路两边漫延开，河面上漂着玉米、西瓜、南瓜，还有树枝。他好奇地喊："同学们快来看！"看着看着，不一会儿，水已涨到窗户下，这时院子里传出老师的呼喊声："同学们赶紧出来！老铁山发洪水了！宿舍不能待了！有生命危险！快跑！"话音刚落，洪水就涌进宿舍，水很快漫到下铺，同学们连忙往上铺爬，由于人多，小床像船一样摇晃起来，不一会儿只听"咔嚓"一声，床塌了。有的学生掉入水中，梁文敏一看，不好！不能留在宿舍里，得赶快跑出去，他用力扯着嗓子大喊："同学们，在屋子里有危险，快跑啊！"他第一个冲出宿舍大门，向其他同学大喊："同学们，不要慌，不要乱跑，跟我来，都把手伸出来，手拉着手，不要松开。"很快同学们你拉着我，我拉着你，组成一道长长的人墙。他在前面边走边探路，很快，便带领着大家来到地势较高的大操场。还没来得及休息，他发现队伍后面有几名同学被洪水冲散了，而且紧挨着宿舍的俱乐部已经开始摇晃，随时有倒塌的危险。这时水位已经漫到脖子，他顾不上休息，赶紧跳进水里游到最后面，拉住那几位同学奋力往大操场冲，刚冲出十几米，只听身后"轰隆"一声巨响！俱乐部倒塌了！同学们得救了，大家紧紧抱着梁文敏，激动地说："是你救了我们！我们太感激你了！"

这时梁文敏又突然想到郝老师的办公室。办公室里的教学资料和美术画集怎么样了？他三步并成两步跑到郝老师办公室，门是锁着的，从玻璃窗望去，办公室已经进水，满地漂浮着教材、学习资料。如果不及时抢救会造成不可估计的损失，一定要把老师这些珍贵的美术资料和书刊从水中抢救出来。梁文敏马上找到留校的值班老师打开门，将已经被水浸湿的教学资料和重要书刊抢救出来，整齐地摆放在操场上。

第二天，放假回来的郝桂芳老师见到一本本教学资料和美术书刊整整齐齐摆放在办公桌上，激动地握着梁文敏的手说："洪水无情人有情，我能有你这样的好学生，是我作为老师的光荣和自豪，也是我们这所学校的光荣和自豪。"

光荣成为教师

1961年的秋天，旅大师范学校速成班隆重举行毕业典礼。梁文敏以优异的成绩进入全校前10名的行列，被大连市教育局分配到沙河口区春柳小学，光荣地成为人民教师。

一个16岁的少年，成为一名小学教师，在当时也是一件不简单的事。家中父母亲、姐妹兄弟也非常高兴，梁家出了一位老师，结束了家族没有文化人的历史。

梁文敏走上神圣的人民教师讲坛，深感个人责任重大，一定要好好工作，决不能让大家失望。他是每天全校第一个上班，最后一个下班的教师。为了节省上下班的交通费，他坚持步行。有人劝他这样太辛苦了，他却笑着说没什么，正好可以锻炼身体。成为一名教师后，

人民教师梁文敏。

生活有了保障，他没有忘记自己最大的愿望是成为一名人民艺术家，他有更加远大的追求——要继承和发扬古代名画家郑板桥的画竹神技。现在的工作距离个人追求的目标还很遥远，他不能停下脚步，一定要在做好本职工作的基础上再创造出一条新路子。

第一堂美术课

上课的铃声响了，这是梁文敏的第一堂课。他腋下夹着教案，匆匆向教室走去……一边走一边想，自己能不能胜任这个工作？学生们能不能听懂？会不会有调皮的学生？课堂上会不会遇到突发问题？想到这些，还真有点儿紧张。

梁文敏担任春柳小学美术教师留影（1962年）。

边想边走来到教室门前，他推开教室门，一迈门槛，张嘴的布鞋底顶在门槛上，身子前倾，摔倒了，学生们哄堂大笑。梁文敏站起来，走向讲台。笑声渐渐停止，学生们目视着讲台上的梁文敏，个子矮小，童气犹存，衣衫不整，学生们不免产生鄙夷。是啊，梁文敏还是位少年，刚满16岁，当然要引起学生们的质疑了。梁文敏在黑板上写出当天的教学内容，他的板书漂亮，苍劲潇洒。他边讲边作画示范，不一会儿，一幅层次分明、透视感极强的山水画展现在黑板上。

同学们看呆了，相互轻声议论："他还真有两下子，不仅字写得好，画也画得好。"梁文敏以他娴熟的绘画技巧和俊美的板书，赢得了学生们的信任和尊重。"梁老师人小，画得好，有水平。"学生们对他的赞扬，在学校里传开。一传十，十传百，居然传到区教育局，教育局专门为他举办观摩会，请全区美术老师来听他讲课，梁文敏的名字在老师中间传扬。

正当梁文敏教学小有名气的时候，沙河口区教育局发来通知，要求师范学校速成班毕业的学生回学校重新学习。旅大师范学校师资速成班，由于各种原因，没有按教学计划上课，原定三年的课程压缩到一年完成。实际上只上了半年，成了地道的"大跃进"式的速成班。毕业生质量很差，分配到各学校的教师不能完成教学任务。为了提高他们的知识水平和业务能力，送回师范学校"回炉加工"。

区教育局的领导与春柳小学校长王书章商量，一致认为梁文敏无须"回炉"。他的敬业精神、美术知识、绘画技艺是全区任何美术老师不能比拟的。因此，这批师范学校师资速成班里只有梁文敏留下来继续任教。

同年国庆节，旅大市工人文化宫举办全市首届职工书画作品展赛，他的《一尘不染》作品荣获优秀作品奖。

梁文敏并没有因为自己有些名气而自满，他在美术领域中的探索与追求从来没有停止过。他希望进一步学习美术知识，很快，机会向他招手了。

慧眼识千里马

人们常说，"根深才能叶茂""万物生长靠太阳"。植物的根是它本身的营养器官，根能把植物固定在土地上，吸收土壤里的水分，溶解水分中的养分，还能贮藏养料。太阳作为天体行星，能发出光和热，植物在阳光的照耀下，根部吸收水分和养分才能茁壮成长。人也是如此，梁文敏认为，他的

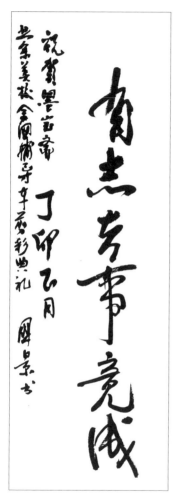

苏国景先生为梁文敏题字：有志者事竟成。

绘画之根扎得还不够深，还没有达到"根深叶茂"的程度。他想把绘画之根扎得更深更牢固。

1961年11月的一个星期天，梁文敏看到一则广告，大连市工人文化宫国画学习班招生，他眼前一亮，这正是他需要的呀！

梁文敏一心想学习郑板桥的墨竹画，小学、中学阶段开设的美术课，很少进入国画的大门。全靠个人临摹《芥子园画谱》，在古旧书店看到的国画名家作品，也是自己摸索，照本练画，一直没有行家老师的指点，更缺少画竹名家的传授。

大连市工人文化宫举办国画学习班，任课教师都是全市一流的名画家，是全市国画界最有权威的代表性人物。梁文敏认为，参加国画学习班，是他系统学习绘画、提高绘画水平的好机会。

广告于10月份就发出了，梁文敏报名时，国画班已开课1个多月。报名处负责接待的是国画学习班的苏国景老师。

国画班不招收零基础学员，苏国景老师问梁文敏："你学习国画可以，有没有作品？"

梁文敏把自己的墨竹画交给苏老师审阅，苏老师展开一看，这墨竹画很有水平，可是为什么看起来很旧，好像是古代画品。梁文敏想了一下，知道问题出在哪里了，原来这幅画是他前几年的作品，当时因为家里穷，为了省钱，画纸是父亲拾回来的洋灰袋纸，纸质很差，经过几年的氧化，看起来黑糊糊的，像一幅古画。苏老师说："你能不能当场画一幅？"说完拿来宣纸和笔墨，这时，围观的人越来越多，梁文敏拿笔蘸墨，毫不胆怯从容不迫，构思片刻，笔走龙蛇，一幅苍劲挺拔的墨竹画跃然纸上。苏老师和围观的人当场叫好，马上破格录取梁文敏成为正式学员。梁文敏感慨万千，庆幸自己遇到人生第一位伯乐！

大连市工人文化宫山水画老师陶景海先生。

从此，梁文敏迈入国画学习班的大门，成为正式学员。国画学习班分为4个班，有山水、花鸟、人物和书法篆刻，每个班的授课老师都是全市乃至全国的知名书画家。山水和动物的指导老师是陶景海，花鸟的指导老师是张鲁，人物的指导老师是苏国景，书法篆刻的指导老师是于培智。

梁文敏求知心切，热情之高是从来没有的。他认为山水、花鸟、人物和书法篆刻都是国画不可分割的一部分。这四科学好了才算有真功夫，这个学习班很重要，如此难得的机会，应当全面系统地学习和研究。于是，他又找到苏国景老师说："这4个班我都想参加，不知老师能否同意？"苏老师惊讶地说："只要你有时间愿意学习，完全同意！"苏老师看到梁文敏勤奋学习虚心求教的精神，从内心发出感叹，梁文敏将来一定能成为一名出色的画家！

"11路"步行车

梁文敏刚刚参加工作时，每月工资23元，除了坐车钱外，其余全部交给家里。但学习书画是要投资的，为了省下每月1.2元的公交月票钱，他干脆不坐车了，走着去上班和学画，用省下来的车钱买书画用品。

他每天早晨5点半起床，6点吃过早饭，步行1个小时到达春柳小学；下午5点半，步行两个半小时从春柳小学到学习班；晚上8点上课学习到9点半，下课后步行回家；11点吃过晚饭后，还要凭记忆临摹练习，一画就画到深更半夜，每天步行三四十公里，耗费五六个小时，别人用来谈天、打牌、跳舞的时间，他都用来学画了，人们笑他是"画痴"。其他学员只报名1个学习班，梁文敏参加了4个学习班，从周一到周四天天有课，周五、周六又是学员作画交流时间，梁文敏当然不会放过这么好的学习机会。因此，除了星期日，他几乎天天去学习班，这样风风雨雨坚持了两年半，从来没有旷工缺课，直到参军为止。据估算，两年半时间他走了25000里路程，相当于红军长征的路程。

功夫不负有心人，国画班结业时，他被评为优秀学员，创作的《凌云劲节》作品入选首届工人美展并荣获一等奖。

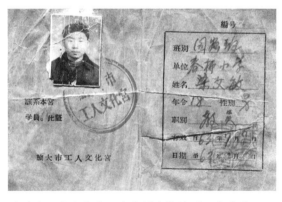

大连市工人文化宫颁发给梁文敏的国画班学员证。

通过这次学习，梁文敏对国画造型特征、特点及表现方法有了深刻的了解。他还认识到中国画，特别是文人画，在创作中一定要强调"书画同源"，注重自己的人品及素养，在具体创作中讲求诗、书、画、印的有机结合。书法运笔变化多端，尤其是草书，要胜过绘画，而绘画的用墨丰富多彩，又超过书法。在自己画的画面上题写诗文跋语，是表达自己对社会、人生艺术的认识，既深化了主题创作，又是画面的有机组成部分。梁文敏还认识到国画是中华民族高超智慧的结晶，是优越才能和辛勤劳动的结晶，是我们民族的宝贵财富，要让他们在自己身上发扬光大，要为祖国的艺术而奋斗。

国画名家张鲁

张鲁先生，1907年出生，字东酰，号钝庵，山东黄县人，曾任宁夏回族自治区文史研究馆名誉馆长、宁夏美术家协会名誉主席、宁夏书法家协会顾问、宁夏书画院艺术顾问、宁夏老年书画协会顾问、银川市书画艺术顾问、台湾美术家协会顾问，是深受尊敬的老一辈著名书画家。

1999年2月，由宁夏人民政府外事办公室、对外人民友好协会编辑，宁夏人民出版社出版的《张鲁国画集》，全国政协副主席白立忱为之题词"人画俱老德艺双馨"。全册120幅作品，磅礴大气、清新秀丽、洒脱飘逸、自然流畅。从这些作品中可以领略到张老那丰厚的人生阅历和坚实的艺术功底，集百家神韵，使之发扬光大，创立自己独特的艺术风格。

在国画学习班，梁文敏对花鸟画的指导老师张鲁特别崇拜，张鲁老师不仅花鸟、牡丹画得出类拔萃，竹子也独具特色，既有郑板桥式的画风，又有个人创意，具有很深的底蕴。张鲁老师早年画竹也是学郑板桥的画技，一直没有找到名师指点，只能按照郑板桥墨竹作品画册临摹，这样就很难学到郑板桥画竹的精髓。后来，他找到本地名师——在辽宁执教的画竹高手柳子谷先生，拜他为师学习画竹神技。此后，张老师的画竹技艺产生了质的飞跃。

老师一再叮嘱梁文敏，学画竹一定要学中国美术发展史，要系统地学，

艺术家张鲁作品《百花齐放》。

对国画中的画竹，要作为专题研究。不能今天学这个名家，明天又学那位名家，这样没有目标地学，看起来好像很有收获，其实是在走弯路。要想提高画竹技艺，必须从画竹的源头学起，才能真正掌握画竹的基本理论与技巧。梁文敏听后若有所悟，觉得老师的指点正是打中了他的痛处和短处。虽然这几年苦心自学绘画，但都是没有系统的"乱学"，其结果当然收效不大。

张鲁老师非常欣赏梁文敏的绘画才能和刻苦自学的精神，认为他是很有前途的青年，于是，把自己画竹技艺和画竹心得毫无保留地传授给他。在张鲁和其他名师的指教下，梁文敏受益匪浅，他的国画及画竹技能有了长足的进步。他恳切要求张鲁老师推荐他拜国画大师张国安为师。怎奈张国安老先生晚年性情孤僻，家住庄河农村，固守家园，不愿接收弟子。

喜得板桥竹画

梁文敏在和指导教师的接触中发现，老师们不仅画画得好，还是古玩和古画收藏家，这引起了他的兴趣。于是，每到星期日，他就到各个旧货市场寻觅与郑板桥有关的物件，凡是看到中意的他都千方百计地买到手或者用画换到手。

记得有一年夏天，天空灰蒙蒙的，太阳隐没在云雾之中，没有一丝清风。树木呆滞，气温湿度较大，人们在街上行走，闷热得直流汗。梁文敏来到旧物市场，寻找他要买的书画。他左看右看，几乎把市场搜个遍，也没有看到中意的书画，正打算要走的时候，看见一位妇女手拿画卷叫卖。梁文敏打开画卷，不由得惊愕，这是一幅墨竹画。笔法挺拔，布局疏密相间，风格独特。一看就是出自郑板桥之手，为了验证真伪，他细看印记，果然是郑板桥的印。于是，梁文敏和妇女攀谈起来。梁文敏问她："听你的口音，像是山东胶东一带的人？"妇女说："大兄弟，你猜对了，俺是山东潍坊人。""你怎么有这幅墨竹画呢？"梁文敏问，妇女说："说来话长了，这幅画是我父亲给我的嫁妆。清朝雍正年间，郑板桥在咱潍坊做官，我祖太爷是他手下的刀笔小吏，郑板桥被朝廷撤职回乡，临分别时，赠送给我祖太爷的。传到我父亲的时候，潍坊发大水，逃荒到大连。我结婚时，家里一贫如洗，买不起嫁妆，父亲就把祖传的墨竹画送给我。现在，我家人口多，自然灾害闹得我家没吃的，实在无奈，把画拿出来卖钱。"梁文敏说："你说个实价，要卖多少钱？""大兄弟，看你是个实在人，又是潍坊老乡，俗语说老乡见老乡，两眼泪汪汪，老乡亲啊！你给50元钱吧！""咱是老乡，你家很困难，我兜里有60元钱，全给你吧！""大兄弟，别，我看你也不是个有钱的人，可能是个穷书生。这年月，大家都为吃饱肚子奔波，我怎么能多收你钱呢？""大嫂，你家等米下锅呢，收下吧！"经过梁文敏再三推让，妇女才把钱收下。

梁文敏得到宝画当天，因兴奋过度，连吃饭睡觉都忘了。赶紧乘火车到沈阳请书画鉴赏大师杨仁恺鉴定，杨老确认这幅作品是郑板桥原作，画的年代，约在乾隆年间，是郑板桥在范县或在潍坊莅任期间所绘，与那位卖画妇女所说的年代相符。杨仁恺说："在东北，很难得到郑板桥墨竹画的真品。此画是稀有的古代文物。"并对梁文敏表示祝贺说："这可是件国宝，好好保存。要想成为名副其实的画家，就得学会辨别真伪，你能得到这幅真品，说明国画已经具备一定的水平，希望你继续努力，将来必会成名成家……"

杨仁恺馆长的一席话，说得梁文敏心里热乎乎的，他为能买到郑板桥墨竹画的真品而自豪。

第三章

难忘军旅

投笔从戎报国

1962年，是国内人民生活比较困难的一年，同时也是国际形势最紧张的一年。在农村"升虚火""发高烧"的"大跃进"产物——人民公社遍地开花，集体经济所有制严重影响了农村经济发展。社员吃大锅饭，出工不出力，再加上"左"的政策影响，致使粮食歉收，集体食堂开不下去了，社员们又重新回到家里做饭，缺薪少米，吃不饱肚子。城市里的职工，虽然有不足以吃饱的定量，但也为生计整日发愁。

西方一些国家反华浪潮高涨，妄想把新生的社会主义国家扼杀在摇篮之中，极力支持逃往台湾的蒋介石反攻大陆，无偿地给蒋介石调运武器弹药。

蒋介石在美帝国主义的支持下嚣张已极，不时派遣特务到东南沿海地区搜集情报搞破坏。为了防御蒋介石反攻大陆，我军从1961年至1962年期间，征兵的数额比以往有所增加。征兵的主要对象，从以往主要招收农村兵改为从城市里招有文化的知识青年，其中有初中、高中、中专学生还有教师等，从而提高军人的整体素质。毛主席说过没有文化的军队是愚蠢的军队，军队领导也认识到军人素质的重要性。为了加强外长山要塞海防力量，党中央决定从沈阳、大连等城市中急征一

1963年8月，18岁的梁文敏怀着一颗感恩报国的心，光荣地应征入伍，成为中国人民解放军一名海防战士。

批青年入伍。

军队急需一批城市新兵入伍补充兵源。大连是海防前线，是保卫津京的门户。驻长海县的人民解放军某部奉命在大连地区征集兵源。消息公布后，时任春柳小学教师的梁文敏动心了。他想，作为一名爱国青年，他已经18岁了，为了祖国的需要，也为了报答人民解放军对自己的救命之恩，自己应该第一个去报名参军。

1962年征兵工作开始时，梁文敏决定先瞒着家里和学校，偷偷去

列兵梁文敏。

征兵办事处报名。他找到沙河口区武装部征兵办公室，负责接待的是刘参谋。梁文敏向刘参谋诉说自己在旧社会经历的伤心往事，他怀着一颗感激报恩的心，用泪花和真诚表达一定要参军，想成为一名人民解放军战士的愿望。他的诉说感动了刘参谋，打动了他的心，决定给他"特殊照顾"，亲自带领梁文敏办理入伍政审手续，为梁文敏入伍提供方便条件。

梁文敏虽然报了名，但心里还是不踏实。他怕因右眼的视力差，而不被征用。小时候讨饭掉进深沟，摔破了头，从此右眼视力不济。一米以外啥也看不到，看啥都模糊不清，几乎成为一只残废眼睛，怎么办呢？梁文敏是个聪明人，他到医疗器材商店买回一张检测视力图。利用深夜时间，偷偷到美术组教室照表背记。经过几天的努力，视力图的方块缺口，左的，右的，都记在脑海里。检查身体那天，他坦然来到医院，医生指着表中的字母，他都能出口对答，视力0.02的右眼上升到1.5，其他身体检查项目完全过关。征兵

办事处的刘参谋通知他准备入伍。

参军之梦实现了，心中的高兴自然是无法形容，可要去禀告家长，心中还是非常痛苦。看到年迈有病的父亲，看到为全家操劳的母亲，还需要照顾的兄弟姐妹，想讲又不敢讲，但又不能不讲。

一天下午，梁文敏来到菜市场，买了2斤最便宜的"老板鱼"，又拎着水壶到饭馆买了3斤散啤酒，在家里做起饭来。母亲疑惑不解，从来不做饭的儿子，今天怎么做起饭来？于是问梁文敏："今儿是啥日子，买鱼打酒的？"梁文敏含糊其辞地说："发工资了，买点酒菜，犒劳犒劳你们！"母亲心疼而嗔怪地说："乱花钱，这个月的水电费还没交呢。"梁文敏把剩余的工资交给母亲。饭桌上，弟弟妹妹抢着吃鱼，连连说："哥哥做的鱼真香。"梁文敏用筷子打住弟弟妹妹的筷子说："小孩子家，要有礼貌，让父母先吃。"母亲说："哪来那么多规矩，一起吃吧。"梁文敏给父亲斟了一杯酒，说："爹，我敬您一杯。"父亲莫明其妙，儿子今天竟有如此举动，带着疑团把酒喝下去。梁文敏喝下酒后，坐下来沉思。母亲问："莫非出什么事了。"梁文敏慢声细语地说："今天是个喜日子，是我当兵的日子。"母亲一听，连连表示赞同："文敏，你是个男子汉，当兵报恩，妈支持你，有你这个儿子，妈一辈子都开心！"父亲也高兴地拉着他的手说："好孩子，你放心地去吧，替国家守好大门，不受外敌欺负，比什么都强啊！"

梁文敏当兵的消息传到学校，校长和老师们都没有思想准备，来不及召开欢送会，王书章校长临时召集在校的教师为梁文敏送行。心灵手巧的张纯珍老师特意赶制了一个画箱作为礼物送给梁文敏。校长恋恋不舍地拉着他的手说："文敏，我舍不得你走呀，但是为了国家的安全，我必须支持你走，到部队好好表现，为学校争光，为祖国争光。"

最后，他又去了工人文化宫国画学习班，向各位老师告别。

老师们向梁文敏参军表示祝贺的同时，不免有些难舍难离。苏国景老师拉着梁文敏的手再三叮嘱："你很有绘画天赋，绘画已达到较高水平，不能半途而废，在部队也要继续画下去。"梁文敏说："苏老师，放心吧，部队是个大学校，需要各方面的人才，我会努力的。"梁文敏和恩师们互道珍重依依惜别。

就这样，18岁的梁文敏光荣地应征入伍。加入人民解放军这个大学校是他盼望已久的梦想，如今梦想成真，他的心情是多么高兴啊！

背起绿色行囊

在新兵训练营里，这个年轻的新兵显得有些与众不同。别人都是刚从学校出来，而他是人民教师，放弃了教师工作来参军，这在入伍的新兵中是很少见的。而且这位新兵还手提自备"武器"——一个精心设计的精美画箱，画箱里装满了绘画用具和名贵画册，以便随时绘画所用。

政治部胡延祥主任坐吉普车到新兵营检查工作，在给新兵讲话时，看到队列里有个不寻常的新兵战士，别人手里提的是旅行包或网袋，可他手里却拎着画箱。这位战士引起了胡主任的注意，讲完话之后，胡主任问李参谋："那个手里提画箱的战士，入伍前做什么的？""他叫梁文敏，小学美术老师，是个小有名气的画家。"李参谋回答说。"嗯，看得出手里拎着画箱。""首长，这个梁文敏分给政治部宣传科俱乐部当放映员，做测绘员吧。"军务科长说。"别，先在新兵训练队训

梁文敏在连队画黑板报。

梁文敏（右一）和警卫一班战友们。

寒冬炎夏，担任警卫战士的梁文敏。

为祖国站好岗、放好哨。

练，至于以后分到哪个部队，再说。"

梁文敏在解放军的大学校里，很快适应了新生活，过得非常愉快。吃得好，吃得饱，穿的盖的都是新的，特别是兵营中的官兵关系是完全平等的。上级领导的关怀，比亲人还亲，大集体团结友爱的生活，使他感到人间的无比温暖。

新兵连集训即将结束的时候，政治部胡主任向新兵连集训队队长白富联交代："把梁文敏分配到机关警卫连当战士，将来熟悉连队的工作后，再调到政治部宣传科分配工作。"部队首长的指示就是命令。果然集训队队长把梁文敏分配到警卫连，梁文敏到警卫连后，全军开展军事大比武，他训练时积极完成任务，项目达标，成为刺杀、投弹、射击标兵，还是连队的文化活动骨干，为连队写稿件，画板报，样样走在前边。他写的表扬好人好事的宣传稿，主题突出，结构严谨，文风朴实无华，有力地激发了战士们向先进人物学习的热情。梁文敏多次得到连队指导员的表扬，战士们夸他是连队的秀才画家。

调入上级机关

梁文敏的突出事迹，传到各个连队和机关后，司令部作训科科长汤夫樵把梁文敏调到作训科任绘图员。任务是根据首长的指示绘制军用地图、海上防御图、坑道设计图和广鹿岛地形军用沙盘。这对梁文敏来说，易如反掌，只要比例精确，点线面的连接是极容易的事。但是这项工作马虎不得，一旦比例出现差错，将会给后期作战、坑道作业带来严重后果。

与梁文敏一起入伍的战友朱存礼回忆说，我和梁文敏同志于1963年8月从当时的旅大市沙河口区应征入伍，到外长山要塞广鹿岛守备区某部服兵役。入伍前梁文敏是沙河口区一所小学的美术老师，因此在新兵集训期间，他兼任新兵连宣传板报制作工作，他编辑制作的每期板报，画的画及写的一手好字，展示了他的书画天赋，受到了许多战友的赞许和新兵连领导的关注。新兵训练结束后，我被分配到守备连，梁文敏同志被分配到警卫连。我们真正相识了解还是1967年底，我被调到部队机关司令部任作训参谋，梁文敏同志也被调到部队机关政治部工作，担任部队所辖的洪子东小岛放映组组长、俱乐部图书管理员、广播员、要塞区美术创作队队长、沈阳军区美术教官等职。

梁文敏（前左）与战友合影。

梁文敏与广鹿守备区政治部战友合影。

因部队机关和俱乐部同在一个大院，我们相识达十几年之久，他给我留下深刻印象。一是爱岗敬业。1968年他参与了司令部的作战沙盘制作工作，当时首长要求在三个月内把所属岛屿按照地图与现地1：2500的比例制作沙盘。这项任务时间紧、任务重、难度大，这对于不太懂军用地图的梁文敏来说难度可想而知，他多次和战友们实地勘察，走遍了岛上的每个高地、山沟、海湾，核实了各种地形、地貌，晚上还要查阅研究地图及各种资料，经过艰苦努力，终于圆满出色地完成了任务，得到首长的认可。二是酷爱书画艺术。多年来他把业余时间都投入到书画艺术的创作研究上，几乎达到痴迷的程度。

20世纪60年代末，他的素描马克思、恩格斯、列宁、斯大林四位伟人的画像和伟大领袖毛主席油画像画工精细、形象逼真，受到首长和战友们的高度评价。经过多年磨练，其书画艺术，尤其是墨竹艺术具备了深厚的功底，让更多的官兵和广大群众认识了梁文敏同志，并感受到书画艺术的魅力。上门求画的人逐渐多了起来，画纸的消耗也给他带来不小的压力，在那个工资不高的年代，就算把所有的工资都用于书画，也难以满足广大干部战士的求画需要，一些人曾资助过梁文敏同志部分纸张，但也只是杯水车薪。

正当梁文敏在作训科积极工作的时候，他的工作又有了变化。政治部胡主任得知梁文敏已调到司令部作训科，他急了，来到军务科要人。"怎么搞的，你也太不够意思了，不是说好了吗，梁文敏是政治部的人。""首长，是作训科科长亲自到警卫连接走的。""我不管亲自不亲自，你把梁文敏给我调回政治部去！"说完，胡主任转身走出军务科。军人服从命令是天职，首长的指示必须执行照办。军务科长来到作训科，对作训科长说："天哪，胡主任发火了。"作训科长丈二和尚摸不着头脑，"胡主任发哪门子火啊？"军务科长大声说："是因为梁文敏。"作训科长更加糊涂了说："跟个战士发什么火啊？"军务科长急着说："哎呀，你别装糊涂了，梁文敏早就让胡主任'号'下了，送到警卫连锻炼，然后调到政治部搞文化宣传。你可倒好，不经过军务科，擅自把他带到作训科，胡主

梁文敏在军营里写生。

任发火了！把我弄得里外不是人，军务科怎么向胡主任交代？"作训科长知道自己理亏，说："好吧，明天我亲自把梁文敏送还给胡主任。"

一场风波过后，梁文敏被调到政治部俱乐部做图书管理员工作。

当图书管理员

政治部宣传科是对全团官兵进行政治思想教育的重要阵地。俱乐部给官兵们提供大量书刊，供应精神食粮，进行政治思想教育，也是读书育人的地方。让梁文敏担任图书管理员非常适合，他既能写又会画，还担任过人民教师，具有一定的文化修养，能在这个阵地上发挥出很重要的作用。

1964年，梁文敏在俱乐部图书管理员的岗位上，利用丰富的图书资源，为广大官兵服务，以"图书育人"的方式，进行强有力的政治思想教育，为提高全团官兵文化艺术水平起到了积极的推动作用。

俱乐部经常搞专题报告会、文艺晚会、知识竞赛、书画比赛、歌唱音乐

会等多种形式的活动，梁文敏在首长领导下，为此付出大量的精力，进行筹划、组织、现场管理等事务。工作是忙碌的也是愉快的，通过这些活动，提高了他的主持能力和组织能力。

担任图书管理员后，梁文敏感到自己身上的责任重大，为了进一步管理好图书，他将图书室所藏的图书进行分类，其中有党的发展史、中国人民解放军建军史、中国历史人物等。俱乐部还经常开展到各海岛守备团下属连队送书活动。因这些连队都是分散在各个小岛屿，是距离守备团较远的海防前哨的重要据点，这些官兵们很少有机会能来到团部的俱乐部，可他们需要精神食粮，更需要文娱活动。因此，梁文敏为了把图书送到连队，经常跨海远征，在碧海蓝天下来来往往奔波不息。

长期跨海远征，使梁文敏对广鹿岛的自然环境之美有了新的体会，广鹿岛似一位巨人，屹立在海洋中巍然不动。岛上到处鲜花异草，这是一幅绝好的自然美景。岛上的山山水水，没有一样不是奇观，这是画家写生的最好场所，他在跨海远征以及各岛上来回活动中，遇到许许多多的乡民，他们朴实勤劳，令他感动，从而引发了他的创作热情。

梁文敏在广鹿岛老铁山下写生。

通过跨海远征，不仅拉近了各连队与守备团官兵心理上的距离，也拉近了他和岛上人民群众的距离。回想自己一年前还是一名普通百姓，现在已经是身穿军服的人民解放军战士，看到岛上的老百姓就像看到自己的过去。部队首长一直教导要军爱民，民才能拥军。回想童年时，解放军抢救了自己的生命，更感到现在应该时时刻刻关心群众、热爱群众，力所能及地帮助群众，应该和群众多联系。他决心今后要利用节假日，与岛上父老乡亲多往来，像亲人一样相处。

梁文敏在图书中发现广鹿岛在历史上的重要位置和价值。他想，既然有幸身在广鹿岛，就一定要把这个美丽仙岛的山山水水、花鸟鱼虫以及各色人物画出来，他喜欢画竹，他追求学习郑板桥的画竹神技。但遗憾的是岛上什么树木都有，唯独少了翠竹。于是，他又在图书中学习有关竹子的学问，翻阅竹子的有关资料，使他更加深深地爱上了竹子，如痴如醉，对画竹一片向往之情。他回忆起在山东老家时，也看到过村中的翠竹，但毕竟是童年，没有很好地观察和感受。之前在学习郑板桥的画竹神技中，虽然知道要虚实相间，但是因为没有学到关于竹子的知识，因而体会不够深刻。现在才明白，唯有知道了竹的特性，画竹才能出神入化、运用自如，形成独有的风格。也就是唯有真正了解竹子，才能画出栩栩如生的翠竹。

梁文敏在图书中不仅学到了竹子的基本知识，而且还学习了美术史以及绘画的基本理论，看到不少名贵画品和各种少见的美术学习资料。这里有历代名家珍品画册，还有他一心想要学习的画竹技法丛书。画竹在我国画坛上具有悠久的历史。国人画竹艺术的高超，早为世界公认。我国历史上画竹名家有苏东坡、文同、郑板桥等，这些有名的画家画竹是各有独特风格，他们把竹子的挺拔、朴实无华、虚心有节，反映得非常精彩神妙，所以古人有诗形容说："青竹不比百花艳，迎风送雨竹更坚。"可喜的是这些名画家的作品，俱乐部图书库中都有珍藏，这给他尽情临摹学习提供了难得的机会。

图书库中画竹的名家，如宋代文同、苏东坡；元代的赵孟頫、管道昇、高克恭、李衎；明代唐寅、夏昶；清代的石涛、郑板桥等人的不少画作，都是难得遇到的稀世宝物和珍品，他都拿来临摹学习，立志不仅要学会画竹，还要学会画山水、花鸟、人物等，成为全面发展的画家。把绘画中的分类艺术融会贯通，成为一名真正的人民艺术家，画竹不过是其中一个重点而已。

　　梁文敏在临摹各名家的同时，没有忘记继续练习绘画的基础读物《芥子园画谱》。他不仅在俱乐部利用业余时间学，还利用节假日在广鹿岛上和现实中的美丽环境接触，那山中有水、水中有石、山内有湖、山外有海的奇景都是他写生的极好素材。凡是向他求画的，他概不拒绝，而且画得十分用心，画得个个满意，人人欢喜。他苦练绘画基本功，山水花鸟人物，从理论到实践全面发展，很快提高了个人的艺术水平，陶冶了心灵，拓展了视野。为部队政治宣传需要画出了一系列高水平作品，也为全岛人民群众创作出喜闻乐见的艺术作品打下扎实的基础。

　　回顾自己当兵的这段时间，虽然日子不长，可他的收获却是空前的，特别是调到俱乐部图书管理员这个岗位以后，这里数万册的图书资料，为他自学提供了最大的方便条件。人们常说："人民解放军是一所大学校。"这句话他亲身体会到了，在这里，不仅补足了美院附中的课程，也弥补了美院本科阶段的部分课程。

　　梁文敏自参军以来，个人艺术学习有很大收获，绘画水平有了很大提高，政治生命也有了飞跃和进步。参军前他是一名教师，能主动要求参军，说明他政治觉悟已经有所提高。到部队后分配到警卫连当战士，在人民解放军的政治思想教育下，成为一名合格的战士，在连队绘制宣传板报，受到部队首长的重视和表扬。接着，部队又把他调任俱乐部担任图书管理员，工作非常突出，做了不少好人好事，有立功表现，政治思想觉悟又进一步提高。根据部队首长在各方面的核查，梁文敏已具备成为一名共青团员的条件。因此，1964年10月经守备司令部管理科团委批准，梁文敏加入共青团成为共青团员，这是他政治生命的第一次飞跃，为以后加入光荣伟大的中国共产党创造了必要条件。

冒险渡海送书

驻守在各个小岛的连队，由于海上交通不便，战略任务繁忙，很难有机会来守备区俱乐部看书。为了把这些图书及时送到干部战士手里，梁文敏不怕艰难险阻，独自摇着舢板乘风破浪，及时地把图书送上小岛。

有一次，他又像往常一样，独自摇着舢板渡海去洪子东岛送书。广鹿岛与洪子东岛之间海域狭窄，又是风口，涨落潮的流速又很湍急，气象变化无常。刚刚还晴朗的天空突然狂风骤起，顿时海浪翻滚，一叶小舟被卷上浪峰，随即又跌下谷底，梁文敏毫无惧色，紧紧握着橹，在浪与谷的缝隙中摇橹前进。经过十几分钟的顽强拼搏，终于冲出海浪，摇到浅水平稳区。

梁文敏把舢板拖上沙滩，扛着图书，步履艰难地来到连部。连部值班室王指导员正伏案写着坑道掘进计划，抬头一看梁文敏满身是水，像落汤鸡似的，于是关切地说："你不要命了！这是什么天啊，还来送书！""老天爷虽然发怒，也没把我怎样，它想让我喂鱼鳖虾蟹，我还不去呢。""送书，也要看看天气预报，好天气来送，坏天气就不要来了。""洪子东岛这片海域，根本就不执行天气预报，这儿是阴阳脸，说变就变，无法掌握。"指导员说："别说了，我也说不过你梁文敏，快把衣服换下来，当心感冒。"指导员说着从箱子里取出一套新军装递给梁文敏，梁文敏换上新装，觉得穿上不合适，说：

梁文敏在大长山岛留影。

"还是给我找套战士服装吧，穿4个兜的衣服不是冒充干部吗？""少废话，没有战士军装，凭你小子这股劲儿，早晚是个干部，穿着它做个预备干部吧。"

梁文敏跨海去小岛给连队送书，多次遇到险情，甚至死里逃生，但都被他顽强的意志化解了。他想战士之所想，急战士之所急的感人事迹，在军营里到处传颂，赢得了首长的认可和战士们的爱戴。

全能的放映员

外长山要塞区政治部为了提高全区部队放映员的技术水平，决定对全区部分放映员进行集训。这次集训的所在地，选择大长山岛要塞区政治部俱乐部。

大长山岛，既是长海县政府的所在地，也是守岛部队机关所在地。大长山岛在外长山列岛中是最大的岛。岛的形状似条秋蚕，东西长南北窄。岛上群山起伏，林木苍翠，环境优雅。四块石天然港湾秀美，享有"天然渔仓，海底银行"之美称。电影放映员训练班虽然培训时间不长，但梁文敏学到了放映电影的基本知识，特别是发电、用电的基本常识，为他以后从事放映工作打下了基础。在此期间，旅大警备区为提高电影放映员的幻灯片制作水平，在全军选拔一批有一定水平的放映员进行集训。于是，梁文敏又来到警备区政治部所在

梁文敏（左）向战友传授讲解绘制幻灯片技术和知识。

地——大连学习如何制作幻灯片。幻灯片要通过绘画的方式来放映，他的绘画水平在部队中是突出的，但幻灯片怎么个画法？如何配合电影放映？他还是陌生的。因此，在培训时他一心一意虚心求教，虽然已回到大连市，却很少回家看望爹妈和姐妹兄弟们。

时任电影放映队长的梁文敏。

为期两个多月的幻灯片培训班很快结束了，他取得了很好的成绩，受到警备区政治部首长的表扬。

时间过得很快，1965年的春天梁文敏已是20出头的小伙子。参军进入第三个年头，在政治教育与军队训练中他成绩突出，加入了共青团，被评为过硬的"三手"（即投弹能手、刺杀能手、射击能手）。在俱乐部图书管理员的岗位上，干得更为出色，部队首长们都认为他是连队骨干、又红又专的好苗子，所以一有机会，就把他作为提拔对象。

1965年3月，驻岛部队官兵在守岛、建岛时期克服种种困难，在取得了巨大物质建设成就的基础上，也进入精神文明建设阶段。按照计划，在全岛利用电影放映形式，开展"官兵同乐"活动，因此需要着手组建电影放映队。放映队不仅放映电影，还要制作大量的幻灯片。制作幻灯片需要挑选有较高政治素质和文化水平的战士，还要能写能画，才能胜任这份工作。梁文敏的艺术天才，在部队中是出名的，虽然他的工作不在艺术上，但他绘制的一期期板报，得到部队官兵的一致好评，他利用业余时间为全岛绘制的景物写生，为农、渔民们绘制的人物肖像，更是人人叫好。因而这次部队首长挑选幻灯放映和制作人员，梁文敏第一个入选。

　　梁文敏担任电影放映员期间，从部队首长那里了解到成立电影放映队的重要性，以及驻岛部队十年来守岛建岛的艰难历程，使梁文敏从思想深处对人民解放军的宗旨肃然起敬。他明白参军不仅仅是为了报恩和祖国的需要，更重要的是全心全意为人民服务，做一名合格光荣的革命军人。

　　从部队首长的报告中，他了解到黄海前哨有100多个有名或无名的岛屿，是祖国的蓝色海疆。几十年来，一直没有我国军队驻守，海防成为一片空白。1904年日俄战争中，日本海军的联合舰队司令部公然进驻长山列岛的海洋岛，作为向旅顺俄军进攻的根据地，而当时软弱的清朝政府听之任之不敢过问。

　　黄海前哨各岛屿，真正有海防和国防是从1954年9月24日开始。半个世纪前，辽东半岛的黄海北部，碧蓝的波涛簇拥着大大小小的岛屿，也就是今天的长海县，宛若一串串晶莹的玛瑙镶嵌在辽东半岛周围，但是这块蓝色的美丽国土，一直没有祖国的驻军，成为一片不设防的海洋。

　　1953年，人民解放军几支精锐部队来到岛上，他们刚刚在朝鲜战场上打败了美国侵略军凯旋，奉中央军委的命令，组建成一个新的集体，进驻到黄海前哨一座座或有名或无名的大小岛屿上，也就是梁文敏三年前参军的部队。从此数万名官兵开启了守岛建岛的光辉历程，担负起保卫祖国海防的历史使命。

　　半个世纪以来，驻岛部队面对恶劣的自然环境和艰苦的生活条件，全军官兵"以岛为家，以苦为荣"，艰苦创业，几十年如一日，

梁文敏在海边写生。

在这里把守着祖国的蓝色大门，在祖国的蓝色国土上铸就了一道钢铁堡垒，树立了一座精神丰碑。

1955年至1961年间，数万名解放军官兵投入到海防营建基础施工中，经过6年的苦战，部队官兵全部住进了营房，初步形成了环形的防御体系。上岛之初，没有运输工具，官兵只能借用渔民的大帆船、小渔船，一船一船地登上各驻防岛屿。部队面临着无公路、无营房、无工事、无耕地、无电灯照明的艰难困境。

官兵们吃的粮食、肉、菜等食品全靠从陆地运送，经过车船装卸，不少新鲜蔬菜变成了烂菜。遇到大风天，开不了船，只能顿顿就着"半盆黄豆一把盐"吃饭。上岛当年，没有营房，官兵就住帐篷、洞穴，或者借住民房。因交通不便，某小岛曾连续28天不能通航，"写了信寄不出去，寄来的信无法收到"……

在这样艰苦的环境下，全军及时发出了"以岛为家，以苦为荣，自力更生，建设家园"的号召。请来技术人员培训军工，组建营建部队，经过近一年的苦战，当年就兴建营房16000平方米，到1956年基本解决了部队营房问题，还修建了1000多公里的公路，同时还开展植树造林活动，绿化了海岛和部队营区。

驻岛部队官兵劈山填海，用手中的镐锹，像蚂蚁啃骨头般地移土造田、开荒种地，要想获得丰收，也不是一件容易的事。岛上水土流失严重，夏季一场大雨过后，有的菜地被冲得露出了石板，土和菜都无影无踪。但官兵们就是不灰心、不泄气，从山上搬下一块块石头，筛出一筐筐泥土，把菜地重新垒起来，重新移苗，重新施肥播种。就这样官兵们继承了艰苦奋斗的"南泥湾"优良传统，使出当年打美国鬼子的劲儿，终于成功地在岛上栽种出蔬菜和瓜果。

1963年梁文敏参军进岛时，官兵不仅不再为吃菜犯愁，而且还建起了一座座花园式的营区，部队家属都住上了新建的公寓房，营区内各种娱乐设施配置完备，生活设施功能齐备，海岛面貌焕然一新，真正成了海洋花园、人间仙境。

驻岛官兵同当地人民同守海防、共建海岛，结下了鱼水相依的深情厚谊。做到了"守岛一条心，建岛一家人"。在部队上岛初期，当地老百姓伸出一双双热情的手，与子弟兵患难与共，积极为子弟兵排忧解难。当时部队没有营房，群众就把自己家的房子腾出来，欢欢喜喜地把子弟兵迎进家门。部队生活困难，渔民们帮子弟兵赶海捕鱼，开荒种菜。

为了支援部队搞农业生产，渔民们无偿为部队划出养殖区和菜地。战士们每天又训练又施工，慈祥的大妈和巧手的大嫂们为子弟兵洗被褥、缝补衣裳……军民共住一个院，共吃一锅饭，朝夕相处，亲密无间，先后涌现出"拥军王大妈""海岛之家""第二故乡刘文蓝"等一大批拥军模范。

驻岛部队也始终牢记人民解放军是人民的军队，一定要全心全意为人民服务。海岛条件有限，部队医院主动收治患病群众，经常派出医疗组深入各小岛，给农、渔民送医送药。海岛淡水奇缺，部队就积极帮助群众修水库，修水塘，打水井，解决吃水难的问题。为了让海岛群众能用上电，部队帮助驻地政府铺设海底电缆，结束了海岛居民长期用不上电的历史。

梁文敏从内心深处感谢那些为守岛建岛做出贡献的战友们。他告诉自己，要以他们为榜样，今后加倍努力做好电影放映员工作。

驻地政府、群众经常来军营走访慰问，给部队送来了珍贵的海产品、学习和办公用品。大连市政府还制定了一系列拥军拥属政策，给驻岛官兵家属就业、子女入学等方面提供优惠政策。

驻岛部队官兵也深爱海岛，把海岛看作自己的第二故乡。梁文敏初来海岛，经常思念大连的家，经过三年与海岛群众的相处，他深深地爱上了这片海岛。每年驻地学校开学，官兵就义务为驻地学校开展军训，每当驻地群众有生命危险时，官兵都争先为群众献血。其中，梁文敏尤为积极，因为他经常想起童年时解放军的救命之恩。

驻岛部队每年定期为困难群众捐款、捐物，支援驻地特困家庭。因此军民关系更为密切，梁文敏在这方面做得尤为突出。他曾先后两次在执行电影放映员任务时，奋不顾身救溺水儿童，部队为他记功受奖；驻地群众和他亲密无间，他在休息日经常为农、渔民画人物像，群众都称赞他为"画家战士"。

绘制毛主席像

1968年的一天，梁文敏接到部队党委和首长指示，绘制主席像。为了让梁文敏把主席像画得更好，部队领导对他说："国庆节给你放个假，到北京去看看天安门城楼上悬挂的毛主席像，受些启发。"1968年10月1日7时许，梁文敏来到北京，一下火车，就打听天安门在哪儿。他的心怦怦跳，心情太急切了。很快，他坐公交车来到天安门前，一眼望去，广场上红旗飘飘，还有许多鲜花，他一路小跑来到金水桥边，向高高悬挂的毛主席像庄重地敬了一个军礼！梁文敏此行带来了部队唯一的一部照相机（海鸥120）。三天后，梁文敏为广鹿岛守备区部队画出了第一幅高2米、宽1.5米的毛主席像，接着又画了《毛主席去安源》和《毛主席红太阳最高统帅向我们招手》等，受到部队首长和战友的称赞。

梁文敏画的《毛主席去安源》巨幅油画。

"铁肩队长"救童

20世纪六七十年代，部队文化生活比较贫乏，看电影成了文化生活的主要内容。海岛交通不便，电影放映队每周要去军港码头"辽民一号"船上取一次影片，然后挑好电影片，步行两三个小时才能到达部队。盛夏顶酷暑，寒冬战风雪，非常辛苦。梁文敏总是主动挑起这个重担，就是后来他当了电影队长，也经常重任在肩。战友们都笑称他是"铁肩队长"。

一次，梁文敏去码头"辽民一号"客轮发电影片回来的路上，突然听到有人喊"救命啊！快来人救命啊！牛娃掉海里了，快要淹死啦！"梁文敏急忙跑过去，边跑边脱下军装，一个猛子扎进海里，朝落水儿童游去，很快，梁文敏把牛娃救上了岸。原来牛娃是河西沟生产队一位农民的儿子，放牛时因为天气太热，一个人下海洗澡，可没想到游着游着腿抽筋开始往下沉，又被浪花和漩涡裹挟，挣扎了几次想游上岸，都被海浪推向大海深处，眼看着离岸边越来越远，才大喊救命。如果岸上没有人及时相救，后果不堪设想。

在梁文敏看来，下海救人是革命军人应该做的事。回想自己的苦难的童年，随母乞讨时，不也是跌破了头被解放军救了吗，今天能有机会救一个孩子，他感到很高兴，所以根本不求回报，也不想让别人知道。就悄悄地挑着电影片子返回了部队。可是后来这件事儿还是被部队领导知道了，梁文敏受到部队公开表彰。

梁文敏在河西沟海边留影。

特殊的工作室

1966年的新春来临了，为了适应时代的需要，部队放映的电影和幻灯片结合形势随时更换。那个年代没有今天"与时俱进"的口号，但有一点是相同的，就是要跟上时代前进的步伐。

"文革"正式开始后，郑板桥故乡——江苏省兴化县也紧跟而上，第一个受冲击的就是郑板桥在兴化的"墨根"。当年8月14日，"破四旧"运动达到高潮，郑板桥的许多遗墨、遗物被焚烧于兴化城隍庙中，与此同时辽宁省也掀起了批判郑板桥、否定郑板桥的思潮。梁文敏考虑到当时的环境，将个人自学绘画转入"地下工作室"，所藏古画文物全部保密。个人临摹学习则采取与人隔离的单独行动，谁也看不到。这样做既是要保护自己，也让自己能够静下心来好好学习。

"地下工作室"是在俱乐部舞台旁边化妆室的左边，因靠近厕所有异味，不排练节目时没有人光临，是个很安全的地方。一旦有人排练节目，他立即停止"地下"活动。除此之外，还有一个"地下"画室，是在俱乐部楼梯下面，是个面积不足1平方米的小房间，不受外界干扰，这里可以看书和画小型画件，是他每天必到的地方，工作之余，梁文敏在这里聚精会神地研习古画，从来没有间断过。

1967年，全军开始实行"三支两军"任务后，当地部队也派出了不少官兵，组成宣传队，陆续进驻各有关单位。根据梁文敏的才能，部队领导

梁文敏在守备区俱乐部旁留影。

"幻灯片"俗称"土电影"，梁文敏大胆改革创新，终于把单镜头灯机改创为三个镜头的灯机，大大提高了幻灯片宣传质量和效果，深受战友们的喜欢。

也考虑派他去军宣队执行任务。但他是守备区有力的宣传骨干，既要放电影、制作幻灯片，又要担当宣传员、广播员，一人身兼数职。更难得的是他画得一手好画，是军中少有的画家。如果派他接管宣传队，守备区的机关就少了一位宣传能手。因此，部队领导经过一再考虑，硬把他留在机关，继续承担守备区宣传重任。

"文革"时期需要绘制大量的宣传画，他画国画是能手，现代画也很在行，所以，他是画家中的多面手。凡是守备区重要的宣传画创作，都由他一人包办。在部队领导的指示下，他每天大画特画，画得最成功、最受部队和广大群众欢迎的是油画《毛主席去延安》。

成为中共党员

1968年9月，广鹿岛守备区部队政治部召开会议，研究已具备入党条件的战士的入党问题。积极分子梁文敏也在讨论审查范围内。梁文敏是模范共青团员，优秀的宣传文艺骨干；放映电影和幻灯片的本职工作做得很有成绩；为部队出黑板报，搞广播很出色；已评上"五好战士"；在社会上做了一连串的好人好事，赢得了部队首长和党组织的高度好评与重视。他虽然没有去社会搞"三支两军"，可是他有较强的工作能力，在部队宣传岗位上多次立功受奖，已由上等兵晋升为军士级行列的下士，并先后被评为"部队学习毛主席著作积极分子""学习雷锋先进标兵"，与会者逐条进行核查，认为梁文敏具备提前入党的条件，由政治部宣传

梁文敏荣获"五好战士"喜报。

科科长梁庆智和电影放映队队长唐树祥作为入党介绍人，批准他提前加入中国共产党。得到入党批准后，梁文敏既兴奋又感到意外，想不到这么快党组织就批准了，这是他政治生命飞跃的一年，今后自己要更加努力地工作回报党。

入党是他梦寐以求的事情，今天终于实现了，他获得了新的政治生命，为人民服务的决心更大了。他认为这是部队领导对他的信任和鼓励，他要更进一步地严格要求自己，做一名合格的共产党员，绝不能愧对共产党员的这个光荣称号。从此，他前进的步伐更快、更有劲了。

神奇经历复员

按照义务兵服兵役的有关规定，陆军服役满三年可复员。由于"文革"梁文敏早已超期服役。部队对超期服役的战士非常负责，开办了复员回地方的学习班，稳定战士思想，让战士回到社会后能继续做贡献。

复员学习班结束后，梁文敏打好背包，随时待命准备返回大连。他和别的战士有不一样的地方，当年来部队时身上背一个大画箱，一看就是一个画家战士。经过部队五年多的教育，现在已是革命军人，回家时，不再只是一

个画箱，还有一件特别的行李。几年来通过各种渠道收集的有关郑板桥等古代名人字画，为了避开"文革"之祸，在部队自设的工作室"安居"了很长时间。现在回家了，"地下"工作室也撤了，这些心爱的无价之宝，这些古代艺术珍品也将随着他一起重返大连。

1969年3月，一个阳光明媚的日子，梁文敏随着复员大军，背着背包和行李，在广鹿岛柳条港码头，整齐有序地登上舰艇启航离岛。这时，一幕喜剧上演了，突然从军营方向开来一辆吉普车，快速地在码头停下，从车上下来的干部是郑科长，他向舰艇高声下达紧急命令："奉首长命令，舰艇立即返航，梁文敏、陈文福下船，回部队待命。"

一时间大家都怔住了，什么声音都没有，在全船几百双眼睛的注视下，梁文敏和陈义福快速地下了船，上了码头，乘坐郑科长的吉普车返回军营。

1971年，梁文敏一家新年全家福。

船上向大连航行的众多战士在想，部队把梁文敏、陈文福留下，肯定是好事，不可能有其他问题。因为这两个人大家都熟识，是部队的积极分子。

而梁文敏本人，只想到部队可能还有未了事宜要处理。等处理完了，他就可以和大家一样回家了，直到返回军营才知道，最近中央军委有命令，这次复员战士中，有精于业务的技术骨干，可以考虑留下继续使用，以保持部队的技术骨干力量。梁文敏是多年的电影放映员，在制作、放映幻灯片上有突出的成绩，又是宣传和文艺骨干，不仅有技术，还有艺术天分，因此经上级批准把他留下来了。

留队不到三天，部队首长向他宣布两件事：一、将他从军事长级（下士）提升为排级干部，"文革"时期不授军衔，排级等同于排长少尉军官级；二、任命他为守备区下属的洪子东岛电影放映组组长。也就是说提升干部后，职务也由放映员升任为放映员的领导了。

1970年夏初，梁文敏接到守备区政治部调令，匆匆忙忙赶往大连警备区机关报到。原来是派他去防空教育筹委会搞宣传工作，他在筹委会的任务是画防空宣传画。对他来说，配合形势和任务绘制各种宣传画，是他多年练成的特有技能，根据要求，他的宣传画要把教育的内容深入浅出地以老百姓喜闻乐见的形式表达出来。他细心体会、精心琢磨，绘制了不少精彩的宣传画。在防空教育展览会上，梁文敏的父母和兄弟姐妹们，还有街坊邻居都来观看梁文敏的作品，大家都夸梁家出了一个好儿子。他的作品赢得了警备区领导和广大观众的高度

1973年10月，军区幻灯班结业留影。

梁文敏（二排右二）所在某部队放映学习班。

评价，从此，他的美术工作水平，在警备区乃至沈阳军区中有了一定声望。

1971年新春来临之时，旅大市革命委员会抽调500多名党政干部由革委会主任刘德才将军率领，组成拥军慰问团，深入各县区及长海县慰问驻军指战员。在军民鱼水情联欢盛会中，梁文敏负责接待及宣传工作。经过一段时期后，部队领导考虑他工作非常出色，又一次决定提升他的职务，由原来的排级（少尉）职务的放映组长，晋级为副连级的（中尉）守备区电影放映队队长。

虽然部队职务和工作不断调整，但这都没有中止梁文敏学习墨竹画的脚步。留队前他曾自学我国美术发展史，知道了画竹的源头和画竹的基本理论及技巧，他在艺术上的进展和政治工作上的进展一样快速成长。从唐代诸多名家的画竹成就，进一步转入学习宋代的画竹大师文同。文同是宋代最有名的墨竹画名家，不论竹竿、竹枝、竹叶都一笔画出，不用双钩晕染，不用其他色彩。文同在任扬州太守时，经常在披云亭赏竹，因而画竹艺术大进。宋代大诗人苏轼也很喜欢画竹，他对文同的画竹总结出四个特点：一是作为艺术家，能擅诗词草书，又喜画竹，特别是诗画沟通，相互诱发。二是在画面上能综合表现竹、木、石，特别是发展了墨竹一科。三是画竹的特点，喜欢画竹林，还有折枝，体现出屈而不挠的风格，首创竹叶的处理，以墨深为叶面、墨淡为叶。四是总结了画竹的基本原则，"必先得成竹于胸中"。苏轼用诗的语言来解释这个原则："于可画竹时，见竹不见人，其身与竹比，无穷出清新。"梁文敏学文同画墨竹，技艺进展很大，又从苏轼的诗中体会到很多画竹的原则与技巧。因而他对苏轼的画竹独有心得，苏轼在墨竹画中不仅有理论还有实践，"朝与竹乎为游，暮与竹乎为朋，饮食乎竹间，偃息乎息间"。郑板桥更是爱竹成癖，把竹子人格化，借竹子之姿写人之情。人有喜怒哀乐，竹有阴晴雨雪。胸中有激浪，笔底见波澜，把人在各种境遇中的复杂心情，通过竹子的各种姿态，以形象的布局赋予新的情感。

这些大师的心得体会，使梁文敏对墨竹画产生极大的兴趣。因而越学越想学，越学越有信心。他计划深入到元、明，进而直至清代，探讨郑板桥等画竹大师是如何继承前贤，独创新风的奥秘，以达到有朝一日，自己能成为"当代板桥"的心愿。

国画《哨所》获奖

参军是为了报恩，为了国家的需要，画竹才是他真正的生命追求。军营生活是单调的，一般战士在业余时间都以打扑克等活动来调剂生活，而梁文敏特立独行与众不同。他把宝贵的时间用来刻苦学习绘画，并以此为乐，乐在其中，甚至忘掉了岁月的流逝和年龄的增长。1971年，梁义敏已是26岁的小伙子，连个人的婚姻大事也忘了。他一心追求艺术的高峰，不断探索、不断追求，形成了特殊的人格、性格和风格。

1972年，梁文敏担任守备区放映队长的同时，仍兼任美术创作的重担。从这一年开始，他不断创作出具有独特风格的作品。

当年夏天，他被上调到旅大警备区美术创作组工作。1973年，梁文敏又被上调到要塞区（大长山岛）美术创作组任组长，带领驻岛部队美术人员进行创作。这期间有很多集体创作，他个人最成功的代表作是大型国画《哨所》。这幅画成为军营名画，画面反映的是长海县广鹿岛守备区最险要、最艰苦的老铁山观察站哨所的情况。这里悬崖峭壁、风高浪急，英勇的战士临

1974年创作的国画《哨所》入选沈阳军区美术创作展览作品。

梁文敏创作的《哨所慰问》发表在沈阳军区《前进报》上。

危不惧，坚守岗位，严防来犯之敌的威武形象，活灵活现地展现在画面上。读者犹如身临其境，好像与值岗战士在一起站岗的感觉。这是真人实事的写照，具有强烈的感染力，这是他又一次美术创新之杰作。

《哨所》也是老铁山黄海前哨的简称，经梁文敏艺术加工，被全军树为十面红旗之一。这幅国画，当年八一建军节在驻岛部队展览完毕后，立即送往旅大警备区、沈阳军区展览，荣获旅大警备区、沈阳军区优秀作品奖。

1976年9月梁文敏创作的版画《为一个观众演出》刊登在沈阳军区《前进报》上。《小岛丰收》参加了在中国美术馆举办的全军美展。

梁文敏为创作《小岛丰收》，曾16次易稿，反复修改，总是觉得不太满意。沈阳军区文化部王部长看到第15稿时说："很好，画面很美，是幅不可多得的好画。不仅要在我们军区展出，还要在全军展出。"

定稿之后，梁文敏也很满意，竟然舍不得在画上题款，唯恐写不好糟践了这般耗费心血的得意之作，他请军区创作室著名书法家王文里为作品题款。不久，这幅《小岛丰收》代表军区参加中国人民解放军总政治部、中国美术馆举办的全军美术作品展，从此梁文敏在沈阳军区誉满军营。

2013年国庆节期间，军旅作家陈宝文同志观赏梁文敏《小岛丰收》时，感慨万千，他连夜写了一篇有关38年前《小岛丰收》图的文章发表在网上。引起广大美术爱好者的轰动和好评。

梁文敏在美术创新上的连年"丰收"和他的作品《小岛丰收》一样，成为他个人的"双丰收"。他的军中画家名声也传开了。"文革"初期，他绘制的《毛主席去安源》等巨型画

《小岛丰收》国画（1975年）。

品，吸引了部队指战员的眼球，此后，他的作品逐年发展，得到全军指战员认可，他的"军中画家"之名，是他用汗水创造出来的。

军区首长非常重视人才，派他到沈阳鲁迅美术学院学习，守备区首长为了表彰和培养梁文敏，破格让他去全国各地，如南京、苏州、杭州等地写生和考察，为他画好竹子提供了创作的源泉。

荣幸保送鲁美

梁文敏被保送到沈阳鲁迅美术学院学习，时间虽不太长，却圆了他多年

梁文敏与战友海边写生考察。

以来到美院学习的梦想。

由于他是军区介绍来的特殊学生，也是军区有名的美术干部。鲁迅美术学院院长王盛烈以及各位教授对梁文敏特别器重，毫无保留地向他传授绘画艺术。

院长王盛烈是著名的人物肖像画家，其代表作品是《八女投江》；郭西河教授以画牡丹专长，还能画竹；钟质夫教授以画花鸟为特长；王义胜教授以画人物肖像、连环画等为特长；还有许多有名的教授专家为梁文敏讲授各种绘画技巧。

他还学习了装裱书画技艺，为将来进一步学习鉴定书画质量和真伪打下了坚实基础。他在鲁迅美术学院的学习生活，是他一生中最难得的机遇。既学到了本领，又结识了许多名人专家。所以他每每回忆此事，犹有幸福的余感。

他和钟质夫教授感情最深，钟教授是画竹高手，满怀深情地指导他如何画竹，当梁文敏把个人的画竹作品送呈请求指正时，钟教授给予高度评价并亲自题词："梁文敏同志的画竹是直追元明清诸家之佳作也。"

军中第一弟子

梁文敏在军中的宣传画是成功了，而他个人的"秘密武器"画竹艺术，却鲜为人知。一是因为业余自学，从未向外展示；二是处于"文革"特殊环境，在"地下"进行，无人知晓。他专心画竹，很少和其他人接触，避免一

切不必要的往来。军中
有很多人都崇拜他，认
为他是少有的人才，更
有志趣相投的人，心甘
情愿拜他为师，向他学
习画竹艺术，这也是梁
文敏在军中的传奇。

梁文敏向弟子姚成银传授画竹技艺。

　　姚成银是具有一定
文化水平的战士，是梁
文敏的部属、战友、电影放映员，由于工作生活在一起，志趣相投，彼此相
互了解，梁文敏发现姚成银人品端正，具备"艺术细胞"，是有培养前途的
青年画家。因而，他在"地下画竹"过程中，收了这名开门大徒弟。

　　在梁文敏的人格、艺术风格影响下，徒弟进步很快，当梁文敏成为"当
代板桥"大画家时，姚成银也是随梁文敏在辽西大地扬名的第一人。

　　1986年姚成银转业时，凭着跟梁文敏学到的一手墨竹技艺，姚成银被分
配到辽沈战役纪念馆，后又调到锦州市群众艺术馆负责书画创作工作。

　　姚成银经过数十年的勤学苦练，画技水平日趋成熟，其作品也多次参加
省市国家级展览，多次获大奖；入编书画作品集多部，还被日本、新加坡以
及港澳台同胞等购买收藏。姚成银画的竹子在辽西地区有"辽西第一竹"之
美誉。姚成银现为辽宁省美术家协会会员、江都书画院特聘一级画师、中国
艺术研究院特聘书画师、"当代板桥"第一传人、锦州阳光画苑经理。

　　梁文敏从70年代初期开始，通过部队举办的各种美术学习班培养了不少
喜爱书画艺术的同志，大家都称他为老师。他仍以同志式的真诚传授，赢得
了众多战士的钦佩和热爱，这给军中画家更增加了威信和名望。

拜尊师张国安

张国安，1906年出生在辽宁省大连市庄河县光明山镇喇嘛屯，字仲平，斋名墨浪书屋。是喜禅和尚最出色的徒弟，辽南画竹名家。

喜禅，本名延天循，又署延培基、延伯庄。14岁那年，因家中人口众多生活窘困，将喜禅送入佛门。16岁开始随师叔习画，他爱竹成痴，练就了潇洒淋漓、坚韧挺拔的墨竹风格。笔法苍劲有力，用笔粗狂，风格鲜明。承板桥遗风，终自成一家。

张国安为梁文敏所作墨竹画。

1976年11月中旬的一天，天寒地冻，北风狂吹，大雪纷飞。梁文敏也不管天气如何，他此时急于拜师的热血已经涌灌全身，浑然不觉零下20多摄氏度的严寒，提着拜师的礼物步行两天两夜终于到达了庄河平山公社喇叭屯张国安的家。

当梁文敏怀揣着万分的诚意到达张国安家时，已然是一个雪人。敲开门，他看到了一位身材瘦削，个子不高的老人，他走过去说："我是梁文敏。"张国安见此情景，深受感动，当场决定收他为徒，并邀请梁文敏在自己家小住几日。走进里屋，眼前的情景使梁文敏瞠目结舌，张老居住的土墙草房已东倒西歪摇摇欲坠，四面透风破旧不堪，纸糊的窗户吱吱作响，透出一丝寒气。微弱的煤油灯下的房间阴暗寒冷，屋内无一值钱物品，只有墙上挂着几幅张老的墨竹墨兰，家中仿佛很久都没有人来过。这时张老邀请梁文敏来炕上一叙，张国安的老伴也在炕上，梁文敏赶忙问好。师母十分热情地说："你们聊，我去烧水。"张国安指着房屋中间的小圆桌说："这就是我画画的地方。"只见上面铺着一块一米见方漏洞的毛毯子，砚池也只是一只破旧粗糙的泥碗。这位老人已经70岁高龄了，梁文敏此时的心酸无以言表，这就是一位画家的家啊！

几日时光转眼已过，张国安同意收梁文敏为徒，梁文敏终于实现了多年的心愿。

张国安是画竹名家喜禅和尚的嫡传弟子，而喜禅大师则是郑板桥画竹技艺的继承者。70岁高龄的张国安先生，画竹不仅有喜禅之风、板桥之韵，又独有自己的风格，具有清新、潇洒、挺拔、苍劲、兀傲的艺术特色。他笔下的竹有欣欣向荣，青翠欲滴的新竹；有枝折叶枯，苍色斑斑的陈年老竹；也有亭亭玉立，风和日丽下的水乡修竹；更有那傲然挺立，狂风倒卷后的山野之竹……张老说："画好竹子，是一个关于眼心手的问题。意在笔先者，定则也。趣在法外者，化机也。"

张国安作画讲究立意在先，胸有成竹后才落笔。一笔下去干净利落，绝不拖泥带水，他笔下竹枝的弹性和竹叶的生机被刻画得淋漓尽致，栩栩如生。

他画竹遵循竹子的生长规律，从发竿勾节，到出枝布叶，笔笔认真，一丝不苟，梁文敏能很快领悟其中的奥妙。张老把他跟喜禅学到的一笔"通天笋"手把手地教给梁文敏。

张国安先生为美术爱好者现场表演画竹。

1984年7月1日，在大连市文联、美协、书协领导大力支持下，由墨宝斋主办，在中山区文化馆举办张国安、梁文敏师徒墨竹讲学表演。

张老在书法上也颇有造诣，行草既有强劲之势，又不乏飘逸之感。他曾告诫梁文敏，一幅好画必须有好的书法，书画一体，就像红花和绿叶的关系，二者不可分家，要在书法上狠下功夫。

张老作画的毛笔非常少，常用的只有三五支，几只秃笔用了几十年。梁文敏记得其中有一支毛笔他非常珍爱，是喜禅师爷送给他的。这支笔杆长35厘米，直径3厘米，笔锋很长有10厘米，毛质很好，纯狼毫制作的。笔杆上刻有"长锋快剑"四个字，重量有半斤多。据张老讲，这支长锋快剑笔，是喜禅用自己的10幅竹画与一位日本画商换的，喜禅临终之前把这支"长锋快剑"传给他。每当张老用这支笔画起竹来，就好像一把宝刀利剑，挥洒自如。

梁文敏跟随张老学习的这段时间，张国安由浅入深，由简到繁，从竹竿到竹枝、竹叶，再到风雨露晴神态不一的竹子，以及题字落款讲得十分细致，梁文敏的墨竹水平飞速提高。临别时，张国安拿出自己珍藏多年的字画交给梁文敏说："这是喜禅大师的墨竹和墨兰，我原打算托人卖掉，看你如此勤奋上进，为师决定把这三幅画送给你，希望你好好向师爷学习，将来能够成就一番作为。"

梁文敏带着一颗赤诚的心拜师学艺，虚心求教，好学上进，勤学苦练，这种像竹子一样坚忍不拔、虚心向上的精神十分值得后人学习。

访北京紫竹院

梁文敏结束拜师学艺后，已是1977年的初夏。他回到部队，本想着等上级安排他回地方转业，但部队的情况和他的想法完全不一样。梁文敏在部队是大忙人，一人身兼数职，还经常上调警备区、要塞区搞美术创作。他在鲁迅美术学院学习的那段时间，部队立即感到宣传业务缺了一根顶梁柱，很多业务没有人能够替代他。现在学习回来归队了，部队首长大为欢喜，总算松了一口气，宣传业务仍由他挑重担。除了上调任务外，他还参观了全国性的展览。到杭州、上海等处万里寻竹。他三下江南，观赏城市园林景色，但是对竹子的寻访工作收获不大，很不理想。梁文敏知道，竹子真正的故乡在四川和广西一带，他计划以后有机会一定要去广西、四川等地寻竹。总结这几年万里寻竹，印象最深的是北京紫竹院公园中的竹林、竹海。

北京紫竹院公园位于北京西郊首都体育馆西侧，是新中国成立后在原有耕地、坑塘基础上新建的一座公园。园内有三湖二岛，景色清秀，林木葱茂，竹翠荷香，富有浓厚的自然山水意境，是群众喜爱的一座优美的园林景观。公园的名称因附近有紫竹院庙宇旧址，故袭用其名。紫竹院公园是北京地区各种竹子最多的地方。由南方引进的紫竹、斑竹、石竹、寿星竹等多种竹类，并大量栽种青竹，成为公园主要的园林

梁文敏参观北京紫竹院，枝枝叶叶记心头。

"不到长城非好汉",梁文敏攀登
北京八达岭长城。

特色。旁边两个小湖栽种着莲藕,风翻荷叶,雨后捧珠,一片竹翠荷香,使人如入仙境,增加了竹林、竹海的特有景色。梁文敏回到大连后,经常想着北京有这样赏竹的好地方,大连为什么没有。北京和大连是同一纬度,气温也差不多,如果大连有一个紫竹院公园,那该多好,长海县各海岛如果也有小型的紫竹院公园,那该有多好啊!

骇浪中救于涛

大连著名画家关满生为梁文敏画像。

1978年7月,梁文敏正等待转业的时候,市内最大的媒体——旅大日报社,由著名的美术记者隋军和本市知名书画家唐玉清、关满生、于涛、马国勋等人,组成了一个海岛采风小组,来到风景秀丽的广鹿岛,这是因为广鹿岛警备区的驻军曾被旅大警备区一再表扬为先进单位。驻岛部队首长得知后,认为这是一项光荣任务,命令政治部报道组干事王立永和俱乐部顶梁柱梁文敏两人负责接待工作。

梁文敏和王干事把采风组人员安排在招待所里,负责他们的食宿和安全。经过一个多星期的紧张而有趣的采风活动，梁文敏受到很大的启发和教育。采风组的人员都是有名的艺术家，他从中学习了不少可贵的东西。采风组深入到海岛的方方面面，到了老铁山的哨所、柳条港码头、各连队的营房……

有一次，部队派了一辆专车，前往将军石采风。经过半个多小时来到老铁山脚下，于涛老师见景色迷人第一个下车，直奔海边。其他人也先后下了车，都非常高兴。远望将军石就像一名全副武装、手握宝剑的将军，屹立海上日夜守卫海防。于涛急忙奔过去，沿着海边礁石，在大浪阵阵碧波汹涌中行进。因为礁石上长着一层绿苔非常湿滑，于涛一不小心滑倒，掉进了海里，他连忙往岸边游，谁知一个大浪打过来，又把他卷入海中。于涛在水中不知所措，连喝了几口海水，看到梁文敏就大声喊叫："梁文敏快来救

　　1978年八一建军节，应中国人民解放军某部邀请，由《大连日报》随军记者组织的海岛书画家拥军慰问团。成员有（前一）关满生、（后右一）马国勋、（右二）隋军、（右三）唐玉清、（右四）于涛、（右五）梁文敏。

我！"这时，梁文敏听到于涛在向他呼救，猛然回头看到于涛溺水在海浪中挣扎。他奋不顾身，衣服也没来得及脱，一个扎猛潜入海中，抓住于涛的胳膊用力将于涛拽回岸边，由于救得及时，于涛只喝了几口海水，虚惊一场。于涛本来会游泳，但当时突然掉到深水，没有防范，突发意外，梁文敏这一举动让于涛和其他几位老师大为感动，称赞梁文敏勇敢果决。自那以后梁文敏与于涛成为好兄弟，成为良师益友。

勇于救火负伤

1978年3月，一件意外的事情发生了。一天晚上，梁文敏连续放了两场电影，第一场是《地道战》，第二场是《战上海》。放完电影已是深夜12点，和放映队员们回到俱乐部，收拾好放映机器回到发电房，看到妻子和两个四五岁的儿子都已经睡觉了。梁文敏每天早晨6点起床发电广播，忙了一天，这会儿也累得不行了，一躺下就呼呼地睡着了。刚入睡不到1小时，梁文敏在睡梦中隐约听到噼里啪啦的阵阵响声，他还以为是地道战的战斗场面，可是鼻子闻到了一股东西烧焦的味道，加上浓烟给他熏醒了。梁文敏这才意识到，不好，哪里失火了！他猛地从床上站起来，打开窗户往外一看，只见一团团火苗冲着发电所扑去。他急忙冲出门外，看到大火是从隔壁锅炉房喷出来的。这时火势越来越

1978年八一建军节，全家合影。前排右一为长子梁晓军，左一为次子梁晓东，后排左一为许秀娟，右一为梁文敏。

猛，火苗越来越大，还有1米多就烧到发电机房，机房里存放着3桶200公升柴油和1桶100公升汽油，如不及时把油桶转移，后果不堪设想。火光就是命令！梁文敏不由分说大喊一声："不好啦！秀娟快起来，抱孩子逃出去！"边喊边一个人将4个油桶，一个个推出机房外10米处，当最后一个油桶推出机房后，火已经烧进机房内，烧到机器了。这时，梁文敏朝附近的军械所站岗哨兵大喊："哨兵同志，快向首长报告，锅炉房着火了，派人来扑火啊！"

锅炉房旁边是后勤仓库，仓库内存放着一大堆施工用的雷管和炸药，一旦大火侵入，将会酿成更大的灾祸，而且更危险的是相距20多米处是一座干部楼，楼内还有四五个人居住，情况十分紧急。梁文敏又急速跑到干部楼宿舍，连续敲了几户门，放开喉咙，大喊："同志们战友们，快起来，锅炉房着火了，救火啊！"

然后，梁文敏拿起了一个大扫把，爬上房顶奋不顾身冲入火海扑火、救火。几分钟后，部队首长和战友们都来了。作战值班室值班的李参谋向首长汇报了着火情况后，张司令员立即下达紧急扑火命令，调来了警卫连、通讯连、汽车排、军械所300余人，用水龙头从井中取水，直奔火场。梁文敏在火中高喊："向我这里喷水，灭火！"大火在1个多小时后全部扑灭，梁文敏在扑火救火战斗中头部、双手全被烧伤，当即被送往医院救治，所幸没有生命危险。在这次大火中，长子梁晓军的脚被扭伤，给他带来了一生的痛苦。

事后查明起火点是锅炉房，锅炉房将晾晒的木板堆放在一起，经锅炉的长期炙烤发生自燃起火。锅炉房值班的工人们，每晚12点关闭锅炉不再添煤，睡觉去了，而锅炉房与俱乐部发电房紧挨着，是梁文敏第一个发现火情，第一个报警，也是第一个救火扑火的。由于发现火情及时，报警及时，救火及时，没有给部队造成人身伤亡和重大的经济损失。

守备区党委第二天召开党委会，决定给予梁文敏通报表扬并嘉奖，表扬梁文敏在紧急关头临危不惧、见义勇为的大无畏精神和奋不顾身救火的先进事迹。

勇冲锋救王杰

20世纪60年代，中国人民解放军中涌现出一名英雄。在一次民兵训练中，一个民兵由于心慌，无意间拉开了一个炸药包，炸药包即将爆炸。在这千钧一发之际，在场负责训练的爆破班班长王杰奋不顾身，首先把这位民兵推走，他一个人用身子扑向炸药包。一声巨响，王杰光荣牺牲，在追悼会上王杰被部队（军委）授予"爱民模范英雄"称号。但今天讲的故事不是这位爱民模范英雄王杰，而是一位儿童王杰。

梁文敏因救火而手臂烫伤过重，经过一段时间治疗后出院。部队首长安排他在家多休息几天，可他是闲不住的人，提前上班了。有一天他从军人服务社往俱乐部走的时候突然听到喊声："快救人啊，不好了，王杰掉进粪池了！"他往前一看，部队招待所前面的粪池周围有七八个小孩在狂叫猛喊。此时此刻，他顾不得身体虚弱，飞快地赶到粪池边，只见一个小孩已埋在两米多深的粪池中，只有双手露在外面挣扎。梁文敏用尽全身气力，猛地将孩子拽了上来，不顾脏和臭味，背着小孩到附近河边用水将全身冲洗干净，正要问明小孩的住处时，王杰的姐姐王青赶来了，见此情景，王青流着感激的泪水，向梁文敏连连鞠躬："谢谢梁叔叔！谢谢梁队长！"梁文敏二话没说，就把小王杰带回家换衣服……梁文敏这时才知道被救的小孩叫王杰，当时和几个小孩在菜地附近奔跑玩耍，因路面湿滑，一不小心掉进粪池，众小孩慌了，发出狂喊。当王杰回到家时，家长知道情况后，立刻向梁文敏表示万分感谢，如果梁文敏不及时赶到，后果不堪设想。因此邀请梁文敏到家中坐一坐，感谢对儿子的救命之恩。梁文敏表示："我是一名军人，这种情况，谁见到都会帮忙，这是我应当做的！"的确，对梁文敏来说，这件事很平常，不算什么大事，因为他一生中做的好事太多了。可是家长为了感恩，又送钱，又送物，他坚决不收。无奈之下，王杰家长只得向部队领导报告，请求部队给予通报和表扬。

还是个小孩王

梁文敏在完成本职工作之余，还组织部队干部子女创办儿童书画班，自己当班主任，教他们画画练字，成为他们的启蒙老师。还组织他们清扫俱乐部卫生、节日里放电影维持秩序等，一下成了"小孩王"。其中有后勤部军械科冯科长的孩子，有俱乐部刘主任的孩子，还有直工科常科长的儿子常庆利，还有理发师傅大老王的儿子王德峰等共10多名。常永郭的儿子常庆利现在成了赫赫有名的画家。

常庆利，男，汉族，生于辽宁庄河，农工党党员，1978年随家迁入抚顺，后移居大连。现任农工民主党中央书画院副院长，国家一级美术师，中国美术家协会会员，辽宁省美术家协会理事，辽宁省青年美术家协会副主席，硕士研究生导师。

出生在军人家庭的常庆利，从小长在海岛，大海给了他宽广的胸怀和对大自然独有的钟情。父母虽然不是艺术家，但父母对美术的爱好给了他自由学习的空间。他经常去俱乐部看梁文敏作画，使得小小年纪的常庆利习惯了用画笔自由地表达自己的内心世界。说起养育自己的这片土地，常庆利感慨万千："大连虽然城市不大，文化内涵也不如北京、上海那样厚

梁文敏和老战友在一起，右一为常庆利。

重，但我今天能在绘画上取得一点成绩，还是沾了这方水土的灵气。"

他是当今国内颇具影响力的实力派画家，曾师从当代国画大家宋雨桂先生。在中国写意花鸟画的创作上大胆实践、大胆创新，形成独具特色的艺术风格。作品多次参加国内外重大展览，并多次获得国家级奖项，受到专家及业内人士好评。除了加强自身的业务学习和理论修养外，他以自身的艺术专长为社会真诚奉献，常年为200余名中小学美术教师传道、授业、解惑，使他们受益匪浅；也曾多次到高校举办无偿交流讲座。

2006年，最具权威的中国国家画院首次举办了国内花鸟画精英班。他是辽宁省唯一进入此班的本土画家。此次精英班旨在培养中国画后备力量，这使他在中国画的创作及修养方面有了很大程度的提高，甚至产生了质的飞跃，其作品相继在中国美术馆、徐州张立辰艺术馆等地举办联展，广受好评。

先结婚后恋爱

1971年5月1日，梁文敏与许秀娟在广鹿岛新婚留影。

梁文敏与许秀娟结婚的时候"房无一间，地无一垄"。梁文敏的父亲用50多元钱从木材厂买些边角余料做了一个木箱子，送给儿子结婚用；许秀娟的父亲也送了一个木箱子，是樟木的，梁文敏又从市场购买了一个小圆桌和两把椅子，就这样结了婚，安了家。

梁文敏与许秀娟婚后生活非常幸福。当时社会上是先恋爱后结婚，而梁文敏却是先结婚后恋爱，原因是梁文敏工作太忙，身在海岛军营，业余时间还要研究画竹技艺，没有太多时间谈情说爱。及至两人结婚以后，双方才有深入的了解。许秀娟知道丈夫是名军人，有军人特有的风格与魅力。梁文敏发现许秀娟贤惠、忠贞，体贴丈夫，支持丈夫的事业与追求。婚后，许秀娟包揽了所有家务活，使梁文敏没有后顾之忧，真正起到了贤内助的作用。在大是大非面前，许秀娟也能坚持原则而不动摇。梁文敏先结婚后恋爱的故事，也是梁文敏传奇的一生中的又一亮点。

军营申请转业

梁文敏在军中表现越积极、越突出，部队首长对他就越重视、越爱护，根本没有考虑把梁文敏列入转业范围内。到了1978年秋天，转业干部大部分已安排完毕时，梁文敏也没看到有安排他转业的迹象。他在部队的积极表现是他一贯的做人原则，并不是想以此来争取升官提职，梁文敏一心想当画家，一心追求成为当代的郑板桥，这是他几十年如一日始终坚持的目标，他希望能够早一天转业回到地方，早一天走上独立自主的书画之路。而现在看来好像一点儿希望也没有，他哪里知道，首长对他是"爱才不放"。

1978年10月，经过梁文敏一再要求，部队终于批准梁文敏的转业申请。当他带

梁文敏在广鹿岛生活战斗15个春秋，这是1978年8月10日离岛前的留影。

为梁文敏颁发的《转业军人证明书》。

着妻儿在柳条港登船回大连时，他远望老铁山，看着美丽的广鹿岛，他在这里当过放映员、放映组长、放映队长、美术创作员，在革命大熔炉、大学校中锻炼成长，从五好战士、入团、入党到提干升职、结婚生子，风风雨雨已是15个年头。在这里他把幻灯片改成了土电影，创作出无数精彩的画面；几次上调要塞区、警备区以至沈阳军区；北上南下，参加全国美展；救过两次落水儿童；扑救过一次大火；工作中立功受奖多次，一生中最宝贵的青春献给了祖国，献给了部队军营。回忆往事感慨万千，离别之际，他向敬爱的老铁山、仙女湖，亲爱的战友和乡亲们，献上衷心的祝福：以后一定会经常来看望你们！

到文物店工作

梁文敏从部队转业后，被推荐到文物店任裱画组组长，负责字画鉴定、收购、展览和修复工作。这个工作很适合梁文敏，工作中经常能看到历代名人名画的真迹。特别是能见到他一生最崇拜的郑板桥的书画真迹，还有其他名人，如齐白石、张大千、吴昌硕等人的真迹，这使他非常高兴。他一面干活，一面从名人字画中学习研究，这对他的书画学习和研究大有帮助。

在文物店工作的两年里，他的装裱技术有了很大提高。由于工作需要，梁文敏得以结识许多艺术大师，如刘海粟、叶浅予、华君武、孙奇峰、黄永玉、郑乃光等，亲眼看到他们挥毫作画，得到他们的指导。

10月正是旅游旺季，一批批海外游客来大连观光旅游、购买纪念品。中国书画很受外宾欢迎，游客们争先恐后选购。日本客人对梁文敏的墨竹非常喜欢，经常卖断货。全店领导和同志们非常震惊，梁文敏的墨竹成了抢手货、香饽饽……

不仅日本人喜欢梁文敏的墨竹画，大连市书画组织和团体也先后向他发出征稿和参展邀请，他被吸收成为大连美术工作者协会会员、大连青年美术工作者会员等。

1978年叶浅予大师在大连群众艺术馆示范作画（右上角为梁文敏）。

著名画家孙其峰先生在作画。

在文物店工作期间梁文敏和于培智老师交流书画技艺。

国画大师孙其峰先生为梁文敏画作补鸟并题字。

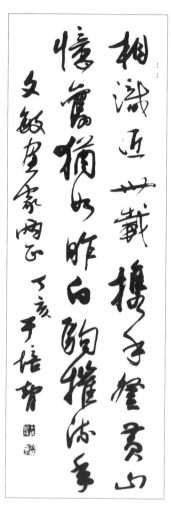

于培智为梁文敏题字：相识近三十载，携手登黄山，忆旧犹如昨，白驹摧流年。

梁文敏创作的国画《竹》，发表在《大连日报》。

喜购"难得糊涂"

1981年9月，梁文敏长途跋涉，不顾疲劳来到潍坊文物店。因为梁文敏曾在大连文物店工作过两年，大连文物店和潍坊文物店经常有业务来往，所以当他来到潍坊文物店，领导和同志们都把他当作兄弟单位客人热情招待，尤其是负责门市销售的王主任更是热情周到。当梁文敏见到一幅郑板桥"难得糊涂"的拓片时，眼前一亮，这不就是我朝思暮想的先师郑板桥经典传世佳书名句吗！他急忙走到王主任面前，问道："这幅郑板桥'难得糊涂'拓片卖不卖？"王主任回答说："说实在的，本店只剩下这一张珍品了，因为世面上赝品很多，大多是失真、粗糙之作，我店这一幅可是原作拓下来的。"

据说"难得糊涂"这四个字是郑板桥在潍坊为官时去莱州，在云峰山写的。乾隆年间，郑板桥专程至此观郑文公碑，因天色已晚，不得已借宿于山间茅屋。屋主为一老翁，自称糊涂老人，出语不凡。室中陈列一方桌般大的砚台，石质细腻，镂刻精良，郑板桥大开眼界，老人请郑板桥题字，以便刻于砚背。郑板桥以为老人必有来历，便题写了"难得糊涂"四个字，用了"康熙秀才雍正举人乾隆进士"印章。因砚台大，尚有余地，板桥就请老人写上一段跋语，老人提笔写道："得顽石尤难，由美石而转入顽石更难，美于中，顽于外，藏里予人之庚，不入宝贵之门也。"他用了一块印章，印上的字是"院试第一，乡试第二，殿试第三"。郑板桥大惊，细谈之下，方知老人是位退隐的官员，便也补写了一段："聪明难，糊涂尤难，由聪明而转

梁文敏在山东潍坊文物店所购郑板桥"难得糊涂"拓片。

入糊涂更难。放一著，退一步，当下安心，非图后来报也。"老人见了大笑不止。后来，"难得糊涂"四个字竟像传单那样被制成各种礼品或是拓片或是作为像章推销。由此，也引发了人们对这位玩世不恭的郑板桥先生更深层的兴味，对"难得糊涂"也就出自自己的心理需求作出了解释，由此而顺延到对"难得糊涂"四个字的思维定势和价值取向。可是鉴于作者当时没有明确自己的意向，因而现时会产生出许多相异的认识。

王主任边笑边对梁文敏说："如果梁先生喜爱，我们就割爱由你收藏了。"梁文敏当即连连称谢，并问价位多少？王主任说："对外卖是600元，对你只收200元吧。我们也深知你的墨竹画是辽南一枝竹，有板桥遗风，烦劳梁先生为我们小店作几幅可否？"梁文敏高兴地说："能得到王主任和贵店的赏识，我实感荣幸。"王主任也非常开心地说："梁先生真是爽快人，好，就有劳先生了。"梁文敏乘高兴之意，当场挥毫，不到半小时就画了六幅清新高雅、墨色淋漓的墨竹画，在场的王主任和诸多工作人员连连拍手叫好：梁先生不愧为画竹高手，神竹也！

喜得板桥拓片集

离开了潍坊文物店，梁文敏又是高兴又是发愁，高兴的是喜得郑板桥"难得糊涂"拓片，发愁的是他来到潍坊时，身上只剩下200元钱了，这200元钱买了"难得糊涂"拓片，身上再没有分文了，怎么办？他突然灵机一动，想到先师郑板桥出家远游之时，所带的银两花光了，在街上打地摊卖画的事。自己不妨也学学先师，以解燃眉之急。

梁文敏想到这儿，第二天一早就来到潍坊市最繁华、最热闹、人流最多的中街口，铺上纸，摆好墨盘、水碗，拿起笔来低着头，弓着腰，挥毫画起墨竹。一会儿的工夫，来了好多人围观，人们看见这位不熟之客画得一手板桥竹，大为吃惊和震撼，纷纷掏钱购买，4尺8元、3尺5元、2尺3元，你一张我一张，忙得他中午饭也顾不上吃，一直画到下午6点多，梁文敏的两个裤兜都装满了钱！这时纸和墨已经用光了，还有人想购买，梁文敏说实在对不起，明天再来给大家画。

梁文敏把工具包好，正准备回旅社休息，站在旁边的一位自称在潍坊工艺美术研究所工作的鲁平说："梁先生的竹子太让我大饱眼福了，我为你的画竹绝技所惊奇，太震撼了，可以称得上是第二个郑板桥！我送你两本我们研究所编辑发行的《板桥书画拓片集》作为纪念。"梁文敏非常感激地说："这可是花钱也买不到的珍宝啊！没想到咱们潍坊老乡这么喜欢俺画的竹画，不愧为风筝、年画文化名城！"

梁文敏回到旅社清点了一下两个裤兜里的钱，共计375元。啊！这可是他一年的工资！天无绝人之路，今后还要加倍勤学苦练，把竹子画得更好！一支神笔闯天下，挣更多的钱，让妻子和孩子过上好生活！晚上他找到一家饭店，点了几个小菜打了二两烧酒，痛痛快快地吃了一顿饱饭，兴奋得一夜没合眼！

黄山寻竹迷路

为了提高画技，梁文敏经常外出寻竹观竹。有一次，梁文敏去黄山写生考察的时候，完全被满山遍野的竹子迷住了，只顾着边走边画，忘记了进山的路线，迷失方向的他在山里三天三夜都没有走出来。干粮吃完了，只有吃竹笋、竹叶，渴了喝山里的泉水，最后身体实在撑不住了，第三天晕倒在竹丛里，所幸被一位长老发现，把他背了出来。

在长老临时搭建的草棚里，先给梁文敏从头到脚用水清洗干净，再给他喝了草药，又熬了点米粥。等梁文敏渐渐苏醒过来，长老问梁文敏："怎么会躺在竹林里？"这时梁文敏才知道自己被这位长老救了。梁文敏眼含热泪

梁文敏在黄山考察竹子途中。

猛地起身向长老跪拜，感谢长老救命之恩。然后向长老讲述来黄山考察竹子、画竹的经过。长老又给梁文敏煮了些红薯，让他吃饱了再下山。太阳快要落山的时候，梁文敏向长老告辞，回到县城住了一个晚上，第二天上午10点，梁文敏买了酒、饼干、罐头等礼品，想上山送给长老，感谢长老的救命之恩。奇怪的是昨天长老住的地方连人带草棚都不见了。梁文敏很坚定，相信自己的记忆和眼睛，为什么什么都没有了呢？这件奇事儿直到今天在梁文敏的心中仍然还是一个谜！

《节高骨坚》获奖

1981年7月，为庆祝中国共产党成立60周年，辽宁省委宣传部、辽宁省美术家协会举办大型美展，梁文敏一幅6尺朱竹《节高骨坚》成为大连市唯一入选的国画作品，获优秀奖，震撼全省画坛。

这幅6尺朱竹是梁文敏历时一个多月的时间精心创作，画了十多张画稿才最后定稿。画的是一株红竹迎风挺立，铁骨铮铮，题款的内容是"中国保尔"吴运铎的一首诗"节高骨坚宁折不弯，为梁为薪献身于民"，其构图新

颖奇特，用笔潇洒，展现了共产党人
高风亮节的伟大形象。业内人士评价
此作品的绘画技艺和思想达到辽宁省
最高水平，从而确立了梁文敏在东北
三省画竹第一人，"竹魁""竹王"
的地位。

　　1981年到1983年，梁文敏的作
品，尤其是他画的竹子，受到广大
人民群众的欢迎和好评。有近千幅画
被省内外文物店、博物馆、书画院、

梁文敏在辽宁美术馆参加画展。

梁文敏《墨竹》入选1982年辽宁省国
画展。

1980年6月6日，旅大市美术工作者协会（现为大连市美术家协会）成立。

学校、宾馆等单位收藏和销售，作品还远销日本、新加坡、法国、美国、英国、加拿大、朝鲜，以及香港、澳门等国家和地区。

在这三年中，梁文敏为广大书画作者、爱好者和一些单位装裱字画近千幅，并到部队、工厂、院校进行书画表演，授课百余次，同时又被省内外一些单位聘请为美术顾问、美术教师，成为辽宁省美术家协会会员和辽宁省中国画研究会会员。

刘海粟观竹画

大连文物店书画装裱组（简称裱画组）成员有张怀德、宋伯良、臧春凤、考云珠、薛红、刘华滨、梁文敏共7人，梁文敏担任组长。裱画组年龄最大的是张怀德七十多岁，宋伯良六十多岁，都是装裱字画行业的老艺人；臧春凤原来是大连话剧团演员，后来组织上派她到旅顺博物馆跟梁守成裱画师学习两年；梁文敏曾经在部队学习过裱画技术，后来又到鲁迅美术学院学习半年，也算是科班毕业；其他几位同志考云珠、薛红、刘华滨都是从文化局所属的话剧团、杂技团抽调过来组成文物店装裱组。装裱组工作范围是对文物店珍藏的（大部分放在旅顺博物馆）古今名家字画进行修复。一幅画装裱程序很复杂，从揭裱，修补（破损的要补好，画好），到成轴需要经过30多道工序，历时半个多月的时间；除此之外，裱画组还担负为社会加工装裱业务，当时裱画组人少，活多，工作条件艰苦，可是组员同志们都非常自觉，工作积极性很高。张怀德、宋伯良、梁文敏、臧春凤是师傅，考云珠、薛红、刘华滨是学徒。大家齐心协力，互相帮助，从不抱怨工作苦累。

梁文敏身为裱画组组长，他家住在沙河口区星海街山上，每天早晨6点骑自行车从家里出发，无论冬夏，他

刘海粟大师为梁文敏画作题写"板桥遗风"。

总是第一个到文物店，打扫卫生，烧开水，做裱画前的准备工作。到了下班时间他总是最后一个离开，熄灭炉火，关闭水电开关，一切安排妥当后才关门离开。

1978年，艺术大师刘海粟等来到大连市棒棰岛宾馆作画，于培智老师和梁文敏负责后勤接待工作。一天，刘海粟在宾馆大厅看到一幅正准备销售的墨竹画，就问身旁的于培智："这是哪位画家画的？"于培智回答："这是我的学生小梁画的。"刘海粟十分吃惊地赞赏道："画得好，很有板桥遗风。"

这时，有人把梁文敏找来，让他现场画一幅墨竹，请刘海粟指导。画好后，刘海粟连连称赞，还兴致勃勃地在画上添了一枝梅花，并题写"板桥遗风"。

拜刘金涛为师

中国书画装裱艺术历史悠久，源远流长，俗话说"三分画，七分裱"，说的是书画装裱很重要。一幅好的书画作品经过好的装裱，才能算得上是一幅圆满的艺术作品。

1978年，与刘海粟、叶浅予、华君武、梁树年、郑乃光等国画大师一起来大连棒棰岛宾馆避暑作画的还有裱画大师刘金涛先生。当他知道梁文敏在文物店从事装裱书画工作时，就收梁文敏为徒，传授了很多装裱知识。

刘金涛是当代书画装裱名家，虽然他并不擅长书画，但是非常热爱书画装裱事业，与许多书画家结下深厚的情谊。

早在当学徒的时候，刘金涛就作为助手参加了巨幅人物画《流民图》的装裱工作。之前，经过画家汪慎之等人的推荐，刘金涛曾为徐悲鸿重裱了他的得意之作《愚公移山》和《九方皋》，裱好之后，徐悲鸿十分欣赏刘金涛的装裱技艺，赞赏他道："没有你的装裱，再好的作品也难称完美，你是位受人尊敬的装裱艺术家。"除此之外，徐悲鸿还把刘金涛介绍给齐白石等书画名家，随后又将自己收藏的珍宝——唐代吴道子的白描手卷《八十七神仙卷》交给刘金涛重裱。经过刘金涛精心细致地装裱，这件已经残破不堪的宝物重新焕发了青春。直到现在，盖有"悲鸿"印章并有张大千、谢稚柳题跋的《八十七神仙卷》仍旧完好无损，成为

1986年9月，在济南万竹园李苦禅纪念馆，梁文敏与恩师刘金涛（左一）合影。

北京荣宝斋著名裱画大师刘金涛先生在大连棒棰岛宾馆收梁文敏为徒，这是在刘海粟大师所绘制的五棵松巨幅画作前合影。（左五为刘金涛大师，右二为梁文敏）

徐悲鸿纪念馆的镇馆之宝。

　　凭着部队服役期间在鲁迅美术学院学习的书画装裱基础知识和刘金涛大师的精心指导，再加上多年积累的实践经验，梁文敏的装裱技艺已经达到很专业的水平。书画装裱当时在大连还只是刚刚起步阶段，装裱艺术人才寥寥无几，在市面上也见不到裱画店。

　　梁文敏在文物店裱画期间，修复和抢救了大量的古今名人字画，他的装裱技术得到社会的广泛认可。大连著名教育家、书法家于植元先生评价梁文敏的裱画艺术，为他题写"妙手回春"四个大字，大为赞赏。这时期梁文敏又结识了群众艺术馆的林成翰、姜建章、朱纯一、陈佩玉、唐宝山、张天放、晁德仁、周义柱、周建志等老师；大连美术界的刘敬瑞、刘作相、付绍友、戚道彦、李雪琼老师和孙福义、孙福奎两兄弟；大连书法篆刻家伦杰贤、张德鹏、程与天、王成晃、矫红本、陈正等；沈阳著名书画家陈旧、杨九洲、幺喜龙等良师益友。

中国书协原会员、大连大学副校长、大连书协主席、大连师范学院院长、中国书法教育研究会顾问，中国楹联学会顾问于植元先生题字。

梁文敏与著名国画大师林成翰先生。

中国书协会员、沈阳市文联副主席、沈阳市书画院名誉院长、著名书法家幺喜龙为竹画题字。

著名书法大家、教育家伦杰贤为梁文敏所题"胸有成竹"。

启蒙师陶景海

陶景海老师是大连工人文化宫山水画的老师，是大连染料厂工人，退休后被老虎滩街道贝雕厂聘任，在贝壳上画画。梁文敏每到星期天就去看望陶老师，顺便请教一些美术知识，同时也有来自全国各地的学生向陶景海老师学画、求画的。他们来了以后都是迫不及待地让陶老师给他们作画或讲解书画知识，然后就走了。

梁文敏与他们不同，他和夫人许秀娟每次来看望陶景海老师，首先是给老师打扫卫生、做饭、洗衣服等忙些家务活儿，等那些来求画和学画的人都走了，才向陶老师求教。陶老师满面笑容地说："你最聪明、最懂事。别的学生和你不一样，对你我要好好教。"陶景海教梁文敏画小鸡、老虎、山水画。陶景海老先生是梁文敏画山水画、老虎画的启蒙老师。

与竹友翰墨缘

80年代初期，梁文敏在文物店就结识了在辽宁省土畜产公司工作的辛鹏并结为好友。

辛鹏，1941年出生于河北雄州，1966年毕业于北京外贸学院（现对外经贸大学）经济系。他从小就喜爱美术，目前是大连市老干部大学国画教授、高级美术师，他不仅书画、摄影、诗印样样全能，而且还是有名的收藏家。

1980年初秋，梁文敏应辛鹏邀请到他家鉴赏他收藏的喜禅竹画。

辛鹏找出几张喜禅的画作，告诉梁文敏，他曾藏有喜禅墨竹500多幅，十多年来通过赠人和匀兑等，跟书画界好友共享喜禅艺术成就，至今手上仍有百余幅喜禅的墨竹精品。

著名画家辛鹏先生为梁文敏题字。

谈到收藏喜禅画作，辛鹏说最早纯属偶然——1969年，他的一个同事送给他两幅墨竹画，他看着笔墨俱佳，超凡脱俗，顿时爱不释手，欣然收下。后来沈阳老画家李曼如看到这两幅画后惊呼："这是喜禅的墨竹！"通过老画家介绍，辛鹏才知道喜禅在之前曾名满东北，被民间视为"东北第一画家"。自此，辛鹏迷上了喜禅的墨竹。那段时间恰好辛鹏和江苏名画家李亚相识，通过交流，辛鹏逐渐开始学习中国画。

韩美林予好评

韩美林大师是中国极具影响力的著名书画家、雕塑家，尤其是他雕刻的动物更是一绝。韩美林先生的作品民族风格浓郁、优美浪漫，极富变化，在海内外皆享有盛名。大连人都知道他为大连市创作的《群虎》全长4米，高7米，石雕总重量为4800吨，是极为罕见的艺林珍宝。在中国工艺美术学院工作期间，他曾设计1983年《猪票》、1985年《熊猫》等邮票及一系列最佳邮票评选纪念章。中国美术家协会韩美术工作室，是全国第一家以个人名字命名的工作室，也是中国美协至今唯一一家由美术家领衔的工作室，是北京中奥

韩美林先生为梁文敏所画作品。

标志的设计者之一，北京奥运会吉祥物修改创作组组长。现任全国政协常委，中国美术家协会理事。

梁文敏与韩美林大师的一段情缘，还要追溯到20世纪80年代初期。1980年4月的一天，梁文敏正在大连工艺美术公司美术培训班讲课，午休时间接到旅大警备区政治部张春雨主任电话（张春雨的女儿小丽曾是梁文敏的学生，学画墨竹），说韩美林大师已经来到大连，住在警备区招待所，正在搞美术创作，大约停留一个月的时间。韩美林此行的目的，除了探访老乡，还要为迎接鸡年画展创作百鸡图，顺便为大连美术爱好者讲学授课。张主任想借这个机会把梁文敏引见给韩美林，梁文敏听到这个振奋人心的消息十分激动。不久，梁文敏在张主任家拜见了韩美林大师并和张主任一家共进午餐。

当韩美林大师打开一幅幅梁文敏的墨竹画，不觉眼前一亮，非常吃惊地说："你的墨竹画得好啊！清秀挺拔，刚劲潇洒，既有板桥遗风又有你自己的风采呀！在大连市能看到这么好的竹子画，真不容易！我送你一幅字吧。"边说边拿起一张宣纸，裁成条幅，大笔一挥，用篆书为梁

1983年，中国著名书画家、雕塑家、艺术大师、中国美术家协会理事韩美林高度评价梁文敏墨竹艺术说："文敏兄画竹，有大家风采，独树一帜，自成一家。"

文敏写了"不拘一格"四个大字，旁题小字：文敏同志正之，美林书。这明丽动人、行云流水、笔墨酣畅的书法，激励和鼓舞着梁文敏为墨竹艺术继续拼搏奋斗，梁文敏眼含激动的泪花，向恩师敬了一个拜师礼！

第四章

投入办学

工艺美术教员

梁文敏在文物店工作期间，于培智老师还经常指点他如何鉴别古代名画的真伪，这也提高了他的绘画艺术水平。

古语说三十而立。梁文敏的事业和奋斗的目标是成为画竹高手，而现在从事的主要工作是裱画。俗话说"人往高处走，水往低处流"，他应该有一个大的突破和追求。

1980年3月，市文化局把他调到工艺美术公司教育科任教员，主要教授国画。当国画教员，对梁文敏来说确实是人尽其才，完全胜任，边教国画边学习研究国画，尤其能系统地研究墨竹画艺术也算是件开心的事。

带着这些美好的愿望，梁文敏满怀工作热情来到工艺美术公司教育科报到，一起来报到的还有其他两位教员：西洋画教员李承恩是沈阳鲁迅美术学院毕业的高才生；装潢教员于沪生是北京中央工艺美术学院毕业的高才生。

梁文敏自幼爱竹、画竹，与竹结下毕生不解之缘，画竹成了他最大的爱好乐趣和艺术表达方式。

为了提高产品水平和质量，公司从下属8个工厂挑选出50多名具备绘画水平的技术工人成立工艺美术班，学期一年。公司成立教研室，由梁文敏、李承恩、于沪生担任授课老师，梁文敏兼任主任、团支部书记。

梁文敏对待工作的态度和他对待艺术事业一样，勤勤恳恳，认真负责。然而事实并非像他想象的那样顺利，没有大学文凭的梁文敏，在科长眼里是只会画竹子，不懂教学的

　　1980年5月，全国第一届书画篆刻展览在沈阳展出，左一为伦杰贤，左二为梁文敏，左三为于涛，左四为张德鹏。

外行人，所以很少给他安排教学任务。每天从事的都是后勤工作，忙忙碌碌不说，连一张办公桌都没有。这叫什么教员，这不是勤杂工吗？长此下去，自己的画竹前途不就荒废了吗？画竹梦什么时候才能实现？梁文敏痛苦地自问，暗暗着急。

毅然申请辞职

　　是金子在哪里都会发光，是英雄哪会无用武之地。一天，梁文敏看到《人民日报》登载了一篇关于河南开封市几位厨师停薪留职开饭店的报道。晚上，梁文敏手中拿着报纸做起了爱人的工作："我想申请停薪留职，办个体画店，带上几个爱好画画的待业青年，他们可以学画画和装裱，既能减轻国家负担，我也可以搞书画创作和研究。画画、卖画、以画养画，早日实现做一名画竹名家的梦想，实现自己的人生价值，做一名像孔子、郑板桥、李

风云人物，改革先锋，改革大潮中的第一个闯海人——"当代板桥"梁文敏。

时珍、徐霞客、唐僧（玄奘）、张衡、毕昇那种历史人物。" 梁文敏迫不及待地一口气说完，爱人许秀娟瞪着一双疑惑的大眼，好一会儿没有吱声。丈夫今天是不是喝醉了？不对，他平时是滴酒不沾的。这位开朗大方的山东姑娘深知丈夫的脾气，他认准的道儿，九头黄牛也别想拽回来。他是干部，又是党员，不会错的！

　　贤惠的妻子，对丈夫的处境非常理解，对丈夫的苦衷更为同情，结婚已经整整十年，风里来雨里去，许秀娟始终支持着丈夫所走的路。这时她又回想起当年申请离开部队，他俩求见守备区司令员和政委，请求批准梁文敏转业回地方做一名画家时的情景。时候到了！机会来了！如今又是关键时刻，必须帮丈夫一把，她对梁文敏说："作为你的妻子、爱人，只要你认准的事，决心要干的事，我一定坚决支持你，与你携起手来同心同力干到底！永远做你的好妻子，贤内助，好战友！"梁文敏激动地把爱人紧紧搂在怀里，流着泪说："有你的支持我更有信心了，一定会心想事成！梦想成真！甩开膀子大干一场吧！"

第二天，梁文敏到单位向领导汇报了自己的想法，他想，公司领导也一定会报以赞同的微笑。他甚至想象能得到几句勉励的话。然而，没有想到的是，公司领导听完他的这一想法之后，竟然大吃一惊，持反对意见："一个转业军人、国家干部、一个共产党员放着革命工作不干，想去搞个体，成名成家，成何体统。"党组织负责同志几瓢冷水迎头向梁文敏泼来："办个体画店是单干，单干就是与集体、国营背道而驰，是走资本主义道路，是反党反社会主义的坏分子！是反革命……"有的领导说得更难听："你长几个脑袋，连大学文凭都没有，还想当画家，真是不自量力，荒唐可笑。"亲戚朋友们也不能理解梁文敏，梁文敏怎么了？是不是脑子进水了，响当当的铁饭碗不端，端泥饭碗？就算不考虑眼前，也要考虑将来呀！梁文敏听了领导和同志们的各种反对意见和说法，深深感到改革是多么艰难，在中国想干一番事业是真不容易！

起初，梁文敏向单位领导提出的是退职。组织和单位领导的答复是，按照国家规定，干部退职必须年龄满60周岁，退职以后可享有退职金，梁文敏现在只有37岁，不符合规定，这不行！单位领导只同意他办理辞职，可是一旦辞职，梁文敏20多年的工龄就没有了，而且一分

梁文敏坐在高山上沉思，改革开放就是解放思想，解放思想就是干别人没做过的事情。

中国第一个党员"个体户"。

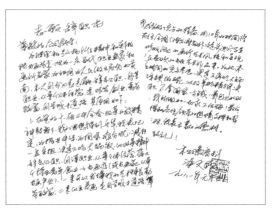

具有改革精神的辞职书——全国第一个共产党员写的"辞职宣言"。

钱补偿也拿不到。

后来，梁文敏偶然看到《人民日报》刊登的一篇关于郑州开封试办职工自营饮食店的报道。这一消息振奋了梁文敏的精神，他更加自信，他坚信自己选择的路是正确的，他所走的路也是利国、利民、利己的正确之路。

好事多磨，决心已定，1981年1月5日，梁文敏写好了辞职书，提出辞去公职。

梁文敏是第一个吃螃蟹的人，是全国第一个不吃大锅饭、砸碎铁饭碗、辞去公职、自谋职业搞个体的党员、干部画家。这件事在大连乃至全国曾引起一场轩然大波，反响强烈！

妻子含泪签字

为了个人的事业，梁文敏豁出去了，他把自愿辞职的报告交给妻子许秀娟。许秀娟看过辞职书，泪珠滚滚直流。她心里很清楚，丈夫辞职意味着即将成为一名无业人员。20多年的工龄将全部付诸东流，辞职金分文没有，今后生活毫无保障，全家生活得靠她每月30多元的工资来维持，这日子可怎么过啊！她拿着笔的手在颤抖，说不出话来。

梁文敏看到妻子为难，这位硬汉也憋不住了，用拳头猛击着桌子："苍天啊，你太不公平了，我梁文敏想干点事就这么难啊！"许秀娟动情地说："梁文敏你是

妻子许秀娟含泪在"辞职书"上签字盖手印。

条汉子，直起腰来！辞职！今后就是要饭，我也陪着你。"第二天，梁文敏和许秀娟一同来到公司，许秀娟在梁文敏的辞职信上签字按上手印。

尽管已经签了字，单位领导还是以种种理由为借口，迟迟不给梁文敏办理辞职手续，拿不到辞职手续就无法到工商局办理个体画店的营业执照……

万里访竹写生

1982年初夏，梁文敏在含冤受辱的逆境中，坚定不移地与恶劣环境作斗争。为了进一步提高画竹技艺，他决定南下到竹子的故乡考察写生。妻子许秀娟毅然与丈夫同行。

因为过于匆忙，临走时他们顾不上心爱的孩子。一个好说歹说放在父亲那里，一个让邻居照管着。他们离开了这座城市，就好像出笼的小鸟自由自在地飞翔，所有的精神压力都随风飘逝了。

风餐露宿，纵横万里，在竹林竹海中行进。泥滑的山路上，丈夫在前打草，妻子在后面一步一个脚印紧紧跟随。他们一路节衣缩食，不像是个旅游者，倒像是个乞讨者，寄情于山山水水，漫游于竹林中，忘掉了人间的一切烦恼。他们走遍浙江、河北、山东、安徽、江苏5个省21个市县和广大农村，

国画大师陈大羽为梁文敏题字。

国画大师方增先
为梁文敏竹画题字。

江苏兴化郑板桥纪念馆。

国画大师刘宝
纯题字。

行程2万多里，走遍了有名的产竹之地，写生作画上万幅。

其间，梁文敏受到著名画家王森然、娄师白、陈大羽、方增先、于希宁、刘宝纯、柳之谷、史振锋等人的直接指导和教诲，开阔了视野，提升了艺术水平。

这次南行意义重大，使他终身不忘。梁文敏越过千山万水，来到江苏省扬州市所属的兴化县——郑板桥的故乡，拜见自童年以来敬仰的画竹圣人。在郑板桥纪念馆内，他献上了自己画的墨竹以表达久慕之情，并亲自来到郑板桥的陵园，在墓前致祭，默默地祷告：一定要继承郑先生的精神并发扬光大。

兴化县是个人才辈出的江南水乡，又名"楚水"。梁文敏对这里的山山水水都用心考察，认真聆听当地群众讲述郑先生的传说，他仿佛又回到了童年在山东潍坊时的情景，他立誓要继承郑板桥的画竹风格，更要学习郑板桥的伟大人格。郑板桥的那句"吃亏是福"在他脑海中反复回荡。

在"春江水暖鸭先知"的皖南泾县，有一个鹤岸笔厂。得知梁文敏来此考察，笔厂的人喜出望外，把他们邀请到厂里，待为上宾，食宿费用全免。梁文敏在厂里办起了绘画学习班，领导、职工都来学习听课，受益匪浅。他们结合生产实际，使毛笔生产有了较好的改进，听说厂里有300幅国内著名画家黄胄、李可染、吴作人、王西京等参观时留下的墨宝，许秀娟立即拿出她的看家本领，一幅幅地精心装裱好。工人师傅为了表达谢意，还特意在赠送给梁文敏的毛笔上工工整整地刻上"梁文敏老师惠存"的字样，厂里还拿路费让他俩去安徽有名的黄山写生作画。

梁文敏的南下写生，收获是巨大的，不仅取得了一些办画

梁文敏夫妇深入"竹海"考察竹子。

梁文敏在先师郑板桥墓前，学板桥做板桥是他一生的追求。

梁文敏夫妇二人与安徽泾县鹤岸堂笔厂工人合影。

店、办美校的经验，而且还和许多群众结下了深厚的友谊。他越来越感到，他并不孤单，党和人民群众是相信他的，需要他的。他所走的改革拓荒者之路是有光明前途的。

梁文敏经过5个月的奔波回到了大连。当时虽处逆境中，他仍积极参加各省市的美术展览并多次获奖。

拜史振峰为师

1982年秋，梁文敏赴山东泰山写生考察，经好友安廷山介绍，拜访山东艺术学院史振峰教授。史振峰先生热情地接待了这位来自大连的求知学艺的青年，在百忙之中为他讲授画墨竹的知识和相关技法。

史振峰先生是山东掖县人，与梁文敏家乡平度县是临县，1957年毕业于鲁迅美术学院，擅长写意人物，兼工墨竹。从鲁美毕业后，他先后任教于沈阳师范学院、辽宁林学院、山东艺专，后为山东艺术学院教授、中国美协会员、山东画院高级画师、孔子故里书画顾问、泰山书画院名誉院长等。

梁文敏返回大连后，即给史振峰先生去信，再三感激先生对他的帮助和教诲。后来，他常常以书信形式进行求教学习。

史振峰先生为梁文敏竹画补兰题字。

终于同意辞职

1982年10月中旬，梁文敏第二次应泰山文物管理局安廷山局长之邀来到泰山作画和艺术交流。再次徒步登泰山，梁文敏一路观赏风光和文物，心旷神怡，不亦乐乎。登上玉皇顶时，山上工作人员急忙找到梁文敏说："安廷山局长有急事找您，请您赶紧过去。"

梁文敏与安廷山（右）

梁文敏为了继承和发扬郑板桥的墨竹艺术，走自学成才道路，毅然辞去公职，从事个体事业，结果竟被单位以走资本主义道路的典型把他从党内除名，不给他办理辞职手续。没有辞职手续就无法申办个体营业执照，没有营业执照就无法开办个体书画店，就没有经济来源，这是梁文敏非常痛苦和伤心的事情。这一切，安廷山都看在眼里、记在心上。

安廷山笑着对梁文敏说："我今天早上听到中央人民广播电台广播，你们辽宁省有一名叫杨振华的相声演员，他辞去辽宁省曲艺团的职务，自谋职业创办了'杨振华相

中国书法家协会会员、山东省书协理事、泰山书画研究会会长、国家文物局泰安培训中心主任教授、著名书画家安廷山先生题词。

声演出团'，单位批准了他的申请，给他办理了辞职手续，他很快到工商局办理好营业执照，现在已经开始在全国巡回演出，非常受欢迎。中央广播电台还做了报道，现在国内改革形势大好，你的辞职申请单位一定会同意的，你赶快回大连吧。"梁文敏听后，激动地说："这太好了！谢谢安兄给我送来这么好的信息，我马上回大连找单位办理辞职手续，创办我的书画店。"

1982年12月29日，经过梁文敏再三要求，单位终于同意给他办理辞职手续。

"墨宝斋" 喜开业

梁文敏是将中国书画产业引领市场经济的领军人物之一，为了实现自己的诺言，他怀着一颗赤子之心，经历了风霜疾苦，克服了许多生活上、经济上的困难。他从1981年开始筹备，经过三年艰苦努力，1983年3月5日，全国第一家个体画店"墨宝斋·大连"终于开业了！

梁文敏开始走上了画画、卖画的职业道路，实现自己的人生梦想。

李苦禅，原名李英，号励公，1898年生，山东高唐县人。1919年到北京半工半读（在北京图书馆结识了毛泽东主席），先受训于北京大学等校，其间受教于徐悲鸿先生；1922年考入国立北平艺专西画系；1923年拜师于国画大师齐白石门下，研习国画；1926年起，先后在北京师范和河北省立师范任教；1930

梁文敏和夫人许秀娟在李苦禅大师所题的"墨宝斋"牌匾下留影。

李苦禅大师。

梁文敏开创全国第一个"党员个体户",全国第一个个体经营书画店——大连·墨宝斋。

年应聘任国立杭州艺专教授;1946年,起任国立北平艺专教授。中华人民共和国成立后,他出任中央美术学院国画教授,兼任中国画研究院委员、中国美术家协会理事、第五届和第六届全国政协委员。李苦禅是当代写意花鸟画家,代表作品有《老鹰》等。

墨宝斋开业后,梁文敏给李苦禅大师写了一封信,表达自己非常崇敬大师,恳请大师在百忙之中抽空看看自己画的墨竹画,并给予指导。"我创办的'墨宝斋'画店刚刚起步,非常希望大师给予支持,为画店题写匾名,不胜感谢!"

很快,梁文敏就接到了李苦禅的儿子——著名画家李燕的回信,梁文敏至今还保存着这封信。

梁文敏回忆,当时86岁高龄的李苦禅大师在病榻之上,除了为画店写下了"墨宝斋"三个字外,还写了一幅"发扬民族精粹 振兴中华"的题词,

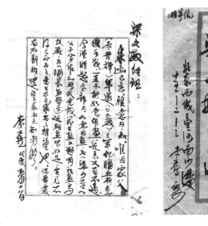

著名画家李燕代替先父李苦禅写给梁文敏的信。

一位大师为一个个体画店题写匾名和题词，这是对梁文敏事业的巨大支持。

黄胄，一提到这个名字，大家都会异口同声地说"画驴大师"。黄胄是当代中国画坛上最有影响力的画家之一。

黄胄原姓梁，名淦堂，字映齐，河北省蠡县人。曾任中国画研究院副院长、北京炎黄艺术馆馆长、中国美术家协会理事。黄胄是富于独创精神的画家，在中国画走向现代的进程中，起到不可替代的重要作用。他不走文人画家的道路，也不走学院训练的途径，而是以生活为依托，从创作实践中闯出一条宽广的道路，给同时代学习中国画的青年人以巨大的影响和鼓舞。

正因为如此，黄胄的毛驴在画坛上成为继齐白石的虾、徐悲鸿的马之后，又一脍炙人口的绝技，成为开创一代画风的巨匠。

黄胄名字的来历还有一段故事。据黄胄自己讲，他本姓梁，原名梁淦堂，年轻时见到"炎黄之胄"之语，竟把"胄"误读成了"胃"，为了记住

李苦禅大师为墨宝斋题匾。

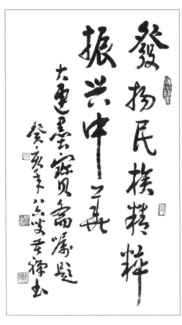

李苦禅大师题词：发扬民族精粹振兴中华。

黄胄先生题词：墨宝斋聚宝藏珍。

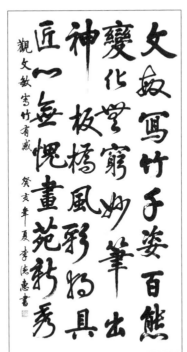

大师欧阳中石题字。

北京著名书法家李德惠先生为梁文敏题词。

中国书协原副主席、辽宁书协主席聂成文题词。

这个错误，他正式改名黄胄。说起来，其实当今也有许多人把黄胄误读为"黄胃"。

自走上艺术道路那天起，梁文敏就非常崇拜黄胄大师的书画艺术。墨宝斋画店开业后，梁文敏怀着崇拜敬仰之情给大师去信求墨宝，不久大师复信，为他写下了"墨宝斋"三个字并题词"墨宝斋聚宝藏珍甲子中秋黄胄"。

墨宝斋画店在诸多书画大师的关怀支持下，生意兴隆，财源广进。梁文敏的书画作品走进千家万户，开拓了中国书画市场，推动了书画产业的深度发展，为精神文明建设作出了很大贡献。大连著名教育家于景宁先生在参观墨宝斋画店后感慨万千，即兴作诗一首：

墨宝斋里寻墨宝，笔走龙蛇连缠绕。

更有新竹破土出，虚心总能上九霄。

　　墨宝斋画店又陆陆续续收到许多名家大师寄来的题词和题匾，包括中国著名书法家、北京人民美术出版社副总编辑，后来担任过中国书法家协会主席的沈鹏；著名书画家欧阳中石、霍春阳、许麟卢，吉林齐白石入室弟子王漱石；北京钟灵、李德惠；山东项弋、王梦凡、安廷山、黄廷惠、刘宝纯、崔辉；沈阳聂成文、幺喜龙、徐炽；大连于植元、于涛、唐玉清、马维勤、马世富、林成翰、程与天、付绍友、伦杰贤等。

政协会徽和国徽设计者之一的钟灵先生为梁文敏竹画题字。

梁文敏和书法大师欧阳中石先生。

梁文敏与钟灵先生（左四）合影。

梁文敏的老首长、旅大警备区政委尹培良和他的老战友程国潘夫妇二人曾一起光临墨宝斋书画店。程老是中国科学院上海分院院长，这次来大连是疗养休息，他非常喜爱书画，在政委家看到梁文敏的墨竹画并了解到一些他本人的相关情况，打算亲自到墨宝斋看看。程老参观了画店后，感慨地说："你不仅竹子画得好，而且有政治头脑，有军人风度，是个男子汉。"程老鼓励梁文敏，认准的路一定要走下去，直到最后成功。梁文敏听了，非常受鼓舞，非常感激两位首长的支持，当场激情挥毫画了一幅《风雨潇潇》竹画，并特别题写了郑板桥的诗句。

程老返回上海后，专门拜访了现代著名老画家西泠印刷社社长（清代大书画家吴昌硕大弟子）王个簃先生，特意向王老介绍了梁文敏的情况。王老听后，欣然提笔写了"墨宝

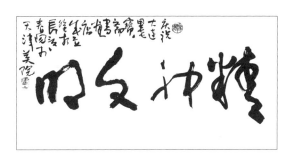

天津著名国画大师霍春阳为墨宝斋书画店题字。

上海著名国画家王个簃题字。

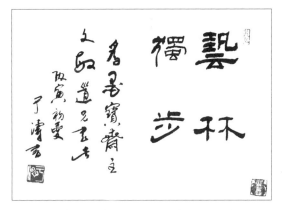

中国书法家协会会员、大连画院原院长、大连书法家协会秘书长、著名书画家于涛题字。

斋"三个大字。在政治上给予支持，在艺术上给予鼓励，这是多么好的老首长！多么好的大师啊！梁文敏心想，一定不能辜负他们的希望，要把墨宝斋办好。

第一个"万元户"

墨宝斋裱画展许秀娟女士在装裱字画。

墨宝斋开业后，梁文敏更加严格要求自己，决心为个体户做出榜样。

梁文敏画画，夫人许秀娟裱画，相互配合默契。大连市书协、美协参展的美术作品大都由墨宝斋加工装裱，梁文敏声名远播，向他求画的人接踵而来，他的墨竹画成了抢手货。人们喜爱梁文敏的墨竹画，无论是普通人家的茅屋瓦舍，还是宾馆里的高屋雅室，都不难寻得他的墨迹。很快，他成了"万元户"。

在美术界，他已是颇有影响的人物。他的作品在美展中获奖，有的被选入画册，有的被文物店、画院、友谊商店收藏，有4000幅作品流入日本、美国、新加坡、朝鲜等地，甚至还被外国政府首脑珍藏。但金钱、地位永远不是他追求的目标。

创办美术学校

梁文敏没有就此止步，他又向新的高峰攀登。他决心创办大连市第一所个体业余美术学校，把自己的绘画艺术全部奉献给人民群众。

　　但仔细一琢磨，他又犯难了。家里的这点积蓄是全家从嘴里省出来的。外人可能难以相信，他的生活很俭朴，饭桌上常常是咸菜、馒头加玉米饼子，夏天连瓶汽水和冰棍都不舍得给孩子买，爱人身上没有一件像样的衣服。他们结婚时，一个吃饭的圆桌、一个碗橱、一个作画用的写字台和一个裱画案子，就是全部家当。当梁文敏说出自己办学校的想法时，许秀娟一听脸就变了颜色，她再也不想跟着丈夫过担惊受怕的日子了。梁文敏理解她的心情，谁不想过几天清闲日子，谁愿意去冒险呢？但是一想到群众的热望，一想到那些艺术爱好者求学无门、求教无师的着急心情，他也急在心头。

　　许秀娟是了解他的，知道他的犟脾气又上来了，只好把全家用心血积攒的包括转业费、安家费、稿费、营业收入在内的两万多元全部拿出来。好一个贤内助！没有她的豁达和牺牲精神，梁文敏的事业要想取得成功是

全国第一所由个人主办、面向全国招生的"墨竹函授学校"——大连墨宝斋美校。

墨宝斋"夫妻店"。

梁文敏唯一的家——面积只有20平方米的墨宝斋画店。

1986年，梁文敏被大连市西岗区人民政府评为"一九八五年度职工教育优秀工作者"。

不可能的。她的高尚情操，为20世纪80年代的中国妇女增加了新的光彩。

梁文敏首先向办学主管部门大连市西岗区职工教育办公室递交了画墨竹函授办学申请，很快得到大连市第二教育局领导的关注和重视，经审查，办学条件符合要求，同意办学。

在市二教局、西岗区职教办的大力支持下，梁文敏很快购买了投影机、电动速印机、打字机、照相放大机，以及教学资料、书籍杂志等。

因为暂时找不到教室，他只能因陋就简，把自己家收拾一下，摆上桌椅，12平方米的小屋可容纳十几名学员学习。就这样，大连市第一个个体业余美术学校诞生了，它好似一株在贫瘠山崖中出土的嫩竹，从岩石和夹缝中挤出了萌芽，虽然不太引人注意，甚至有些丑陋，但它顽强的生命力却引来人们惊异的目光。

人们习惯认为，个体户常常和"小"字结伴——小买卖、小工厂、小手艺，然而梁文敏干的个体事业却"覆盖"960万平方公里！

梁文敏就是创办了全国第一家个体业余函授美术学校。先后有200多名学员从这里毕业，有的后来成为单位的美术骨干和美术设计人员；还有不少学员的作品参加了省市甚至全国的美展。经区教育局几次审查验收，墨宝斋业余美校完全合格。1985年、1986年梁文敏连续两次被评为优秀教师，市自学理论研究会还破格发展他为会员，他还加入了中国人才研究会。

1986年5月12日，大连市第一所由梁文敏自费创办的大连墨宝斋书画培训班（业校）在西岗区市场小学隆重开学。

　　教师的喜悦莫过于收到自己学生的喜报，梁文敏最大的夙愿是桃李满天下。学生们的艺术成就和外地考察时目睹山区人民对文化生活的渴求，给予他巨大的鞭策，他鼓起勇气，奋力向前迈进。

为将军当启蒙

　　中华人民共和国成立后，在中国画竹史上，有一位轰动画坛、震撼全军、红遍全国的"将军竹"，这位将军叫贺晋年。

　　贺晋年1928年加入中国共产党，1930年参加中国工农红军。中华人民共和国成立后，曾任东北军区副司令员兼参谋长、装甲兵副司令员、中共中央顾问委会员委员。

　　贺晋年曾说："井冈山翠竹是革命竹。在革命征途中，竹子的功绩应该载入史册。红军在井冈山坚持革命斗争中，井冈山的竹子发挥了不小的作用，红军用的竹帐篷、竹床、竹碗、竹笠、竹扁担数不胜数，竹笋当年成为重要的军粮来源。竹子还能用来制造梭镖和竹枪等武器，当年黄洋界的

贺晋年将军。

竹钉阵长达30里，使敌人望风胆寒。"

1985年夏，贺晋年来到大连沈阳军区第一疗养院（八七疗养院）疗养。贺将军非常喜欢竹子，也很想学画竹子，当他听说大连有一位画竹子高手时，就托人捎信邀请梁文敏来疗养院教他。梁文敏立即带着画笔和纸张来到疗养院，为贺将军讲了一堂关于墨竹画技法的课。

梁文敏拿起笔蘸着墨，从如何画竿，如何勾节，如何布叶，如何用笔，如何用墨，由浅入深，由简到繁，一笔一笔讲起。边讲边画，以身示范，直到题款、盖印。梁文敏只用三五分钟就画出了一幅劲节挺拔、栩栩如生、奋发向上的墨竹画。贺将军听得清楚，看得明白，高兴地夸梁文敏说："真没想到你这么年轻，课讲得好，竹子画得更好，大连'画竹之王'名不虚传，我今天是亲身领教了！"梁文敏激动地说："谢谢首长的夸奖，我在为您多画几幅竹子，以表达我这个新兵晚辈对老将军首长的尊敬。"就这样，梁文敏整整给贺将军讲了一下午，画了风、雨、露、晴一套四幅画稿，成了贺将军学画竹的启蒙老师。

贺将军疗养结束，离开大连回到北京后，为了借竹言志，画好竹，不顾年老体弱、虚心求教、四方求师，先后又拜董寿平大师、中央美术学院张立辰教授、天津著名画家刘继卣先生等为师。勤学苦练，不耻下问，为了练好基本功，他坚持每天至少练两三个小时，有时达到八九个小时。为使画出的竹竿苍劲，贺将军悬臂练运笔，一气上百次，节假日也不间断，甚至生病住院期间，也要把画具带到病房，背着医护人员临摹墨竹，还请人刻了几个印章，有"竹痴""画竹""高风亮节""七十后学""老骥挥毫"，等等。他的住宅寝室成了"画廊"，一幅幅竹画挂满了墙。他画得入迷，时时揣摩画艺，真成了"竹痴"。

贺将军常说："我不是画家，今后也不会成为画家，但作为一个老战士，要保持革命晚节，就应当努力寻找可能的方式，把自己追求的精神境界表达出来，把自己的意念和能量释放出来，这是对革命事业的最后贡献。"

经过十多年的勤学苦练，贺将军能画出各种各样的竹子。彭真同

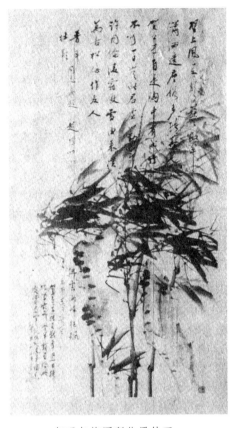

贺晋年将军所作墨竹画。

志为他的一幅《墨竹》题词道："晋年同志年七十学画竹，老而益壮，四季常青。"著名国画大师刘继卣先生评价说："展观此画，竹竿劲挺，气象森然，用笔如诸葛用兵，处处谨慎。"

1998年10月上旬，八旬高龄的老将军贺晋年受加拿大林化豪集团邀请，在香港文化中心举办"贺晋年画展"，展出作品百幅以上。

当时，中共中央、中央军委、国务院有关领导为他的画展和墨竹题词，以表祝贺。其中邓小平欣然命笔"为贺晋年同志画竹题"；江泽民在他的梅竹图上题"俏也不争春，劲节满乾坤"；李鹏为他的竹石图题"高风亮节"；王震为他的群竹图题"静竹"。题字的还有徐向前、聂荣臻、杨尚

昆、李先念等。

在香港成功地举办了"将军竹"个人画展载誉归来的老将军贺晋年，在家中愉快地度过了80岁生日。中央军委委员、总参谋长迟浩田上将来到贺将军家中，祝贺其画展获得圆满成功，赞扬其为军队老同志争了光，让香港同胞看到我们的将军不仅能带兵打仗，还能泼洒丹青，挥毫绘画，是有文化、有素养的。迟总长祝愿老将军像"将军竹"一样青春永驻。

讲学遭遇质疑

1983年10月，梁文敏应河北省保定市上谷美术部邀请，前往保定市进行书画表演和讲学，活动非常成功，轰动画坛，影响深远。可是万万没有想到，讲学活动引起了工商所王所长的不满。王所长认为梁文敏是骗子，他当着许多人的面指责道："梁文敏，我问你，个体工商户哪能有画家一称？有谁为你作证？"大连画院副院长、大连书协秘书长、著名书画家于涛得知此事，亲自前来作证澄清。于涛说："梁文敏是个体户、墨宝斋画店经理，真才实学名副其实的大画家！如果他不是画家，大连就再没有画家了！我愿意为他作证！"从此，个体画家梁文敏的事迹陆续出现在媒体报刊上，梁文敏开创了全国个体户画家第一人。

梁文敏为学生进行书画表演和讲学。

帮农民办画店

1985年盛夏，一个大雨滂沱的上午，怀里揣着块粗面饼子的农民张金福叩开了梁文敏家的房门，他是慕名前来拜访，打算在繁华的大公街开家农民画店，请梁文敏帮他出出主意。梁文敏像对待亲人一样接待了他，从作画用的笔墨、纸张，到点炉子引火

梁文敏为人民群众作画。

用的刨花，都全力相助，还把自己的作品送给他悬挂。

画店开业那天，梁文敏亲自到场献艺，把自己的一部分生意转给他。俗话说："一山不养两虎"，更何况张金福的画店就开在梁文敏画店的旁边。每每想到这里，张金福都满怀感激之情："我开店之初，多亏了梁文敏的鼎力相助，不然，我的画店根本不可能办起来！"

"墨竹时代"创业

梁文敏的学生林渭人是大连市公安局主办的《大连警察》杂志的主编，在他写的一篇关于"当代板桥"梁文敏的报道中这样写道：

我与梁文敏先生相识，至今差不多有20年了。那时，我还是一名学生，1986年初夏，从同学那里知道大连有位画竹名家——梁文敏，便兴致勃勃地随其去了梁文敏的住处。说是住处，其实也是梁先生教学的地方。室外大门处挂了一个牌匾，写着三个大字"墨宝斋"。半年多的时间里，我常常从学

1986年8月9日，《辽宁日报》发表记者李延胜独家采访编写的报道文章《爱竹、画竹、师竹——访大连市墨宝斋书画店经理、中年画家梁文敏》。

校里偷偷跑出来，去梁先生家里看他作画。虽然我并没有报名成为梁先生的学生，但比任何一个学生的收获都要多。记得一天下午，我去看望梁先生，梁先生对我说："对不起，我不能照顾你了，有个单位向我定购了50幅画，明天要拿走。"我说："您画您的，我给您帮忙。"就这样，梁先生只用了两三个小时，一口气画了50幅墨竹，且形态各异，神采飞扬。我看得目瞪口呆，好过瘾啊！相信天底下没有哪个学生能有我这么幸运了。20年后，我的脑海里仍清晰地印刻着梁先生作画时的神态和酣畅淋漓的用笔、用墨技法。

那个时候，大连人每月薪水差不多也就五六十元，而梁先生一幅竹子的价格便是50元，那是我第一次知道书画与金钱之间还有联系，而且联系得这么"惊人"。那时的大连，是梁文敏的"墨竹时代"。

办免费函授班

梁文敏想挣钱太容易了，但金钱、名誉、地位永远不是他追求的目标。他有自己的想法和更高的追求。

80年代改革初期，刚刚经历了十年"文革"动乱，教育战线严重缺乏教师，影响了社会主义"四化"建设和人民文化生活水平的提高，这是改革初期的现实情况。1986年5月在二教局召开的社会办学工作会上，潘副局长传达了国家教委关于"采取各种各样的办学形式和各种各样的办学手段，发展成人教育"的重要指示。遵照这一指示，梁文敏结合近年来下乡实地考察中发现的，农村改革形势喜人，农民的物质文化生活发生

大连市第二教育局颁发给梁文敏的"大连市社会力量"办学证明。

了很大变化，但农民的精神文化生活并没有同步提高。尤其是偏远山区，文化艺术水平依旧落后，许多年轻人希望成才和学习，但又求学无门，求教无师。为此，梁文敏决心把画竹教学送到乡下去，为丰富农村的文化生活助一臂之力。为了做好这项工作，梁文敏作了充分准备，他发现当时各种函授班在全国普遍展开，各种各样的函授教学很流行，堪称中国改革初期的"函授时代"。

不久，梁文敏做出惊人之举，在全国数十家报纸上刊登"免费学习墨竹画函授班招生"的广告。广告发出后，一封封报名信函从全国四面八方雪片似的涌向墨宝斋业余美校，学员达1600人之多。他们当中有司令员、战士，有厂长、经理和局长，有工人、售货员、卫生员、演员，有乡长和农民，还有大学生和研究员。

战斗在潮湿的猫耳洞里的老山前线战士田宽强，在给梁文敏的信中写道："在报纸上看到贵校关于墨竹画函授班招生的消息，我心潮澎湃。您将是我的第一位美术老师，不知您肯不肯收下我这个学生？"梁文敏连夜拍去电报："信收到，校有你生而感自豪。全校师生向战斗在老山前线的将士们致以亲切的问候！理解万岁！"

大连日报
DALIAN RIBAO

1945年11月1日创刊
第14358号
（代号7—8）

1986年5月
12
星期一
农历丙寅年四月初四
（四月十三日满）

天气预报
（大连地区）
白天非云南风5到6级
最高气温17℃
夜间东南南风4级
最低气温11℃

大连墨宝斋业余美术学校
免费画墨竹函授招生

为四化建设培养更多的美术人才，陶冶情操，丰富人民文化生活，我校特举办免费画墨竹函授班。学期两年（只收讲义、学报、工本费和通信费35元），定期面授，当面辅导。由墨竹画家梁文敏担任主讲，聘请全国画竹名家为函授顾问、指导教师。我校面向全国招生，凡喜爱画墨竹者均可参加。即日起开始报名，报名费1元。（通过邮局汇款）。详细情况收到报名信后发给招生简章。

报名地址： 大连市西岗区黄河路127号函授部

梁文敏通过30多家新闻媒体向全国发出"大连墨宝斋业余美术学校免费画墨竹函授招生"广告。

梁文敏随后给他寄去绘画教材、文房四宝、学员证、校徽及自己的作品。梁文敏在给田宽强的信中写到，对每一位战斗在老山的战士学员，一切学习费用都将由学校负责。

学员多了，梁文敏觉得自己肩上的担子重了。函授教学最重要的是讲义，他走遍全市各个书店，也没有找到合适的教材，干脆自己摸索着编写。他把能买到的有关资料、书籍、杂志都买来，单单购书就花了1万多元。躲进"清风阁"，结合自己画墨竹的实践，认真编写教材。每天都熬到深夜，有时竟忘记了吃饭，5本墨竹画教材就这样被他一个字一个字地啃了出来。其内容翔实，通俗易懂，颇受学员的欢迎。

接着，全家四口人齐动手，印刷、装订、邮寄，每天忙到深夜才能休息。工作是辛苦的，三年来，他们全家同心协力，把全部心血倾洒在这项事业上，放弃了娱乐，忘记了休息。这种无私奉献的精神使一家人由衷地感到生活的充实，他们将美的种子撒向人间，迎接他们的将是百花盛开的春天！社会上一些无聊之辈看到梁文敏所做的一切感到不可思议，他们污浊的灵魂对美好的东西已麻木不仁，生活本身就是这样一块奇特的试金石。

梁文敏对学员们热情耐心，既教画又育人，在艺术上尽其所知，毫无保留，他的心血没有白费，浇灌的朵朵鲜花已绽放出夺目的光彩。

大连市青年佐金国曾一度在街头打架斗殴、惹是生非，来墨宝斋业余美校学习后，他成了骨干，当了班长。在区文化馆举办的书画竞赛中，他荣获优秀奖；在四川省美协举办的"峨眉杯"书画大赛中，也取得了非常优异的成绩。他在一篇学习心得中这样写道："我偶然间看到墨宝斋美术学校的招生信息，自

梁文敏在阅览郑板桥画集。

己抱着玩玩儿的想法进入了学校，在一个只有十几平方米、光线不足的房间里，墨味清香，墙上挂着十几幅墨竹画，这就是一所学校。"

在一个寒冷的冬日，有一位名叫梁剑敏的年轻人，从广西容县远道而来，为的是想得到梁文敏面授的机会。

学员们求知若渴的心情和不畏艰难的精神感动了梁文敏，如何送教上门，使每一位函授学员都有机会与老师面对面交流，这问题久久萦绕在他的心头。渐渐地，一个大胆的设想出现在他的脑海，搞一辆流动函授辅导车，在全国巡回辅导。想到此，他心潮澎湃，激动不已。在家庭会议上，他郑重地坦露了这一设想。经过他的反复动员，爱人和两个儿子也表示同意了。

附：免费函授学习班招生简章（原文）

大连墨宝斋业余美术学校免费画墨竹画函授班招生简章

一、办学宗旨

为了继承与发扬中国传统书画艺术，利用业余时间学习书画，陶冶情操，并通过学习书画理论和技能技巧，提高艺术鉴赏能力和创作水平，为

怎样画墨竹

ZEN YANG HUA MO ZHU

梁文敏编写

大连墨宝斋业余美术学校《函授部》

梁文敏编写的《怎样画墨竹》讲义。

"四化"建设造就和培养一批书画艺术人才。使他们成为真善美的传播者，精神文明的建设者，"四化"的服务者，以推动生产、宣传教育工作的开展，有利于书画的普及和书画创作的繁荣，有利于活跃文化生活，促进精神文明建设、"四化"建设，使书画艺术更好地为人民服务，为社会主义建设服务。

二、目的和意义

竹，高节虚心，傲霜耐寒，劲直清高，朴实无华，刚强挺拔，宁折不弯，历来被视为品德高尚，情操磊落的象征。通过画竹、师竹，抒情明志，自立自强，学习竹子精神和向人们宣传竹子的品格和美德。竹是中国绘画所特有的专科，是属于花鸟画的一部分。墨竹艺术是中华民族的瑰宝，艺术之高超是早为世界艺坛所公认的了。近几年来，随着人民群众文化水平的提高，喜爱墨竹画和想学墨竹画的人越来越多。但是关于墨竹技法的专门书籍，却很少见。少数有关墨竹的古籍又多为文言，读来困难；另外这些流传的古籍中，或有文无画，或有画无文，给初学者带来不少困难。鉴于此，为普及中国的墨竹艺术，为满足广大墨竹画爱好者迫切要求，我校特开办首届全国墨竹免费函授班。

三、课程设置

墨竹函授学期为两年，920课时，授课内容：（1）概论：美术一般常识；（2）工具（文房四宝）；（3）中国的画竹历史；（4）竹子植物介绍；（5）怎样学习画墨竹；（6）墨竹画法；（7）题跋与构图；（8）临摹欣赏评论；（9）写生与创作；（10）竹画装裱。

墨竹函授，将使您获得有关墨竹画的一般常识和画法技巧；将帮助您打开墨竹艺术的宝库、开启艺术的心扉、揭示墨竹这门我国特有的古老传统艺术的奥秘，激励我们去继承发扬，进而推陈创新。通过墨竹函授课的学习将使您从画竹起步到画竹腾飞。

四、函授教材和其他

所用教材，均系自编，另外还订购部分教学参考书和学习资料。教材通过邮寄或来人领取等办法。学员需按期交作业，由教师批阅后寄回。学校创办《墨竹艺报》（学报），学员佳作可在学报刊登，在学习中如遇到有疑难问题，可随时来信提出，个别问题，直接给予书面解答。带有普遍性的问题，在学报上统一函答。每个省（市）设有函授站，酌情定期面授。

五、结　业

学习结束，经考试合格者，由大连市第二教育局统一颁发结业证；举办学员习作展览，巡回展出。评选优秀作品并对学习成绩优异者给予奖励。

六、函授教师

本校聘请中国书法家协会副主席沈鹏为名誉校长，著名画家于涛、郭西河教授、史振峰教授为艺术顾问以及全国各省市画竹名家、书画家为顾问和指导教师。由大连市美协会员、辽宁省中国画研究会会员、画家梁文敏担任主讲，并在适当时间邀请各省市书画名家为当地函授站进行讲座和表演。

校长梁文敏指导长子梁晓军印刷自己编写的《怎样画墨竹》教学讲义。

特色开学典礼

1986年9月27日，在全国免费学习画墨竹函授班暨大连站开学典礼上，大连墨宝斋业余美术学校校长兼墨竹函授主讲梁文敏发表讲话。

在迎接中华人民共和国成立37周年之际，我们在这里隆重举行由大连墨宝斋业余美术学校举办的，首届全国免费学习画墨竹函授班暨大连站开学典礼，也是我校创办两周年纪念，首先让我代表大连墨宝斋业余美术学校全体教师、函授部工作人员向到会的领导、来宾及学员们表示热烈欢迎、衷心感谢！

大连墨宝斋业余美术学校是1984年9月8日创办起来的，是我市第一家自

大连墨宝斋业余美术学校，全国免费画墨竹函授班大连站，开学典礼在大连军人俱乐部隆重举行。

筹资金兴办的业余美术学校（开始的名字叫墨宝斋书画培训班）。大连墨宝斋业余美术学校是在市委、市政府、市第二教育局、区职教办、工商局、个体协会、市文联及省市全国美术界老前辈、画家、书法家、教育家的亲切关怀和大力支持下创办起来的。大连墨宝斋业余美术学校（下面简称"美校"）是为了继承与发扬中国书画艺术，提高学员的审美能力，加强艺术素养，提高美术爱好者的艺术鉴赏能力、书画理论知识和创作水平，造就书画艺术人才，繁荣美术创作，活跃文化生活，陶冶情操，使每个学员在德育智育体育几方面全面发展，成为真善美的传播者，精神文明的建设者，"四化"的服务者，促进精神文明建设、促进"四化"建设。使中国书画艺术更好地为人民服务，为社会主义建设服务。两年来，我校举办了各种类型的学习班共五期，参加学习人员200多人，大部分学员能够有始有终坚持学习，勤学苦练，取得了令人可喜的好成绩。

不少学员在本单位本系统举办的书画展览中积极参展并获奖。今年上半年由大连日报社、青年联合会、中山区文化馆等单位联合举办的"迎春青年书画艺术比赛"中，唯一的特等奖获得者是我校84届学员王东元；一等奖获奖者中有我校学员两名：于盛军、王新仲；优秀奖获奖者中有我校学员：王立雪、佐金国等人。不少学员的书画作品在省、市以及全国各大报纸媒体上发表和刊登，还有的在香港发表，或者作为外宾的馈赠礼品。还有的作为美术商品为国家换取外汇，不少学员结业之后担任了单位工会宣传干部、美术设计人员和美术骨干，使所学的书画艺术直接为生产服务，为两个文明建设服务。

同学们、来宾们，正当书画艺术在全国各省市群众中，越来越广泛地普及深入、日益繁荣发展的时候，带着党的教育事业的职责和书画艺术前辈的重托，为满足广大业余美术爱好者，尤其是喜爱墨竹艺术的初学者的迫切要求和强烈愿望，我校特举办首届全国免费学习画墨竹函授班，凡喜爱画墨竹

函授学生聚精会神地听梁文敏讲课。

者不受年龄、职业、地区限制，都可报名参加。目前，大连招生工作已基本结束，全国招生正在开始。大连站区入学人数已达200多人，从学员登记表统计结果来看，工人65名，农民13名，在职干部及离退休老干部51名，军人25名，教师、医务工作者18名，大中小学生42名。学员中年龄最大的91岁，最小的6岁。

从文化水平来看，大专38人，中专25人，初中54人，从绘画艺术水平来看，有从事专业美术、文化馆工作的人员和有一定绘画基础的学员占20％。没有基础的、根本没画过中国墨竹画的占80％。

我们美校这次墨竹函授班学习的内容是以中国墨竹画为主科，同时也兼学其他，例如书法、装裱等艺术。我国各大美术学院历来都把竹兰作为学生入门的基本功、必修课，借以帮助领会中国画的笔墨、造型规律和布局法则。

竹是中国绘画特有的专科，历史悠久，属于花鸟画的一部分。竹子高洁虚心，人们把竹子作为刚直忠诚、谦虚善良、敢同邪恶作斗争的象征。竹子具有梢直，任凭风吹雨打，宁折不屈的高风亮节，人们自古就把竹子作为民族气节的象征。历代诗人画家都喜爱它并以此为题材吟诗作画。竹子为广大人民所喜爱，墨竹艺术是中华民族的瑰宝。

中国墨竹画的发展，说明了中华民族对自然美的欣赏和深刻理解。墨竹画犹如无声的诗，不仅可以感受和领悟到自然的蓬勃生机，同时也可培养人们的高尚趣味，画竹给人们带来生活的力量、美的享受，画竹使我们更加热爱我们伟大的祖国，将自己真挚的感情注入到笔墨之中。

伟大祖国的丰富艺术瑰宝正需要一支浩浩荡荡的艺术大军去继承和发扬，我们这期学习班学习时间为两年，这在招生简章中已经向大家说了。我是主讲教师，省、市和全国画竹名家及书画家作为顾问、指导教师编写了墨竹函授讲义和《墨竹艺报》学报，它将帮助学员、墨竹爱好者打开墨竹艺术的宝库，开启艺术的心扉，揭示墨竹这门我国特有的古老艺术的奥秘，从而激励我们继承发扬推陈创新、探索攀登。墨竹函授讲义《怎样画墨竹》和《墨竹艺报》作为大家的书画园地，我们全体教师将在这块园地里辛勤笔耕，培养书画人才，传授中国画墨竹艺术的理论和技巧，向学员们提供墨竹史料，介绍古今画竹名家创作经验，分析欣赏他们的艺术作品，并及时回答学员提出的有关问题，成为学员的良师益友。墨竹讲义和《墨竹艺报》将陪伴您从画竹起步到画竹腾飞，将如实反映师生的精神面貌、学校的情况、教学实况和学员的成长过程，您也将在这块艺术之花争奇斗艳的园地里获得知识，索取珍宝，磨练意志，陶冶情操，提高技艺，显示青出于蓝而胜于蓝的才华。

学员们来自各条战线，在艺术学习上要遵循"百花齐放，百家争鸣"的方针，学习是艰苦的劳动，不是听轻音乐，也不是在公园海边散步，而是持久而刻苦的劳动。业精于勤，荒于嬉，天才出于勤奋，谦受益满招损，希望学员们虚心好学，不断前进。我要求全体师生谦

梁文敏被评为"优秀教师"。

我国著名教育家、革命思想家、社会活动家、史学家、美术家王森然先生为梁文敏墨竹画题字：未出土时先有节到凌云处仍虚心。

虚谨慎，戒骄戒躁，同心同德，教学相长，要不断攻克难关，不断吸取教训，不断总结经验，只有这样才能圆满完成整体学习计划。

同学们、来宾们，各位领导、师友们，由于墨宝斋美校刚刚创建，历史很短，经验不足，我的政治思想水平、书画艺术修养、教学能力水平有限，特别是首次举办这样范围广规模大的函授教学，在编写讲义和艺报工作以及教学工作中，一定会存在这样或那样的错误和漏洞。我衷心希望大家给予批评指正，请学员们来信来函提出建议和意见，让我们携手并进，为创办好学校，为培养书画人才，为"四化"建设做出更大贡献。

另外，借此机会对在学校办学筹备工作、编写讲义和艺报中给予热情关怀、鼎力支持的大连日报社、大连广播电视报社、西岗区职教办、旅大警备区军人俱乐部、黄河路打字社、 江苏蔡盛笔庄、浙江富阳宣纸厂、浙江鹤岸堂笔厂、四川夹江宣纸厂、河北石家庄辰光书画社以及沈鹏、沈延毅、郭西河、黄冑、王个簃、安廷山、许行、史振峰、于植元、于涛等书画老前辈表示感谢！

王森然题竹画

1983年秋，梁文敏在老战友尹宁的陪同下拜访了中央美术学院著名书画艺术大师王森然教授。

王森然同志是我国著名的教育家、革命思想家、社会活动家。从事教育事业70余年，为中华民族培养了

王森然教授为梁文敏题字。

几代优秀人才。刘志丹、谢子长、赵望云等同志都是他的学生，为繁荣祖国文化事业贡献了巨大力量。他和艺术大师齐白石、徐悲鸿等先生一道致力于继承民族艺术传统，为当代中国艺术的创新付出了艰苦的劳动。在他生命的最后几年，以近90岁的高龄，为人民大会堂完成了巨幅国画《松鹤朝阳》和《群鹰图》。

梁文敏见到王老先生时，虽然他已经是89岁高龄，但精神状态很好，非常热情地给梁文敏讲述了有关艺术创作方面的经验和知识，当看到梁文敏墨竹画时连连称赞画得好，有板桥风韵，并为其书题："未出土时先有节到凌云处仍虚心。"

娄师白巧补画

1985年初夏，娄师白大师应旅大警备区政治部邀请来到大连市，梁文敏拜见了娄师白大师。娄师白原名娄绍怀，因生于北京，号燕生。他的父亲早

国画大师娄师白为梁文敏画作题字补蛙。

年在北京香山慈幼院教书，齐白石的孩子也在这个慈幼院念书。一天，两位老人偶然相遇便闲聊起来，原来他俩都是湖南人，现在又是近邻，两家从此常有来往。娄绍怀常常默默地站在齐先生的画案旁，看老人作画，老人十分喜欢这个斯文的少年。回家后，绍怀也学着白石老人的画法练习画画。有一次，白石老人来他家做客，看到绍怀的画，白石老人大吃一惊，对绍怀的父亲说："这孩子胆子大，敢画，笔法很像我，我想收他为徒，我们两家易子而教如何？"从此，娄绍怀便成了齐白石唯一的入室弟子。

娄绍怀拜齐白石为师时，刚刚14岁，而齐白石已是70岁高龄，是有名望的老画家。齐白石对这个小弟子要求很严格，经常教育他，学画要长期刻苦钻研，不要满足于一时的成就。一日，齐白石为娄绍怀刻印时说："你号燕生，有点俗，你学我的画已经学得很像了，他日有成，切莫忘记老师，我给你改个号叫'师白'吧！"从此以后，娄绍怀改名为娄师白。

梁文敏听了娄老的这段传奇经历

和故事后，更加敬佩娄师
白大师。乘兴奋之时，他
画了两幅墨竹，请娄老给
予指点。娄老夸他画的墨
竹风格很像郑板桥，行笔
潇洒，墨韵清秀、大为赞
叹："后生数年后定会成
为大家、名家。"然后拿

与娄师白大师合照。

起笔来，在其中一幅墨竹画上画了一块大石并书题：清风拂翠竹 好雨送凉
来。又在另一幅画上补画一只青蛙并书题：文敏画竹、师白补蛙、壬戌于大
连。这两幅难得的珍品佳作，梁文敏一直珍藏在他的画室里。

为民免费作画

1986年8月，为庆祝大连市解放40周年，梁文敏决定为全市人民免费作
画，以报答党和人民的恩
情。消息传出后，墨宝斋
大公街店、动物园店的门
外，市民们早早就排起长
龙等待梁文敏的墨竹画。
到活动结束时，梁文敏共
为2000多名群众义务作画
3000多幅，大连广播电台
和《大连日报》作了相关
报道。梁文敏受到了人民

墨宝斋画店在大连人民心中占有极高地位，获得
"众口皆碑墨宝斋"的美称。

群众的赞扬和爱戴。墨宝斋画店在大连人民的心中占据了极其重要的地位。

董寿平赞竹韵

董寿平先生是我国著名的国画大师，长于写竹，所画之竹有寿平竹之称。梁文敏早在80年代就拜读过董老谈画竹的文章《和青年谈画竹》，文中写道，许多年轻人都喜欢画竹，就先谈谈关于画竹有关问题。首先谈的是画竹的缘起与发展。

唐以前的国画大部分是为装饰、为礼教、为宗教服务的。那时绘画的主要题材是人物。在技法上，是以长线勾勒为主。唐以来，随着文学艺术的发展，人们开始注意对抒情的追求。山水画的兴起，在表现技法上也逐渐形成了多种方法，不再局限于粗细统一的长线描绘，开始有了各种皴法乃至于泼墨。

唐以前，国画主要是客观地表现事物形象，寓作者的感情较少。所以，那时的绘画着重于事物的形象。盛唐以来，画家不但侧重事物的形象，而且开始重视在一幅画中既要把事物的质感表现出来，同时又把作者的思想感情熔铸其中，使每一点画之中都体现作者的感情。这主要是由于作者开始懂得深入生活的重要性，对各事物形成与成长的规律，各事物发展的共性与个性有比较深刻的体会。如大多数植物向上长，向太阳，这就是共性，也是常理；但各个事物还有它的个性，区别于其他

著名书画大师董寿平先生夸梁文敏竹画："有板桥风骨，文人之风"，竹子是"写"出来的，非常传神。

事物，从而显示出事物的特殊形态。画画是一个艺术创造的过程，在表现和意境上，要把现实主义与浪漫主义结合起来。就竹来说，首先应不违背竹的现实，在这个基础上，又赋予浪漫色彩，它包含着作者对竹子精神实质的理解和作者思想感情的融入。

各个植物都有它的生活习性，也有情趣，作者在深入体验这种生活习性和情趣的前提下，再加上个人的审美观点，最后达成了"不似之似"的艺术效果。这就形成了一幅作品的风格，这样的作品使表现的事物具有更强的艺术魅力。

画竹始于五代，传说中五代李勃夫人始创画竹。但现在所能见到的是相传北宋文同的竹。据说，前人看到月光映到窗纸上的竹影，照它描绘下来，这就是画竹的开始。在当时，画家着重刻画竹子的形象。北宋时期，文同（与可）、苏轼（东坡）都是画竹的名家。因此，画竹便成为国画中独立的一科。到了元朝，墨竹犹为盛行，它与梅、兰、菊并称为"四君子画"。这是因为它们都具有耐霜、耐寒、耐苦、清香等特性，世人就把他们称为"四君子"。由于它们具有以上特性，后来的画家也往往喜欢用它们的形象作为绘画的题材。

画竹，又称为写竹。所谓写竹，就是说画竹要与书法相结合。画竹和写字一样，要用中锋。画竹一方面要练写字，另一方面还要体验竹的现实生活，因此学者必先从写生开始。

怎样写生呢？要于近处，取一枝一叶。竹子一般为间生，还有个别是对生的。学画竹要深入到竹子的生活中去，要充分了解各种竹的共性与个性，切忌画成芦苇。

写生要注意竹的姿态，并且应该用双勾法描写。经过一段时间的双勾之后，对竹的性质和姿态有了一定程度的理解，再写墨竹。

画竹时，应该删繁就简、有取有舍，不要过分地层叠，以避免使之成为模糊一片。同时，要特别重视"计白当黑"的关系，应该看到所留的白纸就是画面。还应该看到白纸与笔迹是对立统一的，是相辅相成的。没有白的空隙就不能显出笔墨的行迹。就是说，画者要善于运用辩证的对立统一方法，然后才能达到繁简适当、气韵生动的境界。

画竹不要勉强排列，要参差错落有致才显得生动，才能避免机械呆板。如果把竹干、竹叶层层叠叠地排列起来，就缺乏艺术性，就难以产生美感。同时还要特别注意枝与枝、叶与叶交叉的空白地方不要过于规律化，所留的空白应该是不规则的多角形。

要画好竹子，不只是笔墨功夫的问题，更重要的是理解的问题。我以为画画用笔、用墨、用力，方与圆、长与短、粗与细、黑与白、繁与简等方面，都应注意到对立统一的规律。

要画好竹子，作者的思想、感情、精神应与现实生活中的竹子相互交融在一起。这时，作者的精神、感情既是人也是竹。正如演戏一样，作者应深入到角色中去，同时作者也要以造化者的精神去表现。当你下笔画一枝一叶时，仿佛感到它正在笔下成长，你所表现的就不只是它的外形了。画竹有两种意境，一是"胸有成竹"，二是"胸无成竹"。胸无成竹是一种更高的创造境界。画熟了，熟透了，信手拈来，创作出的竹子更有感情。胸有成竹是意在笔先，胸无成竹是意到笔随，胸无成竹是从胸有成竹而来的。总而言之，要想画好画，一是技术要精；二是要有渊博的学识；三是要对生活、对事物有体验、有理解；四是要有高尚的情操。这四方面都具备了，才能形成个人画的风格。

1987年初秋，梁文敏和他的学生王东元专程到北京拜访董老，当面求教。董老正在为一位中央领导作墨竹画，这难得的机会让梁文敏遇上了，只见董老拿起一支秃尖毛笔，墨醮笔饱后，凝神片刻，然后侧着身子，笔走龙蛇，神韵飞扬，不到10分钟，一幅苍劲刚健、古朴飘逸的墨竹跃然纸上，另换一支小笔题款："高风劲节丁卯年仲秋八十三老人寿平写于京都。"画画完了，董老顾不得休息，打开梁文敏的竹子画集仔细翻阅。看了一会儿，董老拍着梁文敏的肩膀说："你这个青年人的墨竹画得很好，一是竹是写出来的，二是有神韵，不俗，笔墨很有活力，有大家气派。墨竹能画到这种水平的还真不多呀。"然后坐下来向梁文敏讲授了一些画竹的技法和常识。这次拜访董寿平大师，给梁文敏留下了难忘的印象，对今后墨竹艺术有很大的启发和帮助，真是应了那句话，听师一席话，胜读十年书。

多幅佳作获奖

《直节清高》展出

1985年3月2日，梁文敏收到北京市崇文书画研究会、山东省泰山书画社寄来的请柬，"北京市崇文书画研究会、山东省泰山书画社订于一九八五年三月十一日下午至十一日在中国美术馆三楼展厅举行联合书画展，敬请光临"。梁文敏创作的墨竹画《直节清高》入选并展出。

1985年3月，梁文敏墨竹《直节清高》在中国美术馆展出。

梁文敏与部队首长、战友合影。

举办百虎画展

1986年迎来了虎年，梁文敏和他的长子梁晓军花费了一年多的时间，创作了300多幅千姿百态、栩栩如生的猛虎作品。为了将艺术奉献给广大人民群众，举办"喜迎虎年、百虎画展"。《大连日报》刊登了一则新闻，1月26日春节前夕，梁文敏和他的两个儿子梁晓军、梁晓东携带120幅虎画，乘船登上多年前生活战斗过的外长山列岛，慰问黄海前哨子弟兵，举办"迎春百虎画展"，受到部队首长和战友们的热烈欢迎和接待。

《翠竹鸟鸣》入选

1985年4月26日，梁文敏应大连市美协邀请参加省林业厅、大连市林业局主办的《爱鸟周书画展》，其创作的作品《翠竹鸟鸣》入选展出。

《竹报平安》入选

1985年6月28日，梁文敏应辽宁盖县辰州书画院邀请，参加"首届连云斋书画展"，其作品《竹报平安》入选展出。

墨竹画在日本展出

1985年8月10日，应日本枥木县邀请，大连市人民政府组织青年文化艺术代表团访问日本，特邀请梁文敏参加。因梁文敏工作繁忙不能前往，故绘制十几幅墨竹画作为礼品赠送给日本各界朋友。有些还被收藏在日本博物馆和美术馆。

《翠竹》入选

1985年9月10日，在大连市文联、日本舞鹤市教育委员会联合举办的"大连市舞鹤市友好书画展"中，梁文敏创作的《翠竹》入选展出。

为修长城赞助

1985年9月27日，梁文敏向大连市美协、大连市"爱我中华修我长城"赞助活动委员会捐赠两幅墨竹画。

《岁寒三友图》馈赠礼品

1985年9月，大连市总工会主席方曼奇同志为出访澳大利亚而征选部分国画作为馈赠礼品，梁文敏的国画花卉作品《岁寒三友图》入选。

第五章

爱党情深

遭遇开除党籍

1982年2月3日，正值新春佳节，大家还沉浸在节日的美好气氛中。突然传来一个爆炸性的新闻，大连工艺美术公司机关党支部在梁文敏没有到场的情况下，召集党员通过决议批准把梁文敏从党内除名。

决议中说，梁文敏辞去公职搞个体，就是单干，单干与集体国营是对立的，说他是死不悔改的反党分子，走资本主义道路的典型，是危险人物，必须开除党籍，把他从党内除名。

消息如晴天霹雳，梁文敏万万没有想到党组织会做出这样的决定，各种打击铺天盖地向他猛袭。一些亲朋好友不再登门，与他一起学画的青年学生也陆续离开，连孩子的小伙伴也疏远了。上学时，有的同学还在背后说梁文敏两个儿子是"小叛徒""小反革命"。一些商店、宾馆也不收他的墨竹画，断了他的生活来源。甚至回到父母家，老父老母也难以理解儿子的苦衷。一时间，社会上没有人再和他来往，谁也不理他了。一些别有用心的人竟大造舆论，说梁文敏精神不正常，有精神病。不明真相的人，认为他头脑发热，搞个体是想个人发家致富，是脱离现实，硬做不可能的事。在众叛亲离，四面楚歌中，他想到郑板桥的题竹诗："咬定青山不放松，立根原在破岩中，千磨万击还坚

梁文敏干个体被党内除名，震惊大连，波及全国。

劲，任尔东西南北风。"竹子的宁折不屈，挺立冰雪中不变颜色的高尚品德和精神，鼓舞梁文敏不能后退只有前进，要立志画竹，坚定不移地走下去。

此后，梁文敏在写给大连市第二轻工业局党委的信中，表达了自己的困惑，衷心希望党组织认真合理处理此事。但交涉无果。

伴随着严重的心理落差，梁文敏依然继续着他的艺术追求，梁文敏一边等待领导和组织的批准手续，一边

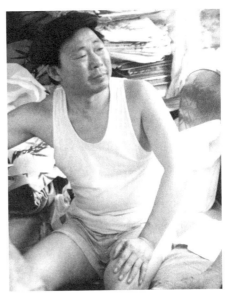

从军队里锻炼出来的梁文敏经得起挫折和打击。

开始有计划、有步骤地安排画店的相关事宜。

将军上门助力

墨宝斋画店开业以后，梁文敏的处境大有好转，内心虽然高兴，但一想到被党内除名，冤案还没有平反，党员身份至今还没有"找"回来，他就痛苦不堪……

一天，一位80多岁的老人自称是绿衣战士，光临墨宝斋画店。老先生边看边问梁文敏："这些墨宝都出自谁之手？"梁文敏十分热情地回答道："你好老先生，这些都是晚生的拙作，恳请您老指教。"老先生听了十分惊讶，赞叹地说："你的墨竹画，很有郑板桥画风，清秀瘦劲高雅，风度翩翩，在大连能看到这么高水平的墨竹画，不虚此行。"梁文敏听罢心想，老先生如此会欣赏，定是高人，急忙给老先生倒水，请老先生坐下慢慢细

抗日民族英雄、爱国名将黄宇宙鼎力帮助梁文敏写信上诉"找党"。

谈。老先生自我介绍说，他姓黄，名宇宙，原籍河南。早年参加北伐战争并加入中国共产党，先后参与过"东北义勇军"和"太行抗敌联防委员会"的组织和领导工作，按照党的指示，打入皇协军内部担任师长。1938年8月，在刘伯承指挥下，领导了著名的"水冶起义"，后被国民党囚禁，1944年因病出狱，再次组织起抗日武装，1944年10月加入了皮定均领导的"豫西抗日独立支队"。1945年1月在一次战斗中负伤，组织安排黄宇宙到后方养伤，经过多次治疗病愈后，辗转去了太行根据地参加战斗，直到新中国成立后担任黑龙江省政协常委、哈尔滨市文史研究馆名誉馆长。他非常喜欢中国书画艺术，尤其喜欢郑板桥画的竹子。当时在大连桃园街沈阳军区八七疗养院疗养，那天打算去看望一位老战友，路过此地，看到李苦禅大师题写的墨宝斋匾额，就不由自主地进来看看。俩人正说得津津有味，黄老的司机走进来说："黄老，快到理疗时间了，咱们该回疗养院了。"黄老依依不舍地对梁文敏说："我很喜欢你的墨竹画，如果方便的话，请到沈阳军区八七疗养院找我，为我作几幅画。"

第二天上午9点左右，梁文敏带着笔墨纸砚来到八七疗养院黄老的住处，黄老正低头写书法，见梁文敏来了，笑眯眯地说："大画家来了，欢迎！"

梁文敏连忙说："您是革命老前辈，身为将军，又是书法家，今天后生有幸在您老面前展示画竹才艺，是我们的缘分，恭请您老当面教正。"说完，梁文敏脱下上衣，卷起衣袖，拿起笔来蘸足了水和墨，挥洒自如，龙飞凤舞。不到半个小时，10张墨竹画画好了，黄老看得目瞪口呆，惊叹不已：

"神竹，神竹啊！"黄老一边大声赞叹，一边手舞足蹈，不小心拍到床边警报器。突然房间警铃响起来，不一会儿疗养院医生和护理员跑进来，问黄老身体怎么了，发生什么事了？黄老这才反应过来，满不在乎地对医生护士说："我身体好好的，方才我是为梁画家画的神竹而兴奋，不小心手拍到床头警报器了，虚惊一场。"医生护士们异口同声地说："黄将军您老没事就好。"这时医生和护士们才把目光转到梁文敏画的墨竹上，其中一位小护士贴到黄老耳边小声说："黄老您怎么叫他来了，他是个体户，被党内除名，反党分子，是个家喻户晓的人物。"黄老听了反而质问这名小护士："怎么，干个体就被党内除名？就成了反党分子？"黄老迫不及待地问梁文敏："这是真的吗？"梁文敏见黄老情绪有些激动，马上回答说："黄老，是有这么回事，您老坐下来，听我慢慢说。"

就这样，梁文敏把自己因辞职干个体，两年前单位党组织和领导以干个体就是反党反革命、走资本主义道路为由将他党内除名，被人们歧视，像过街老鼠一样人人喊打，弄得家喻户晓，人人皆知的经历说了一遍。

黄将军为墨宝斋开业志庆。

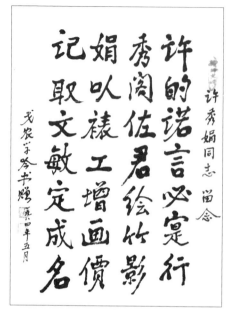

许秀娟同志 留念

许的诺言必定行
秀阁佐君绘竹影
娟叺裱工增画价
记取文敏定成名

戊辰年冬中煜
慷一四年五月

黄将军写给许秀娟的书法。

黄老听了梁文敏的遭遇，非常气愤，严肃地对梁文敏说："党的政策允许党员干部停薪留职或辞去公职从事个体经营，去年8月30日中共中央总书记胡耀邦同志在京接见城市集体和个体先进代表时说，从事集体和个体劳动是光彩的。只要辛勤劳动，为国家为人民做出贡献的劳动者都是光彩的……"

可是，在大连干个体竟被党内除名，我要为你打抱不平，伸张正义！你现在就回去写申诉信。相信我，我帮你"找党"。

奋笔疾书"上诉"

梁文敏听了黄老这一番慷慨陈词，仿佛又看到了曙光，看到了希望，连夜提笔疾书，写下了一封题为《就因我辞职搞个体就该把我从党内除名吗？》的上诉信。

我是梁文敏，现年39岁，党员，大连市人，谨将申请恢复我的党籍情况汇报如下：

我是一名出生在旧社会，成长在新社会的中青年人，我热爱社会主义，对党和人民怀着深厚感情。我从小热爱美术，喜欢画画。1961年毕业于大连师范学校，毕业后，16岁参加革命工作，从事小学美术教育工作。1963年8月参军，加入中国人民解放军驻长海县某部。在革命熔炉锻炼15年，1963年加入共青团，1968年又光荣地加入中国共产党。曾任放映员、放映组长、放映队长，1978年10月根据党组织安排转业到地方。

到地方后，在文化局文物店任裱画组组长、工艺美术公司教育科任教员。

在党的十一届三中全会和十二大精神鼓舞下，我怀着对党无限热爱、无限忠诚和对艺术的美好追求，积极响应党的号召，不吃大锅饭，丢掉铁饭碗，想在有生之年，为党的宣传工作，为继承和发扬中国墨竹艺术，为振兴中华，为国家、为人民分一份忧，减轻一份负担，尽一名共产党员应尽的责任，做一名合格的共产党员。

遵照党现阶段的政策，我向本单位领导提出停薪留职申请，带几个青年创办书画店。单位领导没同意，我又拿出党的相关政策和文件多次找组织和领导谈话，都被领导以种种理由拒绝了。后来，我提出退职，领导说退职不够条件，只能辞职。在来自各种"左"的右的错误思想阻挠和流言蜚语的压力下，我只好将退职书换成辞职书。20多年工龄全没了，也得不到1分钱赔偿，公司经理、党委书记告诉我，经党委和领导研究批准你辞职，但不给你出具任何手续。就这样，我不再上班了，单位劳资科停发了我的工资和5元钱的生活补助费，还通知房产部门让我自己交纳房租，党组织关系依然保留在原单位，每次过组织生活和交纳党费还需要去原单位办理。我请求组织和领导尽快将党关系转到街道，当时他们说研究研究，可后来（一个多月）不知什么原因又不同意我辞职了，说共产党员工作都不要了，去成名成家，单干搞个体，是不行的，是不革命的。正当我耐心等待辞职手续和转移组织关系时，单位党委又通知我，不收我的党费，停止组织生活，把我从党内除名了。消息传来，我又吃惊又痛苦，当时晕了过去，我病倒了。等我身体稍恢复时，立即找党支部领导谈话，汇报自己的思想。党支部领导根本就不理我，而且还向党外群众宣传，梁文敏有知识就不要党了，单干搞个体、走成名成家的路去了。当时我写了思想汇报材料送呈公司、局党委，请求妥

梁文敏书写"上诉信"给党中央和党报党刊，新闻媒体。

善处理解决。可是，3年过去了，一点儿音信也没有，最痛苦的是我不是党员，到哪里过组织生活？到哪里去交党费？

3年来，我的作品多次在全国及省市报刊上发表，为广大书画作者以及单位、个人装裱字画千余幅。为美展、文化艺术活动、精神文明建设做出应有贡献，同时被部队、学校、工厂等单位邀请讲学、授课上百次，听课人数达万人，培养了大量美术绘画人才和骨干。我曾任辰洲书画苑美术顾问、上谷美术部名誉顾问、山东黄县书画研究会特约代表、某部队书画研究会顾问、大连沙河口区进修学校书画班教师、大连青少年书法篆刻学校特约国画装裱师、大连青年协会会员、大连美术工作者协会会员、辽宁省花鸟研究会会员、辽宁省美术家协会会员、大连墨宝斋画店负责人。

1982年12月底，我又到所在单位找领导，提出办理辞职手续和转移组织关系等要求。经领导研究，终于给我办理了辞职手续，而党组织关系因被除名，无法转移了。我响应党的号召，执行党的政策，丢掉铁饭碗，干个体经济，为国家创造财富，为什么开除我的党籍？

在迎接中国共产党建党63周年和当前开展的整党运动中，我诚恳地向你们提出请求，按照中央组织部相关文件规定"凡参加个体经济的干部可以办理停薪留职保存党员身份"，为我平反昭雪，恢复我的党籍，使我安心学习与工作，为党的文化艺术事业多做贡献。以上所请当否？敬候批示。

中共党员 墨宝斋书画店负责人 梁文敏

1984年6月24日

写好后，梁文敏就拿给了黄老审阅，黄老看后说："写得很好！很真实，很动情，不需要我修改了。你赶快去打印几份，我帮你解决问题。"

黄老先生6月27日离开大连，梁文敏和夫人许秀娟含着眼泪，恋恋不舍地将他们的恩人送上火车。

冒险打印书信

80年代，"打字社"还是很少，梁文敏好不容易找到了一家，当工作人员知道是梁文敏的材料，马上摇摇头说："不给打。"他接连找了几家打字社都不给打。梁文敏再一次体会了"老鼠过街人人喊打！"的滋味儿。

梁文敏相信，他的改革之举很快也会家喻户晓，人人皆知。党员个体户的星星之火，一定会燎原全国！

是天意也是民意，正当梁文敏束手无策的时候，他的一位叫姜兴的学生，来到梁文敏家里，请教书画知识。他见梁老师坐在椅子上一筹莫展，侧仰着头，苦苦地思索着什么……当知道梁老师是因为写好的上诉信没有人肯为他打印出来的时候，姜兴向梁老师表示，您为了学习和研究中国传统墨竹艺术，辞去公职干个体，走自学成才道路，被单位开除党籍，学生认为不公！老师没有走错路，学生应当全力支持，我为您打字，帮您申冤！梁文敏听到姜兴这一番话，心里一亮，还有这样理解我的好学生，肯为老师分忧、卖力、鼎力相助。马上把写好的稿交到姜兴手中说："谢谢你，我的好学生！"就这样姜兴冒着"极大"风险。第二天一大早将打印好的30多份上诉信，交给梁文敏老师，完成了这个"特别任务"。

梁文敏怀着对党的无限热爱和早日恢复党籍的强烈愿望，寄给黄将军几份之后，通过邮局寄给他能够想到的所有单位、上级机关、报社、党报、党刊……上诉信像一颗精神原子弹炸响了。

市委书记接见

梁文敏的上诉信寄走的第四天，市委组织部的一位同志找到梁文敏说："市委领导要见见你，有话要与你谈。"

梁文敏在市委组织部办公室见到了大连市委有关领导。胡亦民书记握着梁文敏的手说："你的信，我们都看了，作为一名共产党员，你辞职从事个体事业是对的，符合党的政策，对于你的改革之举，我代表市委表示坚决支持！单位把你干个体当作走资本主义道路的典型，把你从党内除名是错误的，应该予以纠正！这几年你蒙冤遭受了很大的痛苦和磨难，我们深表同情和理解，你是一名好党员，改革的先行者，你经受了党的考验，你的党籍问题很快会得到解决！你就放心大胆地办好你的墨宝斋画店吧！"

听了领导的一番话，梁文敏就像久别父母的孩子，放声大哭，他流着欢喜的泪、感激的泪，也有冤枉的泪，所有的歧视、委屈和打击全部释放出来。梁文敏感慨地说："我衷心地感谢党，感谢中共大连市委，感谢大家！我热爱党，我相信党，永远听党的话，在改革的大浪潮中，做改革尖兵，在社会主义建设中做一名好党员、模范个体户！"

梁文敏为做一名共产党员个体户，走上了一条改革拓荒，艰难坎坷而光彩的路。

终被恢复党籍

在党中央有关领导关注下，中共大连市委按政策办事，纠正"左"的偏见，拨乱反正，为梁文敏平反昭雪。1984年7月18日，原单位党组织通知梁文敏党籍已恢复了。此时此刻，梁文敏的心情激动万分，热泪盈眶。党啊！我终于又回到您的怀抱！

党报、党刊、党中央为他主持公道平反昭雪，梁文敏这个画坛奇人、党员干部辞职干个体，史无前例，是无畏的弄潮人，改革的探路石，是具有普遍意义的典型。

历史终于恢复了本来面目，实践是检验真理的唯一标准，随着改革浪潮的到来，在中共大连市委和有关单位领导的亲切关怀下，原公司领导总算认识到了自己的错误，纠正了"左"的偏见，在新时期新形势下，在事实面前受到教育和启迪，梁文敏的艺骨最硬，梁文敏的精神最硬，梁文敏的精神无比坚定！

"星星之火，可以燎原。"经过历史考验和实践证明，梁文敏走的路没有错是正确的，符合时代潮流，是党的十一届三中全会精神的贯彻执行者，2009年梁文敏被辽宁省人民政府授予"十大改革先锋"称号。

1984年10月29日，《光明日报》发表《梁文敏辞职自谋职业竟被党内除名，大连市委按政策办事为其恢复党籍》一文。

永远牢记责任

梁文敏的上诉信在《共产党员》杂志发表后，很多同志参加了关于《该不该把我从党内除名》的讨论。对于党刊这种对党员来信认真负责的态度和同志们的热情关注，梁文敏表示深深感谢。他知道，这次讨论不仅仅关系到他个人，而且涉及如何看待党员干部辞职搞个体经营、如何看待党员标准等问题。通过这次讨论，他受到很大的教育和启发。

几个月来，他陆续收到数十封来自全国各地的信件。这些热情的来信，有的询问他党籍是否得到恢复，有的打听墨宝斋的发展情况，而更多的是支持、鼓励他沿着现在的路走下去，在改革中起到一个党员应起的作用。中央美术学院的孙滋溪教授也写信勉励他。

这一切，使他常常回忆起几年来自己所走过的道路，他认为自己的选择是正确的，辞职之后也是按照党员标准要求自己。特别是学习了党的十一届三中全会关于经济体制改革的决定之后，他觉得眼前的道路更宽阔了，办好个体书画店，为"四化"建设服务的信心也更足了。这样说不是认为自己有多么高明。他的所作所为，其实是党中央关于改革的路线和方针指引的结果，在这个过程中，自己还是有缺点和不足之处。梁文敏被党内除名之后，一度对自己所走的道路产生过怀疑，对改革失去了信心，在申诉没有结果的情况下，很长一段时间没有向党组织汇报自

2009年庆祝新中国成立60周年，梁文敏荣获辽宁省"十大改革先锋"称号。

己的思想和工作情况。有人说他辞职单干是为了挣大钱，书画店开业后，他便常常不敢理直气壮地去挣钱。在办理辞职手续的过程中，有时也没有达到共产党员应有的修养水平。

1984年6月，梁文敏怀着对党的热爱和早日恢复党籍的强烈愿望，再次向上级党组织和新闻部门写了申诉信。没想到他的信很快便引起了市委领导的重视和《大连日报》《共产党员》等新闻媒体的关注。当原单位党组织通知他恢复了党籍的时候，他激动得热泪盈眶。当晚，他在给《共产党员》杂志的一封信中写道："党啊，我终于又回到了你的身旁，这是我政治上的新生，我一定要站在改革的前列，当改革的尖兵，把自己的一切献给党！为继承和发扬中华民族的绘画艺术，为'四化'建设和社会主义精神文明建设，做出更大的成绩！"

"这段时期，我努力实践自己的誓言，我积极参加党组织活动（我的组织关系已转到街道），认真完成组织交给的任务，并力所能及地多做一些为社会服务的工作。我接受了驻军某部美化营房的任务，接受了市文联国庆美展书画装裱任务，为街道免费绘制了国庆彩车，参加了为残疾人举办的书画义卖捐款活动，为天津市修建少年宫筹款义卖，根据张大千名作印刷的年画

1984年8月，《共产党员》在全国范围内开展《该不该把我从党内除名》的大讨论。

"当代板桥" 梁文敏
DANGDAI BANQIAO
LIANG WENMIN

与孙滋溪教授（中）合照。

等。同时，在市有关部门的大力支持下，我办起了大连市第一家私立学校——墨宝斋书画培训班，和大连画卷厂联合试制的'大连画卷'也于最近投放市场，受到群众的欢迎。近两个月，书画店营业额达到2000余元。"

"如今，我常常想我虽然是个个体劳动者，但我首先是一名共产党员。在个体经济中，我要做模范个体户，严格执行国家的政策和法令。在改革的新形势下，我要做优秀的共产党员，时时处处以党员的标准要求自己，永远牢记党员的责任。在艺术事业上，刻苦学习和钻研，勇攀国画艺术的高峰。一句话，就是要永远听党的话，为党为人民多创造一些财富，沿着党所指引的方向不断前进，永

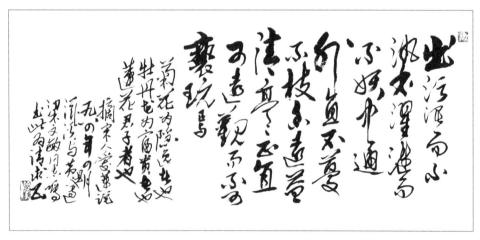

中央美院教授孙滋溪先生题字。

远牢记一名共产党员的责
任。"

画家的艺术作品是汗
水和心灵的结晶，也包含
金钱和价值，但梁文敏对
后者却看得很轻。

恢复党籍后第一个党
的生日，梁文敏心潮澎
湃。为了庆祝这个伟大的
日子，他激动地宣布，为

墨宝斋开业以来，梁文敏经常举办一些公益活动，用自己的画笔免费为人民群众和美术爱好者写字作画。

群众义务作画两天。在他的画摊前，人们排起了长龙，每幅画他只收一点儿
成本费。

六一儿童节，他在公园里举办书画表演，将收入全部捐赠给儿童福利基
金会。

修长城义卖、教师节募捐、市文联组织"为您服务"活动，等等，他处
处跑在前头。这时，又有人向他投来异样的目光，梁文敏说："我这个个体
户和别人的区别就在这里，因为我是一名共产党员！"

记者慧眼识金

梁文敏从大连市委回来的第二天，和往常一样，天刚亮就起来清扫楼
院，大约在8时，来了一位客人，说是找梁文敏。

这位来客自我介绍说："我是大连日报社记者，我叫安丰金，我看到了
你的申诉信，我是来调查采访的，不知信的内容是否属实？"梁文敏说：
"不但属实，我还有许多许多话要说呢！咱们进屋里面说吧！"梁文敏把安

《大连日报》记者安丰金第一个调查采访梁文敏。

大篷车出发前，《共产党员》杂志于宪东和《大连日报》记者安丰金共同再次采访了梁文敏。历时半个月编写出《咬定青山不放松——访个体画家，恢复党籍后的梁文敏》纪实报告文学，发表在1988年第一期《共产党员》上。

记者带到画室，也是住宅。两人你一言我一语滔滔不绝地谈论和诉说，还是听听安丰金采访梁文敏的一段经过吧。

那是1984年6月下旬的一个星期天，雨过天晴，阳光明媚，本来安丰金与家人说好领孩子去公园玩耍。吃过早饭，按惯例去报社看报纸，看完报纸，觉得时间尚早，他就来到群工部信访科，翻看准备废弃的信件。忽然，一封《就因为我辞职搞个体就该从党内除名吗？》读者来信，吸引了他的目光。信写得很长，从头看到尾，安丰金寻思这个人可真不简单，放着铁饭碗不端，辞职搞个体，这不仅在本市，甚至在全国，都是独一无二。就凭这一点，就是一件稀奇的新闻。于是他无心再与家人逛公园，按信上的地址来到梁文敏家。

梁文敏见到安丰金激动万分，眼含热泪，紧紧握住他的手，久久说不出话来。

梁文敏对安丰金细细诉说了在他身上所发生的一切。听完他的诉说后，安丰金点点头说："你这一壮举，不要说别人不理解，我都难以理解，但有一条，因为辞职搞个体，就从党内除名，这肯定是错的，我要把你的上访信在《大连日报》上发表！看看大家的反应。"梁文敏连连说："太好了！太好了！"

于是，安丰金拿着梁文敏的上访信，先后走访了他的原所在单位工艺美术公司，以及上级单位二轻工业总公司和市委组织部的有关领导。工艺美术公司的领导对安丰金的来访不屑一顾，他们认为，梁文敏不听劝告决然辞职，是目无组织目无纪律的表现，从党内除名合情合理。二轻工业总公司的领导认为，工艺美术公司的领导对梁文敏的处理操之过急，不慎重太草率，应重新研究处理。而市委组织部的领导认为，工艺美术公司的领导对梁文敏从党内除名的处理无根据、不严肃。事情到这时，安丰金心里就有数了。

半个月后，也就是1984年7月16日，梁文敏的来信《就因为我辞职搞个体就该从党内除名吗？》在《大连日报》三版头题发表，同时安丰金的来信调

1984年7月16日，《大连日报》在第三版刊登了梁文敏的来信《就因为我辞职搞个体就该从党内除名吗？》，并同时刊发了记者的调查附记。

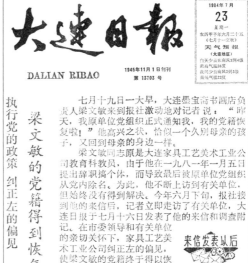

1984年7月23日，《大连日报》又刊发了题为《执行党的政策 纠正左的偏见梁文敏的党籍得到恢复》的报道。

查也在同版发表。两天后，也就是7月18日，梁文敏的党籍得以恢复。7月23日安丰金又写了一篇《执行党的政策　纠正左的错误　梁文敏的党籍得到恢复》的文章，在《大连日报》三版发表。到这时，安丰金为梁文敏同志长舒了一口气。

第六章

篷车远行

墨竹画换客车

1986年初秋的一天，梁文敏正在为全国函授学员批改作业，一位中年男子来到墨宝斋要求拜见梁文敏。这位男子自称是大连客车厂销售科科长，名叫王路，是慕名而来，想求梁先生画一幅墨竹。事情是这样的：

国庆节后，客车厂准备去日本参加客车行业技术招商会，招商会最终只能选定1个厂家与日本签约，引进一项大客车生产技术，所以各参会单位都在想办法找关系，希望自家企业能够脱颖而出。选择一份什么样的礼品送给日方，成了关键问题。大连客车厂召开专门会议研究礼品问题，会上大家各抒己见，有人提出选购江西景德镇国宝瓷器，有人提议选购湖南湘绣，还有的人提出选购大连贝雕画等。王路说："这些瓷器、湘绣、贝雕不管是工艺品还是艺术品，咱们能买到的，别的兄弟单位也能买到，我认为应当挑选与众不同的礼品才好。据我了解，日本这家企业董事长非常喜欢中国墨竹艺术，我们大连有位画竹高手梁文敏，他画的竹子具有郑板桥风格，我敢肯定地说，日方董事长一定会非常喜欢的。"经王路这么一说，参加会议的领导也一致表示同意，就这样派王路来墨宝斋找梁文敏画一幅墨竹画。

梁文敏听王路这么一说，心里一亮，天赐良缘，机会来了。梁

梁文敏为大连客车厂作画。

文敏就把为了提高教学水平和质量，想弄一台大客车作为函授辅导车，实现送教上门、传艺下乡的想法说给王路听。王路听后沉思了一下对梁文敏说："你的想法非常好，精神感人，但你可能不知道，咱们厂制造的大客车是国家交通部下达的指标和任务，我们只管制造不管销售（不准销售）。这样吧，我非常欣赏你的改革奉献精神，你把竹子画好，如果这幅墨竹能帮助我厂与日本厂家签订合同，我请求厂领导向上级递交申请报告，为你购置大客车。"

就这样梁文敏拿出几十年的画竹绝技，挥毫泼墨画了一幅《根深叶茂》翠竹图。王科长看了连连叫好："神竹！天下神竹也！"

一个星期之后，王路开着车兴致勃勃地来到墨宝斋，一进门就拉着梁文敏的手说："梁先生，向你报喜了！你为我厂画的那幅墨竹画起到关键作用，我厂终于与日本企业签订了合同，你为我厂立了大功！厂领导一致同意为你搞一台大客车，帮助你实现函授辅导车的梦想，领导特意派我来请你到厂里谈谈。"梁文敏听到这一消息，紧紧握住王路的手，眼含热泪激动地说："太好了！太好了！我代表全校师生向你、向大连客车厂表示感谢！"

为了筹建学校，梁文敏召开校务会议，全家总动员，节衣缩食，把墨宝斋画店开业以来的收入全部拿出来凑了4万多元钱。这在当时可不是小数目，

梁文敏个人购买的远征牌662型大客车。

妹妹梁秀凤拿出结婚时的彩礼800元钱，父亲把仅有的500元退休金也给了他。梁文敏的这一义举，得到大连市委、西岗区委及有关部门的大力支持。大连客车厂通过大连市人民政府计划委员会、中华人民共和国交通部申请得到一个指标，按当时的成本价格为梁文敏购买了一台远征牌662型大客车。然后按照梁文敏的设计方案进行改装，两个月后，一台崭新的适合野外食宿的函授流动辅导车展现在梁文敏面前，这就是后来的"文化大篷车"。

"伯乐书记"具慧眼

1987年的春节刚刚过去，一张红色请帖飞到了大连市西岗区委办公室。

"梁书记，您的请帖。"说话间，有人把请帖递到梁书记面前。梁书记叫梁忠敏，是西岗区区委书记。他接过请帖连看也没看，就放到了一边。"梁书记，这是你弟弟来的请帖呀！"来人笑着提醒了一句。"我弟弟？我弟兄5个，没有叫梁文敏的。我根本不认识此人。""不认识，为何给你送请帖呢？"梁书记下意识地看一眼请帖："兹定于2月15日上午在大连客车厂举行全国函授车出厂剪彩，欢迎您届时参加。"他忽然想起来了，这不是那个几年前曾因提出辞职搞个体而被原单位从党内除名的梁文敏吗？为此事，《大连日报》和辽宁《共产党员》先后发表了他的来信，使他的党籍得以恢复。后来，听说他搞个体业余美术学校，在全国招生。怎么，现在他要对全国的函授学生进行面授？嗯，此举可谓壮举，不简单！对，我应该参加这个剪彩。

2月15日，梁书记如约来到大连客车厂。会议开始后，梁文敏首先向与会的同志介绍了自己搞个体的艰难历程以及办业余美术学校的过程，展示了自筹资金买文化大篷车立志驰向全国的雄心壮志。他的话刚讲完，梁书记站起来说："你叫梁文敏，我叫梁忠敏，只差一个字，可谓亲兄弟，你是个体

中共大连市西岗区区委书记梁忠敏在大连墨宝斋美术学校全国函授流动辅导车剪彩典礼上的讲话：要把这所美术学校办得像一颗文明种子，遍地开花结果。

户，我是区委书记，'四化'大业把我们联系在一起。"他的这几句简短的开场白把大家给逗乐了。

梁书记接着说："梁文敏的文化大篷车要远征全国，有胆略、有气魄，是个体户的骄傲，也是我们西岗区的骄傲！你的这一举动，为文化艺术部门改革开了一个先河。能不能成功，就看你的了！"然后，上前握住梁文敏的手说："你，就放心地远征吧，如有困难，随时告诉我。"

从此梁文敏的文化大篷车在梁书记心上挂了"号"，同时梁文敏也似乎有了"靠山"，大事小事总想找书记唠唠。梁书记呢，在百忙之中，也总是挤出时间，和梁文敏叙谈一番。

开创中国第一个文化大篷车

1987年2月15日上午9时，大连客车厂二楼会议室内举行梁文敏开创的中国第一个文化大篷车即大连墨宝斋美术学校全国函授流动辅导车出厂剪彩典礼。

下面是梁文敏讲话原文：

今天，大连墨宝斋业余美术学校在这里举行远征牌全国流动函授辅导车出厂剪彩典礼，同时也是大连墨宝斋创立4周年纪念日。在这双重喜庆的日子里，首先让我代表墨宝斋业余美校全体师生和工作人员，向在百忙中光临指导的各位领导、来宾表示热烈的欢迎！同时向曾给予我们大力支持和援助的大连客车厂的党政领导和为我们付出辛勤劳动的工人师傅们表示衷心的感谢！

下面，我简单汇报一下大连墨宝斋业余美术学校创建和远征牌全国流动辅导车诞生的情况。墨宝斋业余美术学校是为响应党中央关于提高全民族文化艺术水平，建设社会主义精神文明的号召，自筹资金创办的大连第一所群众性的业余美术学校。办学的指导思想是坚持党的四项基本原则，忠于人民的教育事业，坚持艺术为人民服务的方向。我们的办学宗旨是，利用业余时间学习书画，陶冶情操，提高学员的艺术鉴赏能力和创作水平，为"四化"建设培养和造就一批书画艺术人才，使他们成为社会主义精神文明的建设者

大连墨宝斋业余美术学校校长、全国流动辅导车车主梁文敏在剪彩典礼上讲话。

和真善美的传播者。由于条件所限，我们没有固定的校舍和教室，起初在家里办学。我家住宅面积不足12平方米，作为课堂，最多容纳20名学员，只能分批讲课，后来租借市场小学和东关小学上课。两年来我们举办了各种类型培训班5期，有

200多名学员先后从这里毕业。这些学员大部分是没有书画基础，经过墨宝斋培训之后，绘画技能都有了明显提高。涌现出像王东元、王新仲、佐金国、王立雪、韩亚贤等优秀学员，不少学员已成为本单位的工会宣传干事、美术

大连墨宝斋业余美术学校校长梁文敏将自己所创作的墨竹作品敬赠给大连客车厂。

骨干和美术设计人员。不少学员的书画作品选入省市书画展览，有的被报刊选用，但是后来由于种种原因，加上迫切要求学习的学员越来越多，我们办起了函授班，开始时是在市内招生，后来扩大到全省。现在我们的学员已经遍布全国16个省市，共有学员1600多名，在我们的学员中有司令员、战士、厂长、经理、局长、工人、售货员、大学生、研究生，还有农村社员，真可以说，工农商学兵应有尽有，他们当中年龄最大的91岁，最小的只有8岁。中华民族是具有悠久文化艺术历史的民族，炎黄子孙是热爱文化艺术的。

　　我们的学员分布范围广，学习热情高，更令人感动的是，瓦房店复州湾镇茅屯村王明盛同学，因患小儿麻痹双腿残废，他乘坐火车、汽车、长途跋涉拄着拐杖来听课；广西容县有一位名叫梁剑敏的青年农民，竟背着行李，不远千里来大连要求面授。这种求知若渴的学习热情和克服困难、坚韧不拔的精神，极大地激励和鼓舞了我。我是一名共产党员，不能坐等学员上门求教，要千方百计为他们创造好的学习条件，同时我也深深地感到，函授如不结合面授和辅导会严重影响教学效果。说起面授，小范围还可以做到，面对全国1600多名学员怎么面授、怎么辅导呢？于是，我设想着要是有一辆流动辅导车该多好呢。一辆流动辅导车，就是一所流动的课堂，它不仅可以到繁

华的闹市，也可以到偏远的山村，服务上门，送教上门，就可以变成现实。那时候，我们就可以送教到拄双拐的学员面前，也可以到跋山涉水的广西学员的家乡去。这想法，曾使我激动得热血沸腾，曾使我有多少个不眠之夜……

美好的愿望变成现实又谈何容易！我深感力不从心，但我一想到那位拄双拐的学员，一想到那位千里迢迢来求教的广西学员，就又坚定了送教上门的信念。为此，我节衣缩食，八方求援。我的想法得到多方面的声援和赞助，特别是大连客车厂的党政领导和工人师傅们，帮助我实现了这个愿望。他们不图经济效益，只收成本费，并且按我们的设计要求赶制组装，在不到两个月的时间里完成了大客车改造任务，这是对我们的最大支持，也是对书画艺术事业的贡献。我相信，它必将载入书画艺术界的史册，为此，我再次向大连客车厂的领导和工人师傅表示崇高的敬意和由衷的感激！

现在，停在我们面前的就是全国流动辅导车，如果说墨宝斋业余美术学校是大连第一所群众性的业余美术学校，那么，这辆流动辅导车也是全国第一辆流动辅导车，是全国第一个书画艺术流动课堂，我把它命名为"远征号"，也一定使它名副其实，要远征，要走出大连，走出辽宁，远征到全国各地，哪里需要就远征到哪里。

我自幼酷爱墨竹，但更爱墨竹的节操品格。"青竹不比百花艳，迎风送雨节更坚。"我要把我的余生和一技之长献给人民的艺术事业，献给"远征号"，我要随着它去迎风送雨。

我深知征途不会一帆风顺，会有困难，但困难只是为被克服而存在的，有党和人民的关怀，有同志们的声援和赞助，还有什么困难不能克服呢？千里之行始于足下，"远征号"将把书画艺术的种子播到海岛，播到山村，使书画艺术在全国各地开花结果。

在这个值得纪念的日子里，让我们共同祝贺"远征号"的诞生！并祝愿它鹏程万里！

　　谢谢大家！

一九八七年二月十五日

1987年2月19日，《辽宁日报》也对梁文敏的文化大篷车做了报道：

梁文敏办文化大篷车

　　本报讯　2月15日上午，大连客车厂门前鞭炮齐鸣，厂长王凤岐把一辆崭新的披红挂彩的大客车交给文化个体户——大连墨宝斋业余美术学校校长梁文敏。梁文敏将用这辆车走向全国，进行美术教学活动，这是在改革中出现

大连墨宝斋美术学校全国函授流动辅导车从大连客车厂出厂

中共大连西岗区区委书记梁忠敏为函授流动辅导车剪彩。

1987年2月16日《大连日报》头版头条报道《自备"函授车"，立志"游"全国》。

的第一辆"文化大篷车"。

墨宝斋美术学校自1984年成立以来，相继办起墨竹画培训班和墨竹画函授班，千余名学员遍及全国16个省市。在函授教学中，由于直观性差，学员掌握作画技法较困难，有的学员不远千里登门求教，梁文敏感到，要想真正达到教学育人的目的，应当有一辆全国流动辅导车，把书画知识送到每个学员面前。还可利用流动车辆，到农村举办书画展览，开办短期美术人才培训班，提供裱画服务等活动，把书画艺术的种子撒向广大农村。

这辆经过改装的"大篷车"拆去了座椅，安置了流动教学所必需的投影机、裱画台等设施，以及野外食宿所需设备。车上还为露天讲学作画，安装了架设帐篷的设备，近期内"大篷车"将在大连市郊流动授课，待天气转暖后，他们将向全省和全国进发。

初次演习成功

梁文敏为某驻军部队指战员讲学。

1987年2月15日，中国第一辆"文化大篷车"诞生了，梁文敏命名它为"远征号"。

又是一阵"梁文敏冲击波"。新闻媒体一阵紧锣密鼓的宣传之后，"远征号"在大连市附近的几个市县开始了模拟演习，答疑面授，演习得十分成功，受到学员们的热烈欢迎。瓦房店市的有关负责同志出面接待，免费提供场所和食宿。某驻军部队全体指战员夹道欢迎，并聘请梁文敏为该部队"美术函授学校"名誉校长。另一部队评选他为培养军地两用人才的"育才标兵"。

梁文敏为培养军地两用人才做出了突出成绩，被评为"育才标兵"。

墨竹画讲评课

1987年10月11日，墨宝斋美术学校举办大连函授站学员墨竹画表演讲评公开课。教室四壁挂满了大连市县区学员们的作业，宣纸墨竹画89幅，亚麻墨竹裱轴14幅，有33幅被粘贴上"优秀作品"的标签。出席公开课的60名学员中，有年逾花甲的老人，也有八九岁的少年。

在学员座谈会上，炮兵姚司令员说："建军节军区搞画展，梁老师指导我们作画参展，我感到画画的确有利于陶冶情操，丰富精神生活。"学员关翠莲说："我过去对翠竹就深有感情，我喜欢竹子的精神。"学员翟永全说："我过去对郑板桥墨竹画只是感兴趣，跟梁老师学画后才深感其味。"

梁文敏为大连函授站学员讲课。

溢满丹青墨意

黄海前哨某岛守备团在开展培养军地两用人才活动中，成立了战士书画学会。成员绝大多数是入伍后才开始学习书法和绘画的战士。在部队党组织的关怀支持下，学员们勤奋学习书画艺术，苦练绘画本领，共创作出反映海岛部队生活的书画作品700余幅。其中有367幅作品参加了旅大警备区书画展览，13名学员得到部队两用人才先进个人的奖励。

学会得到书画界的重视和支持，大连市"墨宝斋"负责人——画家梁文敏担任指导顾问并上岛讲学。丹青墨意满黄海，战士书画学会的会员们努力学习，决心攀上书画艺术高峰，为"四化"建设贡献力量。

梁文敏的文化大篷车，引起了省市有关领导和各部门的重视，正是在各级领导和各部门的关怀下，他才克服重重困难，对大连地区的500多名学员面授完毕。现在他的全国第一个文化大篷车畅快地开出大连，先后到盖县、沈阳等地讲学完毕，受到普遍欢迎，对此《人民日报》、《解放军报》、新华社、中央电视台等新闻单位先后作出了报道。

解放军某部颁发给梁文敏的"在培养军地两用人才活动中，成绩显著"奖状。

梁文敏文化大篷车远征初驶首站来到解放军某部军营，为指战员画竹辅导面授。

大篷车遇抛锚

大篷车试运行取得了非常好的效果，下一步是入关。然而，就在梁文敏准备举家远征的时候，大篷车的车轮被一个又一个不大不小的"山头"所阻遏。1987年3月26日，梁文敏上交了车牌，大篷车暂时抛锚了。

原来，国家颁布了新的交通法，根据法律规定，文化大篷车的轮子想转起来，面临以下10项困难：1.办汽车牌照难；2.汽车用油难；3.上交养路费难；4.找司机难；5.外出放行难；6.外出电源难；7.参加保险难；8.办理录像业务难；9.用人难；10.资金筹集难。

首先是资金问题，梁文

1988年1月12日，梁文敏在文化大篷车"远征"启程典礼上讲话。

1988年1月12日，在鲜花与掌声的簇拥下，梁文敏举家远征，带领他的文化大篷车踏上了巡回全国的征程。

敏全家节衣缩食凑了46000元，在大连客车厂的大力支持下，购置一台662型大客车，这时，已是两手空空分文没有了。国家新交通法规定"凡购买机动车，征收附加费10%，不交附加费不发证，不准使用"。梁文敏以20%的高利息向熟人借了6000元，支付附加费和其他必要开销。

1988年1月13日，《人民日报》报道中说，这辆文化大篷车是大连市个体画家梁文敏创办的国内第一个个体流动美术学校。

这还仅仅是开始，"大篷车"的轮子转起来至少还需要136000元，这对小小墨宝斋来说是一笔巨款啊！

这些问题确确实实是一个极其严峻的考验。梁文敏的眉头拧成了一个大问号，不知该何去何从。这时有些亲朋好友来劝他："干脆把车卖掉吧，还能多赚几个钱。""或者先申请拉客，挣点钱再说吧！"

说客盈门，议论纷纷，就连他爱人也开始动摇了。

怎么办？打退堂鼓吗？万万不能！君子一言，驷马难追！经过深思熟虑，他发誓："就是不吃不喝，也要干到底！"他决心用自己的一切去探索开拓、拼搏奋斗！这就是梁文敏，梁文敏就是这样一个人。

山重水复疑无路，柳暗花明又一村。于民于国有益的事，终归会得到领导的支持。就在最困难的时候，大连市委、西岗区委向梁文敏伸出温暖的双手，热情的支持。西岗区区委梁书记召开全区局级干部会议，专题研究和解决"大篷车"的困难。区信用社刘主任表示愿意为"大篷车"提供低息贷款；工商所王局长宣布免收墨宝斋1987年工商管理费；文化局长代表文化各界各部门声明，坚决支持"大篷车"这一新生事物，决定提供各种方便条件……面对这一项项优惠政策，参加会议的梁文敏感动得热泪盈眶。

很快，大篷车的牌照领到了，3万元贷款也拿到手了，在市委和区委主要领导的关怀下，各个难关已基本解决，搁浅了近9个月的大篷车又能远征了。按照梁文敏的"战略部署"，此次远征，将用两年的时间走遍全国，他准备

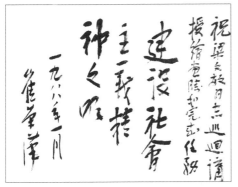

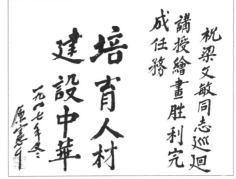

1988年1月，中共大连市委书记、辽宁省委副书记、辽宁省人大常委会副主任崔荣汉题词：祝梁文敏同志巡回讲授绘画胜利完成任务，建设社会主义精神文明。

1987年冬，大连市人民政府副市长原宪千题词：祝梁文敏同志巡回讲授绘画胜利完成任务，培育人才建设中华。

先去东北三省，而后调头南下，最后一站是乌鲁木齐！梁文敏将在大篷车上，对1200名函授学员进行一次面授，为各地学员做绘画表演，批改作业，解答疑难。再招收1万名新学员；举办画家真迹观摩；还准备把大篷车开到老山，为前线将士送教上门。

被阻遏的车轮终于开始转动了。1988年1月12日，大篷车披红挂绿，满载着辽宁省委、大连市委及各级领导的关怀、嘱托和人民群众的期望，踏上了征程。

《人民日报》、新华社向全国作了报道：梁文敏创办个体美术学校，大篷车巡回农村免费口传身授。

这辆文化大篷车是大连市个体画家梁文敏创办的国内第一个个体流动美术学校。

开进党刊院内

1988年1月29日，文化大篷车开往沈阳，到达中共辽宁省委大院，受到辽宁省委共产党员杂志社全体同志的热情欢迎和接待。极其感人的是，数九寒天，杂志社的汤光伍总编和其他领导听说文化大篷车到来，亲自下楼迎接梁文敏及其随行人员。

30日上午，在共产党员杂志社四楼会议室内，副总编李闻主持召开了欢迎文化大篷车进省城新闻发布会和座谈会。当时参加会议的有副省长朱川，中共辽宁省委宣传部部长刘昪云，辽宁省文化厅厅长房果大，辽宁省教委代表李锦琦，中国美术家协会辽宁分会秘书长周皎，共产党员杂志社总编汤光伍，副总编傅巨安、李闻、邹本仁，总编室主任张林吉，党风编辑室主任史卫国，共产党员杂志社办公室副主任李宁，党建文汇杂志社记者李钢以及辽宁电视台、辽宁人民广播电台、辽宁日报社、沈阳日报社、沈阳晚报社等新闻媒体人员，还有《共产党员》杂志各部门人员共计60多人。

会上，各级领导对梁文敏的无私奉献精神给予认可和支持，号召全省两

辽宁省党政领导接见文化大篷车全体成员。

万多名在文化战线上工作的同志向梁文敏学习，同时也祝愿大篷车出师大捷，远行顺利。

时任副省长朱川同志题词：让爱充满世界，把美撒遍人间。

时任中共辽宁省委宣传部部长刘异云同志题词：天下未为大，泰山不算高，开出大篷车，红旗万里飘。

共产党员杂志社总编汤光伍同志题词：播美拓荒，无尚荣光。

时任辽宁省文化厅厅长房果大同志题词：一枝红杏出墙来。

时任副省长朱川同志题词：让爱充满世界，把美撒遍人间。

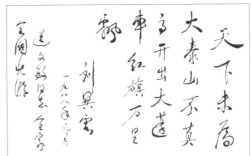

时任中共辽宁省委宣传部部长刘异云同志题词：天下未为大，泰山不算高，开出大篷车，红旗万里飘。

 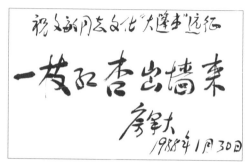

时任辽宁省文化厅厅长房果大同志为文化大篷车题词：一枝红杏出墙来。

共产党员杂志社总编汤光伍题词：播美拓荒，无尚荣光。

大篷车进鲁美

1988年2月1日，大篷车开进鲁迅美术学院内，受到著名画家王绪阳教授、陈忠义教授、李鸿宾教授、李荣光教授等良师益友的热烈欢迎。他们参观了文化大篷车，听取了文化大篷车车长梁文敏的介绍，一致称赞梁文敏的改革精神。作为一个画家，抛开大城市的安逸生活，上山下乡，送艺术到学员和美术爱好者面前，进行面对面传授。他们为梁文敏这种无私奉献、忠于党的教育事业的精神所折服，共同为梁文敏题字：发扬民族艺术之光。

大篷车晓行夜宿，一路讲课，一路作画，经过盖县、沈阳、锦州，历时二十多天的长途跋涉，顺利地到达了祖国的首都北京。

"大篷车"开进鲁迅美术学院。

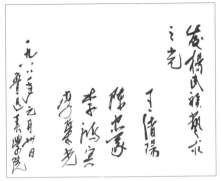

鲁迅美术学院王绪阳、陈忠义、李鸿宾、李荣光教授联名题词：发扬民族艺术之光。

范曾大师题词

龙年新春，梁文敏开着中国第一辆文化大篷车拜访范曾大师。一提起范曾大师，人们首先想到的是他的书画艺术，他的泼墨人物画，以诗为魂，以书为骨，笔墨浑厚，造型生动，塑造的人物飘逸潇洒，栩栩如生。如果说范曾是画家，他却文采飞扬；如果说范曾是文人，他的画早已远播四海；范曾的文与画珠玉璀璨，是当代中国画家中集诗书画三绝于一身的"鬼才""怪才""奇才"，堪称一代艺术大师。

早在1987年，《大连日报》曾报道过范曾先生卖画办教育的感人事迹，文章是这样写的：1984年，范曾担任南开大学东方艺术系主任时，看到艺术系的教学条件十分简陋，学校一直无力改善，就决定不等不靠、不向国家伸手，通过自己画画、卖钱来解决，最终范曾经过近两年的努力，创作了200多幅作品，卖了400万元人民币，连同他所有家当一起捐给南开大学修建艺术系大楼，为学生们创造一个良好的求学环境。

从那时候起，梁文敏就把范曾作为当代书画大师中最崇拜、最敬仰的偶像和学习的榜样。

1988年2月8日，梁文敏和他的文化大篷车经过长途跋涉，终于到达首都北京。

　　1988年正月初三，梁文敏开着全国第一辆文化大篷车，在大连市人民政府驻京办事处办公室主任宝世宜带领下，和夫人许秀娟、负责摄像的梁晓东和司机共5人，拜访著名书画大师范曾先生。梁文敏还记得，在范曾的家门口，有一个小广告牌子上面写着来客须知：1.来者必须预约。2.不许吸烟。3.谈话只限5分钟。当他们敲响了范曾大师的宅门，开门的是范曾大师家里的保姆小李，见到来的都是陌生人就问："你们是哪里的？有什么事吗？"这时宝世宜主任说："我们是从大连来的文化大篷车，特来拜访范曾大师，给范曾大师拜年！"保姆小李见他们没有预约，就说："今天过节，不接待来客。实在对不起，请回吧。"这时范曾大师在房间内听说梁文敏是从大连来的文化大篷车，马上高兴地说："我从中央电视台《新闻联播》和《人民日报》里知道了你的大篷车事迹报道，这是好事，很了不起，我完全支持你。请进来吧！"

范曾大师将梁文敏带到他的画室，只见大约有50多平方米的画室，布置得井然有序。墙上悬挂着他的代表作《钟馗》，画案上摆放着文房四宝和各种不同石料、大小不同的印章，还有绽放的君子兰和水仙花，一阵阵清香迎面扑来。

范曾大师动情地说："大篷车亘古未有，你是第一个。你们全家出来办学，走向全国教画育人，是个创举壮举，你们这种精神让我很感动，给你们写幅字表示支持吧。"当即展开宣纸，泼墨挥毫，题写了"篷车精神，青竹品节"八个大字，希望梁文敏发扬竹子精神，坚忍不拔，奋发向上，克服一

当代画坛巨匠范曾大师对梁文敏说："文化大篷车亘古未有，你是首创，你们全家出来办学，走向全国教画育人，这种精神让我感动！"

范曾大师为梁文敏题词：篷车精神　青竹品节。

范曾大师为梁文敏墨竹画题字：若使循循墙下立，拂云擎日待何时。

切困难，把大篷车事业进行到底。

范曾大师说："今年是龙年，竹子也叫龙孙，竹子是龙的孙子，竹子特别有品位，未出土时便有节，到凌云处尚虚心，所以说竹的品节是很高的。"在一旁的宝世宜主任说："范教授什么时候再去大连？"范曾大师说："现在还没确定，我担任东北财经大学客座教授，每年都去一次大连，给他们学校上几堂课，大连很好，人也很好。"

这时候范曾大师的母亲来到画室，范曾马上对母亲说："母亲，我向你介绍一下，这就是大连文化大篷车的梁文敏，他的大篷车周游全国，一边教书，一边普及书画艺术，为人民做贡献，很不简单，很了不起呀！"

梁文敏想，能见到范曾大师是他终生难得的机会，也是他和范曾大师的缘分，这次拜访范曾大师最大的愿望和目的，就是在书画艺术上能得到范曾大师的赐教。想到这里，梁文敏将自己携带的竹画打开给范曾大师看并恳求说："请范曾大师为我的竹画指点指点，能烦请您在竹画上题写几个字吗？"

范曾大师面带笑容，二话没说抽出一张竹画，随手粘贴在墙上，指着画说："梁文敏竹子画得不错啊，很好！有板桥遗风，这水平在北京很少有。"宝世宜主任说："梁文敏同志非常崇拜范教授，仰慕范大师的艺术和为人，以前听说过您的为人，今天亲自感受到大师风范，不愧为一代宗师啊！"这时范曾大师非常严肃地说："说到为人，我这个人不怕别人议论，不怕别人怎么讲，有一次民盟开会讨论时，有一个人跟我讲，'范曾呀，我可为你做了不少工作，有人说你骄傲呀！我听了就跟他辩论！'我说，你和他辩论错了！等我到了更年期，我就不骄傲了，到了衰老的时候就不骄傲了。"大家听了，都哈哈大笑，从心底里敬佩范大师的幽默和风度。

范曾大师为梁文敏墨竹画题写的是扬州八怪郑板桥的一首咏竹诗句："若使循循墙下立，擎日拂云待何时？"然后盖上四方红印。画的右上角是引首章，内容是岁戊寅年，画的左上方名字下面，盖的是二方名章印，上方是大翼，下方印是范曾，画的下方右角盖有象形龙压角章。看着范曾大师为梁文敏竹画上书题的诗句，宝世宜主任发出赞叹："写得太好了，布局也漂亮，真是大家风范，一代宗师。"

范曾大师放下笔抬起头，对梁文敏说："如果竹子在墙下生长，什么时候才能长大成材，才能擎日拂云呢？我是叫你离开墙角，让你能够擎日拂云，这是对你的要求和希望，也是对大篷车事业的支持！刚刚有位十多年没见的朋友来拜年，主要目的是向我要一幅画，我当时也没客气，直接回绝了他。我这个人不怕得罪人，得罪人看得罪什么人。我非常欢迎像你这样默默无闻、无私奉献的人，愿意助你一臂之力！以后遇到什

梁文敏向大连墨宝斋美校名誉校长沈鹏先生汇报办学情况。

沈鹏先生题字。

么困难，只要我能帮忙的尽管说。"

梁文敏热泪盈眶，感激万分，向范曾大师深深地鞠了一躬说："谢谢范曾教授的支持和鼓励，我会加倍努力，把文化大篷车事业做大做强！把艺术的种子撒遍祖国的每一个角落。"

沈鹏赞大篷车

沈鹏，1931年出生，江苏省江阴市人。书法家、美术评论家、诗人。1950年起在人民画报社工作，曾任人民美术出版社编辑室副主任、总编室主任、副总编辑并兼任编审委员会常务副主任，享受国务院批准的政府特殊津贴，1993年3月当选为第八届全国政协委员。历任中国书法家协会常务理事、副主席、代主席、主席、荣誉主席及艺术品中国荣誉艺术顾问。

梁文敏率领全家并代表大连墨宝斋美校即大篷车1600多名学生向沈老拜年，顺便向沈老汇报了墨宝斋美校的办学情况。学校的创办得到各级领导、各界人士和广大人民群众的支持，全国各大报纸、媒体都争相报道学校的相关情况，学校的前景大有希望。为感谢沈老为学校题写的牌匾，经大连市教委同意，特聘请沈老担任大连墨宝斋业余美术学校名誉校长。

沈鹏大师接过聘书高兴地说："我愿意接受

你们的聘请，我看过很多报纸上刊登的大连墨宝斋美术学校的情况，同时也看到你倾尽家产，自筹资金创办文化大篷车的情况，非常不容易，非常好，你很有魄力，是我们党培养出来的一名优秀的人民艺术家，希望你再接再厉，把大篷车事业圆满完成，在全国开花结果。"

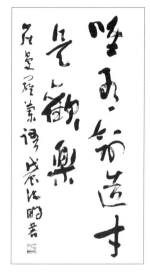

沈鹏先生题字。

老舍夫人题词

1988年龙年正月初六，大连市人民政府驻京办事处办公室主任宝世宜同志带领梁文敏及夫人许秀娟、儿子梁晓东拜访德高望重的全国政协委员、北京市政协委员、中国美术家协会会员、中国书法家协会会员、83岁高龄的老舍夫人胡絜青女士。

梁文敏展纸挥毫为胡老等人画竹，胡老、舒乙和官布先生看了非常高兴和敬佩，赞不绝口地说："梁文敏画的墨竹清俊挺拔，技艺高超，具有板桥

梁文敏拜访著名作家老舍夫人胡絜青先生。

解放军报社吕梁社长握着梁文敏的手说："在部队，你是一名好军人，在地方你是一名好画家，文化大篷车是新生事物，创举、壮举，我代表解放军报社热烈欢迎你，为你祝贺！"

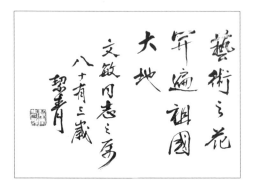

书画大家胡絜青题字。

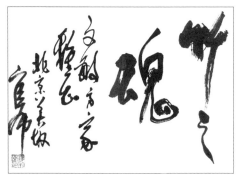

中国美术家协会理事、北京美术家协会副主席兼秘书长官布先生题词。

解放军报社题词：咬定青山不放松。

遗风。"官布先生还即兴为梁文敏题写了"竹之魂"三个大字。

1988年3月1日，梁文敏应邀来到解放军报社大院，大篷车刚停下，报社领导吴子非总编等十几人赶紧迎了上来，大家握手寒暄，亲切交流并在大篷车前合影留念。然后在报社办公大楼召开座谈会，梁文敏首先向报社领导介绍自己的情况，吴总编代表报社向梁文敏赠送了高档墨块、毛笔和镇纸等礼品。中午在报社食堂举行了欢迎宴。下午梁文敏为报社和在场的领导作画。

为人民大会堂作画

3月9日，梁文敏接到人民大会堂国家事务管理局高启东局长的邀请，请他为人民大会堂作画。

第二天，文化大篷车全体人员来到人民大会堂，高启东局长热情接待了他们，把人民大会堂建堂以来著名书画家为人民大会堂作画的情况和一些有趣的传奇故事一一介

梁文敏应邀为人民大会堂作画。

绍给梁文敏。这真是难得的学习机会，梁文敏受益匪浅。接着高局长请梁文敏和长子梁晓军现场作画，梁文敏满怀激情，挥毫泼墨。很快，6幅形态各异，青脆挺拔的墨竹便跃然纸上。高局长和在场的几位人民大会堂工作人员连连叫好，热烈鼓掌。

"三进"文化部

在共和国的心脏，梁文敏感到特别的亲切和慈祥，他有许多的话想说，可又不知从哪里说起。他努力控制住自己，他用微微发颤的双臂，为中央领导同志献上了一幅幅醉墨淋漓的丹青。

1988年3月6日上午10时，文化部机关大楼三楼会议室，常务副部长高占祥同志兴致勃勃地观摩了梁文敏老师的现场墨竹讲学与表演。高副部长十分

高部长说："梁文敏的墨竹讲得通俗易懂，由浅入深，很容易掌握，而且梁文敏的墨竹画，画得快，画得好，出手不凡，'墨竹速成'课可以在全国大力推广，今天我就是你的函授学生了！"

感叹地说："梁文敏的墨竹书画课讲得通俗易懂，由浅入深很容易掌握，而且梁文敏的墨竹画画得快，画得好，出手不凡。"最后，部长为梁文敏和文化大篷车题词：墨花飞紫露　笔阵起雄风。

1988年3月11日上午9时，梁文敏应文化部的邀请，为机关工作人员作了《让爱充满世界，把美撒遍人间——我是怎样创办大连墨宝斋书画店、业余美术学校、文化大篷车》的报告。

梁文敏激动地将自己怎样遵照中央改革精神，勇于克服种种困难，顶着各种思想压力和打击，一步一个脚印办画店，以及办学8年来的风风雨雨和取得的成果作了汇报。中央文化部礼堂内上千人听了他的报告，不时发出一阵阵掌声。焦勇夫局长感慨地说："梁文敏同志个人办画店，办美术学校传播美的种子，确实不为名，不为利，只为提高人民群众的文化素养。我认为他是真正走上了一条属于自己的路。这条路对不对呢？不要说现在是社会主义初级阶段，就是没有了初级阶段，这条路一不危害国家，二不危害集体，三不危害群众，何乐而不为呢？为什么现在我们有的同志办一点事，就伸手向国家要钱，要荣誉呢？梁文敏不靠国家靠自己，为了这个事业，他勇于承担风险，承担风险即使失败了也是英雄。我全力支持梁文敏同志这种改革精神。我们中国人，都像梁文敏这样就好了！"

最后焦局长和大家一起合影留念，并让办公室的同志给大篷车开具了一份发至全国各省市文化厅、局的非常切合实际、非常全面的"全国介绍信"。有了这封全国介绍信，大篷车出省难的问题得到了解决。

梁文敏捧着介绍信流着感激的热泪说："文化部社文局代表着党、国家和人民，充分体现了对我们大连墨宝斋美术学校及文化大篷车最实际的关心和支持。也是最大的厚爱、信任、鼓舞与鞭策。这封介绍信无比珍贵，我们要把它当作'红头文件'，当作'指示'，当作'法宝'，把它作为走向全国各地的通行证！"

1988年3月15日，中华人民共和国文化部的大院内，春意盎然，喜气洋洋。一辆大客车前，人头攒动，热闹非凡。文化部常务副部长高占祥，社文局焦勇夫局长等领导对机关工作人员说："同志们，梁文敏的文化大篷车，他和全家都在这个文化大篷车上，现在已经开到我们这里来了。就在咱们的

梁文敏在中央文化部礼堂作报告。　　　　中华人民共和国文化部社文局给梁文敏开写的通向全国的介绍信。

社文局局长焦勇夫说："梁文敏确实是一个不为名，不为利，一心为传播美的种子，而且他真正走上了自己的一条路，为了这个事业，他敢担风险，担风险失败了，我也认定你是英雄！"

高占祥常务副部长对梁文敏说："我来看看你办的文化大篷车。梁文敏同志，你行呀！有点改革精神，你们全家为发展文化事业贡献不小，全家总动员，你们是书画的种子，走一路，播一地。"

院子里，现在请大家过去看一看，参观一下墨宝斋美校的大篷车，民办的大篷车，中国第一个文化大篷车！咱们大家都一起在大篷车前照个相，留下这载入史册的纪念。"

　　文化部的领导们与车主——大连墨宝斋美术学校校长梁文敏及一行六人频频握手、合影表示祝贺。大家还饶有兴趣地上车参观，这辆大篷车不同寻常，它是大连墨宝斋美术学校全国函授流动辅导车。为此，梁文敏拿出全部家当，加上货款，共投资10多万元，这辆经过改装的文化大篷车，适合流动教学和野外食宿。它拆去了座椅，安置了流动教学所必需的投影机、打字机、裱画台，还配备了摄像机、录放像机；车上还有为露天讲学作画展览安装了架设帐篷的设备。另外，还带有大量图书资料以及李苦禅、黄胄、韩美林、沈鹏等名家馈赠的字画。更让人赞叹和引起轰动的是大篷车车体四周挂满了一幅幅清秀挺拔、栩栩如生具有浓厚的板桥竹风的墨竹画。部长助理高运甲感慨地说："看了范曾大师为梁文敏同志题写的'篷车精神 青竹品节'和竹画上题的字，以及一幅幅神态不一、生机勃勃的墨竹画，真是让人大饱眼福。不仅欣赏到范曾先生的书法艺术和梁老师的墨竹艺术，而且还看到一种精神！范曾先生给梁文敏同志题词题字，这是对梁文敏开创中国第一个文化大篷车的赞扬和支持！也是对梁文敏同志墨竹艺术的认可和肯定，这是非常了不起的事。"焦勇夫局长高兴地说："我也很喜欢墨竹艺术，也看过许多画家的墨竹，但都没有像梁文敏同志的竹子那样铁骨铮铮，具有浓厚的板桥竹风！难怪能得到范曾先生的赏识！"

这时文化部常务副部长高占祥指着大篷车前悬挂的一幅清风劲节墨竹画说："这幅竹子画得特别好，特别有精神，不仅有动态感，还有灵气，其笔墨功夫非一般人能达到！"于是梁文敏把这幅竹画取下来赠送给高占祥部长。高副部长很高兴地说："我一定很好地珍藏起来，今天晚上我给你写个条幅，咱们在大篷车前照个相作个纪念。另外我也喜欢画竹子，就是画得不好，你讲墨竹课的时候我想去听听或者你给我辅导一下，最主要的是我要看你画画，光靠文字不行，比如说，我要看看你画竹竿是从上往下画，还是从下往上画，顺笔还是逆笔，我想具体地观察一下，你一边讲一边画，我想要

　　受中华人民共和国文化部邀请，1988年3月13日"中国第一个文化大篷车"开进文化部大院，梁文敏受到高占祥、高运甲、焦勇夫等领导的亲切接见，并得到充分的肯定和高度的赞誉。

高副部长非常喜欢竹子，梁文敏现场为高副部长示范作画，一边作画一边讲解，高副部长被梁文敏高超的画技所折服。

在文化部机关大楼会议室，高占祥副部长拜梁文敏为师学习画竹，梁文敏满怀热情为高副部长现场示范讲授墨竹画法，经过1个半小时讲课结束，高副部长给予了高度评价和赞扬。

拜你为师！"高部长这一番真诚拜梁文敏为师学画竹的讲话，引起在场参观大篷车画展的其他领导同志们的一片掌声。这时梁文敏怀着十分感激的心情，将自己编写的墨竹讲义双手送给高部长，高副部长说："那好！我现在就是你的墨竹函授班学生了，我一定好好学！"

高占祥说："我看你们全家办的中国第一个文化大篷车非常好！有点改革精神！你们全家为发展文化事业贡献不小！全家总动员，你们是书画的种子，走一路播一地。"高副部长的讲话引起在场同志们一阵热烈掌声。梁文敏创办的中国第一个文化大篷车由此叫响京城走红全国。

陶醉在幸福中的梁文敏，觉得自己年轻了好多。正如梁文敏自己所讲的那样："在这短暂而又漫长的人生旅程中，不同的人走着不同的路，不同的路走着不同的人。我就是从一条坎坷艰辛的路上走过来的。"

俱住矣！梁文敏用这样几个大

梁文敏把画好的墨竹画赠送给高占祥副部长，高占祥副部长高兴地夸梁文敏竹子画得好。

高占祥副部长提笔挥毫，为梁文敏和文化大篷车题词。

字对过去的十年一言以蔽之，大落大起、大退大进、大失大得、大难大福、大智大勇！

加入中国美协

1988年3月18日，文化部社文局局长焦勇夫，群众文化杂志社编辑部主编冯君义等领导来到大连市人民政府驻京办事处看望正在为文化部领导和同志们作画的梁文敏。梁文敏放下笔非常高兴地迎接文化部领导的到来。焦局长一进房间，看到满房间悬挂的一幅幅绚丽多彩清风墨韵的竹画，犹如在青翠欲滴的竹海中遨游，令人耳目一新，激动不已。他感慨地说："梁文敏把画展办到文化部大院了，高副部长看了你画的竹画，夸你画得非常好！很有水平，是当代画竹大家，而且墨竹课讲得也很好！他拜你为师，学画墨竹，听你讲课，不仅在文化部是个'大新闻'，就是在全国也是个'大新闻'！我看了你画的竹画，确实不同寻常，大家手笔。再听说前些天，你开着文化大篷车专程到朝阳工读学校、解放军幸福村空军干休所、解放军总政治部、解放军报社、解放军二炮通讯总站、人民大会堂等单位讲学作画，办画展，

梁文敏同志

为普及群众美术甘当人梯

中国美术家协会辽

宁分会 一九八八年元月

中国美术家协会辽宁分会为梁文敏题词赞誉。

轰动了整个北京城，'篷车精神　青竹品节'叫响了全中国，根据你的表现和才华以及对人民群众文化艺术事业做出的巨大贡献，还有你的影响，我们文化部已向中国美术家协会作了反映和推荐，并得到中国美术家协会同意，破格批准你为中国美术家协会会员，而且是永久会员！事后，有关手续让部里同志和美协同志给你办理。你现在就是一名名副其实的中国美术家协会会员，在此我向你表示祝贺！"

冯君义主编说："梁文敏同志靠的是共产党员的钢铁意志和竹子精神，用自己的画笔展现出'大篷车精神'。大篷车播撒的是中华优秀传统文化的种子，正如辽宁省美术家协会给你题写的'梁文敏同志，为普及群众美术甘当人梯'，在这方面你为全国书画界同仁做出了榜样，你是真正的人民艺术家！焦局长从事文化部群众文化工作已经好多年，对有才华、德艺双馨的书画家、美术工作者向来器重提携，大家都称他是'伯乐局长'。通过向主管中国美术家协会的领导反映和沟通，中国美术家协会领导在特殊时期，特殊情况下对你做出特别批准，这是文化部和中国美术家协会对你的认可和对大篷车事业的支持！我代表《群众文化》编辑部向你表示庆贺！"

此时此刻梁文敏激动万分，热泪盈眶地说："感谢文化部的各位领导以

1988年第6期《群众文化》刊登《竹子魂——墨竹画家梁文敏和他的业余美术学校》一文。

《中国文化报》报道《梁文敏和他的"文化大篷车"》。

及中国美术家协会对我的关心器重和认可。但是我要说的是，大篷车远征全国，重点深入偏僻的山区、农村，送教传艺，不能与中国美术家协会经常保持联系、参加画展等活动，但是我要利用文化大篷车这个特殊的舞台举办各种各样的画展，和全国各地的书画家进行各方面的艺术交流。用我的画笔画出更好更美的美术作品，奉献给全国广大人民群众！"

辅导北京学员

大连驻京办事处副主任李立新、办公室负责人宝世宜及全体同志热情接待了梁文敏一行。梁文敏像回到娘家，见到亲人一样。在两位领导的精心安排下，梁文敏为在京的近40名函授学员讲课。

学员们早早就赶到面授现场。有的学员家住偏远的乡村，他们为了能得

北京市朝阳工读学校十名失足青少年向梁文敏老师拜师学艺。

到梁老师面授辅导的机会，前一天就出发赶往北京市内，还有的提前请假一大早就来了，共到场65名学员，占总数的85%。师生见面倍觉亲切，相尊相爱，站长李升激动地说："老师们太辛苦了！我们太感谢老师了！我们为能有这样的好老师而感到高兴和自豪。梁老师一家为了学员早日成才，大老远来到北京，天气又这么冷，我们心里真过意不去。老师有什么困难有什么需要我们做的，我和北京的学员会共同想办法帮助学校和老师解决问题，能为

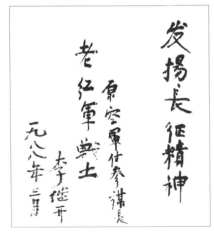

老红军李继开将军为梁文敏题词。

梁文敏收十名老将军为学生，并在大篷车前合影留念。他们分别是，王成美、丁克明、张克强、黄烨华、左栾镇、潘振华、任学耀、毛世泽、方仲英、岳天培。

学校做点事我感到十分快乐。"说完眼泪已含在眼眶里。

在朝阳区工读学校，全体师生欢聚一堂，聚精会神地听梁文敏作报告。失足青年代表在会上发言，表示一定要学习梁文敏助人为乐、舍己为人的高尚品质，自己会痛改前非，重新做人。

在幸福村空军老干所呈现在人们面前的是另一番动人景象，台下听课的学员都是军级以上的老干部。他们当中多数是参加过长征的老红军，戎马一生，为党和国家立下汗马功劳。梁文敏感到能给他们讲课，使他们也能拿起画笔伏案作画，晚年得到美的享受，是自己难得的荣誉和机遇。

一位75岁的长征老红军手捧他的中堂风竹画，看了又看，欣然写下了"发扬长征精神"几个闪光大字。

把岗楼当课堂

按照行程计划，下一站是中国青年报社。司机小董由于对北京道路不熟，大篷车在路上行驶一段时间后，突然被值勤的交警叫住，当时大家都不知道发生了什么事，交警非常严厉地对司机说："你的车是怎么开的，吃饭喝酒醉了吧？"并扣下了驾驶证，让车停在一边等候处理。司机和梁文敏都不明白是怎么回事，连忙向交警请教，交警说："这是二环路，大客车不允许通过，你们等着受处罚吧。"

这时从围观的人群中

中国青年报社记者董月玲采访梁文敏。

走来一位年纪50开外的老工人说："北京交通管理很严，你们违反了交通规则，看车牌照你们好像是从大连过来的吧，好好向民警同志说明一下。"梁文敏赶紧带着司机向民警道歉并说明了来意，交警一听说是大连来的文化大篷车，立刻满脸笑容地说："你们就是前几天中央电视台和《人民日报》介绍的中国第一个文化大篷车，在全国免费教授画墨竹，你就是画家梁文敏老师吗？"梁文敏说："正是，今天刚到，我们有进京手续，弄不懂哪条路是二环三环，实在对不起，给您添麻烦了，请您按规定处理吧。"

交警听梁老师这样一解释，感慨地说："久仰梁老师大名，您办学创业的事我们早就知道了。今日能在此相见真是缘分，我也非常酷爱画竹，已经练习了好几年，也看了一些画竹资料，听了一些北京画家介绍画竹的方法，可总是觉得进步不大，今天在这里见到您真是太巧了，想请教您几个问题可以吗？"

见到他渴求画竹的心情，梁文敏也忘记了要去中国青年报社的事情，在交警的岗楼里，用手指在桌子上作示范。不到5分钟的时间，交警所提的问题都一一解答了。交警听后非常满意，称赞梁文敏是真正的老师，以后会不定期向梁老师求教。他们当即成了朋友，交警把梁文敏送上车，告诉司机最近的行车路线，他们相互挥手道别，这真是一段有趣而感人的故事。

开民主生活会

一天，江西省办事处马主任向宝世宜主任和梁文敏讲述了抗战时期，江西一位妇女积极抗日，保护游击队员的真实故事。

宝世宜说："听马主任讲了以后，我很受感动，江西办事处和我们的关系就像亲兄弟一样，大篷车将来要去老区，去太行山、大别山、延安等地区，那里的生活条件都很艰苦，我现在是身不由己，要不然我会加入到你们的队伍中和你们一同前往。不过，我们现在在北京，也会全力以赴支持你们。"

宝主任接着说："今天也算是过一次党的生活会，因为你们大篷车里面有些还不是共产党员，咱们在座的大概有四五个是共产党员，还有几个党外积极分子，在你们走之前，我们召集所有党员，和你们的党员，再开一次党的生活会，把你们的体会向我们党员同志讲讲，教育教育我们的同志。"

宝世宜主任代表大连市人民政府驻京办事处领导及全体同志热烈欢迎梁文敏大篷车的到来。

梁文敏说："我们也需要向党组织作汇报。"宝世宜主任说："我们需要教育，我们需要精神食粮。对你们个人来讲是失去了一些，但你们工作的效果对我们党的事业来讲做出了大大的成绩，应该向你们学习。互相鼓励，互相帮助。有好多事情确实是我们应该办的，我们想都不敢想的事情你们办了，我们真是感谢你们，给大连人民赢得荣誉，给三中全会以后的全国人民打气，给共产党员打气，咱们有多少共产党员是萎靡不振，不发挥作用，伸手捞便宜的，你们这些行动本身就是整党工作的一个很好的宣传，很好的肯定，很好的补充啊。"

梁文敏说："关于得失，小失小得，大失大得，先失后得，吃亏是福啊！"宝主任说："这是板桥遗言啊，你是把板桥精神融进血液里了啊！"

为首长们画竹

1988年2月10日，中华人民共和国国务院事务管理局领导来到大连市人民

梁文敏向国务院事务管理局领导赠画。

中央美术学院黄均教授为梁文敏大篷车题词。

中国文联副主席国画大师尹瘦石为梁文敏题词。

政府驻京办事处。

梁文敏汇报说："我们预计利用两年时间向全国的函授学员当面授课，北京是第4站，云南、新疆我们一定要去，遵义、江西、井冈山我们也要去，省领导要求我们向全国人民、向各界人士学习，同时把这一路上的风貌用录像机保存下来，向各界领导汇报。我们的目标是全国各地，我们的工作是按照党中央的号召在精神文明建设方面普及书画艺术。我作为一名党员文艺战士，在普及教育的同时，普及文化，普及中国竹文化、墨竹艺术。让人们画竹的同时，学习竹子的精神和品格，做竹人。"

汇报结束后，梁文敏向有关同志分别赠送了自己的书画作品，向领导们拜年！

梁文敏一家艰苦创业，勇于开拓，无私奉献，全

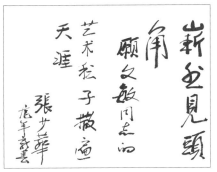

《中国青年报》发表了《梁文敏"文化大篷车"启程　祝君一路顺风》的报道。

张少华将军为梁文敏题词。

心全意为人民服务的精神受到了中央有关领导和人民群众的高度赞扬，被誉为"中华英才""画坛奇人""风流人物""天下奇迹创造者"。梁文敏以独特高超的艺术成就和传奇式的人生经历成为中国文化艺术界的热门话题。《人民日报》、《解放军报》、《中国文化报》、《中国青年报》、中央人民广播电台、中央电视台等全国各地200多家新闻单位先后做了报道，新华社、《人民日报》海外版、中国国际广播电台也向全世界作了宣传。

中央美术学院教授、著名画家黄均为梁文敏题词：美术领域中的乌兰牧骑；著名国画大师尹瘦石被梁文敏大篷车精神所感动，为他题词：面向人民；著名作家高玉宝为他题词：竹之神；著名画家韩美林题词：不拘一格；

中国书法家协会代主席沈鹏为梁文敏题词：唯有创造才是欢乐；张少华将军给梁文敏题词：崭然见头角，愿文敏同志的艺术种子撒满天涯；郑惕将军为梁文敏题词：篷车精神誉军营；文化部常务副部长高占祥在接见梁文敏时也亲笔题词：墨花飞紫露　笔阵起雄风。这些都高度评价和肯定了梁文敏的艺术水平和开拓精神。《人民日报》、《解放军报》、《中国文化报》、中央电视台、北京电视台先后作了专题报道。

向石家庄挺进

　　一个多月后，首战告捷的大篷车在北京的活动圆满结束，这是万里长征迈出的第一步，距离大篷车的宏伟目标还有很长的一段路要走。大篷车的活动经费、车辆和人员的花销，路途的遥远，气候的变化，人员的健康，行车安全等一系列问题都摆在梁文敏面前，梁文敏能经受得住吗？迎接他的是胜利还是失败？现在作出结论还为时尚早，只有历史和事实才能作出回答。

　　3月20日早晨6点，大篷车离开北京，直奔河北省石家庄市。经过9个小时的颠簸，下午3时到达石家庄警备区。司令员林登位是他们的老朋友，林司令员早就从报纸和电视台等新闻媒体得知梁文敏开办全国第一个文化大篷车的先进事迹，这次相逢俩人格外高兴。

　　3月24日，在林司令员的安排下，梁文敏大篷车来到空军飞行学院，战士、干部早已敬候在俱乐部里。会场横标语写着"热烈欢迎梁文敏文化大篷车来我部讲学表演"。飞行学院的学员们是一群来自全国各地一流的飞行员，他们中的很多人非常喜欢书画艺术。其中有一位叫徐建禄的教员，他酷爱书画艺术，尤其爱画竹，利用课外时间作画几百幅，正准备举办个人书画展，心里面早就盼望着大篷车能早点来，希望能得到梁老师面对面的指教，梁文敏不仅耐心地为他讲解画竹的各种技巧，还为他将要举办的画展作了题词。

梁文敏兴致勃勃地与战士、干部交流自己这些年画竹的心得体会，他的美术功底已是十分深厚，画竹不仅构思精巧，且十分迅速。由于笔锋快捷，竹干、竹叶在他的笔下刚直锐利，就像一片整齐的矛林剑丛。有人称他画的竹是钢竹铁竹，只有军人才画得出的竹子，只有悟透了人生的本意，对竹子的品性融会贯通，才能画出这样的竹子。

空军某飞行学院政治部宣传科戴旭同志，当时任新闻干事，除了部队的宣传任务，有时也负责接待一些来自地方文化部门的人士。这次梁文敏文化大篷车来到驻石家庄部队进行拥军教学活动，他负责接待工作。

晚上，戴旭和梁文敏交谈，戴旭感到梁文敏像一条激情澎湃的江河，似乎永远奔腾不息。戴旭被梁文敏坎坷起伏的人生经历所感动，为能结识这样一位艺术家感到荣幸。出于发自内心的敬佩，戴旭用了3天3夜的时间，以极不平静的心境写下了《你好，大篷车》，不久，文章在《解放军生活》1988年第9期刊发。

郑惕将军为梁文敏大篷车题词。

"热烈欢迎文化大篷车"会场。　　　　梁文敏来到空军某飞行学院讲学表演。

石家庄日报社记者弓小光得知梁文敏大篷车到达石家庄的消息后，立即找到梁文敏进行采访。从采访中得知，梁文敏原想随车同时成立一个墨竹考察团，对沿途遇到的竹子品种进行采集和整理。当时有许多人想报名参加，但是一听报名条件，全都吐了舌头。"没结婚的，考察完再结婚；结婚的必须全家出动；要敢于辞职，敢于砸碎铁饭碗，敢于……"面对如此苛刻的条件，大家都无可奈何地退却了，梁文敏笑着说："我只有动员我的全部兵力了。"

石家庄日报社记者弓小光采访梁文敏文化大篷车的文章发表在《石家庄晚报》。

而全部的兵力就是大儿子梁晓军、小儿子梁晓东、爱人许秀娟和另外一名年逾半百的刘老师，全是"嫡系"。

他的夙愿是成立墨竹研究会，写一部数百万字的《中国墨竹大全》，成立一所"中国墨竹大学"……

想干的事儿真是太多了，梁文敏真希望一天是48小时。

采访后的合影（后排右一为戴旭）。

《你好，"大篷车"！》刊登在《解放军生活》上引起轰动。

与庞中华会面

在郑州期间，我国著名硬笔书法家庞中华与梁文敏相会，那时庞中华的学生已达16万人，每5位书法爱好者中就有1本庞中华硬笔书法字帖。庞中华从报纸、电视上了解到梁文敏开办了中国第一个文化大篷车，他想到自己也曾有过类似的想法，但是具体操作起来，还面临许多困难，好多工作等着他去处理。办学过程中经历的各种坎坷曲折使他非常想和梁文敏聊一聊，共同为中国硬笔书法教学开创一条新路。

梁文敏在郑州博物馆讲学活动，现场气氛热闹非凡，吸引了很多的美术青年爱好者。庞中华放下手头的工作来到现场支持大篷车活动并为梁文敏书题：

傲然挺立虚怀若谷，画家梁文敏笔下之竹，枝枝挺立有傲然之气，节节

梁文敏在郑州博物馆广场，举行书画表演、讲学、义卖。

梁文敏向庞中华颁发"大连墨宝斋美术学校名誉校长"聘书，引起在场的群众热烈鼓掌。

中空似虚心之状，岂非文敏之自我写照？亦是中华喜爱也。

1988年4月10日庞中华硬笔书

顺利到达咸阳

俗语说："人是铁，饭是钢，一顿不吃饿得慌。"汽油是汽车的粮食，没有汽油，汽车就得抛锚。那个年代汽油靠计划供应，就是有钱也买不到，公务用车的燃油都很紧张，更何况梁文敏的大篷车。

梁文敏为咸阳市国棉七厂职工讲学表演辅导作画。

咸阳市文化局无偿为大篷车加满了汽油。

大篷车抵达咸阳后，汽油用完了。梁文敏白天为国棉一厂、七厂以及纺织机械厂的职工讲课，晚上琢磨到哪里才能弄到汽油。但是经过多方联系，也没有找到很好的解决办法，正在他一筹莫展时，咸阳市文化局长慷慨解囊说："我一个月不坐车了，步行上班，再把办公用的半年指标拿出一部分给你们用。"这是多么大的支持啊！谁都知道缺粮饿肚子的滋味何等难耐，梁文敏感动得热泪盈眶。

大篷车下一站是陕北黄陵县，由于路途遥远，汽车油箱加满后，又用4个塑料桶装了160公升汽油备用。9月的西北，天气闷热，大篷车内的温度高达40多摄氏度。梁文敏当过兵，他深深懂得放在车内的4桶汽油就是定时炸弹，随时都有爆炸和车毁人亡的危险，为了防止汽油桶互相碰撞摩擦，他将塑料桶用棉被隔开，每隔几小时就检查一下油桶，生怕出现一丁点儿闪失。通往黄陵县的道路崎岖不平，山路居多，汽车耗油量大，到达目的地时4桶汽油几乎全部耗尽，但没有发生意外，真是险中之幸。

向黄帝陵捐款

文化大篷车一行6人终于顺利抵达黄陵县，黄陵县因黄帝陵而出名。黄帝陵相传是华夏民族始祖轩辕黄帝的陵园，一直吸引着世界各地的华人前去寻根问祖。

当大篷车行至黄帝

脱险后的大篷车，继续行驶在去往黄陵县的路上。

221

1988年7月29日，大篷车来到黄陵县，受到文化局领导同志们的欢迎接见。

陵有个叫作"鲤鱼背"的地方时，下起了特大暴雨，不时听到山体崩塌的声音，山洪夹杂着泥石流打着漩涡漫上路面，大篷车也被冲得摇摇欲坠，全车人的性命危在旦夕。当时司机也被吓呆了，不敢动弹半步，梁文敏凭着军人的果敢冲到车下，在没膝的湍急山洪中扯着嗓门进行指挥："向后倒，向前，快啊！冲出去……"当大篷车颤抖着冲出去时，只听身后一声巨响，一大堆垮塌的山石翻滚着猛砸在刚才大篷车抛锚的位置……

大篷车在当晚11时到达陕西省黄陵县文化文物局，黄陵县文化文物局副局长兰草，正在看介绍梁文敏的报道《竹子魂》。兰局长被梁文敏的事迹所感动，正在这时夫人进屋说："老兰，梁文敏的文化大篷车到咱们这儿了，这会儿正等着要见你。"兰局长猛地站起来，连忙出门迎接梁文敏一行的到来，激动地说："哎呀！没想到，大篷车这么快就来到我们这里了，欢迎，欢迎啊！"梁文敏说："文化大篷车向黄陵县文化局局长报到。"兰草马上通知局长、文管所所长，当天晚上召开紧急文化会议，具体研究现场授课的相关事宜。

梁文敏同大篷车成员拜谒黄帝陵。　　　　　大篷车人员在黄陵县领导的安排下，进行三天的书画展览和义卖活动，把所得费用全部捐给黄帝陵。

　　第二天，在黄陵县文化局寇雪楼局长、副局长兰草及黄帝陵馆长王忠贵的陪同下，梁文敏参观了黄帝陵。梁文敏被壮观的景象吸引，他感到身为炎黄子孙，应当尽一份孝心。梁文敏当即决定为黄帝陵捐款。大篷车在黄陵县领导的安排下，举办书画展览和义卖活动，共卖出80多幅墨竹作品，总收入700多元，全部捐给黄帝陵。寇局长感动地握着梁文敏的手说："梁文敏先生，您是第一个为黄帝陵捐款的画家，为我们今后筹资修建黄帝陵开了一个好头！"

　　文化大篷车为赞助、修建黄帝陵，进行书画义卖捐款的活动，得到当地领导和人民群众的高度赞扬。

踏上革命圣地

　　8月3日，梁文敏大篷车驶进延安，受到延安党政领导的热烈欢迎。延安市副市长、中国美术家协会副主席、黄土画派创立者刘文西亲切会见了梁文敏及文化大篷车人员。

　　"我代表延安市人民和文艺工作者热烈欢迎你们的到来，你们有什么困难我们会尽全力帮助解决。"延安地区文化文物局正在召开局党委会，听说

"当代板桥" 梁文敏

DANGDAI BANQIAO
LIANG WENMIN

大篷车继续向革命圣地延安进发，一连几天的大雨使得河水上涨，交通受阻，为了争取时间，早日到达延安，梁文敏带领大篷车连夜进发。

大篷车来延安慰问，马上暂停会议迎接大篷车。杨福印局长亲自委派副局长刘阳河成立接待组，协助梁文敏的大篷车在延安开展一系列教学展览等活动。

梁文敏率领着中国第一个文化大篷车来到革命历史名城遵义时受到了党政军及各界人士的热烈欢迎。市委副书记许树松代表市委、市政府、政协在欢迎致辞中说："梁文敏同志这个文化大篷车，在我们美术界恐怕是空前未有的创举。我们非常赞赏梁文敏同志的创

革命圣地延安一景。

举，我代表全市人民和文化艺术界
的同志们欢迎梁文敏同志。我们希
望文化大篷车在我们市能够度过愉
快的几天，能够把你们丰富的知
识，精湛的艺术造诣留给我们市。
梁文敏带领着全国第一个文化大篷
车来到我们遵义，贵在第一。我感
到梁校长所走过的路，是一条坎坷
的路，崎岖的路，艰苦创业的路，
也是一条闪光的路，大有希望的
路。因为他走过的这条路，第一完
全符合毛主席在延安座谈会上所说
的文艺方向。第二也完全符合改革
的方向。为发展群众文化，国家集
体个人一起上，扩大精神文明建设
中的文化生活覆盖面，中国第一个
文化大篷车与60年代乌兰牧骑精神
是一样的，是有发展的。乌兰牧骑
主要是搞文艺宣传，但是我们梁
校长的大篷车除了进行艺术交流之
外，还进行美术教学，既搞艺术交
流，又培育美术人才，很有发展前

大篷车驶到延安，受到了党政领导的热
烈欢迎，延安市副市长、中国美术家协会副
主席、黄土画派创立者刘文西亲切会见了梁
文敏及文化大篷车人员。

在延安期间，梁文敏为延安群众艺术馆
管辖的十三个文化站的美术骨干，举办了画
墨竹培训班。

景。就函授来讲，他这种函授我认为是实实在在的函授，对散布在全国各地
的2000多名学生，不仅是函授而且是面授。梁文敏同志在新的征途上，特别
是在红军长征经过的地方学习革命精神，我感到他有一种一往无前的精神。

1989年11月7日，梁文敏的文化大篷车到达中国革命的红色圣地、历史名城遵义市。

遵义市委、市人民政府、市政协举办欢迎文化大篷车新闻发布会。

梁文敏的文化大篷车开到遵义市区，进行篷车书画展和书画表演。

梁文敏为"遵义会议纪念馆"作画。

梁文敏和他的文化大篷车历经坎坷，一路风尘，沿着当年红军长征走过的路，跨越乌江到达贵州省界娄山关。

遵义文化局同志给梁文敏讲述红军坟的故事。

用他的实际行动树立了文化个体户的形象。这个文化个体户好多人不了解，大篷车的实际行动就像宣言书、播种机、宣传队，宣传社会主义精神文明建设，宣传我们民族优良文化传统。我们遵义有一个沿着红军长征路线演出到达延安的剧团。但是，山外有山，天外还有天，这里又出现第一个文化大篷车。我们遵义市表示热烈欢迎。尽管你们在这里只能短时间停留，但我们的友谊是长青的。"

延安文联主席李金科了解文化大篷车历经的艰险之后，一时激动得说不出话来，奋笔疾书"篷车精神即延安精神"9个大字表达激动之情。

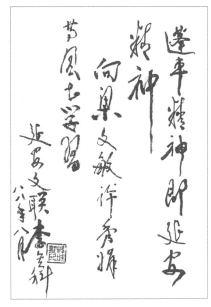

延安地区文联主席李金科题词：篷车精神即延安精神，向梁文敏、许秀娟等同志学习。

在延安，梁文敏踩着革命前辈的足迹去了枣园，看了杨家岭，喝了延河水。自幼崇拜英雄的他，终于在现实中感受了只能在老战争影片中才能看到的真实延安。但对梁文敏他们来说更大的困难还在后面，他们的劫难还远远

当延安市文联主席了解文化大篷车经历的艰难和梁文敏感人的事迹之后，奋笔疾书题写了"篷车精神即延安精神"。

梁文敏携同夫人许季娟，儿子梁晓东，在延安美术学校李师明校长陪同下，参观了延安宝塔山和延水河。

梁文敏同夫人许秀娟参观南泥湾。

1988年8月11日,《延安报》报道"文化大篷车来我区"。

没有结束,不过这位在军营中没有赶上长征的文化斗士,从来没有产生过退缩的念头,硬是凭着惊人的毅力在现实中完成了一次文化"长征"……

开进了南泥湾

南泥湾,已成为今天红色旅游的必到景点。梁文敏看到络绎不绝的游客中,有重返旧地的老者,有寻访父辈踪迹的子孙,有海外游子,也有年轻人骑着自行车和崇尚野外独旅的背包客。他们远道而来,用脚步亲近这里的泥土,深深呼吸着这里自然清新的空气和红色记忆的气息。他们放弃安逸,远离现代城市喧嚣的车流和人群,自愿承受徒步的艰辛和鞍马劳顿,获得的是一种精神和心灵的满足。

梁文敏和文化大篷车也沿着这条路走进南泥湾。如今,供游人参观的有当年开垦的大片梯田、毛泽东视察南泥湾时的旧居、九龙泉和烈士纪念碑、红楼等革命遗址。

在南泥湾,梁文敏看见田地里种植着一片片异常娇艳绮丽的鲜花。不是山丹丹,也不是野菊花,经打听才知道它叫香

临行前，梁文敏将事先画好的100幅书画作品无偿赠送给延安人民，刘阳河副局长代表延安市党政部门和人民向梁文敏文化大篷车赠送纪念品和100公升汽油。

延安美术学校校长李师明题字。

紫苏，是一种经济作物。这种唇形科植物，原产地是地中海沿岸，引进我国后主要在渭北到延安以南栽培。植株呈四棱形，叶对生，呈卵圆形或长椭圆形，轮伞花序呈淡粉色或白色，结小坚果。适应性广，耐寒耐旱耐瘠薄。香紫苏花萼中含有香紫苏醇，其花序经水蒸气蒸馏而得的香紫苏油是一种名贵的天然香料，有清甜柔和的药草香、薰衣草香和果香，有类似黑狐香葡萄特有的风味和浓郁的木质清香。其琥珀龙涎形香料很珍贵，经济价值极高。

这块红色土地上的绿色，已显出了一抹秋天的艳丽与斑斓。在苍茫的林涛中，云飞鸟鸣，幽谷响泉，让人心旷神怡，如入人间天堂。这绿色像宣纸上的水墨一样，从眼前泅润开去，渐渐覆盖着黄河岸边雄浑的高原与千山万壑。

与拖拉机相撞

从三原县返回西安的路上，发生了一起意外交通事故。9月份正是玉米、高粱成熟的季节，道路两旁长满玉米，有2米多高。大篷车每到出发行驶中，梁文敏就坐在司机董永财旁边，帮助观察路况，保证行驶安全。

1988年8月23日，文化大篷车行驶在陕西三原县某山村小路上，一辆农用拖拉车从玉米地里突然闯出来，违章行驶撞到了大篷车右侧，发生车祸。

大篷车在路面上正常行驶着，突然在前方不到50米处，从右侧玉米地里猛地开出来一辆农用三轮拖拉机，车上装满了玉米。梁文敏发现这一突然的情况，对小董说："快减速，前面有一辆车，注意，别撞着！"正抽着烟的小董赶紧把烟熄灭，一边减速，一边左打方向盘，想躲过从玉米地里闯出来的拖拉机。可是大篷车虽然已经减速，但车的惯性使然，最终还是没有躲过去，只听"咔嚓"一声，拖拉机一下子撞到大篷车侧门，也是由于惯力和反弹力，拖拉机翻进道沟里。大篷车内梁晓东、梁晓军、刘老师和老许都倒在地上，车里面的书籍也散落了一地，乱成一团。梁文敏和司机小董立刻跳下车，只见拖拉机车上装的玉米撒了一地，农民司机嚷嚷着说："对不起，我没想到路上还有车开过来！幸亏人都没有事！"这时，大家都下车，梁文敏和司机小董检查了大客车被撞的情况，车门被撞坏，上下车踏板被撞掉了。交警赶来后，经过现场勘查，最后确定事故双方都有责任。由于大篷车是从大连开来的，他们在报纸上看到过梁文敏先进事迹的报道，所以这次交通事故既不罚款也不作违章处理，农民兄弟向梁文敏道歉，事故就这样处理完了。这时天已渐渐黑了下来，因为要赶路，双方握手告别，大篷车继续往西安方向行驶。

梁文敏考虑到天黑要赶路，对司机董永财这次发生的交通事故也没作严厉指责和批评，只是向他说："路上好好开车，到西安再说。"

梁文敏并没有注意到小董的思想变化，仍旧叫他继续赶路，可是司机董永财并没有吸取教训，出发前没仔细检查放置在车顶行李架上的棚布，棚布因为捆绑不牢，在行驶中被大风刮跑。直到大篷车抵达西安市才发现棚布已经丢失，无法搭棚布展了。梁文敏又急又气朝小董发了一通火，小董嘴上没说什么，心里却憋了一肚子气。

这期间，司机董永财思想变化很大，接二连三的险情和工作失误让他胆战心惊，失去了前进的信心，他以合同期满为由打算回家一趟。正准备走，被电力疗养院的王经理和张经理知道了，疗养院新购进一台大客车，想聘用董永财为他们开车。工资待遇优厚，还提供吃和住，配有服务员，小董没想到，还有这么好的工作和待遇，他再也不想吃苦了，再也不想开大篷车了，他想人还是要现实一点，自己还年轻，应当过好日子……想到这里就满口答应，同意为他们开车。就这样，董永财完全不顾自己的身份，一个共产党员、中国第一个文化大篷车司机以及临出发前的决心和誓言，也不向许老师、刘老师打招呼，第二天就给电力疗养院开车去了。

梁文敏回到大篷车，发现董永财不在，就到电力疗养院找他。梁文敏本以为年轻人闹点情绪，过一段时间自然会好的，可出乎意料，董永财真的摊牌了："梁校长，大篷车太艰苦了，你再找个司机吧！大篷车我是不开了。"

梁文敏做梦也没有想到，曾发誓要和大篷车同甘共苦的司机，关键时刻

肇事拖拉机。

遭遇车祸后的大篷车。

竟撂挑子不干了！没有司机，大篷车的整个计划将彻底砸锅，梁文敏又气又急，气火攻心，一下子病倒了。

大篷车在西安抛锚，牵动着社会各界的心，大连西岗区区委梁书记派大连市西岗区宣传部长和文化局长亲自赴西安慰问，找小董谈话。经过好一番思想工作，小董才极不情愿地回到工作岗位，他表示保证大篷车行驶到四川成都，然后离开，以后的路程，梁文敏另找司机完成。

"红军师"帮解难

梁文敏文化大篷车到达兰州，受到甘肃文化厅、兰州市文化局以及兰州军区领导的欢迎，圆满完成了当地教学任务和艺术交流活动，下一站准备开往四川成都。

从兰州到四川成都，山高路远，大篷车在山背上艰难行驶，山下便是万丈深渊，真是"蜀道难，难于上青天"。走了300多公里到了天水，汽油就不够用了，这是为什么呢？因为梁文敏和司机对行车路线不是很熟，走了许多冤枉路，加上一路上坑坑洼洼、高高低低，开车特别消耗汽油，所以车到天水时，司机小董说油箱只剩下5升汽油了，如果不在天水解决汽油，大篷车可能行驶不到成都，必须想办法赶紧弄到汽油。

天水市没有函授学员，也没有讲学和书画交流、展览等任务，而且地处偏僻山区，经济文化不是十分

梁文敏与"红军师"政委合影。

发达，梁文敏只好硬着头皮带着资料和刘居鹏老师、梁晓东三人去天水市文管所联系。他们三人沿着山区黄泥小道行走了七八公里路，好不容易找到天水市文管所，向文管所领导说明来意后，文管所领导非常为难地说：

"红军师"为大篷车加油。

"我们连一台车都没有，也不可能有汽油，再说这小地方，又是偏僻山区，更没有汽油可卖。"但这位文管所同志向梁文敏提供了一个很重要的信息，说天水市附近有驻军，还是有名的"红军师"，让他们找解放军部队，想办法解决汽油问题。梁文敏听了十分高兴，按照天水市文管所所长指点的方向，边走边打听，经过两个多小时，终于找到了解放军某部，这是在全国很有名气的红军师，当来到部队机关门前时，太阳已经落山了。

值班室的政治干事王崇杰接待了他们，梁文敏拿出文化部介绍信和有关资料，恳求部队帮忙。王干事解释说，部队最近刚从成都军事演习回来，装备的汽油已经用完了，现在部队全员放假正在休息，大篷车的汽油实在解决不了，让他们另想办法。

梁文敏、刘居鹏、梁晓东三人就像打了败仗一样无精打采地回到大篷车上，晚饭都不想吃了。在困难面前，梁文敏总是显得沉着冷静，劝说大家赶快吃饭早点休息，汽油的问题明天再解决。

最着急、最上火、压力最大的还是梁文敏，没找到汽油，大篷车无法行驶，怎么办？翻来覆去地想，一夜也没合上眼，梁文敏脑子里闪现了一个念头，明天还是去找部队，找部队的最高首长，无论如何也要搞到汽油。

第二天天刚亮，梁文敏就来到部队营区，战士们还没起床，军营里静悄

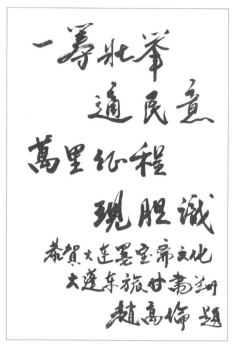

甘肃省文化厅厅长赵高伦题词。

悄的。梁文敏看到不远处操场上站着一个40来岁，肩佩大校军衔的军人在散步，就问哨兵："训练场上的那位首长是谁？"哨兵说："这位是我们'红军师'政委。"梁文敏一听，心里觉得有门了，他连说谢谢，就快速向政委跑去，当距离政委两米左右时，梁文敏停下来，向政委敬了一个标准的军礼，大声说："报告政委！转业军人梁文敏有紧急情况向您汇报！请准许！"这突然的报告使得政委好奇地问道："你是哪个部队转业的？"梁文敏回答道："我是

　　1988年10月20日，梁文敏文化大篷车到达甘肃省兰州市，受到甘肃省文化厅领导的热情欢迎和接待。

中国美术家协会会员、甘肃省群众艺术馆原副研究员张趋题词：西征越丝路，今日谱新歌。

兰州市文化局举办欢迎大篷车书画展览、笔会。

1963年在沈阳军区入伍，1978年转业的。"政委又问："转业时军区司令员是谁？"梁文敏说："是李德生司令员。"这时政委哈哈大笑，原来是我们的校长（李德生时任中国人民解放军国防大学校长，政委是当年刚刚毕业，担任这个有着光荣传统的赫赫有名的"红军师"政委）。接着政委走到梁文敏面前说："你有什么情况要向我报告？"这时梁文敏非常激动地向政委报告说："报告政委，我现在是中国第一个文化大篷车车长，遵照文化部的指示，刚在甘肃兰州，包括兰州军区和兰州市文化部门进行讲学慰问作画，准备到四川成都，现在车上汽油用完了，特向政委请求帮助解决。"政委拿过文化部的介绍信看了看笑着说："我看你梁文敏有个架，不一般，有军人气质，我们师是全军爱民模范师，我们应该爱民啊！这汽油我给你加定了！"梁文敏听到政委给解决汽油的话，心里装着的那块石头一下子落地了，他紧紧地握着政委的手说："谢谢政委，谢谢红军师！"之后，政委与后勤部取得联系，带领大篷车到油库加油，还让梁文敏一行在部队招待所住了一晚。当天晚上，梁文敏眼含热泪挥毫作画，赠送给部队指战员。第二天，梁文敏告别政委，大篷车又踏上了新的征程。

字画意外被烧

《大连日报》报道《只缘"老营"失火 大篷车"搁浅"成都》

然而"天有不测风云，人有旦夕祸福"，正当一切都进行得井井有条的时候，一场更大的灾难正在向大篷车逼近……

一天晚上，梁文敏给四川大学的学生讲课，下课了，学生们听得入迷，围着梁文敏问这问那。突然，梁晓军手握电报，气喘吁吁地跑进教室门口，拉着梁文敏的手哭喊着："爸，家里出事了！画……画……全被烧了！"

梁文敏听后一惊，接过电报一看，家中失火，速回。他转而一想，是不是有人故意从中作梗，因为大篷车即将要开赴老山前线，在如此关键时刻，他可不想返回大连。为了核实事情真相，他一连往大连发了三份电报，一份给西岗区政府，一份给父亲，一份给街道。

不久，梁文敏收到了父亲的电报，速回。

安顿好大篷车在成都的各项事宜，心急如焚的梁文敏和妻子连夜赶回大连处理火灾后事。

一幅幅名人字画被这场无情的大火烧成了纸片灰烬，郑板桥的墨竹真迹被付之一炬，那是多少人出高价他都不舍得卖的国宝啊！3万多幅饱含心血的字画也被烧得面目全非……梁文敏站在残画面前，眼睛红了，嘴里一遍又一遍地低声叹道："太惨了！太惨了！"

1989年1月24日，《大连日报》头版报道《只缘"老营"失火 大篷车

"搁浅"成都》，梁文敏清点这次火灾中烧掉的物品，主要是古今名人字画，其中最珍贵的是梁文敏收藏多年的那幅郑板桥墨竹画；郑板桥梅兰竹菊大条幅四幅，郑板桥《难得糊涂》原石拓片一幅，喜禅竹兰八幅等作品被烧毁或烧成残品（详细情况见大

梁文敏家中遭火灾，多年收藏的名人字画和贵重物品被烧光，经济损失惨重。

连市公证处1989年1月26日公证书目录）。梁文敏自幼酷爱书画艺术，更珍惜书画资料，从10岁那年起就开始收藏古今名人字画和绘画美术资料、书报杂志。由于家贫没钱他就上山割草挖野菜，去垃圾堆捡破烂换钱，想方设法凑一些资金到博爱市场（人们都叫破烂市场）古旧书店购买字画。天长日久，市场的卖家都认识他了，直到如今，常常有不少人慕名而来将家藏的名人字画书刊资料等转卖给他，他已经成了有几百幅名人字画的收藏家。著名国画大师黄胄曾为他题词：墨宝斋聚宝藏珍。

可万万没想到一把大火将这些流芳百世的国宝付之一炬，化为灰烬或成为残品。

长子成都自缢

字画被焚的痛苦还没消解，梁文敏又收到来自成都的噩耗。1989年2月24日，早上8时30分邮电局送来一份电报，许秀娟打开电报一看，大吃一惊！不好了！成都发生大事了！当时梁文敏感到像触电一样，全身麻木，伸出颤抖的手接过电报，看到上面写着："父母一定乘飞机速回，十万火急！发生大事！24日凌晨20分。"

又是一个意想不到的不幸消息，因电文没说清楚发生了什么大事，是人还是车，梁文敏夫妻什么也顾不得了，心情焦急，立即去邮电局打长途电话，非要弄清楚不可。可是因路远电话总是占线，3个多小时还没打通，只好又拍去加急电报，问问到底发生了什么事。第二天早晨8点邮电局送来四川成都拍来的电报，电文上写着：军"自杀"请父母速回川，晓东。

世界上最刺激人、最伤心、最悲痛的事情莫过于骨肉之情，这真是家破人亡，梁文敏夫妇悲伤得数次晕了过去，眼泪也哭干了。

区政府知道墨宝斋失火后，又发生了人身死亡事件，非常震惊，梁忠敏书记召开紧急会议，决定马上伸出温暖的手，派文化局王忠斗局长，区教委职教办马祥麟，家属代表张再柱和梁文敏夫妇共5人连夜乘飞机赶往成都，了解情况处理后事。

27日晚10点，飞机到达成都，刘居鹏和梁晓东像是盼星星盼月亮那样见到大家，悲伤地向梁文敏讲述梁晓军自杀上吊的经过……

23日晚8时，大家都在看电视，梁晓军也看，9时左右梁晓军下车，我们认为他去亚莉家玩，可是电视演完了，还没见他回来，这时梁晓东下车解手，突然发现梁晓军在车前不到3米远的树上上吊了。梁晓东急忙大喊一声："不好啦！"车上的刘老师和正在睡觉的李师傅闻声跑来，将梁晓军背到附近的空军医院。虽经医务人员奋力抢救，依然没能留住这个年轻人的生命。

梁晓军生前留影。

噩耗传来，如五雷轰顶，梁文敏夫妻悲痛万分，哭得死去活来。40岁丧子，白发人送黑发人，这是多么难以承受的精神打击。夫妻俩伤悼不已，在亲人的哭诉声中，梁晓军的遗体火化了，永远地离开了父母。

梁晓军为什么死？走向绝路的他没有留下任何遗言，平时也没有太反常现象……和他朝夕相处相依为命的父母以及他的弟弟梁晓东只能去猜他的死因。

第一，和火灾有关系，他非常喜爱书画，珍爱美术资料，他所画的画和买的书，以及他印刷的讲义教材，对他来说比什么都重要。这次家中遭到意外特大火灾损失惨重，他能不心痛吗，能不悲伤吗？他常在父母面前念叨，这个损失怎么办？他过分伤心，他爱画如命导致自杀。

第二，由于各方面原因，火灾善后工作时间拖得太长，这期间大篷车困难重重，生活非常艰苦，他很恼火，很焦急，很悲伤，产生了死的念头。

第三，父母儿女之情太深，孩子离开了父母1个多月，又赶上元旦、春节、元宵节这3个大节，相隔千里不得团聚，对于他还是第一次，内心非常想念，作为有血有肉有感情的人，他忍了又忍，勉强度过元宵节就离开了人世。

第四，大篷车生活艰苦，远征路上坎坷艰辛，他想以自己的生命为代价阻止大篷车继续走下去，"保护"父母让父母过上安逸的日子。

第五，他性格内向，不够开朗。以上所说的原因，内心矛盾、悲痛、失望感终

在成都市殡仪馆，梁文敏夫妇向儿子梁晓军遗体告别。

于没有摆脱，无法自拔，精神和心态都比较脆弱，毕竟还是个孩子！

俗话说人是被逼出来的，取得辉煌成就的人多是在重重打击中变得出众和坚强。成功与失败，往往只是一念之差，咬紧牙关挺住，就向成功迈进了一步；反之，稍有松懈，一切付出便前功尽弃。"石压竹笋斜，崖悬花倒生"，历史上常有这样的情况，打击、屈辱、苦难……凡此种种逆境，往往可能成为磨砺人毅力与心志的砺石。有人把逆境比作成功的摇篮和产婆，不是没有道理，对于已经被逼上绝路的梁文敏来说，此时此刻，他的心里只有一个念头，摔倒以后千万不要多想，先爬起来再说。

"天将降大任于斯人也，必将苦其心志，劳其筋骨，饿其体肤，空乏其身……曾益其所不能"。不知道对于一个家破子亡的人来说，孟子的这句话是否合适。

梁文敏大病一场。

梁晓军的轻生，是梁文敏远征路上艰难惨痛的写照，而梁文敏经此打击后，毅然前行，又成为他战士性格最坚毅的证明。

第七章

桂林记忆

来到竹乡桂林

两大风波过去以后，梁文敏率中国第一个文化大篷车抵达山水甲天下、风景美丽的桂林开办讲学。桂林是竹乡，是全国竹子种类最多的地区之一。

梁文敏在桂林市文化局毕浩副局长安排下，在群众艺术馆连续举办了梁文敏免费墨竹画展和艺术讲座、艺术交流、笔会、座谈会等。《桂林日报》、桂林电视台、桂林广播电台先后作了报道和宣传。文化大篷车还先后慰问了桂林陆军学院、市老年大学等单位，工作开展得很顺利。

桂林交警支队、市老年书画协会、桂林军分区第一、第二干休所、广州军区后勤部干休所、桂林冶金地质学院等单位先后邀请大篷车去讲学，举办书画展览。

在桂林，梁文敏对本校学员进行多次函授面授辅导，面授教学上了4次课，前后也就10几天，学员们的进步很明显，有的已经画得相当不错。学员们说："按照梁老师讲的路子越画越有信心，越画越有味道，这样坚持练下去，必能成大器！"

文化大篷车开往竹乡桂林。

除了讲理论和技法，梁文敏还特别重视精神的作用，这也是梁文敏讲课的一大特点。他强调做人应该有雄心壮志，要想干出一番事业，就必须付出巨大的代价。学画也一样，必须要有锲而不舍的精神，要磨炼自己的意志，要想画好竹子，首先自己就得像竹子，百折不挠，虚心向上，有牺牲精神。梁老师正是历经坎坷，从困难中走出来的，正因为这样，他的课、他的声音才那样富有感染力。因此，他的学生都特别勤奋刻苦。

文化大篷车在辅导老学员的同时，还不断招收新学员，举办各类墨竹画速成学习班。

1990年1月7日—10日，来自各个地区的农民、干部、战士和企事业单位书画爱好者100多人报名学习墨竹画。经过7天培训，第一期墨竹学习班结业，学生潘飞云等成为优秀学员，并写有《墨竹速成学习体会》。

文化大篷车在桂林共举办各种类型美术学习班12期，参加人员600多名，举办篷车书画展览5次，举办艺术讲座10多次，书画交流20多次，桂林市各界领导多次看望大篷车，给予各方面关心和支持。

1月7日，梁文敏在桂林市群众艺术馆展厅举办墨竹技法讲座，并展出了部分作品。

3月10日，桂林市人大常委会副主任梁继光，桂林市文化中心负责人，桂林市群众艺术馆领导前来慰问接见梁文敏和文化大篷车。

画展期间，梁文敏在桂林市群众艺术馆展厅举行墨竹技法讲座和画竹表演。

1月10日，梁文敏在桂林市群众艺术馆展厅举行墨竹技法讲座，并展出了作品，《桂林日报》作了报道。

"梁文敏墨竹画展"在桂林引起轰动。

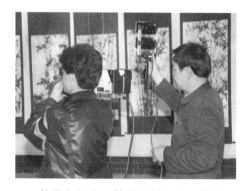

桂林电视台、桂林广播电台、桂林日报社等新闻媒体前来采访，大力给予报道宣传。

经过七天的培训学习，桂林第一期墨竹学习班圆满结业。

桂林书画基地

梁文敏文化大篷车自1989年抵达桂林市之后，将一路授课传艺的情况向文化部作了全面汇报。文化部领导十分关注大篷车的行程与安全，同时也为大篷车的经费问题担忧。文化部社文局局长焦勇夫说，资金充足是保证大篷车完成巡回教学任务的头等大事，单靠赞助是没有生命力的，应该走向市场。在有条件的情况下可在桂林办实体、办函授，保证面授工作顺利进行下去。

遵照焦局长的指示精神，同时考虑到桂林市是文化、旅游名城，学画的学员比较多，是进行教学试点和从事教学研究的理想地点，这里书画人才名流集聚，可以互相交流，提高画技；桂林的书画市场是全国最大的市场，外宾购画较多，多销售一些书画作品，多积累一些活动资金最合适不过了。于是，梁文敏决定把桂林作为面向全国的函授基地。

万事开头难，初到桂林，大篷车遇到的问题就是经费短缺。一路上单位和个人资助的资金，早已用尽，大篷车没有汽油没法开动，连办公用纸都没法买，老化的教学设备无力检修，三口人终日为吃饭而发愁，在煎熬中度日……一系列问题迫在眉睫，无奈之下他作出决定，自己在大篷车里上课，妻子和儿子到各个旅游画店推销他的墨竹画，卖点钱以解燃眉之急。然而，几天下来，娘儿俩早出晚归，一连走了20余家画店，大部分都拒绝代销，即使同意代销，价格也很低，因为桂林产竹子，画竹子的人自然也很多。

一天夜里，风雨交加，忙碌了一天的梁文敏正要休息，突然有人敲车

在桂林漓江象鼻山景区进行书画义卖。

"当代板桥" 梁文敏

梁文敏文化大篷车一进到干休所，就受到广大指战员、老干部首长的热烈欢迎，虽然人多却秩序井然，学员们侧耳倾听，边听边记，学习态度非常认真。

桂林市军分区干休所"庆祝中国共产党成立七十周年"老战士书画展开幕式集体合影。

门，许秀娟开门一看，原来是画店的女老板。女老板一上车就急促地说："大姐，梁老师那幅画被一个老外看中啦，15万日元呢！"然后又说："梁老师，再给我拿五幅竹画！"这真是喜从天降，山重水复疑无路，柳暗花明又一村，梁文敏连说："有、有、有，画有的是！"女老板不仅给大篷车送来救命钱，更重要的是打开了桂林书画市场的大门。终于熬出头了！一时间喜悦的泪，心酸的泪，激动的泪，幸福的泪，走出磨难的泪……伴着深夜的风雨，汇聚在一起，尽情地流淌。

从那时起，大篷车有了启动资金，梁文敏开始以桂林为函授教学基地，向全国各地学员进行书信函授，在桂林举办了十几期学习班，授课上百次，学员达8000余人。学员中有农民、工人、失业人员、退休老干部、老红军、老八路等。有的学员从十几里外赶来听课，甚至有的农民一家子来听课。梁文敏不仅亲自授课，而且还当场作画，因此学生的画技提高得很快，有相当一部分学员成了名副其实的画家。

古往今来，画竹是门神秘、高不可攀的高雅艺术，学会画竹需要一段艰难的过程。梁文敏自创的"一天学会画竹，一年可以成画家"的墨竹速成教学法让人难以相信，从来没有听过，从来也没有先例。

梁文敏曾经辅导桂林军分区十余名老红军、老八路作画，后来这几位学员参加广州军区举办的画展，个个获奖，其中老八路王泉龙的画专门由桂林画店代卖，销往世界各地。

桂林军分区狮子岭干休所为感谢梁文敏大篷车热情无私传授墨竹书画艺术，特赠送一面锦旗："传播群众文化，培育桃李满园。"

大篷车一行与桂林军分区狮子岭干休所人员在大篷车前合影。

这里还有一段感人的小故事，抗日战争期间，在一次战役中，一位日本士兵本田藤野，由于伤情很重，需要送医院紧急抢救，当时八路军医生王泉龙抢救了这名日本伤员。王泉龙医术高超，手术很成功，但术后病人还需要送到后方医院继续治疗。临别之际，这位日本兵非常感谢王医生的救命之恩。48年后，本田藤野从日本来到桂林旅游，在一幅画里见到王泉龙这三个字，就联想到是否是他的救命恩人。于是，他找到有关方面联系，最终与王

梁文敏在桂林创办的板桥画店。

泉龙相见了。老朋友相见格外亲切，本田藤野没想到王泉龙能画一手好竹画，立刻花高价买了十几幅送给儿女和朋友。这一下王泉龙在桂林可出名了！

农民学员阳勇超靠种地艰难地维持一家人的生计，参加学习班之后，他的画在桂林画展中获奖，后来走向市场。有了收入后带动一家人来大篷车学画，全家人画画、卖画，经过5年的不懈努力，积累了20余万元，盖起了一幢600多平方米的小楼。对此他深有感触："没有改革开放的政策，没有梁老师大篷车的指导，就没有我阳勇超的今天。"

任何艺术都是传播真善美的理念，美术也不例外。艺术来源于生活，又高于生活，最后必将还原到生活中。大篷车每到一处，都受到人们的喜爱与欢迎。面对一双双求知的眼睛，梁文敏倾其所有毫无保留地讲解并认真演练给学生，从实践中证实他的"墨竹速成教学法"的威力。

此时，走南闯北的梁文敏已经有了很强的商业头脑，他在桂林旅游购物一条街开起了"大篷车画廊"。一边作画，一边为函授学员做辅导。收购学员们的优秀作品进行出售，在这里，学员们既能学画又有一定的经济效益。于是，拜他为师的人越来越多，恐怕到现在为止梁文敏也记不清自己到底教过多少学生。

《桂林日报》《广西工商报》等新闻媒体记者多次来板桥画店采访梁文敏。

梁文敏"板桥画店"荣获"文明经营户""先进个体劳动者"等光荣称号。

为了解决文化大篷车活动经费，确保全国巡回教学顺利进行，同时也为解决农村贫困家庭函授学生和城市待业青年、下岗职工的就业问题，梁文敏和妻子、儿子从1994年起在桂林创办了中国第一个经营场地规模最大、品种最齐全、产销量最多的个体私营书画批发店——板桥画店。1995—1997年连续两年被桂林市人民政府、广西壮族自治区评为"文明经营户"和"先进个体劳动者"。

梁文敏凭借着自己的名气和独特的教学经营之道，在桂林市国际旅游品批发市场上创办了"板桥画店"。画店不断兼收并购一些小画店，成为书画销售行业最大的画店、龙头老大、领军人物，每年向国家纳税几十万元。被桂林市工商局、税务局授予"文明经营户""先进个体户"等称号。

教画、卖画的同时，梁文敏不忘从事竹子的研究工作。他曾多次带着儿子深入柳州、四川等地，徒步考察竹子，收集近几十种竹子资料和标本，为今后撰写《中国竹子大全》打下了坚实的基础。

中宣部长致好评

板桥画店成立后，梁文敏经营有道，思路宽广，决定"以画养画，以教经营"，帮助农村贫困学员、城市下岗工人走出困境，为国家排忧解难，让他们有一技之长，早日实现脱贫致富。梁文敏推出"包教、包会、包卖"的新举措。使上千名学员成为书画专业户，走向发家致富的道路。在梁文敏的带领下，广西桂林建起了"书画一条街"，成为全国最大的书画销售批发基地和中心。梁文敏成为当地书画业的领军人物，为繁荣和发展中国书画市场做出了很大的贡献。

1995年，在中国广西桂林国际旅游工艺品交易会上，全国人大常委会副委员长程思远和中宣部部长丁关根亲自为书画一条街剪彩并参观了板桥画店，并高兴地对梁文敏说："板桥画店让书画作品走进千家万户、人民群众之中并最终走向国际市场，堪称全国第一，办得很好，很不简单，你是新时代中国书画个体户的典范！是文化个体经营者的一面旗帜！"

遵照党中央国务院扶贫致富奔小康的精神，梁文敏凭借着自己的实力和独特的教学经营之道，在桂林市国际旅游品批发城创办板桥画店。

一起税务纠纷

梁文敏原计划在桂林休整半年，待筹足经费后继续下一步行程。然而，一场突如其来的"税案"将梁文敏一家拖入纠葛不清的官司之中。

原来，日益壮大的梁文敏抢了当地一些画商的饭碗，让不少同行嫉妒得两眼发红，编造了一些虚假情况，联名向桂林市税务稽查大队告状。不久，税务局以涉嫌偷税漏税3.7万元的罪名对梁文敏采取立案调查。

梁文敏写信给上级有关部门及本校学员，反映这起不该发生的大篷车税务案件。

整整4年后，这场旷日持久的税务官司才落下帷幕。1995年11月15日，桂林市税务局下达通知，明确认定："梁文敏税务案处理不当，执法有误，原处理决定撤销。"

马拉松式的官司拖住了大篷车前进的车轮，也改变了梁文敏一家人的命运。经过这场官司，梁文敏成了桂林市的知名人物和深受欢迎的"财神爷"，上自市领导、旅游局、工商局、税务局，下至他的数千名学生，都极力挽留他在桂林定居，希望大篷车不要走了！

无私奉献甘当人梯，让农民"变"成画家，让下岗工人"永不下岗"，

梁文敏为桂林市领导作画。

梁文敏和他的优秀画工、裱画工代表合影。

让穷人"变"成富人，让残疾人自食其力。

共产党员、著名画家、"当代板桥"梁文敏个人创办的中国第一个文化大篷车多年来走南闯北，巡回全国，历尽千辛万苦。用文化大篷车走基层，到群众中去，把绘画艺术送到农村送进山乡。大篷车无私奉献的精神，全心全意为人民服务的精神，是新时代用文化艺术奉献人民的光辉典范。

"神竹"挽救画店

1997年11月，金融风暴席卷整个亚洲。

1998年12月，板桥画店面临破产闭店的危险。许多学生、画工、裱工找梁文敏讨要工资、画费、裱画费等，个别画工和裱工辱骂梁文敏是"骗子""不讲诚信"，要动手打梁文敏，还有的画工、裱工撕毁合同，私下给别人画画、裱画，板桥画店面临开店5年来最严重的经济危机。

危难时刻，台湾大千画廊李先生慧眼识英雄，雪中送炭，向梁文敏伸出援助之手。

慧眼识英雄，伯乐识千里马。李先生是一位很有胆略、很有远见、很有经济头脑，而且拥有雄厚经济实力的艺术大师。多年来一直崇拜"当代板桥"梁文敏这位传奇人物，他特别喜爱梁文敏的墨竹画。李先生评价梁文敏的墨竹画时说："观梁先生画竹，可以感受到'眼中之竹、手中之竹、

与台湾大千画廊李先生合影。

心中之竹'。他将深思熟虑的构思与熟练的笔墨技法融会贯通，创作出属于自己的墨竹风格。既有板桥遗风，又有文敏风采。在国内画坛独树一帜，自成一家，被誉为'竹魁''竹仙''当代板桥'。他画的竹可称为天下第一神竹。能得到梁先生的墨竹画是我的荣幸和福分！"

经过双方多次交谈，从相识到相知，从相互理解到相互信任，最终达成共识，大千画廊李先生支付1000万元人民币给板桥画店，3年内，梁文敏所作墨竹画归大千画廊所有，不再给任何单位和个人创作墨竹画。

梁文敏与台湾大千画廊成功签约，成了许多画家梦寐以求的事情。梁文敏开创了大连书画家与台湾画廊签约的先河，这是10多年来拼搏奋斗的结果。天道酬勤，苦尽甘来，他再也不需要考虑经济问题了。终于可以定下心来，把全部精力放在写生采风、考察研究艺术创作中去，去攀登新的艺术高峰，去实现更高的人生价值。

大篷车回故里

树高千丈，落叶归根。梁文敏看到家乡日新月异的变化，归心似箭，他要为建设大连做贡献。于是，2002年秋，梁文敏告别了桂林，回到大连。

文化大篷车在党中央、国务院、中央军委等有关部门领导和社会各界人士广大学员热情关怀和支持下，从东北到西北，从海疆到边陲，闯过重重难关和险阻，行程8万多公里，途经辽宁、北京、河北、河南、陕西、宁夏、甘肃、四川、贵州、广西、广东、江苏等13个省70多个市县，200多个活动点，对1600多名学员进行了面授辅导，沿途又招收了800多名新学员，举办书画展览100多场，书画表演200多次，参观人数10万多人，举办书画艺术讲座和各类书画培训班（速成班）120多期，授课人数达万人，文化艺术交流和座谈100多次，应工厂、部队、院校及文化部的邀请，举行报告会20多场，参

中国第一个文化大篷车途经路线示意图。

加人数4000多人，播放录像片100多场，观众人数达20000多人，赠送书画作品3000多幅，一路上拍摄的录像带100多盘，录音讲话50多盘，摄影照片上万张，篷车日记20多万字。梁文敏的所作所为是按照一名共产党员的要求去做，按照"三个代表"去努力实践的。正像某领导所说："梁文敏为群众文化美术史谱写了重要的一页。"中国美术家协会辽宁分会题词："梁文敏同志为普及群众美术甘当人梯。"

征途中梁文敏虽然历经磨难，但是他的作画水平却在磨难中日日精进，如今他已是中国墨竹艺术研究会会长、中国竹文化研究会研究员和中国书法美术家协会理事等，其画作以墨竹最具神韵，并被同行称为"竹仙""竹魂"和"竹魁"。2002年经中国现代书画名家润格认定委员会认定，梁文敏的书画作品已达万元一平方尺，墨竹则是2万元每平方尺，数不清的学员因得他真传也早已成为国内外书画名家。

甘为人民服务

梁文敏也说不清楚他做这些到底是为什么。他觉得自己的这些行为，一是受时代精神的激励；二是天生敢于冒险、不甘平庸的战士性格使然；三是多年来部队关于为人民服务等正统政治思想教育的结果。特别是第三点，为人民服务是当年的核心价值观，雷锋就是这种价值观的现实图腾。勇于担当，乐于助人，蔚然成风，也塑造了一代有理想、敢作敢为的人。梁文敏就是那个时代的代表人物之一。他是一个有着军队成长背景的艺术家，带着毛泽东时代的深刻思想烙印，走进鼓励改革开放、鼓励个人创业的新时代。"军"和"艺"一体的心态结构，在时代大潮的推动下，生发出文化大篷车的创举，是包含着必然性的偶然。他前15年的军人生涯和后15年的"远征"生涯，其实是一条不曾中断的追逐理想的人生轨迹。

梁文敏一路上的事迹，几乎都在诉说这一切，印证这一切。

大篷车总共走过13个省市的70多个市县，去得最多的地方是部队。除了向基层官兵传授画竹技艺，还重点慰问干休所。在梁文敏的几千名学员中，有不少老红军、老将军。

他去劳教所，给失足青年一边教画，一边进行政治思想工作。

每逢重大建党、建军节日，梁文敏都要捐出大量的画作。

对于残疾人、下岗工人和普通农民，梁文敏居然实行"三包"教学法。

他用他的画笔，用他的热心，给别人带来谋生的技艺，欣赏的美感，给老年人以晚年的愉悦。

梁文敏说，他不是纯粹的商人，如果以这种方式经商，似乎不符合成本最小化、利润最大化的原则。

他也不是哗众取宠。没有谁能够在十几年的时间里，一直"哗"下去，

在贵阳市文化局安排下，在贵阳市文化宫举办了中国"文化大篷车"书法美术巡回展览。

重庆艺术馆赠给梁文敏的条幅。

一直被"宠"着。

他不是纯粹意义上的艺术家。他的作品曾在中国美术馆、民族文化宫、各地博物馆、纪念馆展出，但大多数还是伴随着大篷车，连续在民间进行了100多场带着泥土气息的画展。

其实，梁文敏在无意间已经在自觉实践着为人民服务的宗旨，尽管他并没有意识到自己如此"高尚"，但信念的力量，无处不在。

梁文敏一路上遇到170多次重大险情，几乎车毁人亡。但他觉得，这些都不重要。时代不会在乎个人的生死经历，而在梁文敏的身上，还存有那种不多见的精神基因。历史不会忘记他！人民不会忘记他！

虽然在梁文敏之后各种大篷车如雨后春笋般发展起来，《人民日报》、中央电视台等200多家新闻单位对他的大篷车进行了全面报道，回到大连的他早已不再拘泥于大篷车一种形式，他认为不论通过什么样的形式，对和谐文化和篷车精神的传播都不会停止，这才是最重要的事情。而他的文化"长征"只是刚刚开始，是一个没有终点的过程，他早已把自己融入了自己的墨竹作品之中，借助越来越完美的墨竹作品将自己的文化和精神传向世界各地……

"板桥遗风"笔会

在纪念郑板桥诞辰300周年书画笔会上，梁文敏更是让人瞩目，成为亮点。梁文敏即兴挥毫泼墨，尽情作画，大展才艺，大显"神"手。他画竹炉火纯青，胸有成竹，不仅构思精巧，且十分迅速，使一幅幅挺立俊秀的"板桥竹"拔纸而生。他笔下的翠竹不拘泥于古法，既有板桥遗风，又多了几分刚健苍劲之感，他的精彩表演，他神奇的画竹绝技吸引震撼了在场的国内外专家、学者和书画师友，人人都是赞不绝口，敬佩不已。

兴化市市长、郑板桥艺术节组委会主任桑光裕，中共兴化市委书记吕振霖在百忙之中前来会见这位传奇人物——当代的郑板桥梁文敏，他们连连赞叹："板桥后继有人，梁文敏当之无愧！"并一起合影留念。

兴化人大常委会副主任周鸿惠称赞他为"活板桥"。

梁文敏在郑板桥塑像前留影。

兴化市人民政府寄给梁文敏的"邀请函"。

兴华市文化局局长姚力称他为"梁板桥"。

日本多摩美术教授近藤秀英前来拜见梁文敏，并恳求梁文敏在刚刚画好的一幅四尺中堂《板桥遗风》墨竹画前合影留念，并邀请梁先生去日本讲学作画，举办画展，一切费用由他们来出。

梁文敏创作的墨竹画《新笋》和《五彩牡丹图》艺术作品入选"纪念郑板桥诞辰300周年当代书画家作品展"，并被郑板桥纪念馆收藏。

兴化市博物馆、郑板桥纪念馆馆长刘诗复先生与梁文敏会晤时感慨地说："梁先生的墨宝我们将放在博物馆、纪念馆永世珍藏，随时向社会展示，让更多的人来领略当今画竹高手、墨竹大师、当代郑板桥梁文敏先生的艺术杰作。"

兴化郑板桥研究会一名负责同志，在郑板桥艺术节大会期间来到板桥宾馆，找到了正在作画的梁文敏，激动地说："梁先生对郑板桥特别有研究，被称为'当代郑板桥'，我很荣幸见到您，经研究会决定，聘请您为'特邀会员'，请梁先生接受并支持我们的工作。"梁文敏接过聘书感慨地说："我对先师郑板桥由衷地崇拜和敬仰，毕生精力都在学习和研究他的书画艺术和精神思想，我一定要把它们发扬光大。"

兴化电视台、《兴化报》和来自各地的新闻媒体、新闻记者都纷纷赶来现场采访，对这位当代郑板桥梁文敏作了广泛宣传和报道。11月23日，兴化电视台播放兴化新闻，纪念郑板桥诞辰300周年笔会，到会的书画家朋友纷纷

1993年11月23日纪念郑板桥诞辰300周年书画笔会现场留念。

梁文敏在桌子上铺上四尺宣纸即兴画竹。

兴化郑板桥纪念馆画师郑炎风题词。

提笔作画，留下珍贵墨宝，纪念板桥先生。素有"竹魁""竹仙"之称的梁文敏，欣然提笔，用饱含激情的画笔，画下各种姿态的竹子图。省国画院的陈大羽先生作了红梅图，著名画家朱屺瞻先生豪情激发，所画的画也令人赞叹不已。

"当代板桥"梁文敏叫响兴化市，市领导指示给组委会将梁文敏及其儿子从楚水宾馆迁移到板桥宾馆作为贵宾好好招待。

梁文敏"走红"兴化市后，当地书画名流，各界人士纷纷前来求见拜访，设宴招待，进家做客，求赐墨宝，传授技艺。

扬州大学师范学院教授、著名作家、板桥故乡人士黄俶成先生特意赶

1993年2月5日,《兴化报》是最早的报道"当代板桥"梁文敏这一誉称的新闻媒体。

兴化市委、市政府领导接见"当代板桥"梁文敏。

来,将他创作编写的刚刚出版发行的《郑板桥小传》赠给梁文敏并在书上写道:"敬请当代板桥梁文敏先生雅正。"计划再出版一本《梁文敏小传》,又盛情邀请梁文敏到他家做客,现场作画讲学。

画坛捷报频传

入《中国当代名人录》

1991年,梁文敏入选《中国当代名人录》。

1991年5月,由中外名人研究中心编纂,上海人民出版社出版、北京新华书店发行并由国家相关领导人题写书名的《中国当代名人录》中,收录梁文敏生平事迹并称之为"当代板桥",从此,"当代板桥"这一誉称,在社会上广泛传播开来。

远赴香港领奖

2000年7月8日，第四届"世界华人艺术大会"世界杰出华人艺术家作品大联展在香港大会堂隆重举行，"世界华人艺术大会"由世界艺术家协会、世界文化艺术研究中心、世界华人交流协会、中国国际交流出版社主办。来自世界各地的华人艺术家参加了此次展览，150多幅精挑细选的艺术作品中，中国杰出艺术家、当代板桥梁文敏创作的墨竹画《板桥遗风》荣获特别金奖，被授予"世界杰出华人艺术家"荣誉称号，同时被授予"世界艺术大师"称号。

会展期间，香港美术研究会永久会长赵世光、澳门艺术研究学会主席伍志杰、美国海外艺术家协会主席陈其旋、台湾"中华书画协会"理事长汪浩、世界文化艺术研究中心理事长陆虎分别接见梁文敏并亲切交谈。

陈其旋为梁文敏先生题词：板桥遗风。

伍志杰题词：妙笔生花。

陆虎题词：风采。

汪浩题词：板桥之光。

梁文敏所作《板桥遗风》荣获特别金奖。

《中原书画》发表长篇报道《倾注心血游艺海 孜孜不倦写丹青》。

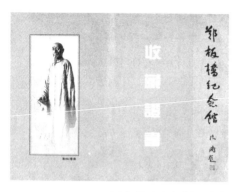

河南范县郑板桥纪念馆颁发给梁文敏的收藏证书。

轰动中原大地

深受美术界和广大书画爱好者欢迎的《中原书画》于2000年7月20日全版刊登由中原书画研究院院长、《中原书画》总编张本平先生编写的长篇报道《倾注心血游艺海　孜孜不倦写丹青》，文章讲述了画坛精英、当代板桥梁文敏的事迹。

报道刊登后，在全国刮起一阵"狂风"，梁文敏这位新世纪的板桥响遍祖国各地，响遍五湖四海。中共中央原副主席李德生上将、全国政协副主席赵南起上将、文化部部长刘忠德等首长看后都表示十分佩服。

墨竹《劲风》入选

1993年10月，墨竹《劲风》入选《20世纪国际现代美术精品荟萃》。

《山高水长》获赞

2001年6月19日，由中华人民共和国文化部艺术人才中心、世纪之辰文化信息发展有限公司主办的"世纪之辰——情系奥运书画展"在中国美术馆召开，梁文敏创作的山水画《山高水长》入选。

《侗乡山寨》扬名

2001年10月，由中国文学艺术界联合会书画艺术中心主办的"沃土新花——全国书画家采风成果汇报展"在北京民族文化宫举行，梁文敏创作的《侗乡山寨》入选并在展出后由中国文联书画中心收藏。

《雪梅图》被收藏

2001年12月，在中共范县县委、范县人民政府主办的郑板桥纪念馆征集书画作品活动中，梁文敏创作的《雪梅图》被郑板桥纪念馆永久收藏，编入《郑板桥纪念馆书画精品集》。郑板桥纪念馆根据梁文敏所取得的艺术成就，聘任梁文敏为板桥书画院艺术顾问。

第八章

一代宗师

"当代板桥"获认

　　大连国际艺术博览会是由中国美协主办的国际性艺术展览会，是中国四大艺术博览会之一，是中国最具权威性、学术性、规模最大、最有影响力的一项大型艺术交流活动。从2000年开始，每年8月份在大连举行。博览会的突出特点是四大主体活动同时登场，即国际艺术博览会主展场、国际中国画年展、国际中国画精英年会、博览会精品拍卖会。届时，数以万计的艺术佳作一起涌进滨城，为人们提供欣赏、收藏和陶冶情操的良机。

　　2000年8月7日，首届大连国际艺术博览会开幕，国家及辽宁省、大连市主要领导出席了博览会。

　　为把本次博览会办成中国高档次的展览会，中国美术家协会对每个参展作者及作品进行了审定。有"竹魁""竹仙""当代板桥"之称的梁文敏通过这次艺博会得到中国美术家协会的认可。开幕式上，"当代板桥梁文敏""当年板桥在扬州""当代板桥在大连"三面巨幅标语在现场迎风飘扬。

2000年8月7日，梁文敏应邀从桂林回到家乡，参加由中国美术家协会、大连市文学艺术界联合会主办的"2000年首届大连国际艺术博览会"。

　　这三个巨大的条幅是2000年首届大连国际艺术博览会组委会为板桥画店的著名画家、艺术大师、享有"当代板桥"之称的梁文敏特别精心设计制作的宣传广告。

　　这三面锦旗式的宣传广告宽1.5米，长3米。一面是单独的，另两面是对联形式的。单独的这面上方黄底蓝字写着正楷美术字"2000

2000年，首届大连国际艺术博览会组委会为梁文敏制作的宣传海报。

大连国际艺术博览会""主办：中国美术家协会，大连市文学艺术界联合会"，中间蓝底白字写着"当代板桥梁文敏"七个隶书体大字。下面黄底蓝字也写着正楷美术字"板桥画店"，另两面对联式的宣传广告锦旗的上面和下面写的内容和第一面一样。中间黄底蓝字上联写着"当年板桥在扬州"，下联写着"当代板桥在大连"，共14个隶书体大字。这三面锦旗式的宣传广告，设计新颖、壮观、气魄，是艺博会展厅的一大奇观。给"板桥画店"和整个会场增添了新的气氛和宣传力度。使国内外参展者、参观者都惊叹不已。这三面大旗是他个人的风采，也是大连的光荣！

备受瞩目的博览会特别印制了宣传手册，手册封面红底白字标明，《竹魁、竹仙、当代板桥梁文敏专辑》《大连国际艺术博览会作品集》刊登板桥画店梁文敏精选作品3幅。

2000年大连国际艺术博览会的一个重头戏——艺博会精品拍卖会作为大连市迄今为止规模最大的一次艺术品拍卖会，拍卖品总计271件，成交85件，成交率32%，成交额86.38万元人民币。

"当代板桥" 梁文敏
DANGDAI BANQIAO
LIANG WENMIN

2000年8月12日，在首届大连国际艺术博览会精品拍卖会上，梁文敏创作的山水画《云起溪山泉声鸣》以8万元拍卖成功。

2000年首届大连国际艺术博览会上，梁文敏成了重要新闻人物，电视、报刊、新闻媒体记者纷纷前来采访。

《人民日报》海外版向全世界宣传梁文敏。

中国第一个文化大篷车创始人、著名画家、艺术大师、画坛奇人、"当代板桥"梁文敏创作的4尺中堂山水画《云起溪山泉声鸣》以8万元成交，创本届参展的大连书画家艺术品拍卖价最高纪录，创本届参展的海内外现代书画家艺术作品拍卖价最高纪录，创大连市建市100年以来大连书画家艺术作品拍卖价最高纪录。

梁文敏创大连书画家艺博会新闻报道次数最多的纪录。2000年首届大连国际艺术博览会堪称目前国内规模最大，参与人数最多，展出内容最丰富，最有影响力的国际性艺术交流和艺术品交易盛会。为此，首届大连国际艺术博览会组委会、大连市委宣传部、大连电视台、广播电台、报刊等新闻单位都加大了宣传报道力度。

"篷车万里文明路，风雨十年墨竹情。"离别大连12年的中国第一个文化大篷车创始人、著名画家、艺术大师享有"当代板桥"之称的梁文敏应艺博会组委会之邀，由桂林返回故里，成为本届艺博会和大连市热门话题，成为新闻媒体采访报道的新闻人物。大连电视台、《大连晚报》、《大连广播电视报》、《半岛晨报》、《辽宁日报》、《人民日报》海外版先后派记者采访、报道和宣传，均以"当代板桥"之称为题，梁文敏成为本届艺博会大连书画家新闻报道次数最多的画家。

同时，梁文敏的另两幅墨竹画《雨后新篁》《拂云擎日》荣获优秀作品，2000年9月7日在《人民日报》海外版刊登发表。

荣获优秀党员

梁文敏虽然长期在外地送教传艺，但他始终没有忘记"我是一名党员"。不论走到哪里都能严格要求自己，处处发挥党员的先锋模范作用，他常对人说："做个军人就要勇往直前，做个党员就要闪闪发光，金杯银杯不如咱老百姓的口碑。"

2005年8月根据梁文敏多年的表现，中共大连市西岗区日新街道英山社区党总支部作出向梁文敏学习的决定，决定中写道：梁文敏同志是大连市西岗区日新街道英山社区的一名党员，他既是一名普通党员，又是一名英山社区党总支部树立的一面党员旗帜，为国增光的好典范。

过去，梁文敏有过辉煌的历史，他曾经创造过"十个中国第一"：中国第一个辞去公职、干个体的干部；中国第一所个体函授美术学校创办人；中国第一所免费函授美术学校创办人；中国第一个个体流动美术学校创办人；中国第一辆美术函授流动辅

梁文敏荣获"先进党员"称号。

《辽宁职工报》报道，梁文敏用10个"中国第一"感动中国。

导车创办人；中国第一个文化大篷车创办人；中国第一个经营场地最大、品种最全、产销量最多的私营板桥画店；中国第一个被誉为"当代板桥"的画家等。

梁文敏无论事务多么繁忙，心里总是惦记着党，经常给党支部书记打电话，向组织汇报自己的情况，每次回到大连都向书记汇报思想，汇报自己的工作打算，参加组织生活，积极订阅党刊党报，始终与党组织保持密切联系。

为了向2008年奥运会献礼，他不远万里到祖国各地收集素材，创作的56米长卷、56种竹子——代表祖国56个民族大团结的大型国画《竹魂》，准备参加文化部向奥运会献礼的作品展，争取代表文化部将作品献给奥运会。他的这种为国争光的精神，弘扬中华民族文化的精神，深深震撼了英山社区的全体党员，社区党总支为有梁文敏这样国宝级的画家党员感到骄傲、感到光荣。

梁文敏是保持共产党员先进性教育活动中涌现出来的先进典型，党总支号召全体党员向他学习，在各自的岗位上，求真务实地体现共产党员的先进性，使先进性教育活动成为群众满意的工程。

获宋雨桂赞誉

2006年8月，大连迎来了国画大师宋雨桂的画展。梁文敏刚从南方采风回来，听到这一消息，顾不得休息，连忙乘车来到大连星海会展中心宋雨桂画展展厅。梁文敏和宋雨桂有20多年没见面了，老朋友相见有千言万语要讲，由于观看展览的人很多，宋雨桂先生对梁文敏说："20年前我给你写了'竹魁'，是对你墨竹艺术的敬佩，这些年你开着文化

梁文敏与宋雨桂合照。

大篷车鹏程万里周游全国，画竹教竹，桃李满天下，硕果累累，成就辉煌。你现在成了竹门富豪了！"说着他拿起笔，在自己刚刚出版的画册上写道："梁文敏竹豪 雅正一笑'宋雨桂'二〇〇六年。"然后在下一页画了一幅自画像。梁文敏感慨万分激动地说："谢谢宋兄馈赠，祝您画展圆满成功！身体健康！"

宋雨桂先生是当代中国负有盛名的艺术家，在画坛独树一帜。梁文敏与宋雨桂既是山东老乡又是战友，曾在沈阳军区搞过美术创作和参观美术展览。宋雨桂是1968年入伍，在沈阳军区任干事，1974年他转业到地方，任辽宁省文艺创作办公室摄影组、美术组、书法组负责人，1979年调入辽宁画院任专职创作员。现任中国美术家协会理事、辽宁省文联副主席、辽宁省美协主席、辽宁美术馆馆长。

1983年夏，梁文敏应邀参加辽宁美术家协会举办的第一届辽宁国画展，在参观画展中与宋雨桂先生相逢，两人见面格外热情和亲切，相互交谈近几年来的艺术创作情况。画展结束后，梁文敏向宋先生说："雨桂兄，我这次来省城参观美展之际，携带了一些近期画的墨竹画，送你几幅，同时请你过目给指点指点可否？"宋雨桂听了之后，非常爽快地说："好啊，你为了画竹辞去公职，被开除了党籍，老天不公啊！又听说你如愿开办了全国第一家

个体画店墨宝斋，李苦禅先生还为你题了匾，真是好样的。为兄佩服你，为兄支持你，我正在军区第一招待所搞创作，也很想看看你的墨竹画，你就跟我来吧。"

梁文敏乘坐宋雨桂的车来到沈阳军区第一招待所（军区首长给他提供的画室），当梁文敏走进画室，看到墙上、地上到处张贴悬挂着宋雨桂画的山水画，琳琅满目，惊叹不已。

当宋雨桂见到梁文敏的墨竹画后，赞叹不已，毅然挥毫给梁文敏题写了"竹魁"两个大字，并加述文：文敏道史画竹，关东无出右者，吾谓之墨竹仙客也。

辽宁画院原院长、中国美协理事、辽宁美协主席宋雨桂先生题词。

宋雨桂先生题词：梁文敏竹豪雅读一笑。

购拥军大篷车

梁文敏曾是一名优秀的军人，出色的军旅画家，与解放军有着深厚的渊源。军爱民，民拥军。"军民团结如一人，试看天下谁能敌！"时光如流水，梁文敏离开部队一晃30多年过去了，那些军旅岁月依然在梁文敏的脑海中历历在目，近些年来，他常常在梦中梦见部队、首长和战友，梦见他曾经战斗生活过的地方，他希望能有那么一天把自己绘制的书画作品奉献给人民子弟兵，他总想找个机会"回家"看看，为拥军工作尽一份力量，做点实事。

2006年10月，街道党工委隆重举行纪念红军长征70周年活动，梁文敏把自己的心愿向社区党总支谭书记、街道党工委杨科长作了汇报。从他们那里欣喜地获悉，自己所居住的日新街道的军民共建双拥单位就是他以前当兵的部队——中国人民解放军驻外长山要塞区船运大队。2007年5月初，为了帮助他圆梦，街道和船运大队的领导一起来到他的家中，请他"回家"。梁文敏还是社区街道组成的拥军慰问团的代表，对此，梁文敏很是激动和高兴。

自从1978年10月转业之后，梁文敏始终为自己曾经有过当兵的经历而骄傲和自豪。作为离开部队30多年的老宣传兵，梁文敏暗下决心，一定要给年轻的士兵们做出个榜样来。于是，他开始着手创作书画作品，要把最好的作品奉献给部队和战友。

2007年，在隆重纪念中国人民解放军建军80周年之际，梁文敏又出惊人之举，他和老伴许秀娟经过再三研究，决定用他多年作画所得的稿费，由他一人出资，购置一台新式汽车，把它命名为"文化拥军大篷车"，他要开着这辆"拥军大篷车"先后到中国人民解放军驻大连海陆空部队开展文化拥军活动——"篷车进军营　丹青献战友"。

梁文敏开办"拥军大篷车"。

为了选购新的"大篷车",梁文敏花费了很大精力和时间,就像"选美"一样,到处寻找和打听,参观各种车展,历时半年之久。功夫不负有心人,他最终选定了河北保定出的"长城"牌大客车,并命名为"拥军大篷车",也是全国第一个拥军大篷车。

他怀着一颗感恩的心,准备开着大篷车"回老家",将自己花费两年多时间,历经700多个日日夜夜精心绘制的《长城颂》《江山魂》《红梅赞》《英勇善战》《军魂》等价值达上千万元的80幅书画作品奉献给部队战友,献给当代最可爱的人,献给保卫祖国的钢铁长城,以表达他感恩回报的心愿。

向海陆空部队赠画的拥军活动从2007年7月正式开始。7月20日,梁文敏向驻大连空军某部,举行了赠画文化拥军活动开幕式,当场向空军赠送了《长城颂》《红梅赞》《鱼水情》等11幅书画作品,紧接着来到大连红星村爱国主义教育基地,向老红军老将军曾思玉赠送了《长城颂》《军魂》《长寿》等书画作品。以表达对革命老前辈、老将军的崇敬之情。96岁高龄的老红军曾思玉将军非常高兴地接受书画作品,连连点头称赞梁文敏画得好,写得好,为梁文敏题写了"当代板桥 篷车精神",并发表20多分钟激情讲话,诉说长征中的感人故事。梁文敏和随同人员受到极大的鼓舞,深受教育。

向中国人民解放军赠书画的第3站就是梁文敏当年所在的部队——外长山要塞区所属船运大队,船运大队主要是负责驻守外长山要塞区海岛驻军的补给供养和运输任务,战士们长年累月生活在海上与风浪打交道,工作非常艰苦。当梁文敏在部队和共建单位领导的陪同下登上了"欢迎老兵回家"的运输艇，将自己花费1个多月时间创作的雄伟的《长城颂》巨幅画卷和刚劲有力的《长风破浪》《老兵回家》书法献给战友们的时候，全场响起一阵阵热烈掌声，给海上钢铁长城——当代最可爱的人带来了欢乐，充分表达了一个老兵的军旅情怀和军民鱼水情意。

向人民解放军敬赠书画的第4站是慰问军旅著名战士作家高玉宝。高玉

梁文敏和他的"拥军大篷车"。

梁文敏向曾思玉老将军赠书画作品。

宝当年创作的名著《高玉宝》教育和影响了几代人。高玉宝虽然年迈退休，但不忘自己的教育职责，一直耕耘在青少年教育的田园里，曾荣获全国少年儿童校外教育先进工作者、沈阳军区学雷锋标兵称号。当梁文敏文化大篷车一行来到高玉宝家中的时候，高老格外高兴，两人一见面就互相交流起艺术创作心得。梁文敏创办全国第一个文化大篷车的时候，也曾来到高玉宝的家中，大篷车远征全国从大连启程时，高老亲自欢送并送给梁文敏一本全国公路交通图，题写《竹之神》相赠。梁文敏也为高老画了一幅《高风亮节》图以表谢意。两人越谈越高兴，梁文敏当场挥毫画了一幅《红梅花开》和一幅

《半夜鸡叫》赠送给高玉宝，高玉宝也当场挥毫题字一幅《篷车精神》并作诗一首：竹子精神坚硬强，雨过天晴笋更旺。不忘初心再长征，大地长青竹子王！

梁文敏拥军大篷车第5站是应大连电台社区广播记者经纬和春园门诊部张主任之邀，参加辽宁中医研究院大连春园门诊部举办的"庆八一荣复转退军人义诊体检活动"的开诊仪式。梁文敏现场画了一幅《红梅花开》并讲话："尊敬的光临就诊的各位老首长、退伍军人战友们你们好，在全国人民隆重纪念和庆祝中国人民解放军建军80周年的喜庆日子里，我们拥军大篷车应大连电台社区记者经纬和春园门诊部张主任之邀请来到现场，我作为一名退伍老兵，向在座的各位老前辈、老首长和战友们致以崇高的革命敬礼和亲切的问候，同时把我绘制的《红梅花开》赠送给热情为部队服务，为共和国最可爱的人做出贡献的春园门诊部全体医务人员，向你们表示真诚的谢意。"

老首长李广祥将军拉着梁文敏的手说："你开着大篷车向战友赠画这种创举和义举使我很受感动，你的画画得很好，而你的思想境界更高！你为军人争了光，向你学习。"

拥军赠画第6站是到远离陆地的海岛——大连市长海县长山岛，向长年坚守在海防前线的官兵敬赠画卷。这里是他的"老家"，军旅15年曾经战斗生活

梁文敏向战友献画。

梁文敏和著名军旅作家高玉宝在一起。

过的地方，当他在当地政府、民政局长的陪同下，来到外长山的要塞区师部，向驻岛部队赠送《长城颂》《党为民众骨，军是国家魂》两幅字画的时候，受到了驻岛部队指战员的热情欢迎。梁文敏还向"拥军模范县"长海县政府赠送了《山高水长》巨幅画卷和两幅《长海情》《海岛情》书法作品，以表示对县政府多年来坚持拥军，年年都为部队做大量好事、实事的敬佩之情。

梁文敏在书画捐赠仪式上，慷慨激昂地讲道："我是1963年响应党的号召、祖国的召唤应征入伍的，踏上海防前哨外长山要塞区，成为中国人民解放军一名战士。在部队和长海县人民的关怀培养下，扎根海岛，以岛为家，以苦为荣。在那火热熔炉般的军营里，在激情燃烧的岁月中，经过千锤百炼，生死考验，人生得到了彻底的改变，成为党的一名宣传文艺战士、军旅画家。我忘不了当兵的那段历史，忘不了战友情、军民鱼水情，长海这块热土养育了我造就了我。为此，我怀着一颗感恩的心，将我精心绘制的书画作

梁文敏向海岛战友赠送书画。

品献给我的战友和长海县人民，实现我的心愿。"

7月26日晚，日新街道"纪念中国人民解放军建军80周年主题广场艺术晚会"在凯旋广场隆重举行。锣鼓喧天，歌声飞扬，晚会上梁文敏做了感人肺腑的发言："我是一名有着15年军龄的退役老兵，是党和人民军队把我培养成为一名画家。多年来，我有一个梦想，一个心愿，能开着大篷车回部队，把精心绘制的《长城颂》《江山魂》《红梅赞》《鱼水情》书画作品奉献给我的战友，共和国最可爱的人。我所做的一切，我无怨无悔！今天在我们伟大的中国人民解放军建军80周年这个特别的日子里，感谢日新街道党工委和领导帮我圆了这个梦，实现了我的心愿，我衷心地祝愿我们的军队越来越强大，祝愿我们伟大的祖国繁荣昌盛！"

晚会结束后，由日新街道党工委杨科长亲自带队，分别向解放军某部、中国人民武装警察部队大连支队二中队、中国人民解放军海军大连旅顺基地郑和舰赠画献艺，大连舰艇学院政委辛华文将军参加了慰问活动。

8月22日，梁文敏为大连市公安局战斗在保卫达沃斯盛会一线的民警激情创作了一幅《和谐平安》墨竹画，献上的这份厚礼，寄托了老画家对人民警察的深情厚谊。梁文敏还被大连市警察协会聘任为《大连警察》艺术顾问。

梁文敏在大连向中国人民解放军赠画的最后一站是瓦房店。8月29日下午，梁文敏的拥军大篷车再次从大连始发，来到瓦房店，开进绿色军营，他向驻军某部官兵传艺送宝，向部队赠送书画作品《长城颂》。

在驻军某部训练中心多媒体教室，梁文敏及参加此次活动的嘉宾受到官兵们的热烈欢迎，梁文敏以军礼致谢。部队政委张天鹏说："梁文敏先生带着对15年军旅生涯的眷恋之情，到部队献画献艺，这是对战友们的关怀，梁老师以高尚的品格、无私奉献的精神、高深的艺术造诣为战友为社会服务，是我们学习的榜样。"

梁文敏深情地说："我幼年时，在旧社会讨饭路上遇难受伤，是解放军救了我的命，没有解放军就没有我梁文敏的今天。为了报恩我于1963年当兵，在部队受到的教育最多，部队多次送我学习深造，使我成为一名军旅画家。转业后，我永远不忘自己是一名军人，我今天之所以到部队来探亲，就是为了感恩报恩。长城代表着我们伟大的祖国，也是我们伟大军队的象征，所以我要画长城，以表达我的心愿。大篷车进军营，就是要通过大篷车这个平台，直接为战友送画传教。在庆祝建军80周年之际，长城牌拥军大篷车开进军营送《长城颂》，这不是一道美丽的风景吗？"采访中记者获悉，这支部队组建于1945年，正是梁文敏出生的那一年，这不能不说是一个巧合。瓦房店市广电局局长刘嘉圣说："作为知名画家，梁文敏先生社会活动频繁，

梁文敏与战友们。

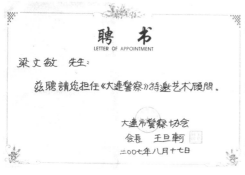

梁文敏成为《大连警察》特邀艺术顾问。

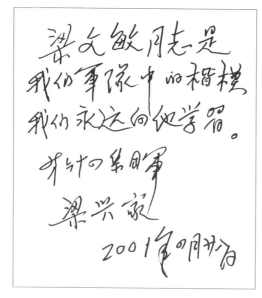

梁兴家将军为梁文敏题词。

今天在百忙之中抽时间到军营赠画传经送宝，说明梁老先生爱军之心不减，特别有军人风范，祝梁先生艺术青春常驻。"

当天活动中，梁文敏还展示出自己创作的25幅水墨画作品，内容有山水、墨竹等。赠画仪式后，梁文敏即兴现场挥毫泼墨作书作画，赠送给部队官兵。梁文敏饱含激情书写的《军魂》《英勇善战》作品，笔墨苍劲，官兵看了连声赞叹。战士们特别喜爱梁文敏的书法作品，边看边学。一些战士还举起照相机拍摄下这难忘的场面，梁文敏边写边说："以后我还会来军营讲课作画，我要培养出一个艺术尖刀班来！"在总结会上，市领导阎世忠感谢部队在物质文明、精神文明建设中对地方做出的贡献，对梁文敏这次向部队赠画活动给予高度评价。他说："举办这次活动，让部队的文化生活又上了一个新台阶，听了梁老师一席感人肺腑的话，我非常激动，梁老师赠画不仅代表了自己，也代表了瓦房店市百万人民，我向你表示诚挚的谢意。"

梁文敏开创中国第一个拥军大篷车，拥军篷车进军营，书画献给子弟兵。20多年来，梁文敏用大篷车这种形式走遍了中国，他是书画艺术拥军的

8月10日梁文敏开着拥军大篷车把巨幅山水画《长城颂》赠送给旅顺海军基地郑和舰，受到指战员的热烈欢迎。

典范，他是培养"军地两用人才"的标兵。

奏响世纪之声

2008年11月，由中国文化报社、人民政协报社、中华全国工商业联合会、北京法制文学研究会联合创办的"和谐中国"组委会，特邀"爱我中华共创和谐影响力优秀人物"代表梁文敏出席在北京人民大会堂隆重举行的第八届"新世纪之声 和谐中国"表彰大会。梁文敏受到国家领导人的亲切接见，同时荣获"德艺双馨的书画名家"称号。

"新世纪之声 和谐中国"表彰大会旨在鼓励广大作者撰写出更多更好的反映伟大时代的优秀作品，以正确的舆论引导人，以高尚的精神塑造人，以优秀的作品鼓舞人；集中宣传和表彰在弘扬先进文化，构建和谐社会的伟大实践中做出突出贡献的优秀新闻文化工作者和具有创新精神的优秀人物，奏响洪亮的"新世纪主旋律之声"。

大会共有700多名代表出席。全国政协副主席张榕明、第九届全国人大常

梁文敏荣获"爱我中华共创和谐影响力优秀人物"称号。

2008年11月29日，第八届"新世纪之声和谐中国"表彰大会在北京人民大会堂隆重召开，梁文敏荣获"德艺双馨书画名家"称号。全国政协副主席张榕明，全国人大常委会副委员长曹志为受表彰人物颁发奖杯和荣誉证书。

委会副委员长曹志出席会议，并为受表彰人物颁发荣誉证书。中华儿女报社辽宁记者站副站长李传军为此撰写《德艺双馨的书画大师当代板桥梁文敏》一篇。当代杰出中国书法艺术大师张克思、大连辰熙速8酒店总经理李岩、信婕服装设计总经理王学燕光荣地出席了本次会议。

作为在宣传弘扬先进文化、构建和谐社会的伟大实践中做出突出贡献的代表，梁文敏先生先后两次登上人民大会堂的领奖台，获得"和谐中国 德艺双馨书画名家""爱我中华 共创和谐影响力优秀人物"两项荣誉，并为大会献上了自己精心创作、具有板桥精神的作品《和谐平安竹》。

名家虎侠好评

刘相训，1935年5月出生，山东省烟台市福山区人。1953年9月考入东北美专附中，1960年9月毕业于鲁迅美术学院并留校任教，1981年，投到张大千大师得意门生慕凌飞先生门下，研习"大风堂"艺术，斋号"牧虎苑"。1957年开始发表作品，1959年参加全国美展。版画《林海》《腊月十五》曾参加全国第四届版画展、全国美展和出国版画作品巡回展。1980年开始举办个人画展，1995年在北京出版《刘相训画集》，1997年在中国画报出版社出版《群英会》年画四条屏，2000年出版《刘相训作品选》（虎画专辑），2003 年出版《刘相训山水画作品选》。本人传略被

梁文敏出席刘相训画展开幕式。

《中国美术家辞典》《当代书画名人大辞典》《中国当代文艺群星辞典》《山东美术家辞典》等二十多家大辞典收录。刘相训后来成为中国美术家协会会员、大千艺术研究院院长。

　　他常常回忆起自己与梁文敏的交往时的一段往事。

　　1990年春，桂林市举办中国第一个文化大篷车"当代板桥"梁文敏个人画展。

　　本来，文敏早我们两年到达这个中国久负盛名的旅游城市，被称为山水甲天下的桂林。他的文化大篷车从大连出发，途经辽宁、北京、河南、陕西、甘肃、四川、重庆、贵州、广西等地后，一头扎进了桂林，以他的艺术与人格魅力，渐渐地被桂林人民所接受和爱戴，早已挺起"当代板桥"的大旗。他在桂林市人民群众中播下了艺术的种子，也收获了信任与荣誉，正当他紧锣密鼓地策划"梁文敏画展"时，闻知我和陈老也准备在桂林举办个人画展，便主动让出了展地，推延了自己的画展，令我们感动不已。

　　在办展期间，桂林市老年书画家协会邀请我们讲学，他们非常客气地推举我主讲。我在讲学前，盛赞了桂林文化艺术界各位朋友的友情，祝愿书画展圆满成功，同时详尽地介绍了陈正和梁文敏的资历与艺术成就。

刘相训题词：天道酬勤 墨竹生辉。

我为什么对梁文敏如此了解和信任呢？

话还得从头说起。1981年，改革开放初期，我正在辽宁省群众艺术馆工作，我那含辛茹苦的老母亲，突然患了癌症，于我而言如同五雷轰顶，为了让我照顾老母，艺术馆领导很快把我调到大连市文联工作。这一年，正值梁文敏乘改革开放大潮，审时度势，敢于砸碎铁饭碗，不吃大锅饭，凭自己一身书画绝技——画墨竹，开创了中国第一个党员个体户墨宝斋画店，后开办"墨宝斋业余美术学校"，全国免费函授画墨竹学习班，学生已达1600多人。

梁文敏，这个旧社会的苦孩子，新中国的幸运儿，从小就对竹子有着特殊的感情，学习美术以后，选择了墨竹，是他从小到大难分难舍的竹子情怀。他在师范学校里，接受了传统的扎实的基本功训练，在大连市工人文化宫业余国画学习班里，得到了国画专业技能的补充。后来正值风华正茂、热血方刚之际，他有幸进入了中国人民解放军这个大学校，守卫海防前线期间，他以画笔为武器，搞宣传教育工作，这一切更奠定了他"咬定青山不放松"的竹子精神！

我当时任大连市美协秘书长，主管大连市美术工作。梁文敏这样一个引人注目的特殊人物，自然也引起了我的关注。在不断的接触中，他为人热情勤奋，敢于挑战新事物的作风打动了我，他的一手绝活——墨竹吸引了我，逐渐地我们成为情投意合的好朋友。

那时的梁文敏，不像现在鲜花如海，掌声如潮，报刊、电台、电视台连续跟踪报道，走到哪里，哪里都热烈欢迎"当代板桥"。

梁文敏与好友刘相训先生。

想想看，那时候党中央吹响改革开放的进军号，国家已向市场经济大踏步前进，全国形势一片大好！可是，那些已经习惯了计划经济的"左派"先生，还盘踞在基层领导岗位，他们对党中央的开放政策有抵触情绪，对市场经济左看右看，就是不顺眼，对突如其来的敢当弄潮儿的梁文敏的胆识根本不理解，也不想去理解，他们利用手中的权势，先是百般刁难梁文敏，然后又开除了他的党籍，说他是"走资本主义道路"，这是多么荒唐，多么可气！

我是共产党员，党的文艺工作者，又负责大连市美术家协会的群众工作，对这样的事情，不会没有立场，不会没有是非观。梁文敏当时的状况，加重了我工作的责任感。在工作上，我有求必应，大开方便之门。1981年，为了庆祝八一建军节，由省美协举办的美展中，梁文敏的一幅六尺全开《朱竹》成为大连市国画类唯一入选作品，获优秀奖，轰动了整个展会；1983年辽宁省美协举办第一届辽宁国画展，他的墨竹入选，收入画册，全国发行。我们私下交往日益频繁，他家居闹市中心偏西的黄河路，我家住在偏南的解放路青云街，两家距离较远，我也常常往他家跑。当时关心梁文敏的不单是我，还有时任大连市书法家协会秘书长的于涛。凡是墨宝斋的活动，我俩都不请自到，或讲话，或笔墨祝贺，或站脚助威，他家当时生活困难，我们就把大连市的书画装裱业务

"当代板桥" 梁文敏

DANGDAI BANQIAO
LIANG WENMIN

梁文敏在大连画展会场。

优先交给墨宝斋画店完成。能者为师，在与梁文敏的交往中，我也学习画竹，两人感情日深月笃。我们曾合作过许多国画作品。后来，我调到烟台工作，见面的机会少了，所以能在桂林与梁文敏相遇，格外亲热，也就不足为怪了。

转眼之间，十年过去了。当我再回到大连，出席由中国美术家协会、大连市文学艺术界联合会主办的"2000年首届大连国际艺术博览会"开幕式时，会场中高高挂起艺博会专为梁文敏制作的宽1.5米、长3米的三幅巨幅广告旗帜。一面是"当代板桥梁文敏"七个大字，另两面写着"当年板桥在扬州""当代板桥在大连"十四个大字，格外醒目，壮观而气派！像块大磁场，立刻把我吸引到了梁文敏展地，两人相见相视许久，紧紧拥抱，久久交谈……

不是人人都像我这样激动与敬重。也还有不少用旧眼光看老朋友的人，在私下里撇嘴，甚至说三道四。我当时就对他们说："不要这样吧。你们只看到了现在的梁文敏光彩夺目、衣锦还乡，很是显眼。你们可知道他当年的处境是多么困难，这么多年来他经受了多少痛苦和磨难！别的不讲，单举三件事，我至今还在心痛。第一件，梁文敏正当如日中天，斗志昂扬之际，为开创书画事业，不吃大锅饭，下海闯新路，这是非常好的创举，竟被单位说是"走资本主义道路"的典型而开除党籍；第二件，几经挣扎，好不容易从大连开出中国第一个文化大蓬车，到达四川成都，准备向云南老山进发之际，大连家中由于街道一皮鞋厂违章作业发生火灾，一把火把家烧个精光，损失了半生的精良藏品和自己创作的墨宝，可想心中是多么疼痛难忍哪！第三件，眼泪未干，天降噩耗，非常懂事，已经能继承家业、学业的大儿子梁晓军，又突然自杀。梁文敏只有两个儿子啊！失去亲骨肉，失去了一个优秀的接班人！请问，一般人谁能经得起这样如此沉重的打击？我对围观我的人们说："梁文敏有今天，是赶上了一个好时代，是他走正了路。这三面大旗是他个人的风采，也是大连的光荣！"一席话，引起在场观众的热烈掌声。

不久，《大连日报》刊登了《当代板桥梁文敏之称，已被中国美术家协会认可》《当代板桥梁文敏之称，已被大连市文学艺术界认可》《当代板桥梁文敏之称，已被大连市委、大连市政府认可》等文章，并作为"大连不能忘记"典型人物候选人事迹向全市人民广泛宣传介绍。

大连市委、市政府大张旗鼓地宣传梁文敏忠于祖国、忠于人民、辛勤劳动、无私奉献的高尚品德和崇高精神。这充分说明了梁文敏是一位立场坚定、历经风霜、百折不屈、永不变节的优秀共产党员；是一位高风亮节、奋发向上、大智大勇、大有作为的人民艺术家！

时光又过去了十一载。

这期间也有电话问候，好消息传来，友情绵绵，思绪不断……但万万想不到的是，梁文敏今非昔比，现在已是光环满头、荣誉满身的"当代板桥""大师"，在日进斗金的大忙时节，竟然风尘仆仆地专程来到烟台医院，看望我和久病不起患癌症的

梁文敏成为"大连不能忘记"的典型人物。

老伴儿，我们是何等的感动！不觉老泪横流。心里暗暗念道："文敏，好样的，还能长进！"

临别之前，他坚持要去寒舍作画，我急忙画了两只相依相亲的小老虎赠送，以示当年我们的友情，他在背景上顺手画了几枝傲立的青竹，象征永葆青春之意。然后回敬了我一幅《高风亮节》，我以为到此收笔了，结果不然，他竟然乘兴为我老伴儿画了一幅《和谐平安》，为女儿画了一幅《亭亭玉立》，得知我儿子还在北京闯荡，他擎笔略加思考，然后以迅雷不及掩耳之势画了一幅《冲天竹》，更深情地题道："人生贵有胸中竹，经得艰难考验时。"

文敏贤弟一生酷爱画竹，以画竹闻名遐迩。他的墨竹画在继承郑板桥竹风的基础上，博采众长，遍阅临写古今历代大家的竹画作品，对竹文化进行深入细致的研究，经过半个世纪的磨砺，他终于突破传统，创造出一种与时代同步的画风——剑刀竹。在技法上做了大胆的尝试，他画的竹竿如枪炮，粗壮坚硬有力，立体感特别强，竹叶粗大厚实，遒劲锋利，似剑如刀，剑戟森森，锋锷铮铮，迎风招展，精神抖擞，别开生面，独具匠心。

看到他挥毫作画，随形逐势、顺情追思、胸有成竹、挥洒自如，如行云

梁文敏与刘相训合作的作品《雄风劲节》。

流水，一气呵成。笔力雄健，神力之处，有时如利剑出鞘，剑飞枪舞之势，有时如临战场杀敌，战马奔腾。

另外，他画的竹节更是与众不同，别有新意，其竹节有的是横眉大眼，喜怒哀乐，变化多端；有的似张口说话的嘴，与你传情，与你歌唱，与你呐喊，炯炯有神。

梁贤弟的书法也很有特点，有些字写得如坚韧钢丝，有些字写得如锋利银钩，仿佛战场上一支支利箭，刚健劲挺、铿锵有力。他开创的剑刀竹，不仅仅丰富了墨竹艺术，更重要的是赋予墨竹艺术的新意，创造新的意境！青竹不仅表达中国人民大无畏的精神和不可屈辱的民族气节，充满着极强正能量的生命力和战斗力。尤其是在今天反腐倡廉的大环境下，青竹更是清风正气、亮节高风、正气浩然的象征。啊！剑刀竹，令人赞叹，震撼惊魂！

送走了不忘旧情的文敏贤弟，望着挂满画室的"墨宝"，心潮起伏，久久难以平静。我在想诗言志，画表心。这幅"人生贵有胸中竹，经得艰难考验时"，只有梁文敏能画这样的竹，只有梁文敏才能题这样的款，这不正是他——"当代板桥"梁文敏大师的自我写照吗？

竹画非同寻常

提到朱允涛，梁文敏和他的友情还得追溯到20世纪80年代。当时梁文敏为响应党的号召毅然辞去公职，成为全国第一个画家个体户，尽管当时受到各种磨难和委屈，但他的魄力和人格魅力还是受到许多有识之士和各界朋友的赏识。朱允涛就是其中的一位。

一天，梁文敏的墨宝斋书画店来了一位又高又瘦的小伙子，他就是朱允涛。进门后热情地和梁文敏握手笑着说："梁老师，我是慕名而来的呀！看了关于你的报道很敬佩你的改革创新精神。今天特来拜访你并向你请教。"

梁文敏与弟子朱允涛（左一）。

他们坐下聊了起来。朱允涛说他原来在税务局任职，并兼任共青团的一些工作。不久前，受梁文敏影响，他也从单位辞职，现在在旅顺碧海蓝天大酒店任经理一职。梁文敏也很佩服他："税务局的工作条件待遇那么好，你辞职搞个体也很有魄力，很具有冒险精神嘛。"朱允涛诚恳地说："梁老师，其实是你的坚持和不懈努力给了我决心和勇气呀！"他对梁老师的画技更是佩服得五体投地，朱允涛最欣赏梁老师的还是其墨竹画的绝妙之处。梁文敏感觉到了他的睿智和真诚，两人又有相同的辞职经历，所以特别投缘特别亲近。

朱允涛又说："今天来还有一个愿望，碧海蓝天大酒店即将开业，诚邀梁老师作为嘉宾光临指导，希望您能为我们酒店作一幅竹画以示祝贺。"梁文敏毫不犹豫地答应了。开业当天，梁文敏镇定自若、即兴发挥、挥毫泼墨，画了一幅4尺全开的墨竹画——《凌云高节》，此画寓意着改革奋进志向如凌云志，生意兴隆如翠竹节节高，以此来祝贺酒店开业大吉，现场气氛一下子沸腾起来，大家纷纷拍手叫好。20多年后，梁文敏到朱允涛家做客，朱允涛还展示了这幅20几年前的墨竹画，这真是一幅不同寻常的竹画，两人不禁感慨万千。时光荏苒，20多年过去了，人世间发生了太多太多的变故，只有这幅永远不变的墨竹画在静静地洞察人世间的沧桑和变化啊！

1988年新年刚过，对梁文敏一家来说永生难忘，他们的"文化大篷车"在大连将要启程了。当时朱允涛前来欢送，并表示很想跟随大篷车上路，但是自己现在也是重任在身，不能同行。梁文敏和朱允涛双手紧握互道珍重，可是谁都没有预料到，这一别，竟要20年后再相见。也没有人预料到，未来的路充满艰辛、苦楚，甚至会牺牲一个孩子的生命！身为父母失去孩子的打击是致命而绝望的啊！我们甚至可以想象，当时梁文敏夫妇是怎样的悲痛欲绝！但是更难以想象的是，他们是怎样把"文化大篷车"坚持走到最后。将近20年在外面风雨漂泊，我们可能无法真正体会到他们经历的孤独、无助、困苦、绝望及环境的险恶，也无法体会各地学员向梁老师学习画竹，学有所成后梁老师的欣慰喜悦之情。只有梁文敏及家人才能够永生铭记那些逝去的岁月。全家人最灿烂美好的青春年华都奉献给了"文化大篷车"之旅，踏遍大半个中国，送教上门，可谓桃李满天下，其间梁文敏在各地的竹林里写生考察、仔细观察，研究竹子不同时期的形态、神韵，经历了猛兽袭击、竹林迷路等险境。竹子已经是他的整个生命，他已经把自己的性命置之度外，毫不夸张地说，梁文敏今天所取得的成就都是他和他的家人冒着生命危险换来的。一路上他拜师学艺，得到了诸如范曾、沈鹏、黄胄、董寿平、娄师白、韩美林等艺术大师的亲传，他绘画技术水平提高速度之快，自然是不必多说了。

翠竹林喜相逢

时间飞快，转眼到了2007年，这时的梁文敏全家及他们的"文化大篷车"已经圆满完成了教学任务，载誉归来，回到了阔别已久的家乡——大连市。

已经被誉为"当代板桥"的梁文敏到旅顺龙王塘考察竹林。走了一上午，感觉特别口渴，听说附近有一口古井，井水很甘甜，梁文敏一路打听一路寻找，当他快走到井边的时候，忽然看到一个熟悉而又陌生的身影，那人也看着他，两人不约而同地张大了嘴巴"你是梁老师！""啊！是你！朱允

梁文敏与弟子朱允涛。

涛"，20年后竟然在此不期而遇并同时喊出了对方的名字，这难道是上天安排好的吗？接着，朱允涛说明了来意，因他对茶道特别有研究，自己又经营了一个叫"温莎小镇"的茶馆，他也听说这里的井水很甘甜，想用这里的水沏茶，来提升茶的清香。他的夫人和女儿都去了德国，他自己也刚从德国回来，现在是大连电视台"步步为赢"节目的点评嘉宾。他们寒暄了一阵，朱允涛盛赞了梁文敏20年来的事迹说：

"梁老师，你现在可是大连文化界的领军人物，已经是功成名就，20年前我就想跟您学习画竹，苦于没有时间和精力，现在这个机会我不能再错过了！我很想拜您为师学习画竹，学您的竹人精神，这是我多年来梦寐以求的事啊！冒昧地请梁老师收下我这个学生吧！"多年前的友情和诚意打动了梁文敏，梁文敏当场表示同意收下这个学生。

学艺与竹俱进

不久，朱允涛就开始和梁文敏认认真真地学习画竹的绝技了。他最清楚梁文敏不轻易收学生，以梁文敏现在的成就招收学生的学费应该是相当可观的。能和梁文敏学习画竹的精髓和他的竹子精神，这是用多少金钱都无法衡量的呀！他把老师对他的厚爱化作更大的学习动力，绝不能辜负老师的殷切期望！梁文敏一丝不苟地手把手教，朱允涛本身就充满灵性，又刻苦好学，特别珍惜梁文敏给他的这次机会，所以进步很快。一段时间后，他画的墨竹画就有模有样了，至今梁文敏还保留了他几百张墨竹画呢。

朱允涛学画竹勤奋刻苦的劲头让梁文敏其他的学生都自愧不如。有一次，已经晚上10点多了，梁文敏正在画画、整理资料。突然，电话铃声响起来，仔细一看，原来是朱允涛打来的。朱允涛在电话里不好意思地说："梁文敏，这么晚打扰您，真是不好意思，可是，我画画时遇到些问题，现在很想和您见面向您求教啊！哈哈！不然今晚肯定得失眠。"一向有铁人般执着、勤奋精神的梁文敏很欣赏这个与众不同的好学生。当晚朱允涛来到梁文敏的家中，梁文敏耐心地解答了他心中的疑问，让他感觉受益匪浅，学习完已经深夜时分了，梁文敏把朱允涛安排在阳台养有很多竹子的房间入睡，看着与竹俱进的学生，梁文敏感到无比欣慰。

为了画好竹子，还要到生长竹子的地方进行观察和写生，大连的竹林较少，所以，劳动公园、森林动物园和旅顺的龙王塘公园是他们师徒二人经常去写生观竹的地方。梁文敏跟朱允涛讲四川蜀南竹海的美景，那真是竹子的海洋，很美很壮观。朱允涛当时特别向往去那观摩写生，师徒相约有机会一定去蜀南竹海考察、写生、游玩。朱允涛作画用的文房四宝都是梁文敏赠送的，梁文敏送他一个已有100多年历史的砚台，他竟高兴得像孩子一样跳起来说："老师，你送我的文房四宝真像军人作战用的武器装备，

梁文敏向朱允涛传授竹艺。

朱允涛苦练画竹。

有了这么好的武器，一定能打胜仗！再说，它们天天盯着我，我必须得更加努力地学画竹，不敢偷懒哦！"梁文敏当然希望他心爱的学生青出于蓝而胜于蓝，把《郑板桥墨竹集》和倾尽一生总结的画竹心得笔记、讲义也都赠送给朱允涛。这更激发了朱允涛的画竹热情，甚至有段时间，他画画来了灵感，不知不觉竟然一画就画到天亮，痴迷到周末、节假日都在练画。梁文敏在他身上似乎也看到了自己的影子。

师生情如父子

闷热的夏天到了，朱允涛本来就挺严重的脚气病发作起来，又疼又痒，脚心处快要溃烂了。尽管不是什么大病，但也相当难受，给他的身心带来烦恼和不便。梁文敏看在眼里疼在心上，对朱允涛说："海水消炎杀菌，不如我们去海里游泳吧！既能强身健体，还能辅助治疗脚气病。"朱允涛很赞同老师的话，于是，只要一有时间，师徒二人就去大海游泳。星海公园、付家庄、棒槌岛都留下了两人的足迹。经过一段时间后，朱允涛的脚气病果然有了明显的好转。

朱允涛作为"步步为赢"节目的点评嘉宾，他的公众形象也很重要。去年9月，他的一颗门牙疼痛、松动了，严重影响了他的日常生活，不仅吃东西受到影响，最主要的是主持节目时发音有失精准。他的妻子、女儿都在国外，而他工作又特别认真，一忙起来，早把自己生活中的一些小事抛在脑后了。朱允涛和梁文敏多年的感情早已转化为父子般的师生情，这样的小事儿当然没有逃过梁文敏的眼睛。梁文敏当即放下自己的创作任务，带他到附近牙科诊所治疗，经过一段时间的治疗。他的牙齿

师徒情深。

很快就被治好了，整齐美观，发音也恢复了正常。朱允涛经常对朋友说："梁文敏不仅是我的良师益友，更像是我的父亲一样。"

2012年正月初一，风和日丽、阳光灿烂，朱允涛携带礼品和他的竹画作业，给梁老师和师母拜年。梁文敏高兴地发现他的竹画作品进步很大，即兴选了朱允涛的一幅朱竹画，在画上题写道："与竹同进，允涛弟子学画竹，勤奋刻苦日日进步也，壬辰年新春之时，师梁文敏于大连题。"朱允涛激动地流下了热泪并感慨地说："老师，我一定把竹子画好，把板桥竹风剑刀派发扬光大，当好您的大弟子，为您争光。"

同时向梁文敏学画的还有开发区迪辉公司的赵总。有时画累了，赵总就带着梁文敏和朱允涛到他的公司参加活动。因为朱允涛做主持人，老百姓对他很熟悉，好多路人、司机都热情地和他们打招呼。有几次坐出租车，司机师傅说什么也不肯收取他们的车费，说能遇到梁文敏和朱允涛这样的名人已经感觉很荣幸了！去年七月，朱允涛和赵总还在万宝大饭店为梁文敏过生日，为尊敬的老师祝寿。梁文敏的家人和几个学生一起为他唱了生日快乐

赵世洪和朱允涛给梁文敏祝寿。

歌，朱允涛作为学生代表发言："祝老师健康长寿，以后老师的生日每年由我负责操办，学好墨竹画，将来开大篷车和扑克收藏博物馆是我和老师共同的心愿，为了实现这些理想，我将付出毕生的努力。"

师徒二人逐梦

梁文敏还清楚地记得，朱允涛请他到星海会展中心二楼的"温莎小镇"茶馆品茶。这个茶馆是朱允涛自己经营的，布置得格调高雅，在那里梁文敏看到了人们品茶、聊天、打滚子其乐融融的场面。在二楼的一个仓库里，朱允涛还向梁文敏展示了他收藏的各种材质、各式各样的扑克，既有风情各异的外国扑克，也有充溢着"老舍茶馆""故宫博物院""郭德纲相声漫画""中国画名作"等各类题材的古今中外扑克，这也让梁文敏对扑克和"滚子文化"有了更深的解读。朱允涛和老师已经商量好将来创办一个大篷车和扑克收藏博物馆，继承和发扬"篷车精神"和"滚子文化"。为此，师徒二人去了好多地方选址。

因为朱允涛人脉比较广，他认识的好多企业家、社会名流也争先恐后地向梁文敏学画、求画。

朱允涛每次去老师家拜访都要带上贵重的礼品，让老师多补充营养，多注意休息，画画别太累。师母每每想到这些都会心酸好一阵子，她当然不能忘记朱允涛这个出类拔萃的好学生，因为他只要有时间就去探望师母，唠唠家常，说的话温暖又贴心。

朱允涛经常说："打滚子讲牌风、牌德、牌技，彰显了人们的合作精神，意义广泛，一定要把滚子文化发扬光大。""打滚子最重要的不在于你手中握有什么样的牌，而在于你打好手中的每一张牌，人生如牌，需要好好把握，牌如人生，需要步步为营。打牌时手里的牌越来越少，人生的路也是越走越短，开局发错了牌，残局要加倍应付。"想想这些话真是经典之语。朱允涛热爱扑克，热爱滚子，热爱生活，他从打牌中悟到了很多人生哲理，是非常难得的。如果说竹子是梁文敏的生命，那么扑克就是朱允涛的生命。

"红桃K"与"方片K"

朱允涛之所以叫"红桃K"，是和他的名字有关联，朱代表着红色，寓意着爱心；桃与涛谐音；而允代表着随心所欲，也就是快乐开心，意为K；生活中他还喜欢穿红色的衣服，梁文敏也喜欢穿富有朝气的红色，画竹时也经常画红竹，所以有时俩人很巧合都穿着红色衣服一起出席活动。有一次，朱允涛请老师去他朋友开的"老铁山温泉"度假，那里的老总打趣地说："别人穿的是情侣装，你俩这是师徒装吧?"随着师徒情谊的加深，梁文敏也深深地迷恋起了"打滚子"活动。画画之余，这也属实是一个放松身心的方式。朱允涛毫无疑问是"打滚子"的高手，经常给老师指点迷津，渐渐地，梁文敏也玩得很不错，竟然也成了常胜将军。后来，朱允涛把最喜爱的"方片K"赠予梁老师，师徒情谊可见一斑。赠予梁老师的"方片K"其实也有很深的寓意，因为"方片K"是红色，这是梁文敏最喜欢的颜色，象征胜利吉祥，幸福长寿，从他"竹子精神"和"篷车精神"就能看出精神焕发、红红火火；方片象征堂堂正正做人，志在四方；另外梁文敏原名叫梁凯，凯与K谐音，象征

梁文敏、朱允涛、王可俊三个合作《风竹图》。

快乐开心，大篷车凯旋，寓意深刻。

朱允涛经常推荐多家媒体宣传"当代板桥"梁文敏，多次推介《现代女报》杂志刊登梁文敏的事迹，详细资料也都是由朱允涛编辑整理的。

2010年，梁文敏和朱允涛一起到北京文化部参加活动，正巧朱允涛的女儿朱东羽从德国回来，女孩很懂事，十分尊重梁文敏，还想以后也跟着大师学画画。

师徒二人还共同创建了中华人民共和国文化部主管、中国艺术研究院主办的传记文学杂志社驻辽宁办事处，梁文敏从大局出发，让朱允涛做了办事处主任，而自己任副主任一职。

2010年，大连金州区的百年老字号康德记药房"德记号中医药文化"被辽宁省列入非物质文化遗产保护名录。梁文敏感到康德记药房有许多做法与自己的大篷车有共同之处，"德记号"经历了150年的历史，送医上门，为老百姓做义诊，口碑皆善，功德无量。他决定出资5万元资助康德记大药房，梁文敏把这个想法告诉了爱徒朱允涛，朱允涛被恩师慷慨解囊的义举触动了，他说："没想到老师在公益事业上也做到了独树一帜，重在参与，向你学习，我也要为非遗保护出一份力。"为了进一步了解和资助、保护"德记号中医药文化"，梁文敏和朱允涛师徒二人乘坐大篷车前往康德记大药房。康德记大药房的第五代传人康长春接待了他们师徒二人，并得到他俩无私的捐助，师徒二人感人的事迹被当地百姓传为佳话。

2010年8月16日，梁文敏应文化部中国艺术研究院传记文学杂志社的邀请，出席了中国非遗保护参与人传记宣传活动。大会期间，梁文敏作了慷慨激昂的重要发言，正式提出大篷车将申报非物质文化遗产保护，大力弘扬篷车精神，传承篷车文化。

朱允涛的朋友很多，其中大连著名书法家王可俊可算是他最要好的朋友了。

据朱允涛讲，从小两家居住在同一个小巷里，还是近邻。经常在一起玩扑克打滚子、到海里游泳钓鱼。王可俊自幼受其父亲王德模先生指教，喜好书画，子承父业，写得一手好书法。从20世纪80年代起，他的作品入选省市及全国书法大展并多次获奖。他的作品还作为大连市政府对外出访招商民间交往的礼物，被一些国家政要收藏，中曾根康弘、竹下登、细川护熙和羽田孜等多位日本前首相都收藏着王可俊的书法作品。那些散发着墨香、深蕴中华文化的书法作品也成为大连对外交往的友好使者。2011年1月，辽宁省组成文化艺术代表团赴台访问，王可俊作为大连书法界的唯一代表在台湾著名的园山饭店同台湾书法界同行现场交流。

王可俊也是梁文敏的好朋友，1981年梁文敏调任大连工艺美术公司教育科任教员，创办大连工艺美术学校时，王可俊也凭着书法的一技之长被分配到工艺美术公司下属的大连贝雕厂担任美术师。他们经常在一起进行书画艺术交流，关系相处得非常好。

曾经有一次，梁文敏又在为他的爱徒朱允涛作墨竹画，这时朱允涛亲切地对恩师说："昨天可俊来我这里看到墙上你为我所作的墨竹画，他非常仰慕。我想你们二位都是我的好老师，又是好朋友，让我们'红桃K''方片K''草花K'翰墨情谊合作一幅画，我写诗，你画竹，可俊书题，每人留一张墨宝相互作为留念。"梁文敏说："这个想法很好，我同意。"就这样梁文敏连画了3幅墨竹，朱允涛负责写诗，王可俊负责书题。

过了几天，朱允涛把写好的诗和王可俊书题的墨竹画，送交给梁文敏，上面写着：

可俊板桥明月楼，涛声怀旧数风流。

糊涂最是明白事，上善若水写春秋。

允涛诗，文敏画，岁次辛卯夏，上浣三浦可俊

可是万万没有想到，这幅三人合作的竹画今天竟成了永久的纪念。

难忘党报情缘

在纪念改革开放40周年之际，百忙中的梁文敏特意来到大连日报社，向社长、各级领导及全体编辑、记者们表达一名共产党员对党报的感恩之心。

梁文敏念念不忘与大连日报社的不解之缘，常常回忆自己与大连日报社的一件件往事。记得1978年，那时的《大连日报》叫《旅大日报》。报纸只有现在一半大，通常是4版。8月2日，第二版刊登了一篇图文并茂的《碧海红哨》。该稿一共有五幅画，题头图是写意的碧海翠岛，山峦云绕；第二幅是兼工带写意的怪石嶙峋，又有人造梯田郁郁葱葱；第三幅是速描，战士在哨位瞭望站岗；还有山路蜿蜒，刻石醒目的山水画以及宿舍里官兵学习讨论的工笔画。图作者署名中，梁文敏的名字排在第二位。记得那是他们去海岛采访写生后精心绘制的，以中国画表现现代题材，获得了画界好评。守岛官兵们看后更是激动万分，一再致谢。这一切都离不开大连日报社的提携与赏识，毕竟那时候梁文敏还很年轻，属无名小辈，投稿后，本来也没抱多大期望，是《大连日报》美术部的老主任拿出这么大的篇幅，让碧海红哨的守卫官兵们得到莫大鼓舞。

1978年8月5日，梁文敏被部队政治部宣传科派到旅大日报社美术摄影

部，进行一个月的学习与实习。得到了报社领导特别是美术摄影部隋军、张家瑞、闫峰焦老师的关怀和帮助。报社为他提供良好的学习、生活环境，获得了报刊写作、编辑、插图等一系列书本上学不到的知识和技术。大大激发了梁文敏的创作热情，绘画水平有很大提高。在这短短一个月的时间里，梁文敏创作并发表了10余幅作品，轰动了大连美术界。

1983年3月，《大连日报》登出一则只有名片一半大的小广告"大连墨宝斋书画店开业启事"。据报社广告处处长讲，《大连日报》是从1983年恢复广告业务的，梁文敏的广告是最早的一批。当时连大企业都舍不得花钱做广告，个人拿钱做广告的就更少见了。梁文敏辞职后失业好几年，手头十分拮据，但梁文敏信任大连日报社，硬是从牙缝里省出钱，做了这则广告。没想到广告效果非常好，可以说是轰动效应。当年六一儿童节，报纸又登出墨宝斋在劳动公园为少年儿童捐款和现场做书画表演的广告。7月1日，刊登出"张国安、梁文敏墨竹讲学表演"的广告，31日，报道了墨宝斋慰问黄海前

在纪念改革开放40周年之际，梁文敏特意来到大连日报社，向社长、各级领导及全体编辑、记者们表达一名共产党员对党报的感恩之心。

2018年7月16日，梁文敏带着感恩之心走进大连日报社，向报社赠送锦旗。

《大连日报》张田总编说，将四十年来，《大连日报》报道过梁文敏的新闻报纸全部留存。

哨子弟兵，举办10多场书画表演的消息并刊发了现场照片。

最难忘1984年7月16日，《大连日报》刊登了一封梁文敏的来信《因我辞职搞个体就该从党内除名吗？》，信中梁文敏诉说了令自己痛不欲生的遭遇：1980年，我因觉得业余作画时间不够用，根据当时政策提出停薪留职，想带几个青年开办个体书画店，可是单位领导只同意我退职，我只好忍痛放弃了20年工龄辞职。单位又不给我办理辞职手续，没有辞职手续就无法办理工商注册，没有工商注册画店就开不成。无奈之下，我只好外出去竹林写生。另外，单位党支部不同意给我转移党组织关系，我爱人去代交党费，单位还拒收，我写信汇报思想、寄党费，却被单位以我6个月不参加党组织生活、不交党费为由在我没到场的情况下，把我从党内除名了，我奔波无果，只得含泪向党报求助。群工部记者安丰金马上走访了单位及上级部门公司党委，经过多方努力，总公司下达文件建议公司恢复我的党籍。在登载我的来信的同时，这篇给我带来喜讯的调查附记也发表了，记得最后一句是："希望梁文敏同志在发展个体经济工作中发挥党员模范带头作用。"梁文敏手捧报纸热泪涟涟，是《大连日报》勇敢地冲破当时个别人的

《旅大日报》刊登《碧海红哨》油画。

认识局限，支持了改革开放带来的新事物，不但使党的阳光又照到梁文敏的身上，更重要的是在全市率先旗帜鲜明地落实党的政策，扶植了刚诞生的个体经济幼苗。在那个年代，这是要承担一定政治风险的。这件事，足以显示党报的政治水准、胆识魄力以及对党员对人民群众的关怀。

7月23日，大报的"来信"发表以后又登出消息《执行党的政策，纠正"左"的偏见，梁文敏的党籍得以恢复》。这使许多关心梁文敏的读者为他高兴，也让广大群众看到，《大连日报》对群众来信是多么重视，工作做得多么细致负责。报社的内刊《通讯员之友》，还将梁文敏的来信评为"好来信"。这件事，还引发了《共产党员》杂志在全国范围内持续半年的大讨论，《光明日报》也作了转载和报道。梁文敏感激党报给了他第二次政治生命，他热爱党报，从此和党报结下浓厚情谊。

梁文敏创作的木刻画。

作为大连第一个个体美术学校，墨宝斋第一批学员毕业时，《大连日报》作了报道；文化大篷车出发时，《大连日报》以较大篇幅进行了报道。之后，报社的目光一直注视着大篷车的足迹，大篷车在北京为金州进京舞龙的农民兄弟现场作画赠画；在西安遇到困难及大连老家失火的事，都被报社跟踪披露，引起各级领导和社会的广泛重视与关心。

13年后，又是《大连日报》率先报道了"文化大篷车又要启程"的消息。接着，2004年副刊发表了《梁文敏：青竹是我师》长篇通讯；2006年，记者不辞辛苦深入法庭采访法官等人，报道了经过10次开庭后，梁文敏打赢纠纷官司的消息，帮他伸张了正义。今年7月末和8月初，报社的记者们又深入军营和社区，两次报道了梁文敏向驻军部队战友赠送80幅《长城颂》画卷的消息。

梁文敏义务为群众、解放军官兵作画达万幅以上，成为国内义务作画最多的画家。梁文敏组织和参加了多次义卖、募捐活动，文化大篷车行程8万多公里，走过13个省，穿越大半个中国，为10多万群众授课，学员年龄最大的98岁，最小的5岁，一路经历的大小灾难170多次。在遭遇了失火毁掉画作

大连日报社记者王晓飞采访梁文敏。

与收藏、丧子、陷入纠纷及官司等变故时，是家乡的领导和父老乡亲以及大连日报社一直关注着梁文敏，给了他继续走下去的勇气。梁文敏热爱家乡，热爱这张与人民群众息息相通心心相连的党报。目前梁文敏又装备起更好的宣传大篷车，深入部队和群众，走一路，画一路，宣传一路。

尤其是今年11月11日，大报周刊《城市杂志》在本土画家栏目中，以《篷车精神　青竹品节》为题，写出了梁文敏的半生经历。文章发表的当天，他就接到了40多个电话，大家称赞这篇近两千字的文章写得凝练精当，文采斐然。梁文敏告诉朋友们，

《大连日报》报道《篷车精神青竹品节》。

徐明记者是在周日送妈妈去医院打吊瓶的间隙里到他家采访。采访超出了预定时间，为了工作，徐明让丈夫放弃婚宴替她去医院接老人回家。梁文敏当

《大连日报》报道《我的党报情缘》。

时深受感动，党报工作者又一次给他做出了敬业爱岗的好榜样。

40多年过去，《大连日报》的老编辑换成了年轻记者，可他们的爱民精神和敬业精神，始终感动着梁文敏，他也始终记得调查附记中的那句话，他暗下决心，决不辜负大连日报社的报道和期望，一定要做一名好党员。

向"十二运"捐画

2013年金秋，中国著名画家"当代板桥"梁文敏为中华人民共和国第十二届全国运动会创作惊世长卷——"对联"画。该画已被中华人民共和国第十二届全国运动会大连赛区组委会作为捐赠物品所接收，并由大连市人民政府转交给大连现代博物馆收藏，届时将展示给全国人民观赏。

在梁文敏先生的人生路上，他一直怀着感恩的心。将党和国家对他的培养和关怀牢记于心，当中华人民共和国第十二届全国运动会确定大连为分赛区的消息传来，又激发了梁文敏心中那感恩祖国、回报社会的心。

梁文敏感到，中华人民共和国第十二届全国运动会在辽宁举办，这是千载难逢百年不遇的大事、喜事。也是党的十八大以后，在辽宁举办的首次规模最大的全国盛会。作为大连市的一名市民，作为一名画家能不动心、不关心吗？身为一名久负盛名的老画家，梁文敏怀着对祖国体育事业的热爱和历史责任感，创作的灵感油然而生，他毅然下定决心，全力以赴投入"喜迎全运，共圆中国梦"的艺术创作之中。

　　中华人民共和国全运会已举办了十一届，历届都有书画家献画，其山水画、人物画、花鸟画都有，墨竹画也有，就是没有红竹画。这次，梁文敏要为"十二运"画红竹。

　　关于这幅画的创意和想法，梁文敏是这样解释的，象征中华民族精神的"竹"与"族"谐音。竹是大自然赐予人类的产物之一，中国竹文化源远流长，中国是世界上产竹最为丰富的国家，堪称第一产竹大国，是竹文化的发祥地。竹在中华民族子孙的心目中，是吉祥、平安、福运、品节高尚的象征。由于竹子本身特有的生长形态、质地和秉性，更多具备了人们所尊崇、向往、追求的劲健挺拔、历经风雪严寒而不凋，体现了人的坚强、傲骨和不畏邪恶、永葆青春的抗争精神和品格。另外，竹子的竹高心空、节节向上、擎日拂云、筛风弄月，昭示着人的虚心进取、高风亮节和潇洒出尘而又居高不傲的优秀品质。竹子品格和精神体现的不正是我们中华民族的自强不息、不屈不挠的民族精神吗？所以用竹子来表现"共圆中国梦"，寓意着全国56个民族团结、和谐、奋发、向上，共同实现中国梦的民族精神。

梁文敏为"十二运"创作《共圆中国梦》。

红色在中国历来是吉祥喜庆的色彩，中国人民历来把红色作为鸿福、吉祥、高贵、喜庆、胜利的象征，如红党旗、红国旗、红领巾、红灯笼、红春联、红地毯、故宫红墙等。

日常生活中以绿竹最为常见，红竹是百竹园中稀奇珍贵的品种。在竹的家族中，竹子的颜色非常丰富，所有的色彩它都具备，如桂林漓江两岸绿竹、翠竹、黄金间碧玉竹（黄色）、碧玉间黄金竹（蓝色）、北京紫竹院里紫竹（紫色）、蜀南竹海中的墨竹（黑色）、马鞍山太白楼公园里的粉淡竹（白色）、台湾阿里山的红竹（红色）等。

这里要说的是，画红竹在中国有千年历史。从艺术风格来说，红竹也称朱竹，朱竹的开山鼻祖是宋朝大文学家、大书画家苏东坡，但是历经数千年，世上的红竹图仍旧很罕见，见过画红竹画家的人更是寥寥无几了。

中华人民共和国第十二届全运会召开时间是在9月，正处在中秋季节，大地一片丰收景象，山林由绿变黄、变红。中国人把秋季作为春华秋实、丰收喜庆的季节，金秋时节乃黄红色调。气候也是一年中最好的季节，秋高气爽，正是开展体育运动会的最佳时节。

综合以上元素，梁文敏决定用红竹寓意第十二届全运会红红火火，全国各民族运动员在比赛场上朝气蓬勃、坚忍不拔、拼搏奋进、夺取辉煌成绩！实现自己的梦想！

这幅"对联"画《共圆中国梦——日月红竹图》是梁文敏在12尺长的宣纸上画成的，画上12株优美、栩栩如生、形态各异的红竹，寓意象征"十二运"，表达了54年来全运会所取得的辉煌成就。12株竹子的颜色有金黄、朱红、大红、深红变化无穷，竹子栩栩如生，出神入化！可称其绝世佳作，看过的人无不拍手称赞。

这幅"对联"巨幅长卷，其长度12尺，宽3尺，两幅合起来为24尺（8米长），其长度宽度堪称世界之最，是世界美术史上最长最宽的红竹画作。

"十二运"大连赛区，大连市人民政府于秘书长为梁文敏颁发铜匾。

12尺长的12株红竹象征着12万张笑脸。大自然中的一切生物，包括竹子都是有生命有感情的。画家激情挥毫通过竹竿、竹枝、竹叶表达出生机勃勃、喜气洋洋的热烈气氛。其含义是作为东道主的辽宁人民热情好客，犹如千万张笑脸向全国运动健儿招手致意，欢迎他们的到来。

另外，还包含着另一种更深层的含义。通过竹枝、竹叶随风摇曳、相互摆动和互应，如同运动员在比赛场上跳高、赛跑、举重、投篮、摔跤、射箭……龙腾虎跃、雄风神态和英姿飒爽的比赛风采和景象。展现着他们奋发向上、全力拼搏、勇创佳绩的运动精神，向全国、全世界展现我们中国人自强不息的民族精神！表现出比赛场外千万名观众为运动员呐喊加油时的神态以及全国人民为在领奖台上荣获金银奖牌的选手们欢呼胜利的喜悦！

"中国梦"是党的十八大提出的重要指导思想和重要执政理念，有着深远的现实意义和历史意义，也是这次全运会的中心精神。

如何通过绘画艺术表达"中国梦"，梁文敏经过很长时间酝酿考虑，反复琢磨和推敲，最终确定了画作的主题为《共圆中国梦》。

梁文敏书画展。

　　在这两幅红竹长卷里，画家利用众多的枝叶交错，巧妙地将数个大小不同的"圆"隐藏在画中，不是人人一下子就看得出来，如不用心认真观看品味，是看不出来的。必须带着梦想、梦幻般的心理状态仔细分析观察，才会慢慢发现其中的奥秘。12株粗竹画卷中有2个比较明显很大的"圆"，还有刚刚露出的半圆，似隐似现的各种大小不一的小圆，出现在你的眼帘，使你感到惊奇神妙。

　　这些大小圆寓意这次"十二运"的策划者、组织者、工作人员以及每一个参赛的运动员，为这次运动会拼搏进取，争取实现自己的梦想。有的可能实现了自己的梦想，有的可能没能实现自己的梦想，等待下一届全运会去实现。对全国人民来说，也是为实现自己的各种梦想，在奋斗拼搏中努力创造着。应该说这是画家创作这幅"对联"画《共圆中国梦——日月红竹图》的主要目的和意义，也是最精彩的亮点。

《日月红竹图》作为画的副题还有阴阳男女之说，开创了"对联"画的先河，是美术史上的重大贡献。历届全运会和世界奥运会都有男女运动员，他们是从全国各地、各民族中选拔出来的优秀运动健儿，如何表现出男女运动员，画家动了一番脑筋。自古以来中国文学和书法都有对联（又称"楹联"，又叫"对子"）这种艺术形式。从来没有"对联"画，而画家根据中国文学和书法中的对联形式产生联想，结合易经八卦，日月代表阴阳，男是阳女是阴，为此灵感大发，经过巧妙的构思，精心设计出一幅用粗竿代表男性运动员，细竿代表女性运动员，这幅合二为一的《日月红竹图》一左一右，成为古今第一"对联"画，也可称为天下第一"对联"画，开创了"对联"画的先河。是对世界美术史的重大创新和贡献。

梁文敏怀着对家乡、对"十二运"、对全国人民深厚的感情，不辞辛苦劳累，夜以继日地绘制出这幅合二为一的震撼全国、亘古未有的惊世之作，它的艺术价值自然是不言而喻！画家的艺术作品是汗水和心血的结晶，同时也是作者内心真情实感的充分表达。

这幅对联画《共圆中国梦——日月红竹图》惊世长卷长24尺，高3尺，合计72平方尺，按照现在梁文敏的竹画每平方尺7万元计算，合计为504万元。

随着知名度不断提高，随着时间年代不断增长和延长，这幅"对联"画《共圆中国梦——日月红竹图》的价值将会不断增值。《共圆中国梦——日月红竹图》"对联"画乃古今首创，稀世珍宝。

梁文敏的讲话让许多前来欣赏竹画展的观众热情澎湃，现场爆发了长久而热烈的掌声。

这幅"对联"画《共圆

中国梦——日月红竹图》属惊世之作，不论是创意，规格尺寸、表现形式以及表达的深远含义和象征，都是他倾其毕生心血的硕果，是竹子精神和艺术才华的美好展现。

雄伟壮观的"对联"画《共圆中国梦——日月红竹图》，是画竹艺术史以来第一幅最长最宽最大的巨幅长卷，是中国美术史、世界美术史一大创举。

神奇奥妙的"对联"画《共圆中国梦——日月红竹图》，似一朵艳丽盛开的艺术之花！一幅震撼世界的惊世之作！

梁文敏还参加了中华人民共和国第十二届运动会大连赛区组委会书画捐赠仪式。9月4日下午2时许，梁文敏与西岗区日新街道宋玉山书记、日新街道办公室主任王忠堂及相关工作人员一同来到"第十二届全国运动会大连赛区组委会"。

中国报道杂志社辽宁新闻总编李传军热情接待了梁文敏，多年前，他曾报道过梁文敏的感人事迹以及书画作品。这次活动他也代表主流媒体进行跟踪报道，此次捐献活动的参与者还有著名河南籍老画家陈献州及其妻子著名河南籍老书法家王明哲女士。

梁文敏希望能够通过这一幅幅饱含激情与祝福的红竹图，向"十二运"、向全体的运动健儿、向全国人民献上一份来自一名老兵、老画家的热烈祝福！

梁文敏还有一个最大的心愿和梦想，就是希望相关部门把他精心创作的这些红竹作为奖品，赠送给大连市在这次十二届运动会中夺得金牌的运动员，以表达对他们的敬意、鼓励和祝贺！

距离召开第十二届全运会还有3天的时间，梁文敏在西岗区文体局和日新街道党工委、办事处各位领导的大力支持和帮助下，在大连市西岗区文化体育活动中心举办了"喜迎全运 共圆中国梦"——"当代板桥"梁文敏书画作品展开幕式。

梁文敏和他的家人及助理陈圣文带着他精心准备的120幅画卷赶到了大连市西岗区文化体育中心，进行展览前的会场布置工作。在布场的过程中梁文敏亲自上阵，带领他的团队紧张而有序地忙碌着，整个展厅充盈着浓浓的书画气息，一

梁文敏 先生：

向中华人民共和国第十二届运动会捐赠十二幅、总计一百五拾二平尺字画。

特颁此匾，以示感谢。

中华人民共和国第十二届运动会大连赛区组委会
二〇一三年八月

中华人民共和国第十二届运动会大连赛区组委会向梁文敏颁匾致谢。

幅幅红竹、墨竹画卷活灵活现，让几百余名早早被这次画展吸引来的观众如置身于竹子的海洋中无法自拔。

9月30日，本次展览的开展仪式正式开始，仪式由西岗区日新街道办事处主任吴玉红主持。吴主任向大家介绍了参加当日开展仪式的各位领导及嘉宾，他们分别是西岗区副区长谭淑萍、西岗区日新街道党工委书记宋玉山、西岗区办事处吴玉红、大连市文广局局长李贵林、西岗区文体局局长李铁、日新街道办事处分管领导、各社区人员和日新地区居民代表。

接下来，吴主任详细介绍了梁文敏举办这次画展的目的以及梁文敏的部分事迹："在万众瞩目的第十二届全国运动会开幕之际，日新街道社区画家梁文敏先生为了表达自己对全运会的深情祝福，经过1年的构思，创作完成了120幅红竹、墨竹。西岗区文体局、日新街道党工委、办事处为了帮助梁先生圆一个'祝福全运'的梦，今天在这里举办梁文敏先生个人画展。"

"梁文敏先生是老共产党员，他长期痴迷画竹，经过多年苦练，画技儿近炉火纯青。他曾多次深入竹林，写生超万幅，先后得到刘海粟、尹瘦石、娄师白等大师的指点，作品多次在北京、上海、广州、西安、成都等市以及日本、新加坡、澳大利亚等国家展出，上百幅作品被人民大会堂、郑板桥纪

念馆收藏。梁文敏被大家亲切地称为'当代板桥'。"

经过现场讲解，许多前来欣赏竹画展的观众热情澎湃，更进一步了解了这些罕见的红竹图的寓意，各位观众争先恐后地想要一睹这饱含激情与祝福的红竹图。

西岗区文体局局长李铁也表达了对梁文敏的为人以及他的竹画的敬佩与喜爱之情。

各位领导、居民朋友们纷纷走向展台，欣赏着一幅幅栩栩如生、坚韧挺拔、健壮优美的竹子图，犹如畅游在竹海一般，酣畅淋漓、不能自拔。在展览期间，经常可以听到从人群中发出的一声声的赞叹"这画画得太好了！""不愧是当代板桥呀！""太神奇了！太逼真了！"这一句句发自肺腑的赞叹是对梁文敏墨竹画的最佳肯定与支持，也可以看出梁文敏无愧于"当代板桥"这个称号！

正当大家沉浸在梁文敏的竹画之中时，突然听到有人喊了一句："快来看这幅红竹图！太漂亮了！"随着这一声稍显"不合规矩"的呼喊，大家齐齐聚到了这幅长12尺、宽3尺的巨幅红竹图前，12株健壮挺拔、栩栩如生的红竹跃然眼前，仿佛一阵风吹来便可以听到沙沙的竹叶声。此时，梁文敏也来到了红竹图前，向各位前来参展的观众介绍了绘制这幅红竹图的寓意与目的，西岗区日新街道党工委的宋玉山书记在看了梁文敏的红竹图后，对梁文敏越发敬仰，不断拍手称赞梁文敏这幅红竹图画得好有神韵，同时还向梁文敏就竹画方面的知识进行了深切的交谈。喜爱书画艺术的宋书记真切地向梁文敏提出想要跟他学习画竹子的想法，还说要以政府的名义为梁文敏开办一个竹画教学班，成立一个社区书画院，专门供梁文敏传授墨竹画法，弘扬竹子精神。

在整个书画展展出期间，不断有人前来与梁文敏交谈，纷纷表达了对梁文敏的喜爱与敬仰，也有不少人希望可以跟随梁文敏学习画竹子。其中有一位78岁高龄的李爱美女士，对梁文敏的书画尤其喜爱。她曾是大连化物所的一名研究员，从事科研工作。1992年退休后由于酷爱书画、摄影加入了大连化物所老友摄影分会。在得知举办这次画展后，早早就赶到文体馆，聆听了梁文敏关于这幅红竹图寓意的阐述后，更加欣赏梁文敏的这种为家乡做贡献、敢为人先的品格，想要更多地了解梁文敏的生平，可惜由于前来索要资料传记的人太多，此时已经没有多余的资料可以赠予这位追求书画艺术的李女士。看着李女士有些失望的神情，梁文敏也略有自责，对李女士说："大姐，您别失望，我明天派助理将我的资料和传记送到您家里去，您放心啊！"李女士听后很是开心，也越发欣赏这位"当代板桥"。

成为画竹大师

梁文敏一片痴情，与竹结下毕生不解之缘。竹子精神和品节使他爱上了竹子。梁文敏从小就对竹子有着特殊的感情，选择画竹，是他从小到大难舍的竹子情怀。

他爱竹所以画竹，在画竹中遇到困难他就从竹子身上得到启发，受到教益。他平日为人处世也以竹为楷模，自勉、自诩，从竹的品节中学习为人的道理，正是竹子的精神和品格，给了他莫大的安慰，赋予他无穷的力量，支撑他一路向前。

为了画好竹子，画出竹子的神韵，他大半生时间认真观察竹子，研究竹子。他读万卷书行万里路，几十年来多次自费走遍祖国大江南北，还去过泰国、新加坡等地，深入竹海，走进竹林，实地考察收集素材，搜尽万竹打草稿，写生作画上万张。

针对竹子在风霜雨露和不同季节里有着千姿百态的风情，他总结了《写竹传神》八字口诀："风分雨多，个露介晴。"似如人之喜怒哀乐，静似晴竹，

梁文敏抚案照。

哀似雨露，春风似喜，狂风似怒，枝动叶随，笔笔见情。

走进梁文敏的家中，犹如走进了一个竹子的世界，地上铺满了他在各地考察时拍摄的竹子照片，有近万张，墙上挂满了各种墨竹丹青，墙角则是从各地搜集来的竹子标本，阳台上是种植的各种新鲜竹子。

梁文敏每天就徜徉在他创造的"竹海"里，欣赏着、陶醉着，过着"仙人"般的生活。他说："我不仅爱竹、画竹、师竹、教竹，做竹人，我还种竹、赏竹、恋竹、思竹，与竹交心与竹交友。"他说这一辈子最大的梦想就是做一棵竹子，他就是竹子，竹子就是他，竹子是他的魂，竹子是他的命，他为竹歌唱，为竹传神。

在各种募捐活动中，梁文敏总是冲在前面。汶川地震后，梁文敏不仅捐款，还多次拿出留存不卖的精品画作搞义卖活动，他是大连书画界慈善带头人之一，《人民日报》和新华社记者为此作了采访和报道。为了迎接国庆60周年，梁文敏怀着一颗报恩之心，激情满怀，特意创作出600幅4尺6开墨竹画，作为节日礼品赠予家乡亲人，以示对祖国人民的感恩。

由大连市西岗区外来劳动力市场主办、大连盛兴文化传媒有限公司承办，大连横山寺协办的中国著名书画家"当代板桥"梁文敏先生山水、人物画展于2008年2月7日至21日（正月初一至正月十五）在旅顺横山寺隆重举行。画展所得收益将用于资助特困外来劳动力生活救助。

2009年在隆重纪念新中国成立60周年先进典型宣传活动中，大连市委、大连市人民政府把中国文化大篷车创始人梁文敏作为"大连人不能忘记100个先进模范人物"候选人，其先进模范事迹在《大连日报》《大连晚报》《大连新商报》等媒体宣传报道。

竹贵有节，人贵有志。经过60多年的磨炼，梁文敏已画了6万多幅墨竹。天道酬勤，他的画竹技艺已炉火纯青，他终于成为当今精攻墨竹的大家。既

大连人民汶川人民心连心。

1986年，沈延毅先生评论梁文敏墨竹艺术：疏落绕姿态，画竹忆喜禅，沧桑岁月隔，杖锡大孤山。文敏画竹颇有真传盖喜禅上人，再传弟子也。

沈延毅题词：修竹千竿挺且直。

《中国商报》报道梁文敏文化远征的事迹。

有板桥遗风，又有文敏风采，在国内独树一帜，自成一家，被画坛誉为"竹王、竹魁、竹司令、竹仙、竹神、竹魂、当代板桥"。难怪齐白石的高徒娄师白大师曾为其墨竹补石；花鸟画大师孙其峰曾为其墨竹补雀；著名书画大师刘海粟为其墨竹添画梅花并书题"板桥遗风"；艺术大师韩美林评说梁文敏画的墨竹"不拘一格"；辽宁省美协主席、中国美协理事宋雨桂见到梁文敏画的墨竹赞叹不已，毅然挥毫给梁文敏题写了"竹魁"两个大字并加述文"文敏道史画竹关东无出右者，吾谓之墨竹仙客也"，给予很高的评价；著名书画大师、国学泰斗范曾先生夸梁文敏墨竹画得好，为其墨竹题字"擎日拂云"并赠书"篷车精神　青竹品节"；中国书法家协会名誉理事，辽宁省书法家协会主席沈延毅先生评论梁文敏墨竹艺术："疏落绕姿态，画竹忆喜禅，沧桑岁月隔，杖锡大孤山。文敏画竹颇有真传盖喜禅上人，再传弟子也。"

梁文敏先生的墨竹画在继承传统的基础上，不泥古法、师法自然、博采众长、独辟蹊径，刻意创新其画法。笔法奔放刚健有力、墨色淋漓、浓淡有致，行笔疾速大刀阔斧，纵横飞腾如挟雷走电，龙飞凤舞气势磅礴。他笔下的翠竹千姿百态清新秀丽，神韵勃勃，给人赏心悦目、生气盎然、栩栩如生之感，让人感到一股浓浓的板桥风韵，令人浮想联翩。

凡是看过梁文敏现场挥毫泼墨画竹的人，都是那样的惊叹不已，都说梁文敏把竹子画"活"了，画绝了！真是神竹也！为他的高超画竹绝技而折服。

梁文敏先生的墨竹画曾在北京民族文化馆、中国美术馆、香港大会堂和日本、新加坡、德国、英国、法国、俄罗斯等国家多次展出并获奖，其作品被许多国内外新闻媒体发表和报道。有近千幅被人民大会堂、毛主席纪念堂、中国文联书画中心、西安秦始皇兵马俑博物馆、四川成都杜甫草堂、遵义纪念馆、郑板桥纪念馆以及国内各大博物馆、画院、宾馆收藏。

2010年3月，在北京召开的两会期间，3月5日，具有很高知名度和影响力的国家级报刊《中国商报》辽宁经济特刊将《当代板桥梁文敏——记一个老兵和一场跨越20年的文化远征》，以整版向全社会国内外作了广泛宣传报道，引起强烈轰动和反响。

第九章

入选"大红袍"

"大红袍" 之来历

从学画那天起，梁文敏就对出版社出版的各种书籍画册非常喜爱，产生了浓厚兴趣。尤其是那些大名鼎鼎的大画家，如唐伯虎、郑板桥、齐白石、徐悲鸿、李苦禅、黄胄、范曾等的画册买了一本又一本，他家里藏书上万册。单单是购买收藏他一生最崇拜的先师郑板桥的书画集就有上百册。这对他画画、从事书画研究起到了很大作用。

当今时代，凡是从事书画创作和研究的每一位书画家、美术爱好者都想将自己辛勤劳动的书画作品积累成册，通过出版社出版一本书画集。通过书画集提高自己在书画界的影响和名气。这样做，既是对个人艺术水平、艺术风格、身份和地位的认可，也可以引起美术爱好者、收藏家的关注和重视，打开书画作品走向市场的大门和途径。书画集又是书画家的代言人、通行证，是媒介，是广告，是宣传。

1993年，天津人民美术出版社与台湾锦绣文化企业合作首次出版了吴昌硕、任伯年、张大千、溥心畬、蒋兆和、齐白石、徐悲鸿、李可染、潘天寿、傅抱石等10位已故国画大师的专册，人民美术出版社也同期出版了黄宾虹、黄胄等10位国画大师的专册。本套丛书内容选择严谨、学术定位高端，每个专册设计规格相同，采用正八开，外壳使用全红的

2018年2月，天津人民美术出版社为梁文敏出版了画集。

硬套装帧，画家的烫金黄字封名跃然红套之上，其红而不艳，庄重大方。

该装帧被业内称为"大红袍"，并因此奠定了《中国近现代名家画集》在画界高端的地位。由此开启了"大红袍"画集的系列出版，在中国画界及收藏界引起了强烈反响！

为弘扬中华民族的文化艺术传统，表彰在当代绘画艺术中取得突出成就的艺术家，宣传当代名家的创作成果，充分展示艺术风格，为我国绚丽多彩的艺术宝库谱写新的篇章，从2005年开始向全国征集稿件，整合并顺延《中国近现代名家画集》在当代中国艺术家中的系列出版工作。本套系的入编以严肃的学术定位为根基，确立当代画家在艺术界的地位，并为后世的艺术研究提供学术资料。

入选"大红袍"一书要求极其严格，入选的艺术家必须取得重大艺术成就，在世艺术家年龄必须达到70岁以上。艺术家或家属需主动向人民美术出版社提出申请，其作品必须由人民美术出版社召集美术界权威专家组成艺委会审核之后，经专家评审委员无记名投票，获三分之二以上票数方可通过入选。凡入选者均是我国近现代最著名最有影响力的画家，均在美术史上占有一席之地。

著名画家张大千、齐白石、徐悲鸿、李苦禅、黄胄、傅抱石、关山月、潘天寿、吴冠中、石鲁、李可染、黄宾虹、黄永玉、林风眠、蒋兆和、吴作人、范曾、宋雨桂等社会公认的美术大师均已编入"大红袍"画册中，迄今为止只有六十余位大师享此殊荣。

凭借实力入选

2月中旬，天津人民美术出版社北京编辑室负责出版《中国近现代名家画集》·大红袍系列专辑的主编韩龙在网上关注"中国梦"主题时，偶然看到

梁文敏与天津人民美术出版社北京编辑室大红袍系列专辑的主编韩龙先生。

梁文敏为中华人民共和国第十二届全运会创作的《共圆中国梦——日月红竹图》巨幅长卷，大为惊奇和震撼。感到"红竹图"既独特又具创新性，随即在网上浏览了梁文敏的许多其他资料和信息。

这一重大地发现，使韩龙清楚地感觉到，梁文敏不仅竹子画得好，而且还有丰富多彩、生动感人的传奇故事，是国宝级大画家，一定要找到梁文敏，并与他取得联系。他迫不及待地打开通讯录，想通过主办单位联系到梁文敏。首先找到大连市西岗区委宣传部，区委宣传部提供了街道办事处的电话，街道办事处提供了宣传部门负责人的电话，负责人接到电话后说："梁老是我们社区德高望重的知名人物，他的手机号码不能轻易提供给陌生人，需要请示领导。"第三天上午，韩龙终于打通了梁文敏的电话，韩龙在电话中说："老师的作品题材丰富，作品气韵生动，造型、意境、功力深厚。竹子现在已经成为您的代言符号，您又被当今画坛誉为'竹魁''竹仙''当代板桥'，作为一名画家，这是很难得的。我们特邀请您入编'大红袍'《中国近现代名家画集》系列专辑。随后给您寄去有关资料，如有问题请电话联系。有时间的话，欢迎您来我们工作室。祝您创作出更多的精品！"

　　梁文敏听后高兴万分，激动不已。按照韩龙电话中的要求将其作品及有关资料通过快递邮寄到北京，并在此后通过电话作了多次沟通。

　　2014年5月19日，梁文敏应邀来到北京，韩龙主编亲自到北京站迎接，然后乘车抵达坐落在北京丰台区的汉唐九宫文化有限公司、天津人民美术出版社"大红袍"编辑室，两人又作了进一步沟通和了解。

　　第二天上午，韩龙主编陪同梁文敏乘火车来到天津人民美术出版社编辑部，见到了具有30多年编辑工作经验的潘恩春主任。韩龙将梁文敏的情况向潘先生一一作了详细介绍，

梁文敏与天津人民美术出版社编辑部潘恩春主任合影。

按照入编"大红袍"有关规定和一道道复杂的审核程序，最终确定梁文敏完全符合入编"大红袍"的要求。潘恩春代表出版社向梁文敏表示祝贺！同时履行了出版合同签约手续。

　　梁文敏自幼酷爱书画艺术，与郑板桥和他手下的竹子结下了不解之缘，并把郑板桥作为他的尊师和偶像。学板桥、做板桥成了梁文敏一生追求的奋斗目标和梦想，出一本自己的画集，不仅是他的理想，还向先师郑板桥迈近了一步。

京城奋斗四载

近些年，书画艺术快速发展，一些书画家急功近利，急于求成，把书画作为谋取利益的工具，只求书画"变化"，不求艺术进步、创新，常常自吹自擂、孤芳自赏，甚至旁门左道、以丑为笔，自封书画名师大家或者会长主席者比比皆是。在名利的作用下，私欲横流、人心不古、世风日下、是非和道德观标准扭曲，责任与担当理念缺失，优秀的传统文化艺术受到冲击、破坏和践踏、蹂躏！包括书画在内的文化艺术领域也惨遭灾害、鱼龙混杂、良莠不齐。梁文敏虽已功成名就，至今未出一本画册，不随便举办个人画展和艺术作品拍卖会，国内外一些电视台不时邀请他举办讲座、拍摄艺术专题片等，都被他婉言回绝了，他对名利的心态如何，由此可见一斑。

"怀若竹虚临江水，气如兰静在春风。"梁文敏如军人坚守阵地，坚守防线，捍卫营盘和尊严；像翠竹坚贞挺拔，持节秉操，甘于清贫寂寞，奋发向上，立于潮头，高擎继承和弘扬中华民族传统文化艺术旗帜。梁文敏就是一个认真、严谨、踏实、求真务实、力戒浮躁的人。他自下决心，一定要圆满完成"大红袍"的创作任务，他牢记自己的誓言"画不惊人誓不休"！画家是以画服人，他要用手中的画笔，画出一本代表新时代的力作，他要画出一本竹子"大红袍"。

为此，2015年梁文敏和年已古稀的老伴许秀娟进军北京，在朋友的帮助下，花费30万元租下远离京城闹市

梁文敏精心研究中国墨竹艺术。

梁文敏在北京顺义区小营村的画作创作基地。

离民航机场较近的顺义区"誉天下"别墅区内一座300多平方米的高档小楼作为"大红袍"画作创作基地。两年后,由于创作需要更大更宽阔的画室,又搬迁到西小营村占地近千平方米的农家院。从2015年到2018年,经过4年1000多个日日夜夜的艰苦努力,梁文敏生呕心沥血、墨田耕耘,研习郑板桥竹技如痴如迷,"学板桥,做板桥",秉承板桥精神,心魂已与板桥融为一体。所画之竹铮铮铁骨、大气磅礴,既具有文人的气质,又具有军人的灵魂和工匠精神。勤学苦练仍不停歇,壮志未老笔耕不辍,精益求精继往开来,可谓梁老的真实写照。

梁文敏从一个贫苦农民家庭讨饭的穷孩子,一位无名草根,经历苦难,靠奋斗自学成为画竹大家。梁文敏坚持读书、坚持写生、坚持传统、坚持创新、坚持诗文书画并茂的执着追求,潜心创作,不为名利所惑。他把自己的全部精力和热情倾注在笔端,靠"篷车精神 青竹品节"创作出千幅墨竹,艺术水准达到巅峰。

为创作"大红袍"画集,3年内梁文敏消耗了大量纸笔墨,据不完全统计达20多万元。最终,400幅精品力作入选《大红袍》墨竹画集,而且是唯一的一本"大红袍"墨竹画集,精选出的作品和有关资料交到出版社,出版社编委会经过多次无记名投票、专家组审核等严格的审批手续,最终于2018年春节定稿出版。

梁文敏先生在精心研究创作剑刀竹画。

梁文敏入选天津人民美术出版社出版的"大红袍"系列之《中国近现代名家画集》，确定了梁文敏在当代美术界享有的崇高地位和艺术价值。使其成为中国美术界资深画家和艺术大师，成为我国当代杰出的、具有广泛影响力及收藏潜力的国宝级实力派艺术家之一。

梁文敏经过4年的拼搏奋斗，创作完成震撼画坛的一本竹子"大红袍"画集，成为国家美术界资深画家、艺术大师。这本代表梁文敏个人艺术生涯里程碑式的画集，全方位地展现了他一生的奋斗实践，形成了具有习近平总书记创立的"中国特色的社会主义新时代"的艺术风格，对未来中国墨竹艺术有着极其深远的影响！

梁文敏创作的剑刀竹画。

梁文敏在北京的创作基地工作室。

梁文敏"白天挥洒夜间思，清风劲节满乾坤"。

与大师们齐名

梁文敏入编天津人民美术出版社出版的《中国近现代名家·梁文敏·大红袍》画集，成为中国美术界资深画家艺术大师。正式步入吴昌硕、张大千、齐白石、徐悲鸿、李苦禅、黄宾虹、李可染、范曾、宋雨桂等大师级人物的行列。

2018年6月，天津人民美术出版社正式向社会出版发行《中国近现代名家系列：梁文敏画集》。73岁高龄的梁文敏，历经近70年的呕心沥血、拼搏奋斗，终于登上中国墨竹艺术巅峰，成为

梁文敏入选"大红袍"系列。

中国当今美术界实力派艺术大师之一，为世人所推崇和敬仰。

说到"大师"，多么响亮的称呼，多么令人羡慕的地位与荣誉；古往今来能有几人成为大师，特别是当下，全国从事书画业的艺术人才、画家成千上万，多如牛毛，要想成为大师，更是难上加难。梁文敏从一位出身贫苦的穷孩子、草根到普通书画爱好者，经过70多年的奋斗取得重大艺术成就，进入"大师"的殿堂，确实不易；这也是苍天有眼苦尽甘来，对有才能的人、勤奋刻苦求索的人应有的回报。

这是一部闪耀时代辉煌的墨竹专集。这是中国美术史上具有里程碑意义的盛事。此画集是众多"大红袍"画集中唯一的一本《墨竹》画集。收录了梁文敏近400幅"板桥竹风剑刀画派"精品新作，实为罕见，具有极高的学术研究价值和收藏价值。

梁文敏跻身大师行列。

"当代板桥" 入集

　　"当代板桥"梁文敏这一誉称被写进"大红袍"画集,对梁文敏来说,是用"篷车精神　青竹品节"铸就的"当代板桥"这一最高荣誉。这块金光闪闪、光芒四射、耀眼夺目的艺术品牌使梁文敏身价猛增,也给他带来了巨大的经济价值和艺术价值。

　　中国现代史上,有着很多曲折跌宕、起伏感人的传奇故事,他凭借着不屈的"板桥精神""竹子精神""篷车精神"和超人的毅力,开创了"十几个中国第一",他是名震中国文化艺术界的一颗耀眼的艺术明星,被称为"当代画坛奇人怪才"。他是一个把艺术服务于社会的真正的人民艺术家,是新时代用文化艺术奉献人民的光辉典范。

梁文敏荣登《当代工人》杂志封面。

他的传奇人生，如果用书来写是一部人物传奇小说，用电影电视的方式拍摄，是一部精彩的纪实性连续剧，他就是郑板桥和郑板桥艺术的传承者、享誉海内外的"当代板桥"梁文敏。

中共中央宣传部干部局专家处原副处长孙盛军为梁文敏题词。

1991年5月，由上海人民出版社出版、北京新华书店发行，由国家相关领导人题写的中华人民共和国成立以来第一部《中国当代名人录》收录了梁文敏的生平事迹，文中梁文敏已被称为"当代板桥"。"当代板桥"梁文敏这一誉称向社会公开宣传之后，《人民日报》《中国书画报》《中国商报》《中原书画报》《中国报道》《中华儿女》《当代工人》《山东人》《传记文学》《谁在改变中国》等报纸杂志及众多新闻媒体广泛宣传和报道。"当代板桥梁文敏"至今已经整整28年了，已被中华人民共和国文化部，中国美术家协会，中共兴化市委、兴化市人民政府，中共桂林市委、桂林市人民政府，中共大连市委、大连市人民政府等官方权力机构给予肯定和认可。梁文敏已成为名副其实的"当代板桥"。

梁文敏诗书画师承郑板桥，他的身世爱好、性格行为乃至生活方式都与郑板桥极为相似。仿佛是天意弄人，梁文敏一生与郑板桥有着难解的天缘巧合，有着极为相似的人生经历，有着许许多多的相同之处，令人感到十分惊讶。当今世上再没有任何人与郑板桥有这么多相似之处。

有人说他是郑板桥的化身，也有人说他是活着的郑板桥，说他最多的还是"当代板桥"。

孙盛军为梁文敏题词。

河南范县诗书画院院长、河南省美术家协会会员、著名画家何希荣先生说："深知梁老先生人生与郑板桥惊人相似，画竹造化甚大，板桥精神无人比拟，当代板桥无人可胜任，非梁文敏莫属。"

中华人民共和国文化部商务市场中心原副主任、中共中央宣传部干部局专家处原副处长孙盛军曾说："在竹子精神孕育下，梁文敏已成为名副其实的当代板桥。"

"当代板桥"梁文敏和他的传奇故事、画作等，凭借"大红袍"画集走红，在全国再次刮起"一阵风"，梁文敏这位新世纪的"当代板桥"再次响遍神州大地。

篷车文化"第一人"

梁文敏作为新中国第一个共产党员个体户，改革大潮中的开拓者、先行者，被编入"大红袍"，是他人生艺术经历中的一件大喜事。梁文敏始终怀着一颗赤子之心，凭借着无畏不屈的精神，超人的胆略和毅力，开创了十几个"中国第一"。

在党的十一届三中全会改革开放精神鼓舞下，梁文敏是走在改革前列的开拓者、先行者。1980年他敢为人先，他以大无畏的革命气魄和胆略，就像第一个吃螃蟹的人那样，冒着极大的风险舍弃铁饭碗，辞去官职干个体，创办全国第一家个体墨宝斋书画店，成为改革开放标志性人物。

篷车万里情深似海，梁文敏开创的函授流动辅导车，后来

中国第一个文化大篷车全体成员。

发展成为文化大篷车。《人民日报》称这辆文化大篷车是全国第一个个体流动美术学校，中国美术家协会辽宁分会为他题词："为普及群众美术甘当人梯"，中央电视台也作了宣传报道。他利用文化大篷车的教学优势，用手中的画笔，把高雅的传统文化艺术转化成为大众文化，他为普及群众的美术事业甘当人梯无私奉献的感人事迹已被亿万人民传为佳话。

梁文敏开创了中国大篷车文化的先河，被称为中国文化大篷车"第一人"，被誉为传播中华文化艺术的使者。

梁文敏携带妻子、儿子全家四人，1988年1月12日，中国第一个文化大篷车在大连市委和各级领导的关怀下、在广大人民群众的期待中从大连出发开始了征程。梁文敏一家以车为家，吃住、创作、教学、工作、生活都在车上。凭借着不屈不挠的精神和超人的毅力，以及为了事业舍小家的奉献牺牲精神，以改革家的眼光和开拓者的胆识，带领着大篷车进京城闯华北，渡黄河赴陕甘，越蜀道下两广，一路走南闯北四方送教传艺，屡经磨难饱受风霜。在全国各地的工厂、矿山、街道、学校、部队、山村留下了梁文敏奋笔作画及辅导学员传授画艺的身影。

梁文敏开创的"中国第一个文化大篷车"，已经成为闪亮的文化品牌。

竹子精神永恒

梁文敏开创的"篷车精神"被写进了"大红袍"专集中，艺术家的汗水可铸就一件完美的艺术品，但要成为完美的艺术家，必须付出惊人的代价。梁文敏不但追求精湛的艺术，更追求高尚的人格。

中国第一个文化大篷车承载着梁文敏对艺术的终身追求与探索，承载着对广大美术爱好者的一份炽热情感，在远征途中播撒了无数美术的种子，浇灌了无数艺术之花，成为当代文化艺术领域一个闪亮的坐标，具有时代精神的"篷车精神"必将成为精神文明建设史上一颗闪亮的星星被载入史册！

梁文敏因开创"板桥竹风剑刀画派"成为一代宗师被写进"大红袍"。梁文敏是一位奇人怪才，以画竹闻名遐迩。他"爱竹、画竹、师竹"，将青竹品格融化在血液里。他的墨竹画在继承先师郑板桥的"眼中之竹，胸中之竹，手中之竹"的画竹语论和墨竹画风的基础上博采众长，遍阅临写古今历代大家的竹画作并进行深入细致的研究，勤学苦练，呕心沥血，持之以恒，日间挥洒夜间思，如痴如狂。画竹是他的事业，也是他生命的全部。他的誓言和座右铭是："画不惊人誓不休，画到生时是熟时。" 古有（宋代）米芾拜石，今有文敏拜竹，竹子已成为他的艺术语言符号。

梁晓东为梁文敏"大红袍"画集写的代序。

梁文敏虽然已是74岁高龄的古稀老人，却精神矍铄。老骥伏枥，志在千里，他依旧将自身生命融入"剑刀竹"之中。

剑刀竹已成为他的性格、气质、学养乃至人生理想和精神情怀的寄托与升华地。泼墨挥毫表心志，剑刀竹风抒豪情。他说："竹子是植物中的军人，军人也是人类中的竹子。"梁文敏既有军人骨气和气质，刚正不阿铮铮铁骨之豪放气派，又蕴含文人般儒雅温润之气，风流倜傥之潇洒神韵，独具卓然而自成一家，成为一代大家名师。

安廷山题词：文敏写竹四十年，走遍全国画竹海。史上画竹名人多，当代板桥又重现。落笔龙蛇神飞扬，如舞剑器十八般。想来星海相聚时，不知苦累流大汗。而今已成新生者，海阔天空任腾翻。

梁文敏开创的"板桥竹风剑刀画派"在中国近现代美术史上占有一席之地，其作品代表了中国当代墨竹画的最高水平，为中国墨竹画的传承、创新、发展做出了卓越的贡献。

生命与竹相拥

在梁文敏的艺术生涯中，竹子已成为梁文敏的艺术语言符号。在天津人民美术出版社出版的梁文敏"大红袍"画集通知中说，梁文敏先生被当代画坛誉为"竹魁""竹仙""当代板桥"，竹子已成为他的艺术语言符号。作为一名画家，这是很难得的。如同徐悲鸿的马、齐白石的虾、张大千的荷、黄胄的驴、李苦禅的鹰、关山月的梅、冯大中的虎。"竹"就是梁文敏，梁文敏就是"竹"。这标志着梁文敏在探索研究竹的文化领域取得了巨大成就及卓越的艺术造诣，为继承和发扬中国墨竹艺术有着极其深远的影响。他开创的"板桥竹风剑刀画派"成为新时代的里程碑，将载入史册。

梁文敏自幼爱竹、画竹、师竹、敬竹、欣赏竹、崇拜竹、赞美竹，将竹之品格融化在血液里。不仅因为竹的万般风情给他以艺术的美感，而且因为竹的自然天性和君子品格给他哲理的启迪和人格的力量。天长日久，他的情操也被竹的气息、竹的清香和竹的风格所陶冶，使他能以清风朗月般的心态

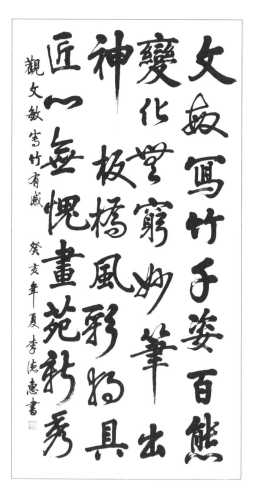

著名书法家李德惠题词。

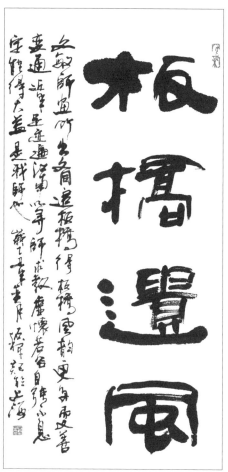

著名书法家石犁题词。

面对物欲横流的人世。因为他认为"做人当君子，君子当如竹"，所以他喜画竹，其笔下的竹子文气、大气，呈现出强烈的视觉张力，洒脱、灵动，其竹的构成与穿插、疏密虚实等都体现了他的别具匠心。他的创新就是把活生生的竹子画得更像刀剑高风坚挺、亮节刚强、锋利灵透深邃，把竹子的精神和内涵画到极致。

梁文敏说竹虚心有节，抗疾风傲霜雪，四季常青。虚心有节一身是宝，为我爱之。"咬定青山不放松，立根原在破岩中。千磨万击还坚劲，任尔东南西北风。"这首郑板桥的诗也是他最喜爱的，他喜爱竹子的品格，它刚强挺拔，朴实无华，生命力极强，他与竹子结下了一生之缘。

把传承当责任

传承中华先进文化，是艺术家的社会责任。古有板桥画怒竹，今有文敏画劲竹。梁文敏继承和发展了郑板桥墨竹艺术，在郑板桥竹风细、瘦、静、怒的基础上表达喜哀悲乐、风晴雨露、灵气动势之感，尤其是风竹行笔快捷，挥洒自如。

针对竹子在风霜雨露和不同季节中有着千姿百态的风情，他总结了写竹传神的八字口诀"风分雨多、个露介晴"，似如人之喜怒哀乐，静似晴竹、哀似雨露、春风似喜、狂风似怒、枝动叶随、笔笔见情。即刮风的时候，竹叶像"分"字，下雨时其叶如"多"字，挂露水时，叶片似"个"字，晴天时叶子像"介"字，形神兼备，妙笔传神。

他作画的姿态就像舞台上的舞者，更像武艺高强的侠士，将古人所说的"胸有成竹"演绎得淋漓尽致。

梁文敏画竹还有一个特点，取竹子最美一段，或随风摇曳，或在雨中洗涤，或是蓬勃向上，或是秋日挺立抗风……如文同之挺劲，顾安之谨严，夏仲昭之繁盛，李方膺之简约，郑板桥之清瘦，石涛之质朴。虽然他们各自风格不同，但仔细揣度，其中尚有前人成法可循，遗迹可踪。梁文敏笔下的墨竹也是如此，其整体上风格全新，却有传统章法可循，不悖古法。古人把画竹称为"写竹"。一个"写"字包含着两种意义，一是画竹的用笔形式与中国书法最为接近，没有扎实的书法功底不可能把竹子画好。品读梁文敏笔下的竹子，一个"力"字贯穿于始终，充弥于整个画面。无论是顶天立地的长竿还是画中局部的末节枝梢，都充满着力量。那种斩钉截铁般的笔力，足见他在书法上的超然功法。例如他的《咬定青山志高千丈》作品虽然属于中堂形式，但每一笔都是那样沉稳扎实，没有丝毫的犹豫马虎。即使是淡墨勾勒的竹梢，也是挺拔劲健，英姿勃发，起笔行笔俨然是在写字。

梁文敏画竹很有灵气、活气、大气，是对赵孟頫说的"写竹还须八法通"最好的诠释。他以时代科学精神，七十年磨一剑，七十年的苦练，形成自己的笔墨语言，在国内画坛独树一帜自成一派，这在中

梁文敏《咬定青山不放松》竹石图。

国美术史上是一大改革和创新。

在梁文敏的作品中蕴含着非常深邃的东方传统哲学理念。他能够将诸如干湿、疏密、长短、粗细、深浅、浓淡种种对立的矛盾有机地统一起来，和谐地表现在一幅作品中，最终达到天人合一的理想境地。画竹的过程就是如何将具象美与抽象美和谐统一的过程，也就是画家本身与所画之竹融为一体的过程。人即是竹，竹即是人。

要做到人画竹，首先竹化人，这种朴素的哲学思想和美学理念成为梁文敏人品鲜明的特征，所以他笔下的墨竹飒飒潇潇，不仅有着一股纯阳正气、一股隽永清和的"书卷气"，同时还有一种谦和醇厚的儒士风范。

纵观梁文敏所画的墨竹可以看出，他首先继承了文同的传统，常作风竹新篁，其行笔谨严遒劲挺秀，用墨润泽焕烂，画湖石，带勾带染，得皱透之姿，其在李衎、柯九思外，自有一股萧疏清逸之气；画风篁新竹，或丛生群聚，或一枝独秀，竹叶多取仰势，行笔遒劲雄健挺秀，吸取李衎、赵孟頫诸人技法，融入书法意趣，萧疏清逸自成一格。作品内容多描写风竹的新篁，其墨

梁文敏《斑竹一枝千滴泪》雨竹图。

色浓润而匀净，无论表现风竹的偃仰扶疏，或是新篁的挺健，结构取势都恰到好处，生动之致。

《春风春雨育新篁》中数竿修竹在风中摇曳，枝叶扶疏，与一旁的磐石相依相偎，顾盼生姿，显示出一种生命的活力。画面布景和谐，一块坚硬的磐石卧于右方，另有斑斑苔点随意点缀；石上点点苔痕，显示出磐石经受风雨洗礼的沧桑久远；在石侧石后，几竿修竹傲立，虽身姿纤细，但竿竿挺拔，在清风的吹拂下，枝叶婆娑，显示了梁文敏细腻、纯熟的笔法。石缝间和空地上杂草丛生，几株竹笋拱地出土，长成新篁，意境幽深。磐石以中锋勾勒皴擦而成，竹竿以淡墨勾画，枝节圆润，劲拔毕现。竹叶以浓墨撇写，明暗相间，繁密而不乱，向背俯仰各具姿态神气俱全，以墨色深浅描绘竹子之远近向背，深得文湖州（文同）画竹妙意。整个画面高古雅洁，构图极富层次感，浓淡相宜取势娴熟，特别是风中竹叶的动感之态，让人油然而生出"举头忽看不似画，侧耳静听疑有声"的美妙感受。款识："春风春雨育新篁。"此幅为其代表性作品，技法纯熟简洁精妙，笔墨浑厚沉着而无半点凝滞，灵秀之气溢于楮墨，梁文敏以此来诠释自己如竹一般高洁的思想感情和不同凡俗的精神气质。

在《一枝一叶总关情》作品中，画面构图饱满，情趣横生，他运笔落墨进止雍容、潇洒纵逸。图中一片修长苍翠的茂竹，亭亭玉立，与几枝新生的竹笋一起，昭示着一种生生不息的自然法则，很好地烘托了画面效果。其作品《高洁傲风》图中修竹挺立，地面新篁丛生，磐石苍翠点点，以淡墨写出竹竿，以浓墨撇写出竹叶，布局疏密有致毫不紊乱，结构紧密严谨，几棵竹笋，顿挫扭旋生机勃勃，浓淡相宜层次井然，有李衎的风范。另一幅作品《竹韵图》中，画的墨竹数枝，瘦削挺拔，立于石旁，竹叶参差错落，以浓淡显示出不同层次，线条锋锐有力，笔墨细腻生意盎然，笔法劲利墨气浓润，表现出新竹破土而出的生命挺进之势，其构图简洁明快清新，是梁文敏墨竹画中的精品。与描绘瘦削细长的竹竿不同，对竹叶的描绘，则极其夸张硕大，如挥舞的剑戟，与纤细的竹竿形成视觉上的强烈反差。其笔法老到，劲健有力；墨色的运用浓淡、明暗掌握有度，使画面墨色清润厚重，虚实相长，颇显神韵。

"写"出来的墨竹

墨竹是中国画特有的一品，是典型的文人画。古人把画竹子、画兰花叫作"写竹""写兰"。为什么中国画创作说"写"不说画呢？因为画只能画出它的造型和色象，而"写"就大大不同了，"写"能表达出中国画的最高境界，就是用笔墨创造意境与趣味。墨竹也不知从何时开始，大约唐代以来就有了，但并未有作品流传下来，直到文同和苏东坡两位四川人创立了国画流派"湖州竹派"，因文同画竹把中国书法的技法引入墨画中，故其墨竹画写意而不繁琐，神形兼备，大受欢迎，学者众多，竹画才得以快速广泛传播。几百年来，"湖州竹派"英才辈出，元代有赵孟頫夫妇、明清时代有徐渭、石涛、郑燮；近现代当数吴昌硕、柳子谷、董寿平、张立辰等。今观梁文敏之墨竹，不论笔意、神韵、位置、层次、渲染还是意趣皆取法宋元，同时他的画又十分注重写

书法家杨明春题字：竹魂。

341

中国书法家协会会员，文化部老艺术家书画社副社长孙盛年题词：竹魂千秋。

生，不照本宣科，作品多源于生活，非常难得。梁文敏生命中全部都是竹，竹子就是他的生命，他就是一个为竹子而痴迷的画家。

"画苑艺海七十春，一生与竹结同心，画竹做人学板桥，翰墨丹青为人民。"这是梁文敏对自己这些年的总结，他还说："东坡先生宁可食无肉，不可居无竹，我这辈子也算是与竹子分不开了。"

他这一辈子最大的梦想就是做一棵竹子，"我就是竹子，竹子就是我，竹子是我魂，竹子是我命，为竹歌唱，为竹传神，就是死了，也要埋在竹子旁边，与竹相伴、与竹共眠、与竹共存，竹子就是我的生命。"这不是梁文敏的口头誓言，而是他的实际行动。

他的一生是为竹而生，为竹而活，竹子已成为他的艺术语言符号。他的为人像竹子一样坚忍不拔，画每一株青翠欲滴的竹子都饱含了他无尽的情感.

黄胄、李苦禅、范曾、韩美林、宋雨桂等20多位书画大师为梁文敏题词作画和合影照片载入"大红袍"中。这是一笔巨大的精神财富，也是一笔巨大的物质财富。梁文敏爱竹、画竹、师竹，把画竹作为一生的事业。为了画好竹子，画出竹子的神韵，他用了大半生时间，观察竹子研究竹子。"读万卷书，行万里

遵义市著名书法家雍抗题词：竹神。

大连市著名书法家杨明题词：神竹梁。

路，观万竿竹，画万张竹"，他多次离家外出，自费徒步，跋山涉水走遍祖国大江南北，游览名山大川、文物古迹，深入竹海、身临其境写生考察。他遍访各地名师，虚心求教，曾得到刘海粟、李苦禅、黄胄、娄师白、欧阳中石、柳子谷、史振锋、沈鹏、王森然、韩美林、孙其峰、方增先、孙滋溪、宋雨桂、黄均、尹瘦石、陈大羽、刘宝纯等书画大师的指点和帮助。并与他们建立了深厚的友谊和感情，大师们为梁文敏题词作画、合影留念，这是一笔巨大的精神财富，也是一笔巨大的物质财富。

《中国近现代名家》"大红袍"画集中收录的每幅作品都是精品中的精品，其编委会成员说："收藏家们都以收藏'大红袍'中的作品为极高荣誉"，入选"大红袍"的作品与普通作品相比较，最直观的是作品价格上的差异，因其具有极高的收藏价值，目前已达到一幅难求的状态。

　　梁文敏是一位靠自学、靠勤奋、靠刻苦、靠奋斗成为画竹大家，俗话说十年磨一剑，而梁文敏用七十年磨一剑，七十年奋斗拼搏如痴如迷，墨海铁砚铸刀炼剑，练出中华一绝"剑刀竹"，开创了"板桥竹风剑刀画派"，成为一代名师，成为当今墨竹艺术的领军人物之一，在中国近现代美术史上占有重要的一席之地。

第十章

传奇人物

中国第一个党员个体户

1980年梁文敏敢为人先，高举改革大旗，冒着极大风险率先打破大锅饭，砸碎铁饭碗，辞去官职下海成为个体户，开创全国第一个"党员个体户"轰动全国，成为中国改革开放标志性人物。

梁文敏2009年当选"辽宁省第五届经济与社会发展新闻人物"，被授予"十大改革先锋"称号，中共大连市委、大连市人民政府推选的新中国60周年"大连不能忘记100名先进模范人物"候选人。

星星之火，燎原全国，从梁文敏第一个党员个体户到千千万万个党员个体户。梁文敏这位干个体的党员就像一颗改革的火种，虽然历经风吹雨打，

2018年7月17日，《大连日报》头版报道《我市第一个"党员个体户"成为改革开放标志性人物》，文章引起社会强烈反响和轰动。

梁文敏在"纪念改革开放40周年·不忘初心"报告会上讲话。

还是以星星之火，点燃了后来者的改革激情，在推动辽宁振兴的新一轮经济社会发展中，发挥了重要的引领示范作用，为实现中国梦做出了应有的贡献。

形成篷车文化

梁文敏开创中国"篷车文化"。说到文化，品种类别很多。如"吃"文化、"穿"文化、"住"文化、"茶"文化、"酒"文化等，但开创一个新的文化，就不是那么容易了。

自从梁文敏1987年2月15日自筹资金创办了中国第一辆函授流动辅导车，后发展成为文化大篷车，并被中华人民共和国文化部命名为"中国第一个文

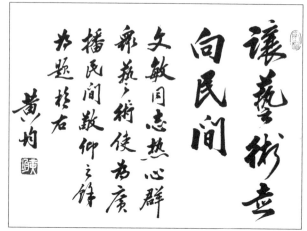

中国美术家协会原副主席
肖锋写给梁文敏的信。

黄均题词：让艺术走向民间。

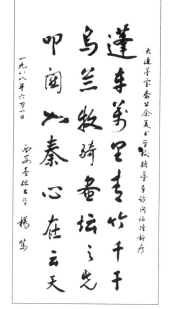

中国美术家协会会员，
著名画家，甘肃省群众艺
术馆副研究员张趄题词。

延安地区文化文物
局，延安地区文联，延安
美术家协会题词。

西安著名书法家杨笃先
生为梁文敏大篷车题词。

化大篷车"。中国"大篷车"已成为一个被社会广泛认知的新词汇，一种流行时尚。也是一个光芒四射、耀眼夺目的文化品牌！

在他的文化大篷车积极带动和影响下，随后的几十年间，在辽阔的中华大地上各种各样的大篷车，如雨后春笋般相继涌现，蓬勃发展。如演出大篷车、科技大篷车、篮球大篷车、爱心大篷车，等等，数百种千万辆，形成空前未有的"大篷车热"。引领了一个时代的"大篷车文化"浪潮，谱写出新时期文化建设中一曲铿锵有力的时代赞歌。20多年来梁文敏走南闯北巡回全国历尽千辛万苦，走遍万水千山，利用文化大篷车走基层，到群众中去，把文化艺术送到农村送进山乡。

梁文敏是中国篷车文化的创始人！

梁文敏开创了中国篷车文化的先河！

中国书法家协会理事，甘肃省书法家协会原主席尹建鼎题词。

引领墨竹艺术

墨海铁砚，铸刀炼剑，开创"板桥竹风剑刀画派"，成为一代宗师。梁文敏是一位名震中国画坛、德艺双馨的传奇画家，被称为"奇才怪才"，以画竹闻名遐迩。他"爱竹、画竹、师竹"，将青竹品格融化在血液里，把画竹作为一生的事业，这也成了他生命的全部。

为了画好竹子，画出竹子的神韵，他遵循先师郑板桥"眼中之竹""胸中之竹""手中之竹"的画竹语论。梁文敏用了大半生时间，观察竹子，研究竹子。"读万卷书，行万里路。"他走遍祖国的大江南北，遍访名师，虚心求教，游览名山大川、文物古迹，深入竹海、身临其境写生考察，"踏遍青山寻百竹，搜尽奇竹打草稿"。把祖国上百种竹子的特征融入自己的创作之中，为个人画风的形成奠定了坚实的基础。

梁文敏墨竹画在继承先师郑板桥竹风的基础上，博采众长，遍阅临写古今历代大家的竹子画作，进行深入细致的研究，勤学苦练，呕心沥血，春夏秋冬风雨不误。"日间挥洒夜间思"如痴如狂，画竹是他的事业，也是他生命的全部。在"画不惊人誓不休！""画到生时是熟时""宝剑锋从磨砺出，梅花香自苦寒来""功夫不负有心人"等座右铭的激励下，现已达到得心应手，随心所欲，炉火纯青，胸有成竹的境界。

时任中华人民共和国文化部常务副部长、中国文联副主席高占祥赞扬："梁文敏的墨竹画得快、画得好，出手不凡。"刘海粟大师为其补梅，题写"板桥遗风"；娄师白先生为其补石添蛙；书画大师孙其峰为他墨竹画上补雀题款；水墨画大师方增先为其墨竹题写"纵横潇洒扬清风"。

画坛巨匠、艺术泰斗范曾大师夸梁文敏墨竹画得好，并为竹画书题："拂云擎日"；艺术大师韩美林评说梁文敏的墨竹"不拘一格"；著名国画大师

中共中央宣传部干部局专家处原副处长、文化部文化市场发展中心副主任孙盛军题词：竹子魂。

宋雨桂见到梁文敏墨竹赞叹不已，给予很高的评价，毅然挥毫为梁文敏题写了"竹魁"两个大字，并加述文"文敏道兄画竹关东无其右者，吾谓之墨竹仙客也"；著名人民作家高玉宝称赞梁文敏为"竹子神"。梁文敏曾受邀请为北京毛主席纪念堂、人民大会堂、兴化郑板桥故居、郑板桥纪念馆、西安秦始皇兵马俑博物馆、成都杜甫草堂博物馆、遵义纪念馆等几十个博物馆、纪念馆作画，部分作品被收藏。

梁文敏是一位自学成才、心怀大志、吃大苦耐大劳、忍受着清贫和寂寞，卧薪尝胆，靠拼搏奋斗，年复一年日复一日的探索研究，成为画竹大家。俗话说"十年磨一剑"，而梁文敏用"七十年磨一剑"。七十年的苦练、七十年的风风雨雨，春夏秋冬笔耕不辍，呕心沥血，"墨海铁砚，铸刀炼剑"。把竹子比作武器，比作刀枪剑戟，"炼"出顺应新时代鲜明而独具个性的中华一绝，在国内画坛独树一

著名书法家李欣书题词。

351

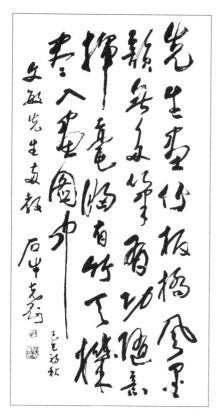

延安著名书法家石牛先生为梁文敏题词

帜自成一派，成为代表清风正气、铁血战斗、精忠报国的中华民族气节和精神的竹画风格。他画的竹钢竿铁叶刀枪剑戟，苍青挺拔遒劲有力，妙笔传神笔法豪放，墨色淋漓潇洒临风。行笔大刀阔斧，气势磅礴，给人赏心悦目、生气盎然、栩栩如生、朝气蓬勃之感，开创了"板桥竹风剑刀画派"，奠定了他在这一领域的卓越地位。

梁文敏开创的"板桥竹风剑刀画派"在中国近现代美术史上均占有一席之地，其作品代表了中国当代墨竹画的巅峰水平，为中国墨竹画的传承、创新、发展做出了卓越的贡献。

这是梁文敏七十年来的汗水、泪水、心血凝聚的结果，是其深邃智艺学养的积淀，是半个多世纪呕心沥血、广种薄收、集腋成裘的厚积薄发，大器晚成！

一切艺术来源于生活又高于生活。梁文敏的创新就是把活生生的竹子，画得像刀剑劲挺，坚硬、刚强、锋利、灵透、深邃，把竹子的精神和内涵画到了极致。竹子已成为他的艺术语言符号，梁文敏被誉为中国"当代板桥"。梁文敏与郑板桥和他手下画的竹子结下了不解之缘，并把郑板桥作为他的尊师和偶像，学板桥做板桥成了他一生追求的奋斗目标和梦想……

梁文敏就是这样一位来源于真实生活，又立志为群众服务的大国工匠。几十年如一日，他以血浓于水的赤子情怀，倾其心智，游艺画坛，遍洒艺术之雨，滋润着丹青翠竹。

梁文敏的文化大篷车曾历时30年，历经千难万险，靠的是共产党员的钢铁意志和竹子精神。他用自己的画笔展现出大篷车精神和竹子精神，大篷车播撒的中华优秀传统文化的种子，在阳光雨露的滋润下，今天已开花结果。

翻阅梁文敏走过的人生历程，你会从内心感叹，他的传奇感人事迹催人泪下，为他的画竹绝技所惊奇。为他竹子一样的人品而折服。为他辉煌的业绩而敬佩。他的传奇人生可以写成一本书、拍成一部电视剧，他所经历的传奇人生是大痴大愚、大智大勇、大退大进、大起大落，他是中国书画界的精英，是一位不可多得的艺术大师，他是精

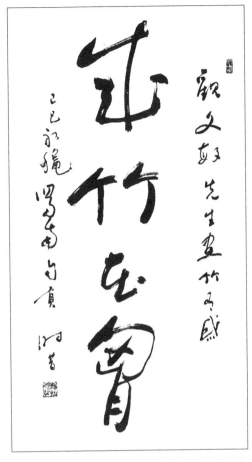

中国美术家协会会员、著名画家朱时昔书：成竹在胸。

神文明、真善美的传播者。一个把艺术服务于社会的真正的人民艺术家，是新时代用文化艺术奉献人民的光辉典范。有人说他是板桥化身，有人说他是板桥转世，还有的说他是板桥再现，称呼最多的还是"当代板桥"。

经过七十多年的努力和奋斗，他靠的是"篷车精神"和"竹子精神"铸就了"当代板桥"。这一誉称是一块金光闪闪、光芒四射、耀眼夺目的艺术品牌，是梁文敏一生获得的最高荣誉。

画集出版轰动

梁文敏是全国第一个以墨竹画入典天津人民美术出版社出版的《中国近现代名家画集》的美术界艺术大师。

天津人民美术出版社称，中国近现代名家"大红袍"系列画集，是为在美术界享有崇高地位和声望的大师级人物量身定做的高规格画集。它是中国优秀书画大师们的聚集地。"大红袍"画集被称为"画家永久的流动美术馆"。其学术性和权威性长期以来备受美术理论研究者和专业艺术爱好者的推崇。美术界以被收录"大红袍"画集作为极高荣誉。艺术市场上"大红袍"中的作品与一般作品的价格截然不同。为此，书画艺术家们都以能进入"大红袍"系列为终生奋斗目标。入选的艺术家，必须取得重大艺术成就，入选者均是我国近现代最著名最有影响力的画家，在美术史上占有一席之地。

2018年6月，天津人民美术出版社正式向社会出版发行《中国近现代名家画集》。73岁高龄的梁文敏，历经近70年的呕心沥血，拼搏奋斗，终于登上中国墨竹艺术巅峰。这是一部闪耀着时代光辉的墨竹专集。收录了梁文敏近400幅"板桥竹风剑刀画派"精品新作，具有极高的学术研究价值和收藏价值。

2018年2月，天津人民美术出版社为梁文敏出版了画集。

祝　贺

梁文敏老师《大红袍》出版

当成板桥得成败，顶级大师是真豪。
风雨甘甜七十载，画作喜人大红袍。
一鸣惊人天地动，壮志凌云去冲霄。
平生作画万万千，似曾似仙数今朝。
传承精神创新进，青竹品高更为高。
艰难险阻踏征程，今丰硕苦育杏苗。
学生弟子遍天下，爱竹画似似书潮。
天道酬勤勤出神笔，更好愿乐通道。
板桥遗风永相传，紧跟大师济伟样。

学生 苏世兴
2018年5月21日.

《喜恩师红袍画集出版》
赋诗一首（七绝）

改革开放沐春风，锤炼不渝自远行。
打破天律匆创举，建章立业南北中。
夫妻同心共甘苦，踏山涉水同舟行。
痴心不改初衷志，志者岂止神韵墨。
挥墨伏枥七十载，笔走龙蛇竹临风。
踏遍浮山访君子，雨疏风响竹有成。
苦尽甘来神助力，红袍如丹空降生。

岁次丁酉画新春，敬恩师
成竹于胸 吴

悉闻中红袍力献，南岳
修竹荣幸自豪，难抑喜泪
满眶，特咏七律一首，以予祝贺！

瘦峭青崖血路漫漫，
苍翠岁月午雪又佳。
爆步板桥足进作，
十时追梦七载图。
今朝金榜题英名，
银河新星更璀璨。
文敏壮志凌九霄，
助力红袍再纪战。

弟子 油师取敬贺

五言律诗
敬赠 梁文敏先生

古有郑板桥，
今有文敏兄。
墨竹一世缘，
蓬车万里行。
身跻红袍列，
声作春雷惊。
耄耋志更坚，
青云入鹏程。

李进胜
二〇一八年三月

注：李进胜，原辽宁日报社
　　文艺部主任

众友为梁文敏出版画集致贺。

355

板桥收藏专家

目前全国三省二市一县（江苏省兴化市、山东省潍坊市、河南省范县）建有郑板桥纪念馆，但是缺少郑板桥书画艺术收藏馆和郑板桥艺术馆，无法满足广大书画爱好者渴望看到郑板桥各种艺术真品的需求。

梁文敏对郑板桥的书画艺术非常喜爱，他从10岁左右就开始收集郑板桥的书画样稿和有关资料。其中部分藏品实为罕见，极为珍贵，具有很高的学术研究和经济价值。

梁文敏经过半个多世纪收集整理的有关郑板桥书画作品（大多是影印本和一部分拓片）竹、兰、石、书法等1500多幅。观看这些藏品，等于参观了国内外几十家博物馆藏品。

特别是有关郑板桥的书籍、画集、书法集以及有关郑板桥传奇故事等120多种版本，郑板桥书画艺术的报道和评论文章上百篇，国内外任何一家图书馆、博物馆收藏展出关于郑

梁文敏多年收藏的郑板桥书画作品。

板桥的书画资料也没有他收藏的多。从这些收藏品中可以看出梁文敏一生对郑板桥的崇拜、敬仰之情。足以说明梁文敏对郑板桥书画研究学习付出的心血和代价，可以说梁文敏是从事郑板桥研究的专家和学者。在中国有研究孔子的，有研究徐霞客的，有研究《红楼梦》的，有研究岳飞的……梁文敏一生从事郑板桥的研究，是专一的，是难能可贵的。学板桥做板桥，是他一生奋斗的目标，继承和弘扬郑板桥精神和板桥的竹风是他一生的志向。正如中国人民解放军兰州军区后勤部原副部长王立权将军在写给梁文敏信中所说：

"像你梁文敏这样，全身心崇拜郑板桥，研究郑板桥，全方位宣传郑板桥在全国还是第一人，不愧为名副其实的郑板桥继承人。"

开办郑板桥书画艺术收藏馆，其目的和宗旨就是要让更多的人走近郑板桥、熟悉郑板桥，深度了解郑板桥。不仅从"板桥精神""板桥竹风""板桥书法""板桥诗文"中获得知识和营养，更是受到鼓舞和激励！把艺术收藏馆办成艺术的课堂，同时也是弘扬清风正气、廉政文化的大课堂。

梁文敏收藏的关于郑板桥的书刊。

第十一章

开宗立派

多年深研竹子

华夏竹文化渊源数千年，中国是竹子的发源地， 也是竹文化发祥地。全世界竹子有1200多种，中国就有400多个品种，约占全世界竹类的三分之一，是竹子品种最多的国家。

竹子为禾本科、竹亚科植物，其材质坚硬而且富有弹性。竹竿中空外圆，竹叶形似刀剑，就连新出土的竹笋形状也很像尖刀。

我们的祖先铸刀剑者，是否参照竹叶造型设计铸造了刀剑还有待进一步研究。自古以来人们把竹子视为虚心、坚忍不拔、坚贞不屈，刚正不阿、忠贞气节、高风亮节等品格高尚的象征，中国的竹子被称为东方竹、中国竹。

因此，在中国形成了具有浓郁中华民族特色的竹文化。人们崇竹、敬竹、赏竹、咏竹、画竹，不仅有感于竹的外形，更因为竹子具有傲霜雪和清正飘逸的秉性。竹子是中华民族坚强不屈的民族精神的象征，以竹明志，以竹寄情并以竹的精神净化心灵、陶冶情操，用竹子精神教育人、感染人、学竹做人。

梁文敏精心研竹。

从小视竹如命

画竹是梁文敏从小到大难舍难分的情怀和追求，他把画竹视为生命，也将其作为一生的事业。

竹子是正直虚心、刚正不阿、正气凛然、高风亮节、品德高尚的象征，又是风度翩翩的君子。竹子不仅具有自然美，更重要的是它的精神美。竹子一身绿，朴实无华，不怕风霜不畏严寒四季常青，竹的生命力很顽强，具有朝气蓬勃坚忍不拔，奋发向上拼搏进取的精神，竹是植物中的钢铁，具有宁折不屈，永不变节的英雄气概，具有千磨万击还坚劲，雷霆万钧轰不倒的革命气节。竹具有中通外圆，虚怀大度的君子之风，竹还具有无私奉献，毕生献身于人类的高尚品质。竹是平凡而又伟大的，正是"竹子精神"和品节使梁文敏爱上了竹子。他从小就对竹子有着特殊的感情，选择画竹是他从小到大难舍难分的竹子情怀。

他的墨竹，在继承传统的基础上把一代宗师郑板桥作为自己的偶像，终身为师。虽出身贫寒家庭内心却有君子之志，还把对竹的热爱转化为"师竹"的过程，从他的人品也可以看到竹的影子。在"师竹"的过程中，学到了竹的挺拔、竹的虚心和竹的品节等。清秀的竹子成了他的心中真、善、美最好的物化形象，画墨竹也成了他最大的爱好和艺术表达方式。画竹是他的事业，也是他生

梁文敏拍摄的竹子照片。

命的全部，他每天沉浸在竹子的世界里，画的海洋里……

他俨然成为一位资深的竹类植物学家，在他家的画案旁，客厅里，走廊过道两侧或贴或挂或堆，满目皆是各种竹子的照片和实物、标本。阳台上还种植多种竹子，枝繁叶茂，欣欣向荣，微风徐来，新篁舞动，足见他对竹子的情感有多么的痴迷、深厚。

梁文敏先生思维敏捷，他总是很从容地走在时代的最前列，他的头脑仿佛是一座十分活跃的火山，时时刻刻在涌动喷发着智慧的光芒，而这些与时俱进喷薄而出的火焰，常常令世人惊叹、质疑，甚至被视为荒诞不经。然而，在时间的验证下，人们又兴奋地感叹，仰首倾慕。他锲而不舍的刻苦勤奋，已将天资聪颖固有的秉赋蜕变为人们所盛赞的天才，他有足够的智慧经营所挚爱的事业。

梁文敏寻竹观竹。

戴旭称他为"梁氏军竹"

军人品格铸就"剑刀竹派"的思想基础。梁文敏是一名军人，一生受军队的影响，他一不怕苦，二不怕死，吃苦耐劳，无私奉献，坚忍不拔，铮铮铁骨，是一名具有刚强革命意志和艰苦朴素、勇往直前、拼搏奋斗、大无畏牺牲精神的钢铁战士。

梁文敏怀着一颗感恩的心，感谢人民解放军，1963年他参军入伍，成为一名海防前哨守岛战士——中国人民解放军外长山要塞区广鹿守备区。

当代军事战略家、军事评论家、中国人民解放军国防大学教授戴旭这样回忆梁文敏："那是1988年3月，我初见梁文敏的时候，他的美术功底已十分深厚，炉火纯青。看他画

2010年，梁文敏与戴旭分别22年后在北京相会。

当今的物欲横流，正在猛烈而无声地淹没曾经燃烧了几代人的理想，信仰在消失，道德在沉沦。而在梁文敏身上，还存有那种不多见的精神基因，我有责任把这样一个人记下来，我担心这样的人会空前绝后。

——戴旭

竹，不仅构思精巧，而且行笔迅速。由于笔锋快捷，竹竿竹叶在他的笔下刚直锐利，就像一片整齐的矛林剑丛。有人称他的竹是钢竹铁叶，是只有军人

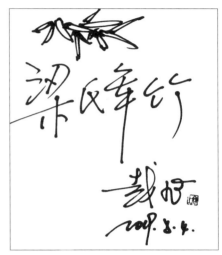

戴旭教授为梁文敏题写"竹司令"。

戴旭教授为梁文敏题写"梁氏军竹"。

才画得出的竹子。只有悟透了人生的本意，对竹子品性融会贯通，才能写意出绿竹神韵。"梁文敏说："竹子是植物中的军人。军人也该是人类中的竹子！"梁文敏人如其画，画如其人。他与画上的竹子早已形魂一体。戴旭称

戴旭教授为梁文敏题写"篷车精神"。

他为"梁氏军竹"和"竹神"。通过交谈得知梁文敏60多年来画了6万多幅千姿百态的竹画，他的函授学生有几万人，分布在全国各地，真可谓"竹司令"。戴旭问他下一步有何计划，梁文敏脱口而出："我要用我手中的画笔征服世界。"他在日记中写道："我永远做一名军人，青竹品节。军人应具有钢的脊梁，铁的纪律，佛的心肠，憎爱分明。我要把画笔当成钢枪快刀利剑。"他说："我一定要爱

护手中的画笔，就像战士爱护手中的钢枪。我要把竹叶画成尖锐的刺刀，一声怒吼，刺穿敌人的胸膛！"剑刀竹就是一把钢刀利剑，刺向敌人的胸膛！

开创篷车精神

在历史长河中，曾经诞生了很多优秀的文化，而每一种文化的产生，都要经过时间的磨砺与历史的考量，方显厚重与温度。

梁文敏"大篷车"这种形式，把高雅的文化艺术真正变成大众文化；于普通百姓，梁文敏用竹子精神走出一条大篷车之路，开创了"篷车精神"。

"大篷车"的精神令人称赞，首先在于它的创办蕴含了一种从实际需要出发的首创精神。随着改革的深入，人民群众生活水平的不断提高，偏僻农村产生了对文化艺术的渴望，富裕起来的农民，萌发了学习书画的要求。在墨竹函授教学实践中，梁文敏看到了一双双恳切的眼睛，听到了一阵阵强烈的呼声。他下决心，办一个全国流动辅导"大篷车"，把绘画艺术送到农

文化大篷车抵达四川新都宝光寺。

文敏同志：

篷车精神

曾思玉 二〇〇九年元月

曾思玉将军题词。

村，送进山乡。这一决定，来自对实际情况的深切了解，来自与广大学生的心心相印，闪耀着从实际出发的创新精神。

大篷车的精神令人称赞，还在于它的创办表现了一种坚韧顽强、百折不挠的进取精神。买车不易，用车更难。但是梁文敏没有被困难吓倒，他顶着种种议论和流言蜚语，连连闯过贷款、雇司机、免税收、找油源等种种难关，苦苦求索了一年，终于点燃了启程的鞭炮。奋斗进取，这就是梁文敏的精神风貌。

大篷车的精神令人称赞，还在于它的创办具有一种胸怀全局、目光远大的开拓精神。梁文敏不甘心仅停留在不见面的函授教学上，他要送教上门，做到耳提面命；他不安于偏居一隅，过着平静的生活，而要踏遍中华大地，进行竹子品种的全面考察，进而创立墨竹研究室，在他心中想到的不是一时一事，而是事业的全局。

大篷车精神给人的启发是深刻的。当前，我们国家改革、开放、搞活的历史车轮，也正在滚滚向前。创业途中必然会碰到各种各样的障碍和困难，面对这种局面，那种联系实际的创造精神、百折不挠的进取精神，以及胸怀全局的开拓精神是十分可贵的。

梁文敏开创的中国第一个文化大篷车是在特定历史时期出现的，由此产生的"篷车精神"是继红军精神、长征精神、延安精神、铁人精神、雷锋精神之后，又一个灿烂辉煌、震撼人心的时代精神。"篷车精神"是闪亮的精神文明品牌，更是中国文化建设史上一面光辉的旗帜。

二十年间，梁文敏的文化大篷车不仅教授墨竹技法，在偏远的山区，还利用大篷车上的录像设备，给部队战友和当地农民播放录像片，丰富他们的文化生活。

在文化大篷车的带动下，广西桂林市还建起了书画艺术一条街，成为当地文化特色。1995年，广西桂林已形成了全国最大的工艺品、奇石和书画基地，梁文敏也成了业界的领军人物，被桂林市和广西壮族自治区评为"文明经营户"和"先进个体劳动者"，推动了我国书画业的快速发展。

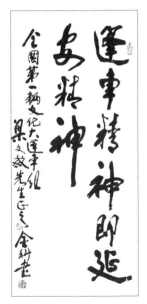

延安地区文联主席　　甘肃文县文化馆书法家　甘肃省著名书法家海翔题词。
李金科题词。　　　　建平题词。

367

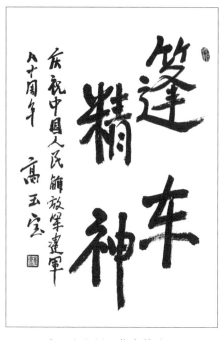

高玉宝题词：篷车精神。

梁文敏带领家人勇于开拓和无私奉献、全心全意为人民服务的精神，受到中央有关领导和广大人民群众的高度赞扬，他也被誉为"中华英才""风流人物"。《人民日报》、《解放军报》、《中国文化报》、《中国青年报》、中央人民广播电台、中央电视台等全国200多家新闻媒体先后作了报道，新华社、《人民日报》海外版、中国国际广播电台向全世界作了宣传。

中国第一个文化大篷车满载梁文敏对艺术的终生追求，为普及群众美术甘当人梯，是对广大美术爱好者的一片赤诚。在征程中播撒了无数美术的种子，栽培了无数艺术之花，成为当代文化艺术领域一个闪光的坐标。篷车精神成为闪亮的文化品牌，新时代的强音！

做板桥之传人

梁文敏的画艺得助于"头悬梁，锥刺股"般的刻苦、勤奋、自律，他比常人付出难以想象的代价，他坚持"读万卷书，行万里路"，他拜谒中国历代墨竹名家圣贤，学习钻研先哲的绘画理论，无数次临摹先师们的精品画作，深谙大师先贤们的画境精髓。从北宋写墨竹的鼻祖文同、苏东坡到清朝的石涛、郑板桥，历觅前贤集思广益，最终他选择了与其有着众多天缘巧合的清人郑板桥为先师。至此，他与先师郑板桥结下了深厚的神交情缘，为此

他给自己起了一个别名
梁伴桥。

清代的郑板桥，是
兴化历史上的杰出名
人，"扬州八怪"之
首，是以"三绝诗书
画"闻名于世的书法
家、画家、文学家。板
桥竹风已经成为中国传
统廉政文化的重要的象

墙壁文字为毛主席对郑板桥书法艺术的评价。

征。正如艺术大师徐悲鸿所说："板桥先生为中国近300年来最卓绝的人物之
一，其思想奇、文奇、书画尤奇，观其诗文及书画，不但想见高致，而其寓
仁慈于奇妙，尤为古今天才之难得者。"

毛泽东称郑板桥的书法："你再看郑板桥的帖，就又感到苍劲有力。这
种美不仅是秀丽，把一串字联起来，看有震地之威，就像要奔赴沙场的一名
勇猛武将，好一派威武之姿啊！郑板桥的每一个字都有分量，掉在地上能砸
出铿锵的声音。这就叫掷地有声啊！"

习近平总书记曾在河北阜平县考察时，引用了郑板桥"衙斋卧听萧萧
竹，疑是民间疾苦声，些小吾曹州县吏，一枝一叶总关情。"的诗句，并强
调："我们共产党人对人民群众的疾苦更要有这样的情怀，要有仁爱之心，
关爱之心，更多关注困难群众，不断提高全体人民生活水平。"

郑板桥还有一首咏竹的题画诗："咬定青山不放松，立根原在破岩中，
千磨万击还坚劲，任尔东西南北风。"这首诗是借咏竹的顽强生命来表达一
种坚定的信念。

习近平总书记很喜欢这首诗，早在当年他在梁家河插队的时候，对这首

梁文敏临摹郑板桥画作。

诗就有深刻的印象，也有深刻的体会。后来他在一篇文章中曾经把这首诗的前两句做了一点小小的改动："深入基层不放松，立根原在群众中。"借此来表达扎根群众，全心全意为人民服务的志向和信念。

可见，郑板桥的影响不论在当时还是后来都是巨大的，在中国历史上占有极其重要的地位。

近二百年来，郑板桥得到了社会广泛的赞赏。他的诗文被人们传颂，他的书画作品被国内和世界许多博物馆、美术馆和个人收藏。他在中国文化史上的崇高地位得到了确定，国内外有许多研究他的学术专家和团体。江苏兴化、山东潍坊、河南范县相继建立郑板桥纪念馆，兴化市每两年举办一届郑板桥艺术节。郑板桥的影响将随着时代的发展更加深远。郑板桥是我们中华民族的骄傲，永远活在我们的心中！

梁文敏出生于郑板桥曾为官七年的山东潍坊市平度县。虽然家境清贫茅舍寒屋，但善良憨厚的齐鲁庄户人家，深受孔子儒家礼教的影响。梁家仍供奉青天父母官郑板桥的画像，还有郑板桥辞官临行时，给乡民在衙门石碑前画的墨竹画，郑板桥在这幅墨竹图上饱含深情地题写："乌纱掷去不为官，囊囊萧萧两袖寒；写取一枝清瘦竹，秋风江上作渔竿。"潍县的乡民们为了纪念这位敢于冒犯朝廷，不怕杀头丢官，开仓赈灾放粮，救民于水火之中的青天大老爷郑板桥，他们自筹银两修建了纪念郑板桥的祠堂，此举为历朝历代绝无仅有。

著名书画家于涛先生为"当代板桥"梁文敏赠画。

在山东潍县几乎家家户户都供奉郑板桥的画像。墙上张贴着郑板桥的墨竹和"吃亏是福""难得糊涂"的书法拓片，梁文敏就是在这种氛围环境下出生长大的。

郑板桥为官清正廉洁，关心和爱护百姓。为救灾民开仓放粮得罪了上司，后被朝廷罢官免职，回扬州以卖画为生。板桥与潍县人民建立了相当浓厚的感情，当他离开潍县时，数万人流泪相送，板桥画竹与乡亲们告别。郑板桥那种豪放、刚正不阿的性格和品质，对梁文敏的影响是很大的。梁文敏崇拜敬仰郑板桥，他从心底敬爱郑板桥。把郑板桥作为尊师和偶像，学板桥做板桥成了他一生追求的奋斗目标和梦想。

梁文敏从小就酷爱郑板桥的墨竹画，而今梁文敏已成为当代画竹大家，被画坛誉为"当代板桥"，他提倡"爱竹，画竹，师竹"，这是他的座右铭，也是他一生的追求。可是竹子真的是他的老师吗？竹子又不会说话，怎

"当代板桥" 梁文敏
DANGDAI BANQIAO LIANG WENMIN

与郑板桥塑像合影。

么教他画画呢?

于是就有人问了:"梁先生,您的墨竹画如此精湛,是跟谁学的呢?"这时梁文敏总会说:"郑板桥啊,从我懂事的那天起郑板桥就是我的老师啊!"这让很多人费解,郑板桥怎么可能是梁文敏的老师呢?

事实上郑板桥不仅是梁文敏的老师,而且是他一生的老师,梁文敏学他的诗书画,更学他的品格和为人。可是郑板桥在1765年就仙逝了,而梁文敏1945年才出生。相差整整180年,这很难说得通。那么梁文敏的墨竹画到底是跟谁学的呢?

面对这诸多的疑问,梁文敏笑着答道:"远拜郑板桥,近拜诸家。"据梁文敏说,为了画好竹子,他南下北上遍访画竹名师和道友,虚心求教,他拜的老师很多,有大连庄河已故画竹名家喜禅和他的高徒张国安先生;沈阳鲁迅美术学院郭西河教授;山东师范学院于希宁教授、史振峰教授;山东画院著名画家崔辉先生;山东美协主席、著名画家刘宝纯先生;著名画家柳之谷先生;浙江美术学院方增先教授;南京艺术学院陈大羽教授;江苏文联著名板桥体书法家田原先生;北京中央美术学院王森然教授、黄均教授;著名画家尹瘦石先生;著名书法家欧阳中石先生;书法大师沈鹏先生;艺术大师韩美林先生;著名画家李燕先生、娄师白大师、刘海粟大师、董寿平大师;书画大师范曾教授等,这些名家都是他的启蒙和指导老师。书画名家大师们的亲切指导和帮助,使梁文敏的艺术水平得到很大提高。

1984年7月1日，正值中国共产党成立63周年，由张德鹏、于涛、郑子平、隋军四人共同策划的，大连墨宝斋主办的"张国安梁文敏师徒墨竹讲学表演"在大连市中山区文化馆开幕。在开幕式上梁文敏作了激情洋溢的讲话："今天我们特邀请东北竹王喜禅的高徒张国安先生，也是我的师父，来大连讲学示范表演，向大家传授墨竹艺术，是非常难得的。"在会上张老先生含着激动的泪花感慨地说："长江后浪推前浪，青出于蓝而胜于蓝，我的徒弟梁文敏，由于他的勤学苦练，才华出众，悟性好，在大连已成为墨竹画的领军人物，成为公认的竹魁、竹王！"台下响起雷鸣般的掌声。此时的张国安老先生已经78岁高龄了，却依旧容光焕发。他的墨竹继承喜禅大师笔意，苍劲、潇洒、有钢筋铁骨之势，他行笔快，落笔准，胸有成竹，造诣极深。会场人声鼎沸，摩肩接踵，他能来现场表演，使在场观众心潮澎湃，大饱眼福。

著名画家，大连日报社原高级编辑隋军题词。

1984年7月1日，由大连墨宝斋主办的"张国安梁文敏师徒墨竹讲学表演"在大连市中山区文化馆开幕。

梁文敏也并未因得到名师真传而自恃才高，多年来从未间断对墨竹画的研究，并悟到了"眼中之竹""胸中之竹""手中之竹"的理念，更加坚定了终生从事墨竹艺术研究的决心，拼搏奋进，攀登艺术高峰！

板桥之"剑刀竹"

板桥竹是梁文敏学习墨竹艺术的楷模和样板，他是从板桥竹发展为剑刀竹。

郑板桥为什么喜爱画竹，因为竹子既是正直虚心、高风亮节、高贵品质的象征，又是风度翩翩的君子。郑板桥画的竹子不拘成法，笔简意足，以书入画，其特点瘦劲挺拔、墨色淋漓、浓淡干湿、疏密有至、清瘦高雅，特别是他独创的"六分半"乱石铺路，板桥体书法和优美的诗句，构成了一代宗师"板桥竹"的艺术风格。

梁文敏从小就酷爱郑板桥墨竹，被郑板桥笔下的竹子精神所感动。而且梁文敏非常敬佩郑板桥的"衙斋卧听萧萧竹，疑是民间疾苦声。些小吾曹州县吏，一枝一叶总关情"的爱民之情和爱民之心。梁文敏最大的特点，是非常刻苦勤奋，对艺术的悟性和本人的才气加上他超乎常人的毅力，"篷车精神青竹品节"是他今天取得成功的最大因素。

梁文敏在江苏兴化郑板桥故居。

　　60多年来，他搜集郑板桥的字画、著作、书刊、画册、影碟、视频等相关资料多达百种。凡是与郑板桥有关的物件只要梁文敏见到，就会想方设法弄到手，大多是由他个人出资购买。有的藏品极其罕见，弥足珍贵。他曾先后多次去郑板桥的家乡扬州、兴化和山东潍坊郑板桥纪念馆考察学习，目前

《板桥竹风》与《竹子板桥》图。

正在酝酿开办一个郑板桥书画艺术收藏馆。

为了画好"板桥竹",几十年来他自费南下北上,遍访画竹名家和高手,虚心求教,而且踏遍青山寻百竹,不怕苦不怕累,不怕冒险,深入山区竹林进行考察写生,把竹种带回家中栽培,天天观察描画。

创立剑刀画派

梁文敏先生爱竹、画竹、师竹,七十年磨一剑,顺应时代,终于形成了自己鲜明而独具个性的竹画风格——"竿似钢筋铁骨,叶似剑刃刀锋"的"板桥竹风剑刀画派"。

他笔下的竹子,钢竿铁叶清秀挺拔,遒劲有力妙笔传神,笔法豪放墨色淋漓,潇洒临风。行笔大刀阔斧如利剑出鞘,挟雷走电刀光剑影,就像冲锋陷阵的勇猛将士,气势磅礴,威风凛凛;他笔下的翠竹清新秀美,生机盎然,极富生命力,如亭亭玉立的少女般婀娜多姿,在国内画坛独树一帜自成一派。他的画不仅被国内收藏家、博物馆收藏,还被海外华人奉为珍品并已成为代表清风正气、精忠报国的中华民族气节和精神的象征。

中国著名书画家安廷山为他作诗赞咏:

(一)当年星海万竹楼,风风雨雨练竹功。

今日名声八万里,青竹洒遍满山头。

(二)当代板桥是文敏,走遍全国画竹魂。

梁文敏绘竹。

竹韵剑气　为尊师梁文敏先生敬书，丁酉年阳春　董良

为教民间多植竹，大篷车上见精神。

　　（三）文敏画竹四十年，走遍全国画竹海。

　　　　　史上画竹名人多，当代板桥又重现。

　　　　　落笔龙蛇神飞扬，如舞剑器十八般。

　　　　　想来星海相聚时，不知苦累流大汗。

　　　　　而今已成新生者，海阔天空任腾翻。

　　弟子朱允涛赞老师梁文敏画竹作诗二首：

　　（一）当代板桥竹艺高，神手不凡快如剑。

　　　　　竹竿如枪叶如刀，雷鸣电闪震画坛。

　　（二）行笔疾速飞腾，墨色浓淡有致。

　　　　　竿似钢筋铁骨，叶似剑刃刀锋。

　　看梁文敏现场作画，真是一种美的享受。只见他灵活地转动手中的画笔，画竹竿从下往上画，从上往下画，从左至右画，从右至左画，斜着画，倒着画，有时纸在画案上移动，变化多样。竹竿的粗细劲节跃然纸上，特别是竹节，他画得特别突出，特别大，更显骨劲。勾节的方法，竹节与竹节处

梁文敏在梁晓东画院向儿子传授剑刀竹派技艺。

稍留空白，待竹竿画完后稍等片刻，趁湿以细笔蘸墨勾节，勾节采用点勾法，如同两只眼睛，炯炯有神；如同嘴唇，喜怒哀乐，使竹节醒目聪秀，人之表情形象逼真，更有神韵。他画竹枝以篆书做笔法，行云流水交错穿插，形似如戈戟，竹枝有弹性，遒劲如钢丝金钩，画竹叶用笔，忽而中锋，忽而侧锋，忽而逆锋，叶如刀剑，各种画竹行笔法，神出鬼没，出手不凡，让你眼花缭乱，速度之快，实在少见。真是笔在纸内，气在纸外，龙飞凤舞。他作画全过程贯穿体现了先师郑板桥"胸中之竹""眼中之竹""手中之竹"经典画竹论法。

数十年间，寒来暑往，梁文敏潜心画竹，专心致志殚精竭虑，"画不惊人誓不休"！向着自己的目标奋力拼搏。经过苦心经营，他练就了钢臂铁腕，笔法矫健灵巧，挥洒自如，挥写起来，笔法精到，点似坠石，画如锥沙，酣畅淋漓，形神兼备，其作品渐至佳境。梁文敏所画之竹，丰腴雄伟气势磅礴，于苍劲中，姿媚跃出，书画同源书画并进，"其竹如书，其书如竹"。他画竹竿竹枝竹叶贯通于书法，真草隶篆行融如一体，如行云流水，或如高山峻岭，或如雅士淑女，或如猛虎蛟龙，汪洋恣肆各具情态。

剑刀竹特点

中国书画艺术使用的工具是尖锋毛笔。古人把毛笔的优点，尖、齐、圆、健称为笔之"四德"。"尖"是毛笔尖锐，蘸墨后尖利如"刀剑之锋"；"齐"是整齐，把笔锋铺开、笔毛一律崭齐；"圆"是浑厚饱满，如新出肥土之竹笋；"健"是刚健有力，无论勾线、点圆绝不涩滞，笔锋顿提自如，提起后，笔锋收敛，尖锐如故。

梁文敏初学画竹之时，他的启蒙师傅大连知名画家张国安，作画时经常使用一支叫"长锋快剑"的毛笔。这支毛笔是喜禅临终之前传给张国安老师的。所以这是一支"宝笔"，每当张老用这支笔画起竹来，好像一把宝刀利剑，挥洒自如。他用这支笔画了多少幅画，他自己也记不清了，现在笔锋已经磨平，笔毛也掉了不少。张老曾说："笔不在于多，而在于好，在于精，一支顶百支的好笔才能画出好画！"可见张老对毛笔的理解和重视程度。

经过张老师的悉心教导，梁文敏也认识到毛笔的重要性，后来他创办全国第一所画

《中国书画报》选刊梁文敏作品。

梁文敏绘画用的毛笔。

墨竹函授学校时，向一家名牌毛笔厂订制了一批画竹的毛笔。还特意让厂家在笔杆上刻上"长锋快剑"四个字，发给在全国学画墨竹的函授学生，为的是将"长锋快剑"这一品牌延续下去。

为了画好竹子，梁文敏几十年来，走遍全国各地深入笔厂，与制笔师傅和制笔专家切磋制笔技艺，为他制作得心应手、挥洒自如的画竹用笔，这足以体现梁文敏对画笔的重视和珍爱。

中国书画都以线条为主，要使书画的线条、点画具有抑扬顿挫、圆润欹侧等变化，用笔方法讲究"点、曳、斫、拂"。"点"辍笔直下如坠石；"曳"直笔中锋如引带；"斫"卧笔侧锋重扫，如刀斫物；"拂"卧笔轻轻横扫。画竹叶，叶须劲利，用力实按虚起，一抹便过，迟留不得，粗忌如桃、细忌如柳。古人有"怒画竹，喜画兰"之说，要运足气，将全身力量用在笔尖上，似如战场上和敌人拼刺刀，要勇猛善战，刺刀见红，狠狠地用刀刺向敌人胸膛。敌人见了胆战心惊，失魂落魄。所画的竹叶像剑刀形，非常坚硬锋利，被称为"钢铁之叶"。

执笔也叫握笔，如同战士紧握钢枪。一般写字画画，腕平掌竖。梁文敏画竹，竿粗叶大，竿如枪，叶如刀剑，行笔时腕平掌垂，五指并拢，执笔用力，如同战士紧握钢枪，武士紧握刀剑戈戟，精神振作斗志旺盛，如同处于弩张剑拔之势。

行笔是作画的关键，一般画竹者，都以运腕为主。而梁文敏画竹运臂挥写，将全身力量都运用在臂上，作画时就像将士在战场上与敌人拼杀搏斗，挥刀舞剑，通过臂腕，将画竹技艺功夫用在笔尖下，一气呵成气韵生动，能够画出竹子的灵气来，这叫作"笔尖上的功夫"。他把画笔作为"战斗武器""笔杆子当枪杆子"，并起名为"快刀利剑"。

梁文敏作画有个特点："精""气""神"三位一体。画大画，画大竹，竹竿粗壮枝繁叶茂，他选用大毛笔，没有大的，他就用几支笔捆在一起，大毛笔含水、含墨多，墨水淋漓，一笔下去，水墨在纸上渗化。很难控制水墨量度，容易"跑墨"，一般很难做到形神兼备，而梁文敏画竹功力十足，笔、水、墨、纸相互掌握得非常融合恰当。

梁文敏画大幅竹，粗竿的竹创新绝招还在于以板刷作毛笔，他把两个板刷上下捆绑在一起，合二为一，使之含水、含墨量增多，克服了单把板刷画竿枯笔、飞白的不足。另外，把板刷行、顿、提、按当毛笔使用，造成大竹

梁文敏精心搞创作。

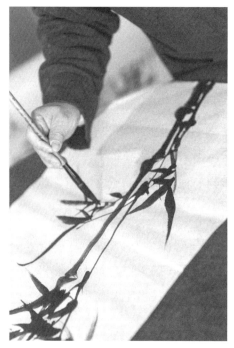

绘制剑刀竹。

粗竿的骨节更圆润更有力度，更挺拔更有立体感。再采用西画的高光之法，画出质感，使竹竿写实逼真，而且更有"枪管炮筒钢铁质感"。

梁文敏画竹叶的笔法也有很大创新。他首先想到的是如何把竹子画得更有灵性活气，与"竹人"更接近。根据自己多年的实践，在竹叶的组合上，梁文敏在原有传统的个字、介字、分字基础上，发明了"多"字竹叶组合法，使那灵动的竹叶，深沉地低着头，显得那么虔诚，寓意做人要谦虚谨慎，不论取得多么大的成绩，都不可过分张扬和傲慢。开创了"风竹、雨竹、露竹、晴竹"四态竹。

梁文敏总结的写竹传神八字口诀"风分雨多个露介晴"，如人之喜怒哀乐，形神兼备，妙笔传神。他画的竹叶形似刀剑不失真，笔墨神韵高雅不俗，融会文人的雅气和多层次的意境。

梁文敏挥写的剑刀竹，其过人之处在于虽然笔大如椽，但用笔却是中规中矩，十分精到讲究，笔笔有来路，笔笔有交待。迄止有序，浓淡干湿，疏密相宜，而且对水墨的控制力极强，使之墨色变化丰富，浓淡相宜，枯润相间，尤其枯笔、飞白之处如渴骥奔泉，势遒力足。章法布局大小参差、长短粗细浓淡合宜，如在合辙合韵。虽匠心独运，却似自然天成，倘有"掌上千秋史，胸中百万兵"之阔大胸襟，乃大家也。

梁文敏剑刀竹作品。

梁文敏的剑刀竹，笔力雄强，许多竹叶虽然长，但其形似刀剑，力注笔端，神实气足。他画的竹，气贯长虹顶天立地，如倚天长剑寒光闪闪，如战场将士勇猛善战，刀光剑影刺刀见红。笔画变化丰富，直中有曲，曲中有直，笔力苍劲老到，颇见功力。梁文敏所画剑刀竹，气势雄浑，其纵横驰骋挥洒自如。他为纪念红军长征80周年创作的一幅《高风劲节》墨竹画，气势壮观，起笔饱蘸翰墨，凌空挥下如高山坠石，势遒力足满纸烟云。现场观其作画，如同亲临战场，仿佛与他一起经历了一场真实的战斗，直到梁文敏收笔才松了一口气。

他画的"剑刀竹"叶，是通过长期对竹子观察写生，发现竹子的竹叶本来就是剑形、刀形，这不仅还原了竹子的本来面目，为此他联想到人类祖先铸造刀剑时是否也参考了竹叶的造型。

梁文敏画竹是一种力量，是一种象征，是一种信仰，是艺术家的心声和呐喊。

他还把哲学上讲的事物"对立"法，用在画竹技巧上，例如黑与白、深

梁文敏绘竹作品。

与浅、粗与细、长与短、大与小、高与矮、方与圆、直与弯、疏与密、藏与露、远与近、虚与实、刚与柔、苍与秀等，非常巧妙地运用到墨竹画中。

梁文敏"读万卷书，行万里路，画万竿竹，交万方友"，风雨如歌、爱竹画竹，他用自己的知识和学养融进笔墨画中，因而画竹内涵丰富气韵不俗。

梁文敏笔下的翠竹，奋发向上，坚韧挺拔，清新秀美，铁骨铮铮，富有生命力、战斗力，并给人以赏心悦目，清心养性，生意盎然，栩栩如生之感。人们为他的画竹绝技所惊奇，为他竹子一样的人品而折服，人们称他画的竹子："如同画人物肖像，纸上活竹，生命之竹，吉祥之竹。"

梁文敏画的不单单是竹子艺术，画的是人，画的是人心，画的是时代精神，以竹子歌颂人的美德，以竹子表现中国人民的傲骨气节和民族精神。

"宝剑锋从磨砺出，梅花香自苦寒来，笔为刀剑长深练，纸作田园久细耕。"

尽管中国美术史上画竹的名家不胜枚举，且出类拔萃的大师几乎把竹子画绝了。然而梁文敏在画竹上很具新意，他老人家从"板桥竹风""岳飞精神"发展到"剑刀画派"，使人看后体会到时代感、清新感，仅此一点足可说明梁文敏画竹又把传统向前发展了一步，达到了新的艺术巅峰。

附录　梁文敏艺术创作履历年表

1945年 （1岁）	1765年清代"扬州八怪"之首郑板桥仙逝，180年后，1945年7月22日，梁文敏出生于山东省潍坊市平度县一个贫苦农民家庭。潍坊市在清代是潍县，人杰地灵，郑板桥曾在这里做过七年县令。梁文敏一生下来，就与郑板桥结下不解之缘。第一眼看到的是挂在墙上的郑板桥画像和竹画拓片，听到的第一个故事是郑板桥画竹的故事。他从小就崇拜敬仰郑板桥，把郑板桥当作他的尊师和偶像，学板桥，做板桥成了他一生追求的奋斗目标和梦想。
1947年 （3岁）	寒冬腊月，在一次讨饭的路上，因梁文敏的腿被地主老财家的狗咬伤，一瘸一拐艰难行走，突然被一块石头绊倒，掉进山崖后被解放军救活。在他的心里，人民解放军是他的救命恩人。
1950年 （6岁）	梁文敏喜欢上了连环画（小人书），开始临摹小人书，从此走上绘画艺术道路。
1951年 （7岁）	梁文敏从母亲的一句话"画能当饭吃吗？"中悟出"画变钱"的道理，开始画小书签（梅、兰、竹、菊）、画扇子、日历牌（虎、马、鸡、牛、羊）、玻璃画等，拿到街上去卖。画"变"成钱，从此走向了画画卖画的道路。
1957年 （13岁）	念小学时创作《我是少先队员》，荣获大连市首届儿童少年画展第一名，并荣幸得到大连市胡明市长的亲切接见。
1958年 （14岁）	中学时代参加大连市沙河口区文化馆举办的迎新春首届书画竞赛，漫画《苹果大丰收》荣获优秀奖。
1960年 （16岁）	考入沈阳鲁迅美术学院附中，由于家境贫寒无钱念书，最后没去报到。班主任孔凡夫老师爱才如子，推荐保送梁文敏到了旅大师范学校读书。
1961年 （17岁）	在旅大师范学校毕业后，分配到大连市沙河口区春柳小学担任美术老师。
1962年 （18岁）	大连市文化宫举办旅大首届职工书画展，墨竹画《高风亮节》荣获优秀作品奖。

1963年 （19岁）	梁文敏光荣应征入伍，成为一名中国人民解放军海防战士。参加旅大市首届中国画展，墨竹画《凌云劲节》入选并荣获优秀奖。1969年提干成为排职军官。
1971年 （27岁）	1971年晋升副连职。梁文敏与同乡许秀娟结为夫妻，许秀娟与梁文敏朝夕相处，同甘共苦，风雨同舟，相依为命，成为梁文敏事业的好帮手、贤内助。
1972年 （28岁）	创作的宣传画《提高警惕保卫祖国》参加旅大警备区"庆八一"美展和旅大市国庆美展。
1973年 （29岁）	创作的中国画《哨所》入选沈阳军区美术作品展。
1974年 （30岁）	创作的木刻版画《一个观众》在沈阳军区《前进报》发表。
1975年 （31岁）	上调到沈阳军区美术创作组，创作国画《小岛丰收》并参加沈阳军区和全军美展。
1976年 （32岁）	创作的幻灯片《水的故事》荣获旅大警备区幻灯汇演第一名和沈阳军区幻灯汇演优秀奖，并担任军区幻灯训练班美术教官。
1978年 （34岁）	经历16年军旅经历，从部队转业分配到旅大市文化局文物店。创作的《提高警惕》《海防线上》等插图、宣传画、版画发表在《旅大日报》等媒体上。与隋军、关满生等人共同创作《碧海红哨》组画，在《旅大日报》发表。
1979年 （35岁）	创作的墨竹画多次参加大连与广州国画联展，大连、营口、沈阳、本溪、鞍山、辽阳六市联展，大连与日本舞鹤市画展，大连与西安国画联展，并多次获奖。
1980年 （36岁）	出席旅大市第一届美术工作者会议，被批准为旅大市美术工作者协会会员。
1981年 （37岁）	创作的国画朱竹《节高骨坚》荣获中共辽宁省委宣传部、辽宁省美术家协会举办的"庆祝中国共产党建党六十周年美展"优秀奖，也是大连唯一入选的国画作品。
1983年 （39岁）	全国第一个个体书画店"墨宝斋"开业，著名国画大师李苦禅、黄胄、王个簃先后题匾题词祝贺："发扬民族精粹，振兴中华""墨宝斋聚宝藏珍"。"墨宝斋"成立于同年11

	月，梁文敏创作的墨竹画《高风劲节》参加泰山书画社与北京崇文书画社在北京美术馆举办的书画联展。
1984年 （40岁）	1981年，梁文敏举起改革大旗，在全国党员中，第一个辞去公职自谋职业从事个体事业，因而被单位认作是走资本主义道路的典型从党内除名。梁文敏蒙冤3年之后在一次偶然机会得到黄宇宙将军的指点，梁文敏写给党中央及新闻媒体的信《该不该把我从党内除名》，引发《大连日报》《共产党员》等报刊的大讨论，历时半年之久。最终，梁文敏的党籍得到恢复，成为全国文化艺术战线上的改革开拓新闻人物。
1986年 （42岁）	梁文敏开创全国唯一的一所"墨竹函授学校"，首创神奇的"墨竹速成教学法"，著名书法大师沈鹏为"大连墨宝斋业余美术学校"题写了校名。
1987年 （43岁）	2月15日中国第一辆函授流动辅导车在大连客车厂诞生，开创画家全国巡回教学辅导之先例。
1988年 （44岁）	梁文敏把函授流动辅导车发展成为文化大篷车。1月12日从大连启程，踏上了面向全国送教传艺、万里教学征程。28日到达沈阳，中共辽宁省委、共产党员杂志社为大篷车举行了新闻发布会。省委、省政府，朱川副省长、宣传部长刘异云、汤光伍总编等领导及省教委、省文化厅、省美协领导出席了新闻发布会并作了重要讲话。中国美术家协会辽宁分会为他题词"梁文敏同志为普及群众美术甘当人梯"，同年12月，梁文敏被大连市人民政府教育委员会授予"优秀教师"称号，《辽宁日报》发表《大篷车精神赞》评论文章，引起轰动和反响。春节期间，大篷车到达北京，受到大连市人民政府驻京办事处李立新、宝世宜等领导的热情接待和大力支持。著名书画大师范曾、沈鹏、尹瘦石、老舍夫人胡絜青、中央美院教授黄均等为他题词祝贺。梁文敏受到国家文化部高占祥、焦勇夫等领导的接见，文化部和文化部领导对梁文敏的"篷车精神"和艺术成就给予高度的赞扬和评价，并将大客车命名为"中国第一个文化大篷车"。在北京期间，梁文敏大篷车应邀为人民大会堂、毛主席纪念堂、中国人民

	解放军总政治部、解放军报社等部门和单位作画，中央电视台、中央人民广播电台、北京电视台、《人民日报》、《解放军报》、《中国文化报》等诸家新闻媒体先后作了宣传和报道，梁文敏大篷车在京城一下子红了、火了。梁文敏成为文化艺术名人。
1989年 （45岁）	梁文敏担负起历史使命和送教传艺的责任。从1988年3月中旬离开北京，历时两年，途经河北、河南、陕西、宁夏、甘肃、四川、重庆、贵州、广西9省70多个市县，行程8万多公里。1989年12月29日到达风景秀丽、山水甲天下的桂林市。这期间梁文敏为石家庄白求恩国际和平医院、河南郑州博物馆、开封翰园碑林博物馆、西安秦始皇兵马俑博物馆、陕西黄帝陵、延安市文化局、兰州军区八一宾馆、成都望江楼公园、成都杜甫草堂博物馆、新都县宝光寺、峨眉山报国寺、峨眉山雄秀宾馆、乐山乌尤寺、自贡恐龙博物馆、檀木林博物馆、遵义纪念馆、柳州画院等单位作画并被收藏。这里特别值得一提的是：梁文敏文化大篷车一路上经历千辛万苦到达革命圣地延安，受到当地党政领导和人民群众的热烈欢迎。延安市副市长、中国美术家协会副主席、黄土画派创立者、著名国画大师刘文西亲切会见了梁文敏及文化大篷车。延安市文联主席李金科奋笔疾书题写了："篷车精神即延安精神。向梁文敏、许秀娟等同志学习。"
1991年 （47岁）	12月30日，梁文敏入选新中国成立以来第一部由国家领导人徐向前题名的由上海人民出版社出版发行的《中国当代名人录》。
1992年 （48岁）	1月30日，桂林市《古榕报》第六版全版刊登《"竹魁"梁文敏墨竹画选》引起画坛轰动。
1993年 （49岁）	11月22日，梁文敏应江苏省兴化市郑板桥艺术节组委会的邀请，参加为纪念郑板桥诞辰300周年而举办的首届中国兴化郑板桥艺术节。在这次具有历史意义、空前隆重、热闹非凡的艺术节，梁文敏怀着对先师的无限崇拜和敬仰，凭着独特高超的画竹技艺以及他的渊博学识和学板桥做板桥的一生追求，走红兴化。梁文敏被兴化市委、兴化市人民政府、兴化

	市文联以及广大人民群众誉为"当代板桥"。"当代板桥梁文敏"一称叫响郑板桥故乡，《板桥遗风》等10幅作品被郑板桥纪念馆收藏。同年12月29日，梁文敏创作的《劲风》墨竹画入选《20世纪国际现代美术精品绘画》大型画册。
1994年 （50岁）	5月，梁文敏在桂林市国际旅游品批发城创办了全国第一个经营场地最大、品种最全、产量和销售量最多的个体民营书画产业基地，"板桥画店"梁文敏成为书画产业领军人物。
1996年 （52岁）	7月，梁文敏创办的"板桥画店"被桂林市人民政府认定为质量信得过的"文明经营先进门店"。同年10月，广西壮族自治区、桂林市人民政府在瓦窑旅游商品批发城隆重举办"中国广西桂林国际旅游工艺品交易大会"。交易大会上张灯结彩，桂林市人民政府为板桥画店挂起了"当年板桥在扬州，当代板桥在桂林"的红色长幅宣传广告，程思远副委员长和丁关根部长亲自为书画一条街剪彩并参观了板桥画店，亲切地对梁文敏说："板桥画店堪称全国第一，办得很好，你是新中国书画个体户的典范，文化个体经营者的一面旗帜。""当代板桥梁文敏"一称从此叫响桂林。
1998年 （54岁）	12月，亚洲金融风暴期间，台湾大千画廊李先生与梁文敏达成共识，采取签约的合作形式，支付1000万元人民币给"当代板桥"梁文敏先生。梁文敏3年之内只为台湾大千画廊独家作墨竹画，其作品归大千画廊所有，不得再给任何单位和个人作墨竹画，以确保大千画廊在台湾独家经销梁文敏的墨竹画。
2000年 （56岁）	5月，梁文敏赴香港参加第四届世界华人艺术大展，创作的墨竹画《板桥遗风》荣获金奖，同时被世界艺术家协会、世界文化艺术研究中心授予"世界艺术大师"称号。7月20日，河南郑州《中原书画报》第三版全版发表了由中原书画研究院院长、《中原书画报》总编张本平撰写的长篇报道《倾注心血游艺海，孜孜不倦写丹青——画坛精英、"当代板桥"梁文敏先生事迹》引起全国轰动和震撼。同年8月，梁文敏应邀参加由中国美术家协会、大连市文学艺术界联合会主办的2000年首届大连国际艺术博览会。此届艺博会是中

	国最具权威、最具学术性，规模最大、最有影响力的一次大型艺术交流活动。"当代板桥"梁文敏已被中国美术家协会确认。组委会特为梁文敏制作三面锦旗式的宣传广告：宽1.5米，长3米，一面是单独的，另两面是对联形式的，单独的这面写着"当代板桥梁文敏"，另两面对联形式写着："当年板桥在扬州""当代板桥在大连"。这三面锦旗式的宣传广告，其规格之大，设计新颖，在整个会展中别具一格，非常壮观。从此"当代板桥"梁文敏的称号享誉滨城大连。同年9月7日，《人民日报》海外版第八版（专版）刊登发表了梁文敏创作的墨竹画《雨后新篁》《拂云擎日》。
2001年（57岁）	6月19日，梁文敏创作的墨竹画《凌云高节》入选由文化部文化艺术人才中心主办的在北京中国美术馆展出的"世纪之辰——情系奥运中华书画艺术大展"。同年10月，梁文敏创作的《壮乡风情》入选在北京民族文化宫，由中国文学艺术界联合会书画艺术中心主办的"沃土新花——全国书画家采风成果汇报展"，其作品被中国文学艺术界联合会书画艺术中心收藏。同年12月，梁文敏收到河南范县郑板桥纪念馆颁发的国画作品《梅花》收藏证书。
2002年（58岁）	7月，梁文敏被中共河南范县县委、县人民政府聘请为板桥书画院艺术顾问。同年10月，梁文敏被文化部侨联文华阁书画院聘为书画师。
2003年（59岁）	梁文敏担任文化部归国华侨联合会北京文华阁书画院赴台湾艺术采风交流活动副团长，11月2日，赴台湾开展历时9天的艺术交流活动，其间与台湾大千画廊著名艺术大师刘国松、台湾著名教育家书法大师苏立德先生相会并合影留念。
2005年（61岁）	8月5日，梁文敏被英山社区授予党总支树立的"为国增光的好典范"，并荣获中共日新街道"优秀共产党员"称号。
2007年（63岁）	6月，隆重庆祝中国人民解放军建军80周年，梁文敏又开创了"中国第一个文化拥军大篷车"，并把他花费了两年时间，精心创作的80幅象征人民军队的《长城颂》《长江魂》《鱼水情》《红梅赞》书画作品献给陆海空部队和战友——共和国最可爱的人。

续表

2008年 （64岁）	11月，梁文敏收到中国文化报社、人民政协报社、中华全国工商业联合会、北京法制文学研究会联合举办的"和谐中国"组委会特邀，作为"爱我中华共创和谐影响力优秀人物"代表，光荣出席在北京人民大会堂隆重举行的第八届"新世纪之声和谐中国"征评活动表彰大会，受到国家领导人的亲切接见，同时荣获"德艺双馨书画大师"称号。
2009年 （65岁）	9月20日，隆重庆祝中华人民共和国成立六十周年之际，梁文敏被中共辽宁省委、辽宁省人民政府授予"改革开放十大先锋"称号。并被中共大连市委、大连市人民政府推选为新中国六十周年"大连不能忘记105个先进模范人物候选人"。
2010年 （66岁）	3月5日，在北京召开的全国政协、全国人大会议期间，具有很高知名度和影响力的国家级报刊《中国商报》辽宁经济特刊发表了《"当代板桥"梁文敏——记一个老兵和一场跨越20年的文化远征》，以整版向全国人民作了广泛宣传报道，引起强烈轰动和反响。由中国艺术研究院主办的期刊《传记文学》2010年第9、10期，连续刊登孙晓萌采访撰写的长篇纪实文学《青竹品节，篷车万里——记中国"文化大篷车第一人"梁文敏》。
2011年 （67岁）	7月，由中华人民共和国教育部主管的《山东人》杂志刊登了由薛晓红副总编辑采访撰写的《"当代板桥"梁文敏传奇人生》，又一次在全国引起轰动。"当代板桥"梁文敏在全国已叫响。
2013年 （69岁）	8月，中华人民共和国第十二届全国运动会在辽宁举行，梁文敏激情创作惊世长卷8米对联画《日月红竹图——共圆中国梦》，并被中华人民共和国全国运动会大连赛区组委会作为捐赠物品接收，由大连市人民政府转交给大连现代博物馆珍藏。梁文敏还特别创作了10幅4尺全开《红竹图》赠送给在比赛中获得金牌的大连籍选手。
2014年 （70岁）	6月，梁文敏入选天津人民美术出版社出版的《中国近现代名家画集》，开始了历时4年呕心沥血的精心创作。

2018年 （74岁）	2月天津人民美术出版社"大红袍"《中国近现代名家画集·梁文敏》出版发行。 11月12日梁文敏被河南省范县郑板桥纪念馆特聘为范县郑板桥纪念馆名誉馆长。 12月12日中国唯一集书法国画篆刻综合艺术于一体的专业报纸，全中国书画领域最具权威性的主流媒体《中国书画报》以18、19两整版专刊发表了"当代板桥"梁文敏作品选。当代著名艺术评论家中原美术学院院长、中原书画院院长、《中原书画报》总编张本平先生以《墨海铁砚铸刀炼剑》为题详细述写了"当代板桥"梁文敏墨竹艺术赏析，引起书画界轰动和反响。

我的大哥梁文敏

原大连华美画廊总经理　梁秀凤

　　从记事那年我才知道我的名字是我的大哥梁文敏给我起的，是他亲自到派出所给我上的户口。因为出生那年（1957年）为丁酉鸡年，大哥希望梁家飞出个金凤凰，给我起名叫梁秀凤，后来换身份证时派出所户籍人员把凤误写为风，所以叫梁秀风。天意有定，兄弟姐妹中我和大哥感情相处得最好最亲。

　　由著名军旅作家张红太先生历时四年，在繁忙的工作中呕心沥血为我大哥精心撰写的人生第一部文图并茂的《"当代板桥"梁文敏》一书即将出版发行，作为《"当代板桥"梁文敏》一书的主人公梁文敏的亲妹妹的我，借此机会有些心里话要说一说我的大哥。

　　我要让更多的人知道，我有一个能改变梁家命运的最可亲、可爱、聪明、勇敢、执着、智慧的大哥。他是一名人民艺术家，剑刀竹派一代宗师，画墨竹的大画家。

　　1959年，我的大哥15岁，我只有2岁。那年盛夏，父亲得了重病要买药治疗。买药需要一大笔钱，可家里没有那么多钱，母亲非常着急，我的大哥不知从哪里得知了一种野生的蒿草晒干后点着可以把蚊子熏死或熏跑。把蒿草编成辫子可以到市场上去卖，卖了钱给父亲买药治病。家里弟弟妹妹都小，我的大哥手握镰刀，肩扛扁担，一个人去马栏西山水库附近山上割草，在一个地势低洼、土质肥沃的地方找到了茂密的蒿草。高兴之时，挥着镰刀就割起来，不大一会儿，割下的蒿草就可以堆成小山了。他直起腰，擦着额头上的汗，突然传来了"沙沙"的响声，

梁文敏妹妹。

我大哥警觉地朝声音望去，不由得毛骨悚然。哎呀！一只大灰狼，瞪着蓝色的眼睛一直注视着他，缓缓地向大哥走来，张着大口露着红舌白牙，凶恶极了！大哥定了定神儿，得想办法逃出去。他听人说狼害怕火，怕响声，但是他身上没有带火柴，有蒿草也点不着火啊。突然他想到了自己的竹扁担，便急中生智，用竹扁担在空中使劲地挥舞，伴着风，扁担发出"呼呼"的响声。狼不知道前方的"猎物"怎么变得这么厉害，听着怪异的声响，停止了脚步。大哥挥舞了半个多小时，没有了力气，渐渐地停了下来，喘着粗气。这时天空突然阴了下来，乌云密布，白天也变成了黑夜般的阴暗。只见狼一步一步地向他走来，离大哥不到两米的距离处，嗖的一下子就朝着大哥扑过来，大哥还没来得及跑，狼就扑到了大哥的身上，两只前爪抓住了大哥的双肩，狼的头碰着了他的后脑勺，狼已经用舌头开始舔大哥的脖子，大哥脑袋

梁文敏与妹妹（剑刀画派研究院副院长兼副秘书长，华美文化艺术传媒有限公司董事长）梁秀风合影。

嗡的一声，这么下去肯定会被狼吃掉的，这下可完了。可是大哥冷静了一下，又想起以前老人讲，狼吃人首先用嘴咬住人的喉咙，现在无论如何不能回头，一旦回头，狼的大嘴一下子就会咬住他的喉咙，直到窒息而死。不能坐以待毙，大哥紧握竹扁担，迅速转身。说来也巧，这时天空电闪雷鸣，伴着一声震天雷和闪电，狠狠地朝着狼身上"打"了过去，狼疼得嗷嗷直叫，夹着尾巴窜到林子里去了，渐渐消失了身影。大哥脱了险暗自庆幸，真是天助我也，定了定神，冒着大雨赶回了家。

大哥回到家后，把在山上的遭遇同父母和弟妹们讲述了一番，他身处险境还临危不乱，最后机智地战胜了大灰狼的事，家里和邻居都夸奖他勇敢、机智。就这样我大哥勇斗大灰狼、死里逃生的故事一下子在街坊邻居和学校中传开了。但是为了安全，父母坚决不再让大哥一个人上山割蒿草。还是我大哥有办法，他找到离家不远的好伙伴铁头同学，一起上山割蒿草。大哥早起晚归一个夏天挣了不少钱，解决了给父亲看病的钱。父母夸大哥是个孝顺的好孩子，从那时起我就敬佩我这个大哥是个勇敢机智的人。

1963年，我大哥光荣参军入伍，成为一名解放军战士。参军之梦实现了，心中的高兴劲无法形容。到部队报到那天，我大哥向各位老师告别，大家在为我大哥参军祝贺的同时，不免有些难舍难离。苏国景老师拉着我大哥的手说："梁文敏同学感恩报国，弃师从戎，让老师非常感动，你不仅具有绘画天才，而且是具有很高的政治思想觉悟的艺术人才！你舍掉有工资的教师工作去当不挣钱的兵，是有头脑、有个性的人，与众不同，可称'大连一怪'。我相信不久的将来你一定会在部队的培养下成为一名优秀的军旅画家。"

1969年3月，大哥所在部队将大哥从战士提升为电影放映组长（相当于排级干部），这一喜讯传到家里，全家人高兴极了，从此梁家也有当官的了。我大哥从1963年参军，在部队这所大学校里得到培养和锻炼，入了团，入了党，成为五好战士，现在又成了军官，给梁家争了光。街道和左邻右舍都来向父母表示祝贺，都说梁家出了这样一位好儿子，真是有福！当时我都看在眼里，记在心上，从心里敬佩我大哥。

不久，大哥被部队批准回家探亲。这次大哥不仅给全家带来了光彩和欢乐，还买了好多好吃的。有酒有烟有饼干和糖果，还特意给我买了一双解放鞋。大哥回到家里第一件事就是召开家庭会议，会上，大哥说："我梁文敏能有今天，一是感激父母的养育之恩，二是感激党和部队对我的培养。我要知恩图报，给国家减轻负担。"

每次大哥探亲回家，从不参加各种各样的聚会，整天在家里除了帮助家里干家务活，担水、买煤，什么脏活累活他都抢着干，还给我们讲董存瑞、黄继光、刘胡兰、雷锋的故事，剩余时间就痴迷画画。

那年我12岁刚上中学，每天放学我就在大哥身边看他画画，看着他画的竹子我也产生了兴趣。

1978年，中国迎来了军改大潮，我大哥所在部队也面临裁军。此时大哥梁文敏在部队已度过了整整15年的时光，成为一名军旅画家和画竹名家。我大哥很想借此次裁军机会转业到地方，以便全身心地投入竹文化研究和竹画创作中，可是部队领导想把他继续留在部队并重用，提升他为宣传股长或政治处副主任。最终，部队领导被我大哥追求艺术的痴迷所打动，批准了他的转业申请。

从部队转业到地方，我大哥分配在大连市文化局，组织上安排他到市演出公司兴工剧院当主任。过了一段，他找到了在文物店工作的于培智老师，师生相见，格外高兴，志趣相投，经于老师积极推荐，经文物店领导集体研究决定，让我大哥筹建文物店裱画组，并任组长，兼书画鉴定。经过一年的艰苦努力，大连市首家文物店裱画开业了，生意十分兴隆。大连市各界有关领导、文化局领导以及书画界的同仁前来祝贺。在文物店，大哥工作还是比较顺心的，给旅顺博物馆修复装裱了不少传世名作。由于工作的需要，他结识了国内刘海粟、叶浅予、孙奇峰、黄永玉等艺术大师，并得到他们的指教和帮助。1979年秋，组织上调我大哥到大连市工艺美术公司担任美术教员。上任后没想到干的多是行政工作，和墨竹艺术接触少，使我大哥很失望，让他非常苦恼，情绪一度低沉。

有一天，我大哥在《人民日报》上看见一篇《改革明星浙江省海盐县衬衫总厂厂长步鑫生率先打破工厂"大锅饭"》的报道。在改革开放精神鼓舞下，再加上这篇报道所带来的触动，我大哥那颗不安现状、不甘平凡的心被彻底地激发了。他做出了一个大胆惊人的决定，辞去单位公职，自主创业，开个体画店。这样既可以潜心竹画创作，还可卖画赚钱以画养画，争取早日实现自己的艺术理想和人生价值。我大哥的想法得到嫂子许秀娟的全力支持，让他更加坚定了自己选择的路。

在那个年代，我大哥的这个决定无异于石破天惊。让大哥没想到的是，当他把辞职书交给单位领导并说出自己的内心想法时，领导们是一脸惊愕，纷纷站出来反对："一个国家干部、转业军人、一个共产党员放着革命工作不干，想去搞个体，成名成家，成何体统？""办个体画店是单干，单干就是与集体、国营背道而驰，是走资本主义道路，是反党反社会主义。""你长几个脑袋？连大学文凭都没有，还想成名当画家，真是不自量力，荒唐可笑！"

我大哥辞去公职干个体这一消息迅速传开，引起轩然大波。很多人都觉得我大哥一定是疯了，再不就是傻了！放着好好的国家干部不当，稳定的工作不干，铁饭碗不捧，非要辞职开什么画店，承担不必要的风险，这不是傻是什么？可我大哥就是这样一个人，为了实现自己的艺术理想，即使是被别人当作"疯子"和"傻子"他也在所不惜！

我大哥辞职以后，单位停发了他的工资，取消了他的一切待遇，

2017年国庆节兄妹俩在天安门前合影。

公司在没有通知他本人的情况下，背着他召开了党支部大会，将我大哥从党内除名。

我大哥被党内除名不仅受到政治上的影响，在经济上也受到打击。商场内凡是大哥的书画作品通通被撤了下来，不准销售，以画养画的路被堵死了。辞职没了工资，只能靠嫂子许秀娟的病号劳保38元来养活一家四口，生活陷入了前所未有的困境。很多同事战友和他划清界限，有的甚至和我大哥断绝了联系。

事实证明，我大哥以大无畏的革命气魄和胆略，像第一个吃螃蟹的人那样，冒着极大的风险率先举起改革大旗，是全国范围内第一个不吃大锅饭，砸碎铁饭碗辞去公职，自主创业的个体党员画家，是全国第一个"党员个体户"。我大哥梁文敏所做的这一切，在大连乃至全国引起强烈反响，他就像

"当代板桥" 梁文敏
DANGDAI BANQIAO
LIANG WENMIN

梁文敏夫妇与妹妹梁秀凤。

一颗改革的火种，虽然历经风吹雨打依然顽强不灭，以先驱者的星星之火点燃了后来者的改革激情和勇气。

1984年春，我大哥有缘遇到了知音——从黑龙江来大连沈阳军区"八七疗养院"疗养的黄宇宙将军。他得到黄将军的鼓励和支持，含冤奋笔疾书，给党中央和新闻媒体写了一封申诉信《该不该把我从党内除名》，引起中央领导高度关注，中共大连市委通过《大连日报》为他拨乱反正，平反昭雪，为他公开恢复党籍，使我大哥重新回到党组织的怀抱！

中共辽宁省委遵照党中央精神作出决定，通过主办的《共产党员》杂志，开展了一次历时半年之久的全党"大讨论"，轰动了全国，引起社会震撼和强烈反响。我大哥名气大震，成为全国具有改革开拓精神，有影响力的新闻人物。

2009年，隆重庆祝中华人民共和国成立六十周年之际，我大哥被中共辽宁省委、辽宁省人民政府授予"改革开放十大先锋"称号，被中共大连市委大连市人民政府推选为新中国六十周年"大连不能忘记100个先进模范人物"候选人之一。荣获中共日新街道"优秀共产党员"称号，是英山社区党总支树立的一面旗帜——为国争光的好典范。

2018年，全国隆重庆祝改革开放四十周年，我大哥作为"全国第一个党员个体户"，也成为改革开放标志性人物，中共大连市委主办的《大连日报》作出长篇报道，又一次引起轰动，因此他的事迹被写入中共辽宁省党史文献中。

1986年8月，为庆祝大连解放四十周年，我大哥在《大连日报》上刊登宣传广告，愿为全市人民免费义务作画，以回报党恩和人民。我大哥在大公街市场、大连动物园墨宝斋门市、兴工街艺海画社等场所搭起画台，卷起袖子，激情地为市民作画。人民群众排着长龙等待和领取梁文敏墨竹画，历时半个多月，共为2800多名群众作画，达3000多张。大连广播电台、《大连日报》作了报道。为此，我大哥受到了人民群众的赞扬和爱戴。"金杯银杯不如老百姓的口碑"，"墨宝斋画店"在大连成为文化艺术领域中的一个闪亮"品牌"。

1986年10月，国庆节之后，我大哥又做出了一个重要决定。为了提高墨竹函授教学，他不甘心仅停留在不见面的函授教学上，为了学生他不想偏居一隅，过着平静安逸的都市生活，要自费购买一辆大型机动车，创办"函授流动辅导车"。说干就干，我大哥召开了家庭会议，全家老少节衣缩食，他和嫂子把多年开画店挣的钱全部拿出来，加上借款贷款，父亲梁世昌把仅有的500元退休金和我结婚时的彩礼800元钱，也给了他，还把他珍藏的非常喜爱的一幅画卖了1000元，凑了十多万元，在大连客车厂大力支持下购置了一辆大客车和一些打字机、印刷机、摄像机、录放机等教学设备，改装成为适合流动教学、野外食宿的全国第一辆流动函授辅导车（也就是后来的"文化大篷车"），这十多万元在当时可不是小数目！

我大哥携带我常年患病的大嫂和2个不满18岁的侄子（一个17岁，一个15岁）梁晓军和梁晓东，还有一位60多岁的退休老人刘大叔，加上复员刚结婚的司机小董共6人，冒着冬天的寒冷于1988年1月12日自费远征全国，离开繁华的都市大连，走上了上山下乡送教传艺的道路。大哥一家四口，以车为家，吃、住、创作、教学、工作、生活都在车上。

出发前大哥大嫂回家向父母和弟妹们一一作了告别，我记得当时我母亲送给大哥一床新被，我送给大哥一只手表，好在路上掌握时间，还送了一件风衣，想让它为大哥遮风挡雨……并祝大篷车一路平安！

这是一次具有时代意义的文化远征和人生苦旅，"路漫漫其修远兮，吾将上下而求索""路在脚下，梦在远方"……一路艰辛困难重重，当时公路没有路标，没有加油站，山乡农村根本没有公路，特别是大篷车行驶到陕西西安，大篷车上太苦了，司机小董撂挑子不干了，到了四川老刘大叔生病也退出大篷车回家了。

1988年11月17日，大篷车终于抵达成都，"长征"进入了一个更为艰难的时期。一天，大哥突然接到一封加急电报：家中失火！安顿好大篷车的各项事宜，心急如焚的大哥和大嫂连夜乘火车赶回大连。大火是所在街道某皮鞋厂工人因违章操作引起火灾，一场大火将大哥家中的书画物品及重要资料全部烧毁，损失惨重！

两个月过去了，留在成都的大侄子梁晓军和小侄子梁晓东，在父母留下的有限资金面前不得不节衣缩食，当时正值隆冬，兄弟二人在饥寒中一天天煎熬着……

大篷车前途渺茫，家中大火烧掉了全部画作，回家的父母迟迟不归，大侄子梁晓军再也无法承受这一连串打击，他对弟弟说了句："我出去了。"推开车门，大侄子梁晓军深情地对大篷车凝视了许久。在望江楼公园，一个年仅17岁的生命悄无声息地离开了——他自缢身亡。

中年丧子，这种打击是致命的，我大哥几近绝望。"石压竹笋斜，崖悬花倒生"。对于已经被逼上绝路的大哥来说，他心里只有一个信念，我大哥对采访他的媒体记者说："为了大家舍小家，为了学生，为了喜爱书画的人们，无论发生什么，也绝不放弃，哪怕前方是刀山火海，也要带领大篷车义无反顾地走下去！"大哥这铿锵有力的豪言壮语，让我流泪了，这就是我的大哥！

迎着朝霞，车轮滚滚，大篷车又踏上征程，经夹江、峨眉、乐山、自贡、泸州、重庆、遵义、贵阳、柳州一直向南进发。

1989年年底，我大哥的文化大篷车一路风尘抵达山水甲天下的桂林市，遵照文化部领导"以文养文，以画养教"的指示精神，我大哥决定以画养教，以教经营，创办书画产业基地。一来筹备大篷车活动资金，二来帮助农村贫困学员、城市下岗工人脱贫致富，为国家排忧解难，让他们有一技之长，过上幸福生活。我大哥推出包教包会包卖的"三包"新举措，使上千名学生成为书画专业户，走上致富道路。在他的带动下，桂林瓦窑国际旅游工艺品批发城形成"书画一条街"，成为当地的文化特色，一个品牌！我大哥成了业界的领军人物，先后荣获桂林市、广西壮族自治区文明经营户、先进个体劳动者和物价计量质量信得过单位，板桥画店为繁荣和发展中国书画艺术市场和书画产业化做出了很大的贡献！

我大哥梁文敏用文化大篷车这种形式，用手中的画笔，使高雅的传统艺术真正成为大众文化，他为普及群众文化的美术事业甘当人梯。历时15年，行程8万多公里，途经13个省市，70多个市县，深入工厂、矿山、街道、乡村、学校、部队，上山下乡送教传艺，历经千辛万苦，对他的学生进行面授辅导，举办书画展览、表演、义卖和艺术讲座，赠送给广大人民群众书画作品上万张，无私奉献的感人事迹已被传为佳话。

"篷车万里情深似海"，2003年，我大哥大嫂和侄子梁晓东三人凯旋大连。

我大哥曾是一名优秀军人，出色的军旅画家，虽然退役离开部队好多年了，但他时时刻刻都在想念着部队和战友，军旅情怀始终放在心上。

2007年，在隆重纪念中国人民解放军建军80周年之际，我大哥又做出惊人之举，他用卖画的钱，又购买了一辆五彩缤纷的"长城牌"宣传车，经过装饰，把它命名为"中国第一个文化拥军大篷车"，"篷车进军营，丹青献战友"，他要开着这辆"拥军大篷车"回"娘家"。在日新街道、英山社区领导的支持下，先后到驻大连海、陆、空部队开展文化拥军活动，向驻连三军部队、战友奉献出他花费了700多个日日夜夜精心绘制的象征人民军队的《长城颂》《江山魂》《红梅赞》《英勇善战》《军魂》等80幅价值上千万元的书画作品。德高望重的曾思玉将军、人民作家高玉宝等首长对我大哥拥军活动十分赞赏，高度评价。分别为他题写了"当代板桥""篷车精神"。

在我大哥的人生路上，他一直怀着感恩的心，将党和国家对他的培养与帮助牢记于心。2013年，第十二届全国运动会在辽宁举办，大连作为分会场这是千载难逢百年不遇的大事、喜事，也是党的十八大以后，国家在辽宁举办的首次大规模全国盛会。我大哥怀着对祖国体育事业的热爱和历史责任感，创作的灵感油然而生，他毅然下定决心全力以赴投入"喜迎全运，共圆中国梦"的红竹创作的紧张工作中。

2013年9月1日，辽宁日报报业集团下属的《半岛晨报》报道：

大连市著名老画家、西岗区日新街道文化艺人梁文敏带着他花费了一年心血创作的作品与市民见面了。

68岁的梁文敏从小酷爱丹青，5岁学画，7岁卖画，曾从军15年，早在20世纪70年代，他在大连美术界就已有了名气。1987年梁文敏还开创了中国第一个文化大篷车。作为一名大连市民，梁文敏对"十二运"部分比赛在大连举行兴奋不已，"每届全运会，我都关注，一直想创作点什么，但是没构思好，今年大连成为全运会分会场，作为大连市民，我觉得应该做点什么"。

"我画了这幅长12尺、宽3尺的红色竹子，12尺代表着'十二运'，寓意庆祝'十二运'。"据悉，梁文敏从去年开始筹备这些画作，"用红色竹子来代表'十二运'，这还是全国少见的画法。"据他介绍，红竹用朱砂来画，这在中国画中也算独树一帜。据梁文敏介绍，当日一共展出了20幅红竹作品、100幅墨竹作品。"中国人民历来把红色作为喜庆、胜利的象征，红竹寓意着蒸蒸日上，争取胜利的精神品格，这也是全运会精神的体现。"

此次画展完成了梁文敏献礼"十二运"的梦想，而他还有一个最大的心愿，希望能把这些红竹画赠给在"十二运"比赛中夺得金牌的大连运动员！这项工作需要相关部门的协助，希望这些作品能鼓励他们再接再厉。这次画展自始至终我都参加了，亲临现场。当我听到我大哥在画展开幕式主席台上激情昂扬地说道："我要把这12幅红竹图敬献给十二运组委会和获得金牌的大连运动员。"我当时和所有在场的人一起为大哥拍手鼓掌！点赞！喝彩！现场响起雷鸣般的掌声。

大哥，你是好样的！你真棒！

2013年9月4日下午2时，我和大哥等人一起来到"十二运"大连赛区组委会所在地成大大厦8楼会议室举行捐赠仪式。当"十二运"大连赛区组委会主任、大连市人民政府办公厅副秘书长于涛说到，我代表"十二运"大连赛区组委会感谢梁老先生对全运会的支持，对家乡的热爱！也是大连人民热情、开朗、无私、向上的精神代表，是大连人民和社会各界参与、支持、奉献全运会的集中体现！并向我大哥颁发特制的荣誉铜匾。全场响起热烈的掌声。此时此刻我热血沸腾、热泪盈眶。大哥！你又一次为大连人民争了光，为辽宁人民争了光，也为梁家争了光！我代表全家向你祝贺！

2017年春节过后，因我大哥和大嫂在北京创作"大红袍"画作，没有回大连过春节，我和宸宇商量好了，给他们买了一些最爱吃的大虾、海参、鲍鱼、黄花鱼还有干贝海螺等水产品，来到北京看望大哥大嫂。

大哥大嫂在北京机场热情迎接我。当来到大哥创作室见到一幅幅挺拔青翠的墨竹画，我从内心赞叹和敬佩，脱口而出说了句：大哥竹子画得这么好，能教我画吗？大哥笑着对我说：好呀，那我明天开始抽时间就教你画竹。

第二天吃过早饭后大哥把我领到画室，来到画案，打开画纸，拿起笔来从竹竿、竹枝、竹节、竹叶一步一步地教授给我，边讲边示范给我看。然后让我按照他所讲的亲自动手画了起来。就这样，从那天起我就练起画竹。画室很宽阔，画案也非常大，大哥边创作边教我画竹，我越画兴趣越浓，一连画了好几天，画了几十张，选了几张4尺全开大的墨竹画给我大哥、我的师傅梁文敏看一看。

大哥放下笔，抬起头目不转睛地看着我画的竹画，情不自禁地说道："啊呀，画得太好了，真没想到秀凤妹竹子画得这么有灵气，形神兼备，不仅形画得好，而且还有神韵！用不了多久你定能成为女画家。"我笑着对大哥说："谢谢大哥的夸奖，我刚学画，还需大哥多指教！"说实在的，我也已是60多岁的老人了，已到了花甲之年，晚年了，可我是人老志不老，也想捡回多年前的梦想。因为家中兄弟姐妹都跟大哥学画，是大哥带领他们走上绘画艺术的道路，经过自己的努力各有所长。而我一直协助母亲给兄弟姐妹们买菜做饭，放弃了绘画。现在退休了，还是大哥最了解我，发现了我，鼓励我拿起画笔，亲自教我画竹，圆了我画画的梦想。当画家我不敢想，但我很快乐，今天大哥看了我的作品说了许多赞美鼓励的话，这让我更有信心把竹子画好，学画竹，做竹人，向大哥学习，并写下了《决心书》。

2014年6月，经天津人民美术出版社编委会研究决定，为我大哥出版一本《中国近现代名家画集》。听到这个消息我非常高兴，作为一名画家，是很难得的，这是很多书画家梦寐以求的，这是对我大哥画竹艺术水准高度肯定和认可，在中国美术史上也有其价值和地位。

我的大哥是一个认真、严谨、踏实，求真务实，力戒浮躁的人。他自下决心，一定圆满完成"大红袍"创作任务。他牢记自己的誓言"画不惊人誓不休！"画家是靠画以画服人，他要用手中的画笔画出一本代表新时代的力作，他要画出一本竹子"大红袍"。

2015年9月我大哥和大嫂二人，在学生弟子的帮助下，来到北京郊区租下一栋民房作为"大红袍"画作创作基地。从2015年到2018年一千多个日日夜夜，大哥起早贪黑，呕心沥血，墨田耕耘，如痴如迷，坚持读书，坚持传统，坚持创新，坚持诗文书画并茂的执着追求，潜心创作，他把自己的全部精力和热情倾注笔端，顶着盛夏酷暑，冒着寒冬风雪，创作出千幅墨竹，艺术水准达到巅峰。400幅精品力作入选"大红袍"系列，而且到目前为止，是唯一一本"大红袍"系列墨竹画集。

就这样，我大哥把"大红袍"精选作品和有关资料上交给出版社，出版社编委经过严格把关，审核、审批。

2018年6月，天津人民美术出版社正式出版发行《中国近现代名家画集·梁文敏》。我73岁高龄的大哥历经近70年的拼搏奋斗，终于登上中国墨竹艺术殿堂。这是一部闪耀时代光辉的墨竹专集，是全国第一个以墨竹画入典天津人民美术出版社出版的《中国近现代名家画集》，成为中国美术界"国宝级"的艺术大师。留下浓墨重彩的一笔，载入史册。

我的大哥，当代板桥梁文敏，现已功成名就，苦尽甘来。他本应安度晚年，尽享天伦之乐，可他跟我们说，他还有一个最大的梦想和心愿，他要以黄胄先生为榜样，晚年用自己的作品筹款为先师郑板桥建一个规模较大的艺术馆。把他一生收藏的有关郑板桥的2000多件藏品：竹、兰、石画作和书法影印拓片、仿品、真迹及书刊和300多幅李苦禅、黄胄、范曾、沈鹏、欧阳中石、韩美林、宋雨桂等书画名家作品，天津人民美术出版社出版的《中国近现代名家画集》及入编的400多幅墨竹精品全部陈列在郑板桥艺术馆里。

筹建新中国第一座郑板桥艺术馆具有伟大历史和现实意义，是利国利民的千秋大业。其目的就是让我们和后人永远怀念郑板桥这位伟大的富有传奇色彩的文学、书画、艺术大师、清官廉吏。

让更多的人走近郑板桥，熟悉郑板桥，深度了解郑板桥，不仅从"板桥精神""板桥书法""板桥竹风""板桥诗文"获得知识和营养，得到精神上的享受和快乐，还领会到做人处世的哲理，受到鼓舞和激励！成为一个艺术大课堂，也是清风正气、廉政文化教育的大课堂。

但我大哥也深知筹建一所郑板桥艺术馆并非一件容易的事，一个人的力量是渺小的，是有限的。为实现这一梦想，完成这一使命，我大哥及大嫂今后将会用愚公移山的精神克服各种困难，坚持不懈地走下去，画下去，直到画不动为止，鞠躬尽瘁，死而后已！

大哥的一生故事太多太多，一生中充满传奇色彩，他是我生命的楷模，值得我一生学习、敬仰和崇拜。

我的大哥和别人家的哥哥是不一样的，在我的眼里他像一位慈祥的"父亲"，亲爱的兄长、敬仰的师傅、崇拜的大英雄、与众不同的大哥。在我大哥身上总是精气十足，斗志昂扬，激情满怀，总是有不断的梦想和追求，散发那永不消失的正能量。

我的大哥，他是一个平凡的人，但他做出不平凡的事，他一生所做的那些"傻事"看起来是"傻"，其实并不"傻"。因为他不忘初心，不忘党恩，学板桥，做板桥，为了艺术他始终坚守心中的信念，以一个军人、共产党员的身份严于律己，在奋斗中实现人生价值。

当代著名军事家、中国人民解放军国防大学戴旭教授在他发表的《特殊的战友》一文中写道：

"当今的物欲横流，正在猛烈无声地淹没曾经燃烧了几代人的理想，信仰在消失，道德在沉沦。而在梁文敏身上，还存有那种不多见的精神基因，我有责任把这样一个人记下来，我担心这样的人会空前绝后。"

翻阅我大哥梁文敏走过的人生历程，你会从内心感叹，他的传奇感人事迹催人泪下，为他的画竹绝技所惊奇，为他竹子一样的人品而折服，为他的辉煌业绩而心生敬佩。

他的传奇人生终于由著名军旅作家、书法家张红太大校写成了一本书，也是我大哥有生以来的第一本传记。我为自己能有这样一位艺术大师、"当代板桥"的大哥而感到骄傲和自豪！